DOUZE JOURS

STÉPHANIE BARRÉ

DOUZE JOURS

Roman

NOUVEAUX AUTEURS

Éditions Nouveaux Auteurs
16, rue d'Orchampt 75018 Paris
www.lesnouveauxauteurs.com

Éditions Prisma
13, rue Henri-Barbusse 92624 Gennevilliers Cedex
www.editions-prisma.com

PROLOGUE

Après son départ, je me retrouvai seul sur la plage. Nerveux, je scrutai les environs, mais il faisait trop sombre en cette soirée déjà bien entamée pour que je puisse anticiper le danger à venir. J'ignorais comment la mort allait frapper, aussi j'imaginai : une crise cardiaque en ce lieu désert me semblait représenter le scénario le plus probable. Dans tous les cas, je le savais, j'arrivai au bout du chemin.

En dépit de mon solide gabarit, j'avais peur. J'en oubliais même de respirer par moments. On ne meurt pas tous les jours, du moins pas réellement. J'expérimentais bien quelques changements brutaux à certains carrefours de mon existence, quelques épreuves de la vie, voilà tout. La souffrance humaine, tant qu'elle n'est pas physique, ça remue, ça déstabilise, ça broie souvent, mais cela ne tue pas.

Alors je pensai à elle et aux moments que nous avions passés ensemble. À peine partie, elle me manquait. Je l'entendais presque me rassurer : « Nous ne sommes jamais séparés… Les liens du cœur sont indéfectibles… »

Il n'en restait pas moins que, debout face à l'océan éclairé par une belle lune, tressaillant sous les assauts d'un vent froid, mais sans elle, je me débattais avec une oppressante réalité.

Je me demandai s'il subsistait une chance infime de nous retrouver dans cet au-delà sans fond. L'au-delà. Rien que d'y penser, je partis presque à rire, ce qui libéra un peu de ma tension. L'autre partie tordue de l'histoire. Celle d'une seconde vie qui me guettait et qu'on m'imposait comme les interros-surprises lorsque j'étais gamin. En toute honnêteté, je ne l'avais pas vue venir, car j'ai toujours mené mon existence en accord avec les principes d'un rationalisme pur. Enfin presque. Toute mon existence moins douze jours, compte tenu de mon vécu, je devais admettre mon erreur.

Face à moi, le rugissement soudain d'une vague claqua sur la grève. Hier encore, j'aurais jugé l'assaut exaltant, mais au vu des circonstances, je ne pus m'empêcher de sursauter et reculai de trois pas. Maladroits les pas. Au quatrième, ma cheville heurta un obstacle invisible et je basculai de toute ma hauteur en arrière.

« Non ! » fut le dernier mot fade que j'exprimai, avant l'impact de ma tempe contre une pierre.

1

RENCONTRE

Seattle, douze jours plus tôt…

Une envie de café me poussa à ralentir. Aux aguets, je repérai les lumières d'un établissement parmi les rues inanimées de ce début de matinée. Je m'empressai aussitôt de me garer sur la première place disponible le long de la chaussée et parcourus la cinquantaine de mètres qui me séparaient de la vitrine colorée du *Heaven's Coffee*.

À l'intérieur, le lieu sentait bon les viennoiseries fraîches et la boisson chaude que je convoitais. En me frottant les mains pour chasser le froid, je humai l'odeur. Délicieuse. Ma nervosité descendit d'un cran. J'éprouvais le cumul désastreux d'une nuit blanche, travail, mensonges, en vue de l'entretien qui m'attendait dans moins de deux heures. Un rendez-vous primordial qui définirait le contour encore flou de mon avenir professionnel.

Je balayai la pièce du regard, quatre tables étaient occupées, autant d'autres à disposition. Je me dirigeai vers la plus excentrée, adjacente à la vitrine qui donnait sur la rue bordée d'arbres du quartier de Pioneer Square. Après une inspection en règle de la banquette, j'ôtai mon élégant manteau noir en cachemire et pris place.

Le serveur, un jeune homme blond tout juste sorti de l'adolescence, surgit d'une porte dérobée, muni d'un large plateau. D'une démarche mal assurée, il déposa une note sur la table d'un couple silencieux, une assiette de viennoiseries sur celle d'un joggeur bedonnant aux joues rosies d'un effort bientôt ruiné, et des tasses fumantes à l'intention de deux femmes assises près de l'entrée qui me dévisageaient ouvertement depuis mon arrivée.

Ma jambe tressauta, j'étais impatient de me remettre au travail, aussi, pour gagner du temps, j'agitai le bras dans sa direction pour attirer son attention. À peine eut-il tourné la tête vers moi que je lui commandai un café avec un verre d'eau d'une voix soutenue pour qu'il puisse m'entendre à distance. Il acquiesça et chose faite, je m'installai plus confortablement.

À la table voisine, une jeune femme assise de dos s'étira tel un chat comme si je la réveillais. Ses manches glissèrent le long de ses bras fins à la peau pâle. Sa longue chevelure couleur miel s'agita sur un pull ample, une sorte de poncho bleu marine à franges, strié de rayures blanches. Elle lâcha le crayon à papier qu'elle tenait entre son pouce et son index, puis, d'une main experte, enroula sa crinière en un chignon rudimentaire qu'elle fixa à l'aide d'un pic en métal sculpté, à la tête ornée d'une pierre mauve. Un bijou de cheveu artisanal sans valeur, probablement déniché dans quelque brocante. Avec surprise, je constatai que l'édifice capillaire resta en place grâce à cet unique artifice. Seule une mèche oubliée ondulait comme un serpent jusqu'à sa taille, que l'on devinait étroite à travers la couverture qui lui servait de chandail.

Elle retourna à son occupation armée de son crayon et j'attrapai enfin mon attaché-case en vue de me plonger une dernière fois dans la révision de ma présentation. Je sortis mon ordinateur portable de sa sacoche pour afficher le catalogue de prestations que je connaissais sur le bout des doigts, l'ayant étudié dans les moindres détails chaque jour depuis trois ans. Avec stupeur, il me semblait pourtant omettre jusqu'aux noms de certains matériaux alors que défilaient les propositions établies à l'aide de mon logiciel d'aménagement d'espace en 3D.

Je me sentis à l'étroit, confiné dans le laps de temps précédant un test important et imminent. D'un mouvement brusque, j'enlevai la veste de mon costume et entrouvris légèrement le col de ma chemise immaculée. Je ne pouvais aller plus loin pour tenter de réguler ma température à moins de me désaper tant je me trouvais à cran. Il faut dire que l'issue de mon prochain entretien déterminerait mon ascension ou ma chute au sein de Hart's Design, le cabinet de rénovation le plus renommé de Seattle et ses alentours. Ce n'était pas une mince affaire.

Certes, j'avais toutes les raisons de croire en mes chances, mais j'endurais la pression d'avoir sciemment dissimulé le dossier et ses enjeux à mon supérieur hiérarchique direct. Un arrogant, un despote, un exécrable que je rêvais de piétiner. Je souris à cette perspective jouissive, le regard rivé sur mon écran que je ne voyais pas, happé par mes pensées qui s'entrechoquaient dans un aléa continuel entre le passé et les conjectures que j'imaginais, selon la victoire ou l'échec. Lorsque je me rendis compte de ma digression, je me frottai le visage du bout des doigts en plissant les yeux, comme si ce simple geste pouvait chasser l'angoisse.

L'arrivée du garçon, muni d'un grand plateau recouvert de boissons chaudes et de gourmandises, me ramena à l'instant présent. Pliant sous le poids qu'il portait à l'aide d'un seul bras, il entreprit de me servir. De son apparente mauvaise main, il souleva la soucoupe qui contenait mon café et, avec une lenteur toute tremblante, la fit voyager jusqu'à moi. Un peu de nectar ne manqua pas de déborder sur la table et d'un geste saccadé, j'éloignai mon ordinateur pour le protéger du liquide sombre qui le menaçait.

– Attention ! m'écriai-je instinctivement.

– Je suis désolé, monsieur.

Je levai des yeux rembrunis vers son visage contrit. Dans un grand raffut, il récupéra la tasse souillée et se hâta d'essuyer la petite flaque à l'aide d'un chiffon logé dans son tablier. Il la troqua aussitôt contre celle destinée à un autre client, suivie de mon verre d'eau.

– Le café vous est offert et vous pouvez choisir ce qui vous fait plaisir en vitrine. Nous avons de succulents chaussons aux pommes, reprit-il d'une voix essoufflée.

– Ça ira. Je n'ai pas faim…

– Si je peux faire quoi que ce soit d'autre, n'hésitez pas à me faire signe.

Je détournai la tête sans répondre. Penaud, il s'éloigna et je posai à nouveau mon précieux outil de travail face à moi lorsque je notai une petite auréole brune sur ma manche à la hauteur de mon poignet. Dans ma précipitation à secourir mon ordinateur, j'avais effleuré par mégarde la surface salie.

– Non… ce n'est pas possible, énonçai-je les dents serrées.

Je marquai une pause, comme pour donner de l'élan à ma contrariété, puis maugréai :

– Ma chemise à deux cents dollars est ruinée… Abruti de serveur…

Avec fougue, je trempai le bout de ma serviette dans mon verre d'eau, enlevai ma Rolex, ouvris le bouton de ma manche et entrepris de frotter la tache avec vigueur, pourtant conscient de l'inefficacité de mes efforts pour récupérer la blancheur parfaite avec cette méthode approximative.

– Ce n'était pas un acte intentionnel.

Les mots effleurèrent mon oreille tel un bourdonnement d'insecte. Je relevai la tête et rencontrai deux billes grises qui me scrutaient. Sans détacher son regard de mes pupilles, la jeune femme aux longs cheveux ondulants agrémentés d'un pic en métal sculpté tourna sa chaise comme si elle projetait de s'inviter à ma table. Au bout de quelques secondes, ses yeux quittèrent mes prunelles noisette, non par intimidation, mais pour changer de cap, afin d'examiner sans scrupule chaque partie de mon visage. Du sommet de ma tête à la pointe de mon menton, ils se mirent à rouler en suivant l'arête de mon nez, les contours de ma mâchoire triangulaire. Indiscrets, ils continuèrent leur descente vers mon torse, avec pour compagnons des sourcils fins légèrement froncés, fouillèrent mes bras, pour finalement s'immobiliser sur la trace au niveau de ma manche.

Surpris, ils revinrent se planter tout à coup dans les miens, vifs et dérangeants, comme s'ils détenaient quelque étrange pouvoir, fus-je tenté de croire à ce genre d'inepties.

Puis, la jeune femme éclata de rire et une chaleur inconnue remonta d'emblée le long de mon cou, menaçant d'envahir mon visage. Elle se foutait de moi et avec consternation, je réalisai que j'étais sur le point de rougir. De colère contenue ou de honte, peu importait, elle me déstabilisait et se trouvait à la limite de s'en apercevoir.

– Je vous demande pardon ? lançai-je, plus rude que je ne l'aurais voulu, dans le but unique de bloquer l'afflux sanguin.

– Ce n'était pas intentionnel.

D'une voix claire et mélodieuse, elle répéta son affirmation, ignorant mon semblant d'autorité. Ses paupières s'étirèrent comme si elle énonçait une vérité superbe. Elle ne me laissa pas le temps de riposter, trop désireuse d'aller jusqu'au bout de son idée.

– Le jeune serveur. Il n'a pas fait exprès de renverser un peu de café. Ce n'est pas ça… être abruti.

Elle appuya sur les deux derniers mots en me toisant plus avant puis argumenta sur un ton plus léger :

– Il est tout simplement débordé, le pauvre. Mais ça a dû vous échapper… Quant à votre chemise, il vous suffit de rouler les manches et le tour est joué. Version cool chic.

– Est-ce que vous insinuez que je suis l'abruti en question ?

– Eh bien… pas tout à fait. Personne ne peut être un abruti à plein temps. Disons plutôt que votre attitude envers ce gentil jeune homme était un peu… limitée.

Elle me jaugea, amusée. Une amorce de sourire étira le coin de ses lèvres, révélant deux fossettes au niveau de ses joues. Je sentis mon visage se contracter. Tiraillé par une franche impatience, je me hâtai de clore une conversation sur laquelle je glissais :

– De quoi vous mêlez-vous de toute façon ? Ça ne vous regarde absolument pas.

Ses yeux en amande se plissèrent davantage sous la malice.

– En fait, si. Précisément. Vous vous êtes installé directement dans ma zone de confort, soit à moins de deux mètres de moi, et vous m'imposez votre mauvaise humeur depuis votre arrivée. Je me sens dérangée dans mon espace de paix par vos…

Elle remua un instant ses lèvres ourlées à la recherche du mot juste et articula faute de mieux :

– … bruits. On ne peut même pas parler de musique.

– « Mes bruits »…

J'adoptai un air circonspect puis repris :

– Ça ne veut rien dire.

Désinvolte, elle haussa les épaules.

– Peu importe. Pour moi, ça a du sens et puis vous saisissez l'idée, c'est l'essentiel.

Le début de journée commençait mal, comme un prolongement logique à mon insomnie. Soudain, une sorte de fébrilité s'empara de moi. Mon entretien s'entourait de mauvais présages, comme si un amas de nuages noirs s'amoncelait et menaçait d'arriver jusqu'à lui. Je me perdais. Les yeux de la jeune femme, couleur orageuse, continuaient de m'observer, impassibles.

– Vous êtes tellement sérieux.

Un nouveau rire chantant et spontané éclata, dévoilant une rangée de dents lumineuses. Cette fois, j'abattis ma main, qui claqua sur la petite table en bois.

– C'est bon, ça suffit. Je m'en vais, vous avez gagné. Contente ? J'ai un rendez-vous très important et je n'arrive pas à travailler. Je n'ai plus de temps à perdre.

D'un bond, je me hissai hors de la banquette confortable. Dans une succession de mouvements hachés, j'attrapai mon manteau, ma veste, et commençai à ramasser mes effets personnels que je rangeai au hasard des poches qui se présentaient. Au moment où j'allais refermer mon ordinateur, elle interrompit mes gestes désordonnés en posant une main soyeuse aux doigts délicats sur mon avant-bras nu, à l'endroit où ma manche déboutonnée pendait sur le côté avec un air de misère. Je tressaillis à son contact téméraire, mais elle l'interpréta à sa manière.

– J'ai souvent froid aux mains. Et aux pieds aussi.

Un court silence s'immisça et elle reprit :

– Désolée. Je suis désolée. Ne partez pas. Je m'en allais de toute façon. Je n'avais sans doute pas assez mesuré l'étendue de votre peur.

Je me rassis et fronçai les sourcils quand je l'entendis employer le grand mot « peur » absolument hors de propos. Toutefois, je me mordis la joue pour ne plus alimenter cette conversation chaotique. Au lieu de cela, je fixai mon écran pour me remettre la tête au travail, lorsque sa voix chantante s'éleva à nouveau vers moi :

– J'ai une astuce infaillible qui m'aide à stopper toutes mes pensées parasitaires lorsque je suis stressée.

Je levai les yeux au ciel, mais elle enchaîna :

– Je m'entraîne à souffler très doucement sur une petite feuille de papier. Comme ceci.

Elle attrapa un carnet de couleur mauve dans son sac, en arracha une page et la plia en deux pour la placer à la manière d'un livre ouvert au creux de ses paumes jointes. Après une profonde inspiration, comme si elle s'apprêtait à plonger à cinq mètres de profondeur, elle se mit à expirer l'air de sa bouche en cœur sur le feuillet et éleva lentement ses mains au-dessus de son visage. Au bout de dix secondes, elle reprit sa respiration et le papier ivre retomba sur la table.

Gravité oblige. Je me raclai la gorge, radouci, mais nerveux devant cette représentation tant fantasque qu'inattendue.

– Merci, mais je n'ai besoin d'aucun conseil. Ça ira.

– Au fait… je m'appelle Layna, L-A-Y-N-A.

Tout en épelant son prénom, elle me tendit une main que je ne saisis pas. Manifestement, elle me confondait avec un enseignant qui pointerait une liste d'élèves le jour de la rentrée des classes. Si je n'avais pas été déstabilisé quelques minutes plus tôt par son audace et surpris la lueur vive de ses yeux, j'aurais conclu qu'elle était folle.

Enfin, j'entendis le doux bruit d'une chaise que l'on remettait en place. Des affaires que l'on rangeait à l'intérieur d'une besace en toile colorée : un livre pour développer la créativité, un t-shirt d'enfant emballé à l'effigie de Seattle et un agenda avec des notes de musique brodées. Elle s'apprêtait à partir. Discrète, elle posa sa main sur le bord de ma table puis s'éloigna.

Soulagé, j'expirai bruyamment au son du carillon qui annonçait sa sortie puis portai mon attention sur le morceau de papier mauve plié en deux qu'elle avait abandonné près de moi. Je le saisis entre mes doigts, désireux de le compresser au creux de ma paume, quand deux mots suspendirent mon geste. À l'encre bleue, une écriture fine indiquait : « Bonne chance » suivi d'une flèche. Je retournai le petit rectangle et lus la fin de la missive : « pour votre rendez-vous ».

Par réflexe, je jetai un œil à travers la vitre au moment où elle passait près de moi. Elle me gratifia d'un sourire et m'adressa un geste naïf de la main à la manière d'une enfant. Puis, elle inséra des écouteurs dans ses oreilles et accéléra le pas sur le trottoir, ses bras pelotonnés contre son buste tandis que le vent faisait danser les mèches rebelles de son chignon dépenaillé.

Lorsqu'elle eut disparu, je laissai retomber mes doigts à plat sur la table, car contre ma volonté, ils s'étaient soulevés, discrets, pour la saluer dans un réflexe primaire.

« Sam Whorley ». Satisfait, je tapai mon nom avec une police élégante, en guise de clôture de la présentation que j'avais rédigée à la hâte pour me rappeler chaque détail important à aborder. D'ordinaire, j'ignorais de préparer mes entretiens et discourais d'instinct, à l'aide de photos vantant nos plus belles réalisations. Cela fonctionnait toujours bien, j'ai la répartie facile. Pourtant ce matin, la pression qui m'animait m'incitait à réviser comme n'importe quel étudiant avant un examen déterminant pour son avenir. Par chance, hormis le passage retentissant d'une ambulance suivie de près par une voiture de police, rien ni personne n'avait troublé ma concentration depuis le départ de la jeune femme. Aussi, je repris confiance.

Je regardai l'heure sur mon ordinateur qui affichait désormais « 8 h 07 ». Le temps de l'action. Sourcils froncés, j'inspectai ma manche encore un peu humide. Comme escompté, la tache s'avérait toujours très visible, et de mauvaise grâce, j'entrepris de les rouler sur mes avant-bras solides. « Version cool chic ». Les mots doux et amusés voletèrent dans mon esprit et mon visage se contracta d'exaspération. Toutefois, en apercevant mon reflet dans la vitre, j'admis à contrecœur que mon allure ne jurait pas, à supposer que j'ôte ma veste, ce qui était exclu. Avant de m'éloigner, mes yeux se posèrent sur le bout de papier mauve avec son annotation. Je le fis tournoyer entre mes doigts, puis sans réfléchir, je le glissai, aussi rapide qu'un voleur, au fond de la poche arrière de mon pantalon.

Dans la rue, le froid me saisit et me poussa à grandes enjambées en direction de mon véhicule. Parvenu au carrefour, le feu pour piétons passa au vert et je m'engageai sur la chaussée. Sur ma droite, au loin, j'aperçus une voiture de police gyrophares allumés et une ambulance qui entravaient la voie. Celles qui m'avaient dérangé de façon probable vingt minutes plus tôt. Deux agents des forces de l'ordre se démenaient avec de grands gestes, sifflet à la bouche, pour maintenir la circulation ouverte dans les deux sens. Tout autour des barrières de sécurité mises en place, un attroupement s'agglutinait pour contempler l'étendue d'un désastre certain.

Je crispai la mâchoire de désapprobation à la vue du groupe de badauds indélicats : un type gras à l'allure négligée qui tirait sur la laisse de son chien ; une petite dame affublée d'un chapeau noir élégant, bien que dépassé ; un homme maigre au cou cassé de vautour, lunettes ajustées sur le bout d'un nez crochu ; une jeune femme aux longs cheveux blonds et ondulants, vêtue d'un pull ample bleu marine à rayures blanches, une sorte de poncho informe à franges.

La déroutante du café.

J'arrêtai net ma méprisante introspection de la foule lorsque je la reconnus et accélérai le pas. Le trottoir opposé atteint, je me retournai sur elle, pris de dégoût, tandis qu'elle fixait le lieu de l'accident, immobile, fascinée par la scène saugrenue à laquelle elle assistait. Elle faisait partie de ces gens-là, sans pudeur ni respect pour l'intimité des victimes.

Des souvenirs commencèrent à affluer, menaçant d'envahir mon esprit et d'affaiblir mon corps. Je ne pus les contrer à temps, c'était trop tard. Dans un feu d'artifice, les images éclatèrent : la bicyclette broyée. Les yeux grands ouverts de ma mère. Son visage inerte. Le filet de sang qui barrait son front. Les pompiers. Le masque à oxygène. Les gyrophares. La foule. Les cris. Les commentaires. Les ricanements. Mon hurlement pour la réveiller. Puis le souvenir de mes ressentis : mon désir de rester seul avec elle. Qu'ils se taisent tous à jamais et disparaissent. Mon vœu de m'endormir tout près d'elle, mais je sentais la vie ardente dans mes veines, les pulsations de mon cœur jusque dans mon crâne, si fortes à l'aube de mon existence.

La nausée m'envahit d'un coup et je dus m'appuyer contre le mur pour reprendre mon souffle. Lorsque je relevai les yeux, mon regard croisa celui de la jeune femme. Layna. Je le soutins en secouant la tête pour lui signifier mon désaccord.

Je me remis ensuite en marche au moment où sa paume droite, projetée dans ma direction, m'intimait de m'arrêter. Je parcourus les derniers mètres me séparant de mon véhicule au pas de course et sautai sur le siège. Dans mon rétroviseur, je l'aperçus à moins de dix mètres derrière moi. Un air désespéré sur son visage, elle me cherchait, sa main toujours levée. Point de sourire malicieux ni d'yeux pétillants et vifs.

À travers la vitre, je pus déceler son appel :

– Si vous m'entendez, s'il vous plaît, arrêtez-vous…

J'hésitai un instant devant son désarroi palpable. Une pointe de curiosité ou d'humanité me piqua, mais je décidai de l'ignorer. Mon rendez-vous et sa réussite primaient sur tout ce que mes sens pouvaient bien percevoir.

Tandis que la chaussée se dégageait enfin, j'accélérai, la respiration courte. Trois secondes. Et sa silhouette gracile s'effaça de mon rétroviseur et de ma vie. Du moins, je le croyais.

2

PLONGEON

Les rues défilaient à vive allure. J'ouvris en grand la vitre de ma Ford Mustang GT pour sentir l'air froid sur mon visage. Je l'avalai, le respirai, le laissai me brûler la peau et frapper mes rétines à l'aide des quelques mèches qui voletaient devant mes yeux. L'effet revigorant me redonna de l'énergie et, ambitieux, j'arrivai avec quinze minutes d'avance face à l'hôtel de luxe en devenir : l'*Imperial House*. *Exit* le café, le sentiment d'un mauvais présage, la dénommée Layna, l'ombre de mon passé.

Je coupai le moteur et disciplinai ma chevelure dans le silence de l'habitacle, tout en dardant avec admiration le bâtiment historique de brique rouge, inspiré de la renaissance italienne, en plein cœur du quartier de First Hill. Construit à l'aube du XXe siècle, l'immeuble de cinq étages, racheté par un entrepreneur anglais fortuné répondant au nom de Paul Evans, destinait ses locaux désaffectés à la création d'un hôtel-restaurant de haut standing. M. Evans représentait à la fois le dernier rempart et le tremplin qui me propulserait au sommet de Hart's Design en un temps record, soit trois ans après mes débuts inattendus au sein de la société un matin d'octobre 2015.

Ce fameux jour, le treizième du mois, après nombre d'appels et visites impromptues auprès des secrétaires du cabinet, j'obtenais cinq minutes du précieux temps de M. Hart pour lui présenter mes produits de l'époque : des toiles de peintres méconnus que je vendais pour le solde d'un marchand d'art insignifiant dans le quartier de Fremont.

Durant mon entretien, je me retrouvais dans une arène : Robert Hart dénigrait, je l'ignorais. Je démontrais, il rejetait. Il m'intimait de « foutre le camp », j'insistais. Je le regardais sans ciller, il douta. Une seule seconde et cela suffit à changer mon avenir.

Alors que je pensais repartir avec un chèque dans la poche grâce à la vente de mes tableaux au talent artistique relatif, l'homme d'affaires charismatique à la réputation d'« impitoyable » écartait mes propositions, mais m'offrait un poste au sein de son entreprise florissante. Si je débutais comme simple consultant à l'instar de mon précédent emploi, le salaire et les primes au sein de Hart's Design excédaient toutes mes attentes. À force de travail assidu, je dépassais très vite mes objectifs hebdomadaires pour devenir en l'espace d'un an le meilleur vendeur de mon département.

Je devais tout mon confort actuel à mon intégration au sein de la compagnie et je passais les trois dernières années sur un petit nuage, aveuglé par les biens matériels octroyés par mon nouveau statut : vêtements de marque, hifi dernier cri, meubles design, montre de luxe, voiture de sport, et surtout un appartement que je louais dans une résidence huppée de West Seattle, un bijou d'architecture moderne qui jouxtait Hamilton Viewpoint Park.

Toutefois, dans ma quête insatiable du « plus », en l'occurrence ma soif d'acquérir mon prestigieux logement, je lorgnais très vite les sphères prédominantes au sein du cabinet. Désireux de revendiquer davantage de responsabilités afin de goûter au salaire associé, je réalisais alors évoluer chaque jour avec une épine dans le pied : Anthony Minguez, *dixit* « Tony le haut », « un connard de première » soyons clair, à défaut d'une autre appellation plus pertinente, hélas mon supérieur hiérarchique direct et bras droit de Robert Hart.

Directeur des grands projets chez Hart's Design depuis près de vingt ans, la quarantaine, élancé, brun ténébreux, des yeux de braise, une ligne et une élégance sans faille, il incarnait une icône de réussite.

Sans surprise, Minguez s'était interposé devant mon intention de prétendre à un poste plus élevé. Il justifiait son opposition avec son aplomb habituel, arguant que je ne disposais pas de l'expérience nécessaire. En bref, il sabotait tous mes desseins ambitieux.

La réalité, on la connaissait tous les deux, sous silence, à travers nos instincts primaires, celle de la peau, de l'odeur. On ne pouvait pas se sentir. Avec lui, l'expression s'était révélée à moi. Telle une marionnette, il me manipulait à son gré pour rassasier le ventre gras de son portefeuille au moyen des contrats les plus juteux que je dégotais et qu'il récupérait.

En tant que supérieur, Minguez restait libre d'interférer dans mes dossiers. Surtout, il ne voulait en aucun cas risquer d'introduire une concurrence ombrageuse auprès des faveurs de Hart et tenait à préserver son rang de pièce maîtresse, auréolée par son chiffre d'affaires annuel. Je me retrouvais prisonnier d'une cage dont il était le gardien des clés. Fâcheux.

Deux mois plus tôt, cependant, une brique du mur de ma cellule s'était effritée à son insu et j'avais entrevu un passage dérobé en la promesse de l'*Imperial House*. Un pari audacieux que je relevais après quelques paroles échangées par hasard, au comptoir d'un bar chic de Capitol Hill, avec Chris Monroe, fan de football américain, le manager d'un établissement en devenir destiné à subir d'importants travaux de rénovation et d'aménagement. La transaction immobilière récemment achevée, l'affaire se trouvait encore dans l'œuf. À l'ombre de Minguez.

Dès lors, je m'imposais à l'inconnu dont la barbe brune soignée servait à dissimuler les failles. J'utilisais le prestige de Hart's Design pour mon compte, travaillais de nuit sur le projet comme un forcené, calais les rendez-vous durant mes heures libres, et visais la signature du contrat avec le grand directeur, M. Paul Evans, qui se déplaçait ce matin même depuis Londres afin de prendre sa décision sur le prestataire retenu.

Il ne restait que deux entreprises correspondant à l'esprit de l'hôtel. « Une simple formalité de choix », m'avait assuré Chris Monroe que je savais de mon côté.

Robert Hart me pardonnerait d'avoir outrepassé mes fonctions en faisant cavalier seul sur une affaire d'une telle envergure. Les deux millions de dollars, à ma portée immédiate pour le solde de la compagnie, révéleraient ses bonnes grâces. En revanche, si je perdais la partie, je devais espérer que l'offre de marché dont j'endossais la responsabilité n'arrive jamais à sa connaissance. Un échec rendu public impliquerait mon renvoi définitif et de possibles poursuites pour avoir agi en douce.

Je passai une main sur mon visage pour effacer cette dernière pensée et me recentrer sur la réalité. Malgré mon avance, démangé par l'inaction face à un insoutenable suspense, je sortis de mon véhicule, attrapai ma sacoche qui contenait mon ordinateur et les plans de l'hôtel, puis inspirai une goulée d'air frais en lissant mon manteau, comme pour chasser d'éventuels résidus de nervosité. À grandes enjambées, je traversai la chaussée pour m'engager sous le préau extérieur soutenu par deux colonnes de pierres antiques, lorsqu'une volute de fumée s'étira dans ma direction pour m'atteindre avant que je n'accède à la double porte en bois brun de l'entrée. Elle s'insinua, désagréable, au creux de mes narines au mépris de mon effort pour bloquer mes voies respiratoires.

– Alors comme ça, c'est bien vrai.

Une voix familière résonna et je me figeai, les neurones gelés. J'étais incapable de réagir et de donner une réponse à l'inconcevable : comment ? Et tel le pauvre diable du casino qui avait misé les économies de toute une vie sur la mauvaise couleur à la roulette, je vis tout ce que je possédais se dilater entre mes mains impuissantes.

– Tu as vraiment essayé de me doubler. De me prendre pour un con.

La voix grave d'Anthony Minguez s'étalait, vulgaire pour accaparer toute la place. Il s'adressait à moi comme un détestable acteur, dans un rôle laid, dans un déplorable western. Ce sale type m'évoquait une poupée russe d'absurdités. En tant que spectateur d'une scène aussi médiocre, j'aurais pleuré de rire, mais confiné au centre de l'histoire, je la bouclai. Question de perspectives.

Après un laps de temps indéterminé, durant lequel je hurlai dans ma tête, je me décidai à lui faire face. Paré de son éloquence grossière, enrubanné dans la fumée qu'il crachait, Minguez avança dans ma direction. Je fermai un instant les yeux, il me les brûlait. Dans le pire des cas, j'avais imaginé que je perdrais le marché contre un concurrent et que l'affaire menacerait de s'ébruiter après ma défaite. Toute prise de risques impliquait une éventuelle chute. Loyale et digeste. Mais, d'une façon qui m'échappait, au cœur d'une réalité lamentable, il avait eu vent de mes projets.

Une fois le choc passé, une fois la sinistre vérité accueillie comme telle, je lâchai une tentative de défense que je savais vaine. On ne change pas les gens et Minguez détenait l'étiquette du sale type dépourvu de la moindre once d'empathie.

– Tu dois me laisser gérer ce projet jusqu'au bout. C'est avec moi que le manager a vu les différentes possibilités de rénovation et d'aménagement de l'espace. Je dispose des plans. J'ai travaillé un nombre incalculable d'heures sur ce dossier et je suis sur le point d'obtenir ce contrat. Tu ne le décrocheras pas sans moi, je suis plus compétent que toi sur ce coup.

Ses yeux noirs me fustigèrent.

– Tellement compétent que tu n'as même pas été foutu d'intercepter leur appel ce matin ! Tu étais injoignable sur ton portable durant près d'une heure. Le manager avec qui tu traitais n'a pas eu d'autre choix que de contacter notre standard en urgence il y a…

Il marqua une courte pause en regardant l'écran de son téléphone dernier cri, avant de reprendre, le torse bombé, le menton haut :

– … quarante-huit minutes pour décaler le rendez-vous. Figure-toi que le vol d'Evans a été annulé. Tu imagines le concours de circonstances ? Et devine sur qui il est tombé à cette heure très précoce ? Sur moi ! Quand tu décides de mettre un plan aussi foireux sur pied, arrange-toi pour ne pas déconner !

En conquérant, rassasié par son monologue, il se tut enfin. Il tira sur sa cigarette en me fixant et se rapprocha davantage de moi comme s'il voulait me briser de son mépris. Je flanchai lorsque je compris mon erreur. Un oubli idiot, découlant d'une idée qui ne m'appartenait même pas. Un simple geste, une action nouvelle et anodine ayant pour conséquence de ruiner ma journée, ma carrière et un pan de ma vie.

Ce matin, en me levant, j'avais omis d'enlever ce foutu « mode avion ». Un article que j'avais lu le mois dernier concernant les méfaits des ondes sur le sommeil, et que je gardais dans un coin de ma cervelle pour une obscure, mais non moins stupide raison, m'avait incité à l'activer la veille au soir. Dans une tentative désespérée à m'endormir. En vain. Non seulement j'écopais d'une nuit blanche, mais je subissais l'humiliation d'un échec qui m'envoyait au tapis. Tout ce fiasco à cause d'une banale étourderie.

Une deuxième vague de nausée s'empara de moi et je pris appui sur la colonne. Après les images du passé mettant en scène le dernier jour de mon enfance, enfuie avec la mort de ma mère, celles de mon avenir en décomposition m'attrapèrent à la gorge avec sauvagerie.

– Allez ! Assez discuté, tu me fais perdre mon temps. J'ai seulement jusqu'à lundi huit heures tapantes pour étudier les plans. File-les-moi avec l'ordinateur, ils ne t'appartiennent plus. Ils sont la propriété de Hart. Tu te doutes bien qu'il va te virer sans cérémonie, ce n'est qu'une question de temps. Il rentre de voyage d'affaires la semaine prochaine. En son absence, c'est moi qui suis chargé de prendre toutes les décisions et je te dégage. Maintenant.

– Dans ce cas, pourrais-tu libérer la voie afin de me laisser passer ?

Il me barra l'accès et je sentis les muscles de ma mâchoire se crisper comme si mon corps se conditionnait à une confrontation inéluctable. Néanmoins, diplomate, j'insistai pour défendre mon point de vue.

– Tant que M. Hart ne m'aura pas signifié mon renvoi lui-même et par écrit, tu n'obtiendras rien de moi. Tu veux m'empêcher d'aller au rendez-vous lundi ? Parfait. Mais tu devras te résoudre à préparer l'entretien par tes propres moyens.

– File-les-moi. Dernier avertissement !

En éructant, il jeta la cigarette à ses pieds. Ses yeux noir charbon me toisèrent avec insistance en même temps que je discernai avec satisfaction le doute qui germait en lui et menaçait de l'envelopper. Si d'ordinaire il imposait son autorité grâce à son 1 m 90, il ne pouvait en user avec moi qui bénéficiais du même avantage en nature, la musculature et un soupçon de jeunesse en plus. Point impressionné, je ne cédai pas à ses invectives et lui refusai cette victoire-là qui m'appartenait sur un plateau d'argent.

– Whorley ! Joue pas au p'tit con.

Avec calme, je le contournai pour regagner ma voiture, ma sacoche sous le bras. Mon sang bouillonna lorsqu'il tenta de me l'arracher. De ce point culminant, tout se déroula très vite. Une chute inévitable. Il repoussa mon torse, et la seconde suivante, nous nous retrouvâmes à nous battre comme deux collégiens. J'entendis vaguement le craquement de nos vêtements et je sentis tout juste le coup de poing qu'il me décocha sous l'œil, protégé par une montée sauvage d'adrénaline. La colère si longtemps contenue contre lui me donna vite l'avantage comme escompté. Il chancela et s'écrasa de tout son poids sur l'asphalte.

– Tu vas me le payer !

Sa voix s'entrecoupa et il cracha à quatre pattes sur le sol pour récupérer son souffle.

– T'es un homme mort ! T'entends ? T'es mort ! Je vais te tuer !

Je rattrapai ma sacoche et me dirigeai vers ma voiture sous les bombardements de sombres menaces. Grâce à la portière, je les étouffai d'un claquement sec et m'éloignai dans le matin gris.

Je perçus un grincement, bientôt suivi de martèlements, propre à des transats que l'on empilait. Des pas traînants s'immobilisèrent près de moi. Ceux de Tom, un des surveillants au crâne rasé qui m'avertit de la fermeture de l'espace détente. Je me relevai aussitôt pour rejoindre les vestiaires, peu enclin à converser pour satisfaire sa curiosité de m'avoir surpris, isolé dans un recoin la tête dans les mains.

Suite à ma débâcle du matin, j'étais resté cloîtré toute la journée au sein du stade nautique à proximité de Lincoln Park dans le quartier de West Seattle, alternant entraînement et récupération. J'avais nagé à outrance pour parer à la vague de l'impuissance. Le sentiment de panique, après l'altercation d'un effroyable « et maintenant ? », s'était dégonflé comme un ballon de baudruche, grâce à mes mouvements, qui m'élançaient toujours plus loin, plus vite. Lorsque mon corps épuisé avait finalement refusé de m'obéir plus avant, j'avais consenti à sortir du bassin pour rejoindre l'espace détente.

Après m'être rhabillé, je cachai ma sacoche abritant mes précieux documents dans le casier personnel que je louais à l'année. Minguez pourrait bien dévaster mon appartement, et même me tuer comme il l'avait signifié, il ne trouverait aucune trace du travail que j'avais effectué. Si j'admettais ma défaite à force de hurlements silencieux distillés au rythme de mes longueurs de crawl, je ne pourrais jamais supporter la victoire de mon ennemi.

En passant près de l'accueil, je saluai Maggie, trente ans de service, un sourire maternel anxieux aux lèvres tandis qu'elle m'observait marcher vers la sortie. Elle m'intima de faire attention à moi, en tapotant sa pommette pour évoquer ma plaie qu'elle avait soignée le matin même à mon arrivée furieuse.

Je passai les portes du centre nautique. La nuit me surprit. Le froid me saisit aussi et je m'apprêtais à enfiler mon manteau lorsque je remarquai une large déchirure au niveau de l'épaule. Une victime collatérale de la rixe qui m'opposait à Minguez. Les mâchoires contractées d'amertume, je le roulai en boule, le fourrai au fond de la première poubelle que j'aperçus, puis traversai la rue vers le proche restaurant asiatique pour assouvir la faim qui me tenaillait après tant d'efforts. Le ventre vide depuis la veille au soir, je n'ignorais plus les appels à l'ordre de mon estomac à l'alimenter d'urgence.

J'attendais mon tour pour une commande à emporter derrière un couple de touristes, quand mon regard se posa sur un homme en costume trois-pièces attablé non loin de l'entrée, qui lisait le journal à la page de la bourse, un verre de vin blanc à portée de main.

La rage me rattrapa comme la récidive d'une maladie maudite. Ce matin, je possédais encore le même statut que lui, ancré dans une position de citoyen accompli, ambitieux, à la carrière prometteuse. Après quelques heures, il n'en restait plus rien qu'un costard froissé, une chemise tachée et des économies qui me permettraient de garder mon train de vie pour une poignée de mois. L'homme attrapa son verre, but une gorgée et jeta un œil à sa Rolex, semblable à la mienne.

Soudain fou, mon cœur se mit à battre et enfiévré, je tâtai mon poignet désespérément nu. La montre que je m'étais offerte grâce à ma dernière prime de fin d'année avait disparu avec mon emploi et ma dignité. Plus qu'une perte sèche de dix mille dollars, elle représentait désormais une nécessité pour m'aider à tenir le coup et faisait partie intégrante des économies sur lesquelles je comptais, suite à ma récente mésaventure. Il m'apparut impossible que les évènements puissent si mal tourner en l'espace d'une journée. Je dépassais mon quota d'absurde avec brio. Il existait forcément un plafond comme lorsqu'on retire une somme en liquide au guichet automatique. La malchance ne pouvait pas se cumuler sur un espace-temps aussi réduit. Je restai figé, les yeux dans le vide. Mon cerveau, quant à lui, s'élança comme un chien de détection sur la piste de stupéfiants, en descendant le fil des souvenirs de cette journée cauchemardesque.

Piscine, vestiaires. Il fouilla attentivement la scène tandis que je me changeais sous le coup d'une extrême colère. Non. Mon mental poursuivit l'investigation du reste des évènements. *Hôtel, Minguez.* Je serrai les poings, sa perte m'apparut probable dans le laps de temps réduit de l'altercation. Comme je ne détenais aucune preuve, mes méninges continuèrent leur quête de l'information. *Jeune femme, L-A-Y-N-A – yeux gris – tache – Heaven's Coffee.* TACHE.

Je repérai enfin le dernier souvenir impliquant ma montre. Je l'avais enlevée pour nettoyer l'auréole brune sur ma manche et posée sur le côté de la table du petit café au moment où l'indélicate jeune femme s'était imposée à moi.

La sueur perla sur mon visage. D'un revers, je la balayai et au cœur d'un brouillard, j'aperçus la serveuse qui, terminant sa prise de commande avec le couple de touristes, me souriait dans une invitation à avancer. Je secouai la tête en signe de refus et sortis de l'établissement en courant. Je parvins à ma voiture le souffle court, éreinté, oubliant ma faim. Je ne cessais de questionner la réalité, mais elle demeurait muette, me signifiant par là : « Démerde-toi. » Si une goutte de bonheur en attirait une autre, le contraire se révélait aussi vrai. J'en mesurai l'âpre vérité en cet instant et inquiet, je me demandai jusqu'où mon infortune désirait me mener. Mon quotidien d'ordinaire si parfaitement maîtrisé me fuyait sans me laisser la possibilité d'interférer.

Quelques minutes plus tard, je roulai à tombeau ouvert vers le berceau au sein duquel mes ennuis avaient pris vie, vers l'accablant prélude, maculé du sillage laissé par une jeune inconnue aux yeux gris.

3

PRÉSAGE

Pour la deuxième fois consécutive de la journée, je me garai sur une place à proximité du petit café français. Je sortis de ma voiture et claquai ma portière avec trop de force, un peu comme si je perdais le lien avec mon système nerveux et qu'il se détachait de moi pour vivre en autarcie. Je traversai la route à grandes enjambées, ma chemise à demi ouverte. Le stress ayant envahi mon corps de fièvre, je me retrouvais coupé du froid.

Je tournai à droite dans la petite rue sombre et aperçus le commerce aux boiseries colorées que je convoitais, flanqué entre un salon de coiffure et une librairie. L'absence de lumières en provenance de l'intérieur attestait que l'établissement était fermé. Arrivé sur le pas de la porte, je lus, décontenancé, les horaires affichés : « Du lundi au samedi 6 h-19 h non-stop. »

Dans un refus de la réalité, je tentai d'enfoncer la poignée, qui résista sous ma pression. Je n'insistai pas malgré l'assaut d'une pensée furtive qui me suggérait d'y mettre tout mon poids en vue de pulvériser l'écrou vieillot. Je ne me trouvais pas encore au stade d'un tel désespoir pour laisser un autre que moi prendre ma place.

Je longeai la devanture et me postai à la hauteur de la table que j'avais occupée tantôt. Le front collé sur la vitrine, les mains arrimées aux tempes, je furetai les lieux, les yeux agrandis pour percer la pénombre opaque de la pièce. Concentré, je passai en revue les formes immobiles des chaises retournées au comptoir et des cadres suspendus, entourés d'une part de mystère, à l'affût d'un éventuel, mais improbable, galbe rutilant évoquant ma Rolex.

Au bout de quelques minutes, je m'apprêtai à partir, lorsqu'une ombre bougea dans le fond de l'établissement. Je tressaillis de surprise. Mon cerveau analysa l'information : longue chevelure déployée, taille moyenne, fine. Une femme. Vif, je me dirigeai vers le petit perron et cognai sur la porte vitrée.

– S'il vous plaît !

La silhouette se figea un court instant avant de disparaître.

– S'il vous plaît ! Je suis client ! J'ai oublié quelque chose d'important !

Ma détresse retentit dans la nuit. À l'intérieur, la présence silencieuse s'était volatilisée, de toute évidence engendrée par la crainte que j'avais suscitée chez elle. Je restai encore quelques minutes les mains en éventail contre le verre froid dans l'espoir qu'elle revienne m'ouvrir.

En dernier recours, je composai le numéro de l'établissement. La sonnerie en provenance du café retentit jusqu'à mes oreilles, étouffée, mais laissa place à un répondeur. Impatient et à court d'idées, je me détournai en soupirant.

Soudain, je sursautai avec vivacité en portant mes bras croisés devant mon visage dans un réflexe, pour parer à l'assaut d'un coup imaginaire.

– Nom d'un chien, braillai-je en me penchant, les mains sur les genoux pour reprendre contenance.

Cependant que je me relevai avec peine, un brin honteux de mon effarement, des yeux, que je savais gris à travers la pénombre environnante, me fixaient. Debout face à moi, la jeune femme dénommée Layna, que j'avais rencontrée dans le café le matin même, semblait aussi incrédule que moi. Elle regarda derrière elle, comme si elle cherchait quelque chose ou quelqu'un, puis reporta son attention sur ma personne.

– Ça vous arrive souvent… ce genre d'apparition silencieuse ou, devrais-je dire, tordue ? criai-je d'une voix plus forte que je ne le souhaitais, secoué par la peur que j'avais ressentie un instant plus tôt, mais que je refusais d'admettre par fierté.

– Je… je suis désolée. Je ne voulais pas vous effrayer. En fait, comme vous ne vous êtes pas arrêté suite à mes appels ce matin, j'ai pensé que j'avais fait erreur. Donc… vous m'aviez bien vue et entendue… C'est une attitude absolument déplorable, d'ignorer une personne en détresse, mais bien sûr, je suppose que vous aviez vos raisons. Enfin… passons. Tout de même, je dois reconnaître que ce phénomène étrange m'échappe complètement… vous et moi, à converser sur ce trottoir comme si de rien n'était et…

En reprenant mes esprits, je levai ma main pour interrompre son débit de paroles incohérent.

– Stop ! Qu'est-ce que vous faites ici ?

Une courte pause s'insinua, durant laquelle son regard vagabonda.

– Je me… je me… balade.

– À cette heure-ci ? Dans une rue déserte et sombre ?

– C'est ce que j'ai dit…

Son ton m'apparut hésitant. Toute l'audace qu'elle affichait le matin même s'était envolée. Elle tortilla nerveusement ses lèvres ourlées, comme si elle cherchait ses mots ou peut-être une histoire à me débiner. J'avisai ses longs cheveux détachés et souples qui venaient flirter avec ses épaules fines en se mouvant au gré d'une infime brise que je ne sentais pas.

– C'était vous tout à l'heure, à l'intérieur du café ?

Mes yeux se plissèrent à la manière d'un inspecteur flairant une proie suspicieuse. Elle marqua un court temps de réflexion, comme s'il existait une réponse juste qui valait son pesant d'or.

– Je ne sais pas comment vous expliquer. Il faut que je vous parle de quelque chose…

Elle interrompit brusquement sa phrase lorsque je décroisai les bras, jusque-là gardés serrés contre ma poitrine en guise de rempart, après la vive surprise qu'elle occasionnait. Ses yeux orientés sur mon torse, au niveau de mon cœur, se troublèrent. Je regardai un court instant le pan de ma chemise autrefois immaculée qu'elle scrutait avec insistance et le lissai, irritable. La stupéfaction initiale imprimée sur son visage évolua en tracas.

– Quoi ? Qu'est-ce que j'ai ?

Dans un souffle, elle murmura :

– Je comprends tout maintenant…

– Cessez de me fixer de la sorte ! J'ai l'air négligé et alors ? Figurez-vous que j'ai passé une très mauvaise journée. Pourquoi ne répondez-vous pas tout simplement à ma question ? Était-ce vous à l'intérieur ? Je suis sûr que c'était vous. Est-ce que vous travaillez ici ? Est-ce que vous vivez dans l'immeuble ?

Je m'approchai d'un pas. Elle recula de deux, comme si elle craignait un contact quelconque.

– Non. Non. Pas du tout. Vous faites erreur.

Elle me cachait quelque chose. Selon toute vraisemblance, je la coinçais en flagrant délit de mauvaise action. Mon pouls s'accéléra lorsque mon cerveau me chuchota tout à coup la solution. Aussi évidente que stupéfiante. L'obscurité du café, son embarras manifeste et mystérieux, son air mortifié. Je venais de la surprendre à voler. Il devait exister un autre accès débouchant sur une rue parallèle à l'arrière de l'établissement. Avec consternation, je me souvenais à présent de sa diversion au moment où j'enlevais ma montre. La complicité du serveur m'apparut même probable, ce qui expliquerait une telle maladresse de sa part.

Tandis que mon cerveau imbriquait les pièces pour former une théorie qui tenait debout, je sentis mon corps se contracter sous l'effet d'une hargne grandissante, causée par une surcharge d'adversité, comme si le monde décidait de se liguer contre moi en ce jour de novembre.

– Ça y est. Je saisis enfin votre petit manège. Je dois avouer que vous êtes remarquablement douée. Une indubitable comédienne. Et vous continuez, alors même que je viens de vous prendre sur le fait. Vous étiez en train de commettre un cambriolage dans ce café. Le vol est sévèrement puni. En revanche, si vous me la rendez tout de suite, j'en resterai là.

Je bluffai. Sans preuve de ce que j'avançais, j'utilisai la vieille tactique de prêcher le faux pour connaître le vrai. J'allais la mettre au pied du mur, je m'avérais imbattable dans l'art de l'impassibilité. Elle me regarda un instant, interdite, les yeux grands ouverts. Un air surpris, à la limite de l'ahurissement, se dessina sur son visage soi-disant angélique. Elle haussa les sourcils et ses lèvres s'épanouirent lorsque je tendis ma main ouverte vers elle.

– Rendez-la-moi. Ma Rolex. Je sais que vous l'avez en votre possession. J'ai vu des caméras dans l'établissement ce matin, des pièces compromettantes qui ne demandent qu'à parler. Si vous me restituez ma montre, je mettrai de côté toute charge contre vous et vous laisserai partir.

Sans aucune certitude de ce que ma raison me hurlait, je continuai à mentir dans l'espoir qu'elle craque et se trahisse.

– Je n'ai absolument rien vous appartenant. Ni à quiconque d'ailleurs.

Elle secoua la tête avec véhémence, entraînant de longues mèches qui voletèrent avec une extrême lenteur dans son sillon. Je me frottai les yeux.

– Vous devriez arrêter d'affabuler de la sorte, reprit-elle. Votre scénario est tout à fait absurde. À la place de laisser courir votre imagination à de mauvaises fins, il est vraiment urgent de vous ménager. Prenez grand soin de vous sans plus attendre. Quelle que soit votre contrariété, elle n'a plus d'importance à votre stade. Il reste… peu de temps. Croyez-moi.

– Une montre à dix mille dollars a de l'importance ! Vous le savez très bien. Ne jouez pas à la petite ingénue avec moi. J'ai besoin de la retrouver. Aujourd'hui, j'ai perdu mon emploi et tout le confort associé suivra bientôt. Mon monde… Mon univers entier ne va pas tarder à s'écrouler si je ne trouve pas l'argent nécessaire en temps imparti pour le soutenir.

Ma voix trembla sous la colère qui semblait vouloir envahir une à une chacune de mes cellules.

– Vous avez raté votre entretien.

Elle abattit sa phrase avec solennité.

– Quelle perspicacité ! Vous m'impressionnez.

– Ce n'est pas un mal que vous ayez perdu votre travail. La vie souhaite que vous vous occupiez de vous. Encore une fois, c'est indispensable à votre stade… Peut-être que cet emploi ne représentait pas ce qu'il y avait de meilleur pour vous en dépit des apparences. Envers et contre toutes les qualités que vous lui attribuez.

– Quoi ?

Je la considérai un instant avec sidération et mépris.

– Vous insinuez que c'est une sorte de cadeau ? Une chance ?

– Eh bien… Oui. C'est exactement ça.

– Je crois que nous ne partageons pas la même vision de la vie. D'ailleurs, nous n'avons absolument rien en commun. Pour tenir de tels propos, j'imagine que vous vous complaisez dans une existence médiocre. Ce n'est pas mon cas, ça ne le sera jamais.

Sur ces dires, elle contempla le ciel, le regard vague comme si elle poursuivait une réponse mystérieuse.

– Je… Je ne sais plus rien de ma vie.

– Pardon ?

– J'ai oublié. J'ai perdu la mémoire. J'ai…

Une fois de plus, elle sembla chercher quelques mots justes, les traits inquiets. Puis renonçant, elle me gratifia d'un sourire doux et enjôleur qui révéla deux fossettes. Ses yeux s'étirèrent à l'infini.

– Laissez tomber… C'est compliqué. En ce qui vous concerne, je comprends votre désarroi, mais vous n'avez perdu que la partie matérielle. La surface illusoire de votre existence. Même si elle n'est pas à négliger, elle ne se montre en rien cruciale. Concentrez-vous sur ce qui vous rend vraiment heureux dans les jours à venir. C'est primordial.

Je secouai vigoureusement la tête pour revenir au centre de mes préoccupations, quand je réalisai avec stupéfaction qu'elle tentait de me manipuler, jusqu'à vouloir me faire gober un alzheimer précoce. Depuis le début, je la sous-estimais.

– L'amnésie maintenant. Votre cinéma ne prend pas avec moi. Rendez-moi immédiatement ma montre.

Elle campa sur sa position en adversaire coriace.

– Une bonne fois pour toutes, je ne l'ai pas en ma possession !

– Vous ne vous en tirerez pas comme ça.

– Avez-vous seulement entendu ce que je vous ai dit ?

Une hargne soudaine s'empara d'elle, aussi imprévisible que le retentissement d'un pétard dans une ruelle paisible. Ma grande carcasse tressaillit pour ne pas l'avoir vue venir.

– Mon intention est simplement de vous aider. J'ai voulu vous partager un important message sans vous choquer, mais puisque vous persistez dans votre obstination, vous m'obligez à me montrer beaucoup plus directe et explicite. Attention… cela risque de vous paraître très contrariant.

Tandis que je gardai toujours ma main ouverte à son encontre dans l'attente qu'elle me restitue mon dû, elle se redressa en me dévisageant, puis balança une phrase nette, incisive :

– Vous allez mourir.

Elle laissa infuser l'information durant trois secondes avant de préciser :

– Dans douze jours à compter de maintenant. Je suis désolée.

Je restai un instant immobile en soutenant son regard acéré. Ce n'est pas sa sentence qui m'effraya, mais la lueur vive émanant de la confiance irréversible que ses yeux projetaient. Un frisson me parcourut, comme si le boniment désaxé qu'elle venait d'exprimer s'infiltrait dans chacune de mes cellules. Un silence s'insinua entre nous dans la rue obscure. Je déglutis, puis relâchai un sourire en coin, car bientôt je me rappelais qui j'étais : un homme sensé, raisonné, cohérent dont les pieds, bien ancrés dans le sol, avançaient en écrasant les doutes, les superstitions et les peurs infondées.

– Qui êtes-vous au juste ? Une sorte de voyante extralucide ? Quelles sont vos intentions ? Je suis désolé de vous décevoir, mais vous ne pouvez pas compter sur moi comme client. Je ne crois pas en la divination. Et puis…

J'élevai les mains face à moi en signe de stupéfaction.

– Vous réalisez un peu ce que vous dites ?

Portée par son idée, elle semblait ne plus m'entendre et poursuivit son discours chimérique :

– Et c'est là que ça risque de se corser pour vous, si vous ne réagissez pas, si vous refusez de vous tourner vers ce qui revêt une réelle importance, car dans l'au-delà…

Je ne pus contenir un rire acide et la coupai sans délai.

– Woh ! Pas si vite. À quelle autre absurdité faites-vous référence ? L'au-delà ? Vous avez affaire à un pur rationaliste ! Quelque part je me sens rassuré de comprendre à quel point vous êtes cinglée.

– Évidemment… vous ne facilitez pas la tâche. Pour la faire simple et surtout pour vous offrir une image concrète de ce que je perçois, disons que vous possédez une protubérance ronde logée dans votre cœur, elle-même composée d'un amas, regroupant douze petites sortes d'astres. Le premier d'entre eux s'est révélé. Il s'est mis à briller, je peux le voir à travers votre peau. Il n'est autre que le premier signal émetteur stipulant que votre fin s'annonce proche. Au douzième jour, lorsqu'ils seront tous illuminés, vous mourrez. Voilà, j'espère que mon explication vous a paru suffisamment cartésienne. Au fond, peu importe que vous adhériez à une après-vie. Ce qui compte, ce sont les actions justes que vous poserez dans votre existence sans plus tarder, en adéquation avec vos véritables aspirations.

– Arrêtez ce petit jeu s'il vous plaît.

Mon visage se chiffonna et je secouai la tête afin de bannir le concept.

Ses yeux. Comme Persée en proie à la Gorgone dans la mythologie grecque, je devais éviter de les regarder pour rester imperméable à son récit digne d'une aliénée. Ils ne pouvaient certes pas me changer en pierre, mais dispensaient le pouvoir d'insérer le germe d'un doute insupportable, tant ils reflétaient une intelligence vive aux certitudes dérangeantes.

– Ces douze jours représentent une ultime chance pour votre personnalité inconsciente de s'affranchir. Contentez-vous de ressentir la beauté qui vous est offerte sous toutes ses formes avant de disparaître. Vous disposez d'un délai dans cet unique but. Vous devez privilégier l'essentiel. Sur terre, avant un départ en vacances, vous prépareriez vos valises en emportant ce qui vous paraît important, n'est-ce pas ? Faites de même durant votre temps imparti, mais en mieux. Autrement… Enfin bref… Restons concrets. Maintenant que vous savez, vous pouvez vous servir à bon escient de cette connaissance. N'avez-vous pas remarqué des changements dans votre vie ces derniers jours ? Ils vous invitent à vous reconnecter à votre cœur. Réfléchissez. Soyez honnête avec vous-même concernant la futilité des pertes que vous essuyez, telles que votre emploi ou vos biens, quels qu'ils soient. Vous n'en seriez pas là dans le cas contraire…

– Pouvez-vous vous taire à la fin ?

Je comprimai mes tempes devenues douloureuses.

– Tout ça me rend dingue ! Vous pour commencer. Sans même parler de votre histoire. À supposer que j'adhère au pouvoir de la voyance, ce qui n'est absolument pas envisageable, personne ne peut se montrer aussi précis. Douze jours… franchement… Vous possédez un calendrier secret de vie et de mort sur les gens ? C'est impossible. Soit vous mentez, soit vous êtes folle. Voilà ce à quoi je crois.

Je partis à ricaner, comme un gamin à la stratégie défensive pitoyable.

– J'ai développé, disons… certaines aptitudes très particulières. Vos yeux vous empêchent de constater la preuve de ce que j'avance. Je ne prédis absolument rien, l'illumination du premier astre au sein de votre cœur parle de lui-même. Le sens de la vue vous trompe, il vous masque la réalité. Je sais, c'est paradoxal. Si vous aviez souffert de cécité, vous auriez peut-être été en mesure de le discerner. Et peut-être même de prendre mes paroles au sérieux. Je suis navrée. Bonne chance pour la suite. J'aurai essayé de vous aider, c'est mon essentiel à moi.

D'un pas rapide, elle me tourna le dos et s'éloigna jusqu'à l'angle de la rue, puis fit brusquement volte-face comme si elle oubliait quelque chose. Ses cheveux continuaient à danser autour d'elle dans la nuit calme. À une heureuse distance, je me trouvai désormais dans l'incapacité de distinguer ses traits et échappai à l'acuité de son regard avec soulagement. En revanche, sa voix m'atteignit, légère et sucrée :

– Au fait… votre montre…

Le temps se suspendit. Mon oreille s'aiguisa, mon cœur s'affola. Puis je m'élançai dans sa direction dès que je réalisai qu'elle venait de me berner. Un coup de maître. Elle s'apprêtait à s'enfuir avec mon bien alors que je la tenais quelques secondes auparavant.

– Vous l'avez glissée dans la poche de votre manteau, au moment où vous avez voulu quitter votre table pour me fuir. Vous étiez passablement énervé, l'attention décroît dans ces moments-là. Vérifiez donc. La poche droite.

À ces mots, je stoppai net ma progression et elle bifurqua sur la voie perpendiculaire, hors de ma portée. Lorsque j'atteignis le croisement à mon tour, elle avait déjà disparu.

Je me garais sur le parking désert du stade nautique. Le moteur coupé, j'accueillis un instant le silence. Après un déchirement intérieur, j'avais décidé de vérifier les allégations soutenues par la jeune femme. Je sortis du véhicule et, alerte, me dirigeai vers la poubelle de l'entrée. Par chance, elle demeurait intacte, pleine et abjecte.

Je jetai un œil circulaire aux environs pour m'assurer de ma solitude, honteux d'en être réduit à fouiller parmi les déchets. À grands gestes rapides, je dégageai les emballages de sucreries et autres canettes vides jusqu'à apercevoir mon manteau noir à la manche déchirée, que j'avais déposé en boule compacte dans le conteneur quelques heures plus tôt. Non sans un certain dégoût, je l'extirpai d'une poigne franche, le maintins à bout de bras et le secouai d'une impulsion pour le déplier. Mon bras tremblait. Un probable mélange de fatigue, d'inanition et d'appréhension. J'hésitai. Après avoir sondé mille fois les déclarations fêlées de ladite Layna durant la route qui m'avait ramené à cet endroit précis, je me demandai si une infime part de moi souhaitait ne pas retrouver ma montre.

Si je ne saisissais rien dans le manteau, elle s'avérerait être une pickpocket de talent. Une « Arsène Lupin » contemporaine. Je ne pourrais que m'incliner face à son tour de passe-passe et essayer de la confondre au poste de police tout en oubliant notre conversation. En revanche, si ma Rolex se trouvait dans mon vêtement pouilleux, cela démontrerait sa bonne foi. Il me faudrait alors me convaincre que ses autres affirmations, impliquant ma mort prochaine, relevaient de la folie pure. Mais pourquoi avais-je sondé ses yeux ? Ils représentaient le maillon faible qui mettait en doute l'hypothèse d'une maladie mentale.

Je plongeai ma main au cœur de la poche droite. Aussitôt, le métal froid vint rencontrer le bout de mes doigts et j'attrapai ma montre dans le creux de ma paume. À la lueur de la lune, j'en observai la monture intacte, étincelante, et l'ajustai à mon poignet.

– Elle disait donc vrai…

Le constat me gifla et refoula mon soulagement à me réapproprier l'équivalence de dix mille dollars. Les propos irréels que l'insaisissable inconnue avait tenus concernant ma disparition à venir se mouvaient, lents, et commençaient à s'assembler pour former des contours dans mon esprit. La présence de ma montre telle qu'elle l'indiquait leur donnait naissance et les projetait sur l'avant-scène de mon mental confus. Certes, ses mots n'avaient pas de consistance, ils restaient à un état embryonnaire, mais ils flottaient désormais, comme autant de nuages menaçants : *peu de temps... vous allez mourir... douze jours... protubérance... essentiel...*

– Ressaisis-toi, Sam, m'intimai-je en regagnant mon véhicule. Tu ne peux pas croire à ces sottises. Pas même les laisser t'effleurer. Pas toi.

Je parlai seul à haute voix, un mauvais signe en soi. L'image de son visage s'imposa à moi. Qui était-elle ? Que faisait-elle dans le café sombre à cette heure avancée de la soirée ? Car sans nul doute, l'ombre que j'avais distinguée à l'intérieur de l'établissement lui appartenait, même si elle dédaignait de le confirmer. Ses longs cheveux en attestaient, ainsi que sa confusion notable. De toute évidence, je l'avais détournée d'un méfait dont j'ignorais tout. Sa personne et ses intentions demeuraient enrobées d'un voile opaque. La seule certitude que je détenais en cet instant résidait en son honnêteté : elle n'avait rien volé. En tout cas, rien me concernant.

Je contemplai le ciel noir et dégagé. Quelques étoiles brillaient dans le firmament et, pour une fois, je pris le temps d'observer son immensité. Il m'imposa sa grandeur et son mystère impénétrable, comme s'il désirait me démontrer à quel point j'étais petit et ignorant. Je détournai le regard et me glissai à l'abri de l'habitacle.

Exténué, je basculai la tête en arrière avant de la tourner vers le parking désert. Très lentement, je soufflai sur la vitre, comme je le faisais enfant, assis sur la banquette arrière de la voiture que conduisait mon géniteur, pour chasser mon ennui. La buée dessina un cercle opaque sur lequel je traçai un trait. Mon pouls se calma, en même temps que l'image d'un récent souvenir se forma. J'insérai alors les doigts dans la poche de mon pantalon et soutirai le bout de papier mauve à la courte missive, plié en deux, que la jeune femme avait déposé sur ma table le matin même. Je le plaçai au creux de mes mains jointes, comme un livre ouvert, et amorçai son décollage au-dessus de mon visage, pour le froisser dans la foulée d'un mouvement sec, quand je pris conscience de mon comportement grotesque. Puis, la tête révulsée contre le siège en cuir, je sentis mes paupières s'alourdir et me laissai aller à l'appel d'un sommeil salvateur.

4

SIGNES

Les premières lueurs de l'aube vinrent caresser mes paupières closes comme une promesse et je m'éveillai d'un sommeil lourd, hermétique. Malgré les courbatures au niveau de mes longues jambes, restées confinées à l'étroit des heures durant dans mon véhicule, je me sentais reposé et calme. Lorsque les souvenirs de la veille m'assaillirent les uns après les autres, je les accueillis avec moins de rage. Les émotions qui les soutenaient semblaient s'être étouffées dans la nuit, comme les braises d'un feu mourant que l'on avait cessé d'attiser. Je partis même à rire en me remémorant ma conversation avec la jeune femme. Je ne comprenais plus l'étrange élan qui m'avait poussé à l'écouter déblatérer sa fantaisie jusqu'au bout. Sans doute un mélange de fatigue extrême, de combativité pour retrouver ma montre et peut-être un peu de curiosité à désirer percer le mystère qui l'entourait. Dissociée de la mienne, son histoire ne me regardait plus. Elle m'avait indiqué la voie à suivre pour récupérer mon bien et me rendait une faveur, voilà tout. Au fond, je me voyais justement récompensé pour ma contribution à subir son étrangeté à deux reprises dans une même journée.

Après un bout d'éternité, du moins ce qui me semblait, je rentrais enfin chez moi. Je tournai dans ma rue paisible et croisai un camion de pompier qui quittait les abords desservant mon bâtiment. Une voiture de police était stationnée devant. Sourcils froncés, jaugeant les alentours avec méfiance, je m'engageai sur la rampe d'accès qui menait au garage, lorsque j'aperçus plusieurs habitants de l'immeuble amassés sur l'allée pavée qui rejoignait l'entrée principale, dont ma voisine de palier, Rosemary Jenkins. Les yeux grands ouverts, lèvres rouges contractées, elle pressait son yorkshire contre son torse à la poitrine refaite, comme elle exhiberait un accessoire à la mode. Un mot enfla dans mon crâne : ridicule ! Quand elle me vit, elle enchaîna quelques petits pas dans ma direction en agitant la main. Preste, je tournai la tête, peu enclin à me mêler d'un incident qui ne me regardait pas, et j'accélérai vers les entrailles du bâtiment pour atteindre mon stationnement.

Depuis le garage souterrain, je pris l'ascenseur, qui s'arrêta sur sa lancée au rez-de-chaussée. Sans surprise, les portes s'ouvrirent sur Mme Jenkins. Malgré moi, je levai les yeux au ciel tandis qu'elle me frôlait en entrant dans la large cabine vide pour se stabiliser contre mon bras. Sans perdre un instant, elle se précipita vers le sujet qui lui brûlait les cordes vocales.

– J'ai sonné chez vous ce matin, Sam. Vous ne devinerez jamais ce qu'il s'est passé.

Comme je demeurais silencieux, elle enchaîna :

– C'est M. Gordon du deuxième étage. Vous savez, le jeune banquier, blond, la petite quarantaine, avec un peu trop d'embonpoint selon moi, c'est dommage. Enfin… je devrais dire « c'était »…

– Pourriez-vous aller droit au but ?

– Eh bien, figurez-vous qu'il est mort.

Estomaqué, je reculai d'un pas sous le coup de l'annonce consternante. Rosemary Jenkins était adepte de ragots sordides. Elle en récoltait autant qu'elle en semait à tous les vents et par tous temps. L'idée même de me servir à sa source me répugnait, mais je ne pouvais ignorer la franche affliction qui me poussa à en apprendre plus sur le sort funeste de cet homme que j'appréciais.

– Comment ? Qu'est-ce qui s'est passé ?

Le visage de ma voisine s'empourpra tant, qu'elle peina à contenir son excitation. C'était bien la première fois que je mordais à son hameçon.

– Un AVC pendant la nuit. Son épouse l'a retrouvé inerte ce matin. Tout froid et tout dur. Vous imaginez ? C'est affreux…

Elle avança ses lèvres farcies de gloss vers moi, une fausse empathie imprimée sur ses traits imbibés d'acide hyaluronique.

– C'est bien triste en effet.

La cabine s'ouvrit sur le troisième et dernier étage et j'en sortis, éprouvé par la nouvelle, pressé de regagner mon appartement. J'insérai ma clé dans la serrure, lorsque la voix horripilante de Rosemary Jenkins s'éleva à nouveau pour s'agripper à moi :

– Mais quelque part, ça ne m'étonne pas. Il m'avait prévenue en personne quant à l'imminence de sa fin.

J'arrêtai mon geste et lui fis face, hargneux, curieux, peut-être effrayé par ses propos.

– Comment ça ?

Elle me regarda, aussi fière qu'un magicien s'apprêtant à sortir un lapin de son chapeau.

– Il y a une semaine de cela, il m'a confié qu'il était fatigué, qu'il désirait partir en vacances. De très longues vacances… Je me souviens qu'il avait insisté sur le « très ». Sur le moment, j'avoue que je n'y ai pas prêté plus d'attention que ça. Je pensais que c'était dû au fait que ça n'allait pas fort avec sa femme. Savez-vous qu'ils envisageaient de se séparer ?

– Et alors ? Quel est le rapport ? Il a simplement évoqué qu'il souhaitait partir. Cela n'a rien à voir avec une tragique attaque cérébrale !

– Mais je vous assure que oui. J'ai lu un article récemment sur ce médium connu… Comment s'appelle-t-il déjà ? Nicolas quelque chose… J'ai oublié… Bon, peu importe. Il affirmait que nous sommes tous informés au fond de nous, par l'intermédiaire de notre âme, du moment où nous nous apprêtons à mourir. Et cela quelque temps avant notre décès. Selon lui, c'est elle qui régit par avance notre départ, même lorsqu'il s'agit d'une disparition survenue par accident. C'est incroyable, non ?

– Vous n'allez pas vous y mettre vous aussi ! Cela n'a rien d'incroyable, c'est tout bonnement impossible ! Vous racontez n'importe quoi ! Vous feriez mieux de garder ce genre d'histoires pour vous. Et toutes les autres d'ailleurs. Vous propagez de la mauvaise graine, c'est insupportable !

– Mais…

Je franchis le seuil et, furieux, claquai la porte derrière moi pour faucher ses boniments. La console de l'entrée vibra et le courrier que j'avais déposé sur son rebord tomba. Durant quelques secondes, je restai le dos appuyé contre le battant pour récupérer mon souffle. Je me retrouvais au sein d'une conspiration de fous. La mort de Luke Gordon et les déclarations fantasques échafaudées par Rosemary Jenkins réactivaient les avertissements de Layna. Layna. Voilà que je commençais à la nommer, comme si tout à coup, elle détenait une place dans ma vie.

Je me dirigeai vers le vaste espace cuisine et harponnai la porte du réfrigérateur. Malgré l'heure encore matinale, j'attrapai une bière fraîche et la portai avec soulagement contre mon front en feu avant de la décapsuler. La mousse se souleva jusqu'au goulot puis s'apaisa. J'en bus trois longues rasades et entrepris de sortir quelques denrées prêtes à l'emploi. Fébrile, je les engloutis, perché sur le haut tabouret jouxtant le bar ouvert sur le salon. Du poulet, une tomate, du taboulé, une pomme et la moitié d'une tablette de chocolat s'évanouirent. Une fois rassasié, je me dirigeai vers la salle de bains attenante à ma chambre et m'attardai sous un jet brûlant pour reprendre le contrôle. Je finis par m'extirper de la cabine et, la vapeur dissipée, j'aperçus mon reflet aux yeux cernés, une légère rougeur sur ma pommette droite, relique de mes déboires avec Minguez.

Ses menaces de mort me revinrent soudainement en mémoire. Des phrases d'intimidation anodines au cœur d'une rixe, mais combinées à la plus irréelle des conversations avec la dénommée Layna, au décès brutal de Luke Gordon dans l'appartement juste au-dessous du mien et aux délires médiumniques de Rosemary Jenkins, je cédai, presque raisonnable, à un petit flip paranoïaque. Depuis la veille, en plus de mes ennuis professionnels, je me retrouvais englué dans l'insanité.

De retour dans le salon, je me jetai dans mon canapé dur en cuir noir et allumai la télévision. C'est la rediffusion d'un film qui me fit bondir sur mes deux pieds et me décida à agir. Je ne pouvais plus ignorer la peur qui avait franchement remplacé la nervosité. Moi qui n'avais jamais cru aux « signes », je leur laissais pour la première fois de ma vie un espace existentiel, certes infime, mais suffisant pour lever une initiative. J'attrapai mes clés et sortis de l'appartement avec la même vigueur qu'à mon entrée. Sur l'écran que j'omettais d'éteindre, Brad Pitt incarnait avec prestance le rôle de « la mort » personnifiée dans *Rencontre avec Joe Black.*

– M. Whorley !

Mon nom résonna dans le hall des urgences rattaché à l'hôpital, en se frayant un chemin depuis les doubles portes battantes qui s'ouvrirent d'un coup sec. La voix nasillarde précéda la présence du Dr Cove lui-même. Lorsqu'il apparut, j'avisai l'homme d'une cinquantaine d'années, petit et grassouillet, à la chevelure grise ramenée avec négligence vers l'arrière du crâne. Ses yeux blasés, rivés sur la feuille suspendue à un support noir en plastique, se levèrent un court instant, en alerte, vers la salle d'attente bondée.

Des personnes de tous âges et tous milieux sociaux confondus n'avaient cessé de se succéder : des ivrognes qui beuglaient en titubant, le visage tuméfié, des nez cassés, des corps fracturés. Près de moi, un homme à la main droite transpercée d'un harpon fixait d'un air contrit sa paume ensanglantée qu'il gardait grande ouverte. D'autres individus étaient survenus en claudiquant, en toussant, en pleurant, en maintenant des compresses de fortune pour parer à quelques hémorragies. Je me retrouvais enfermé au cœur d'une véritable cour des miracles. À aucun moment je n'avais osé m'éloigner, ne serait-ce que pour prendre un café, par crainte de passer mon tour. Aussi, j'étais resté assis au milieu du tumulte marqué par la décadence humaine pour attendre mes résultats, après avoir feint un malaise cardiaque à mon arrivée dans le hall quelques heures plus tôt, en vue de bénéficier de rapides et complets examens de santé.

Irritée, la voix du Dr Cove cria mon nom une nouvelle fois. En plus de me diriger à grands pas vers lui, je levai le bras pour capter son attention et soulager son impatience notable pour m'appeler à deux reprises en une seule seconde d'intervalle.

Après des heures d'inertie, mes jambes me paraissaient molles, comme engourdies par l'énergie négative ambiante qui semblait s'accrocher jusqu'au mur gras et gris, aux chaises en plastique dur et sale, à la réceptionniste et au personnel soignant à la mine déconfite.

À peine m'eut-il repéré qu'il se détourna avec un petit mouvement de tête latéral qui laissait supposer de le suivre. Je passai les portes battantes dans son sillon. Usé par la pression quotidienne rattachée à sa fonction, il ne prit pas la peine de me saluer et m'indiqua une pièce rudimentaire composée d'une table d'auscultation et d'un bureau blanc derrière lequel il s'assit avec lourdeur. De son index boudiné, il ajusta des lunettes rondes sur l'arête de son nez et endossa une expression hautement exaspérée. Il énonça à nouveau mon nom, suivi de ma date de naissance pour vérifier mon identité. Ses joues molles et grasses vibrèrent sous la contrainte de son élocution tonitruante, comme s'il désirait toujours recouvrir le vacarme omniprésent de la salle d'attente qui semblait ne jamais désemplir. Il ouvrit mon dossier et survola quelques feuillets avant de le refermer d'un mouvement rigide.

– Si toutes les personnes avec votre état de santé se mettent à défiler aux urgences au saut du lit, on ne va pas s'en sortir, balança-t-il comme pour m'accabler d'un délit.

Comme je soutenais son regard, hagard, une main plaquée sur mon thorax, il se calma et lut à voix haute ma fiche d'admission ou plutôt les plaintes que je déclarais.

– Douleurs intenses au niveau du cœur… difficultés respiratoires… engourdissement du bras gauche…

Il me toisa par-dessus ses verres avec l'air blasé d'un homme qui en avait vu d'autres.

– Je vous assure avoir senti de vives contractions dans cette région. Je palpai mon sternum au-dessus de ma poitrine. Vous êtes sûr de n'avoir rien trouvé d'anormal par ici ? Une protubérance qui ressemblerait à… un astre… peut-être…

Un long soupir s'échappa de sa bouche étroite aux lèvres fines et au contour flou. Il exerça une nouvelle pression sur ses lunettes qui glissaient sous l'afflux d'une transpiration abondante.

– Un astre ?

Il secoua la tête, les sourcils froncés.

– Bon… L'échocardiogramme ainsi que la radiographie thoracique n'ont strictement rien révélé d'anormal. Vos analyses de sang sont excellentes. Votre fréquence cardiaque correspond à celle d'un athlète de haut niveau, monsieur Whorley. En conclusion, vous n'avez rien à faire dans cet hôpital. Vous pouvez partir.

Il s'apprêtait à se lever lorsqu'il posa une question qui semblait lui avoir échappé :

– Êtes-vous malmené ces temps-ci, monsieur Whorley ? Souffrez-vous de dépression ?

Il me toisa d'un œil torve. En cet instant, je me dis que sa propre vie n'était sans doute guère plus glorieuse que la mienne, dépouillée de son costume médical. Un sourire cynique étira mes lèvres lorsque je songeais à ma rencontre avec une illuminée dont je ne connaissais rien d'autre que le prénom, qui m'annonçait ma mort dans une douzaine de jours. Qu'est-ce que le Dr Cove aurait fait à ma place ? Combinées aux évènements à caractère surnaturel auxquels j'assistais de retour chez moi, les allégations formées par l'intrigante Layna s'étaient frayé définitivement une voie dans mon esprit, en dépit de mes efforts pour les ignorer. Je hochai la tête à l'affirmative.

– En effet, docteur. J'ai eu, disons… quelques déboires ces dernières vingt-quatre heures.

– La prochaine fois, en cas de simple crise d'angoisse, il serait préférable que vous appeliez votre médecin traitant avant d'opter pour notre service.

– Je n'en ai pas. Je ne suis jamais ma…

J'interrompis ma phrase juste à temps pour éviter la provoc en admettant bénéficier d'un état de santé irréprochable. Je m'abstins aussi de lui expliquer qu'en vue de l'appréhension qui m'avait étranglé face à Brad Pitt, j'avais d'emblée suivi le chemin des urgences afin de prétendre à tous les examens et résultats associés dans les plus prompts délais. Au lieu de quoi, je lui adressai un sourire penaud agrémenté de la réponse béni-oui-oui qu'il guettait en me lorgnant d'un air sévère.

– Bien sûr. Ça ne se reproduira plus, docteur.

Il regarda sa montre et soupira de guerre lasse.

– Je vous prescris une ordonnance pour des somnifères et antidépresseurs légers. Si ça ne va pas mieux d'ici un mois, je vous recommande d'aller consulter un psychiatre. J'en connais un de très bonne renommée.

Il ouvrit un de ses tiroirs, fouilla parmi une masse de papiers et dénicha une petite boîte rectangulaire de laquelle il soutira une carte de visite. Puis, il se leva et me confia l'ordonnance, les coordonnées de son confrère spécialisé pour toqués, ainsi que les résultats de mes examens. Bref, il me salua, me précéda en direction du couloir, attrapa un nouveau dossier que sa secrétaire lui tendit depuis un comptoir ajourné et se dirigea vers la salle d'attente. Alors qu'armé de sa fiche d'admission, il beuglait le nom du patient suivant, je sortis.

Une fois dehors, je respirai à pleins poumons l'air frais et vivifiant d'un après-midi maussade. Mon ventre se tordit et je considérai l'heure sur ma Rolex, sauvée *in extremis* du broyage au fond d'un camion-benne. Quatorze heures cinquante-deux. À nouveau, je contraignais mon corps à un régime non prémédité et il se révoltait. Décidant de me ravitailler dans l'instant, je regagnai l'entrée principale de l'hôpital à la recherche d'une cafétéria.

Devant l'enceinte, des malades fumaient ou discutaient tout en maintenant leur perfusion. Je ne pus prévenir un trouble en avisant les mines amaigries et grises de certains individus et m'engouffrai en hâte par les portes coulissantes. Dans le hall, sur ma gauche, j'aperçus une boutique hétéroclite qui proposait de quoi se restaurer sur le pouce. Je commandai un sandwich, une bouteille d'eau, et m'installai sur une petite table ronde, disposée à même le couloir qui menait aux différents services. Je fermai les yeux de soulagement en sentant le liquide frais étancher ma soif.

Face à moi, j'ouvris le compte rendu de mes examens que le Dr Cove m'avait remis avec lassitude. Je me lançai dans la lecture compliquée de mon anamnèse chaque fois précédée de la mention en gras : « ABSENCE DE... ». Même si je séchai sur la majeure partie des termes rattachés à un jargon médical complexe, j'en saisis en revanche la portée immédiate : je possédais une santé de fer. Aucune crise cardiaque ni menace d'arrêt cardiorespiratoire ou autres tumeurs envahissant le péricarde à l'horizon.

En toute logique, j'aurais dû sauter de joie à cette nouvelle, si ce n'est que... je le savais déjà. Ces examens avaient seulement servi à calmer l'agitation de mon cerveau. Je me massai les tempes, le visage compressé entre mes deux avant-bras, les yeux clos.

– Non !

Un cri d'enfant parvint sur ma droite. J'ouvris les paupières et dirigeai mon attention vers la voix pure, à quelques mètres de moi.

– Non ! Je ne veux pas partir ! Je dois encore jouer, lança à nouveau le jeune garçon.

Une petite tête blonde d'une dizaine d'années défiait une femme d'âge mûr perchée sur de hauts talons, dont les traits raffinés pourvus d'un maquillage sophistiqué reflétaient une triste impatience.

– Jamie. Jamie. Ça suffit.

Soucieuse des regards, elle scruta les lieux autour d'elle.

– On rentre à l'hôtel, c'est un ordre.

Joignant le geste à la parole, elle attrapa la manche de l'enfant, qui réussit à se dégager. Ce faisant, il manqua tout juste de tomber au sol. Des larmes se mirent alors à couler le long de ses joues rebondies et il cria :

– Tu ne l'aimes pas !

– Je te défends de dire ça !

Le visage désormais contracté de colère, la femme empoigna le bras fin du garçon devenu malléable et avança vers la sortie à grandes enjambées. À regret, il la suivit. Des hoquets rauques et anarchiques s'échappaient de sa poitrine secouée. Lorsqu'il passa près de moi, nos regards se croisèrent et mon torse se comprima face à la douleur que j'y lus. Il me semblait sonder la nature précise de ses sentiments, sombre écho de ceux que j'avais expérimentés au même âge.

– Tiens bon, petit…

Je l'accompagnai d'un murmure inaudible tandis qu'il traversait les portes coulissantes. Il me donna le courage de fuir mon apathie et d'agir, aussi je repoussai la torpeur qui m'enlisait depuis la veille. Je bus une nouvelle gorgée d'eau et de vie, et attrapai mon téléphone portable resté sur mode avion depuis ma débâcle. Les « signes » qui m'avaient perturbé possédaient le mérite de m'avoir momentanément diverti de mes ennuis professionnels. *Une infortune en chasse une autre*, pensai-je. Au moins, ma peur subite et irrationnelle liée à ma propre disparition m'avait aidé à relativiser l'ampleur de l'échec cuisant que j'avais essuyé avec l'intervention de Minguez. Désormais rasséréné sur mon état de santé général, j'écoutai mon répondeur, prêt à affronter la réalité. À ce stade, peu importait les nouvelles, je me sentais immunisé.

La voix féminine robotisée annonça vingt-trois nouveaux messages. Fournisseurs, clients, et plusieurs de Minguez qui regrettait que « les choses se soient passées ainsi entre nous ». Stratège, il poussait son canular jusqu'à vouloir me faire croire qu'il m'incluait dans la partie lors du rendez-vous à venir avec le directeur de l'*Imperial House*, si toutefois je me montrais assez raisonnable pour lui rapporter les documents nécessaires à la présentation. Je raccrochai avant la fin de ses argumentaires dépourvus d'intégrité et continuai à jouer la carte du silence pour le laisser patauger dans le tourment de l'incertitude. Je savais que mon repli provisoire servait de résistance à ce qu'il me soutirait : une carrière prometteuse au sein d'une société prestigieuse. Je soutenais encore l'idée que mon travail acharné pourrait être démontré, quantifié auprès de Robert Hart lorsqu'il reviendrait, car les chiffres le domptaient. En clair, tant que le grand patron n'ordonnait pas mon renvoi définitif, il subsistait toujours un espoir.

J'allais ranger mon téléphone lorsque mon regard capta un SMS perdu entre de multiples offres publicitaires. Il provenait d'Iris. En apparence, un texto groupé qui vantait une marque de cosmétiques française qu'elle représentait et distribuait en exclusivité sur notre territoire. Une nouvelle activité dans laquelle elle s'était lancée à la suite d'un voyage à Paris dont j'ignorais tout. En réalité, à considérer l'heure d'envoi tardif du message, je soupçonnai en être l'unique destinataire. La connaissant, j'y discernai un clin d'œil discret pour m'informer de son retour, un aveu silencieux qui exprimait son souhait de me revoir.

Je scrutai l'écran quelques secondes puis tranchai. Peu importait la vérité qui l'animait, je saisis l'occasion au vol et la recontactai, six mois après notre rupture. Inutile de me baratiner avec un quelconque manque d'elle. Seuls une lassitude passagère, un malaise échafaudé par le thème disgracieux de la mort et le désir de rallier au plus vite ma zone de confort avaient motivé mon pouce à appuyer sur la touche d'appel. Je convoitais un remède immédiat et Iris constituait un baume provisoire parfait pour regagner ma confiance perdue.

Pour céder, je dus délaisser les souvenirs des conflits engendrés alors que je l'avais quittée sans préavis du jour au lendemain. Au terme de notre relation, j'avais déclaré : « J'ai besoin d'être seul. » L'argument épousait au plus juste la vérité, pourtant Iris avait rejeté mon explication en recherchant des causes compliquées à un fait anodin. Je l'avais plaquée pour reprendre la pleine possession de ma liberté, inapte que j'étais à ressentir un quelconque attachement pour l'autre. L'unique ambition qui prévalait dans mon existence côtoyait mon univers professionnel. Pour le reste, mon cœur était étriqué.

Je n'éprouvais aucune raison valable d'y remédier, être égoïste en conscience s'apparentait à une bénédiction. La plupart des gens refoulaient cet attribut comme une maladie peu ragoûtante, pour ma part, je m'y prélassais avec autant de délices qu'un bain chaud après une sortie à ski. Pas de souffrance, aucun détour inutile, aucune concession à établir pour apaiser des histoires ennuyeuses ou tourmentées. Mon existence restait sous contrôle dans la course au profit. Vif, pragmatique, des objectifs précis en ligne de mire, je concourais pour mon propre compte au quotidien.

Iris répondit à la deuxième sonnerie. Après un court silence pendant lequel j'entendis son souffle précipité, elle me proposa de nous rejoindre dans la demi-heure, au bar chic où nous avions nos habitudes, à deux pas de mon ancien bureau dans le centre-ville de Seattle.

Je raccrochai, soulagé, ignorant que je courais au-devant du dernier signe qui allait broyer les croyances fondamentales que j'avais érigées ma vie durant.

5

ASTRES

En traversant la rue, j'aperçus la silhouette d'Iris qui me devançait de quelques mètres. Les talons aiguilles de ses escarpins frappaient le bitume, dispensant un cliquetis aigu à la suite de sa démarche chaloupée. Ses cheveux de jais, coupés au carré, raides comme la justice, ressemblaient à s'y méprendre à la perruque d'une danseuse performant dans quelques célèbres cabarets parisiens. Elle portait un jean slim et un manteau en feutre aussi rouge que ses lèvres. Du moins, je le devinais puisqu'elle me tournait le dos, car elle ne sortait guère au naturel, sa bouche toujours dissimulée sous une épaisse couche de Chanel.

Si je ne l'avais pas surprise un matin au réveil, démaquillée, décoiffée et nue, exposée aux spots sans merci de ma salle de bains, j'aurais pu croire à l'illusion d'une beauté parfaite. Ce jour-là, j'avais ri tandis qu'elle m'offrait sa vulnérabilité avec un cri d'effroi.

Logé derrière elle, je maintins la porte vitrée alors qu'elle s'apprêtait à pénétrer dans l'établissement. Elle m'aperçut dans le reflet, se figea un instant, lissa une mèche de cheveux puis se tourna vers moi. Ses yeux bruns, parés d'un fin trait d'eye-liner, plongèrent dans les miens et ses cils s'agitèrent comme deux papillons sur le point de s'envoler. Son sourire s'élargit exagérément alors qu'elle m'enlaçait dans ses bras pour marquer nos retrouvailles. Elle me salua d'une voix enjouée pour masquer sa nervosité, puis nous rentrâmes à l'intérieur du bar chic aux immenses suspensions de cristal et métal doré brossé, jusqu'à atteindre une table en bois blond un peu en retrait. J'admirai en passant l'imposant piano à queue noir laqué, derrière lequel un musicien jouait du jazz, à l'intention de quelques rares clients désintéressés en ce milieu d'après-midi.

À peine assis, je réalisai mon erreur. Iris me paraissait étrangère, le temps avait occulté les liens qui nous avaient unis et lissé nos rapports, les dépouillant de tous reliefs qui auraient favorisé un semblant de conversation. Il avait aussi transformé l'attrait des courbes façonnant son corps. Même les traits réguliers de son visage m'apparurent vulgaires en cet instant, comme si la distance et les mois qui nous avaient séparés s'étaient appliqués à gommer toutes formes d'enchantements appartenant à une histoire échue.

Ainsi, je doutais de trouver le réconfort et le divertissement que j'attendais en vue d'échapper à la tyrannie des dernières heures, tant mes pensées s'évadaient hors de notre duo improvisé. Mon attention voyagea donc vers le comptoir derrière lequel un barman s'affairait à préparer un cocktail puis s'engouffra vers les propos de la mystérieuse inconnue dénommée Layna, vers ses cheveux qui voletaient, indisciplinés, dans le calme de la nuit, vers Luke Gordon froid dans son lit, vers mes examens de santé, vers…

Muni de son plateau, un serveur distingué aborda notre table et me ramena sur la rive du présent, sur laquelle Iris me fixait d'un air inquiet. Il prit notre commande avec déférence et s'éloigna. Comme je demeurais muet, elle se lança alors, nerveuse, dans un monologue pour faire obstacle au silence qu'elle percevait comme menaçant. Je me laissai porter vers la discussion de son choix pour combler le vide même si déjà, je songeais à m'extraire de ce leurre aussi vite que je m'y étais embourbé.

– Je reviens de Paris, tu sais. J'y suis allée avec Ana. Tu te souviens d'elle ? C'était formidable. J'ai été recrutée dans une soirée par une vendeuse de cosmétiques pour représenter une marque française encore méconnue sur notre territoire : Paris Glam.

Flegmatique, je hochai la tête. Un temps d'arrêt puis elle reprit :

– Tu sais, les Françaises ne sont pas si élégantes que ça. Je n'avais franchement rien à leur envier.

Elle chercha mon approbation, comme si elle n'existait qu'à travers le physique qu'elle affichait.

– À part les Françaises qui n'égalent pas ta beauté, qu'as-tu vu de remarquable ? Tu évoques Paris tout de même.

Les premiers mots sarcastiques que je lui prodiguais, interprétés à sa guise comme un compliment sincère, l'enhardirent au point qu'elle caressa le revers de ma main. Je la retirai, en agrippant ma bière blonde que le serveur venait tout juste de déposer, et réitérai ma question d'une voix critique :

– Alors, qu'as-tu vu de remarquable ?

Elle regarda le plafond, mordit le coin de sa lèvre rouge sang dans un effort visible pour rassembler ses souvenirs.

– La tour Eiffel… les Champs-Élysées, le Louvre. J'ai oublié le reste des noms, il y avait beaucoup de monuments.

Et puis bien sûr, j'ai vraiment apprécié toutes les belles boutiques, les cafés chics.

Elle sourit, satisfaite de sa performance à me communiquer trois lieux emblématiques de son séjour parisien, que je connaissais déjà pour leur notoriété, bien que je n'aie jamais mis les pieds dans la célèbre capitale française. J'avalai une gorgée en la contemplant avec surprise. Finalement, l'étroitesse de mon cœur n'était sans doute pas l'unique responsable de notre séparation. Peut-être que l'insipidité de ses propos en avait accéléré la chute. De quoi avions-nous donc parlé pendant l'année entière qu'avait duré notre relation ?

– Continue, où avez-vous logé lors de votre séjour ?

Comme si elle percevait le fond de mon analyse, elle déchanta quelque peu et je l'encourageai d'un sourire léger, en prenant garde de ne pas la fourvoyer dans mes intentions, dont l'objectif premier tendait désormais à boire ma bière en vue d'inhiber quelques émotions toujours frêles. Ma modeste attention suffit à lui redonner confiance.

Une main apposée contre sa joue, elle poursuivit :

– Dans un appartement que nous avons loué pour un mois. On mangeait tous les jours au restaurant. D'ailleurs, il faut vraiment que je me mette au régime.

– Ça va aller…, répliquai-je en observant son buste étroit, ses bras fins moulés dans un petit pull aussi rouge que ses lèvres et son manteau. Si tu veux mon avis, tu fais preuve d'excès à désirer contrôler ton corps de la sorte. Il est parfait. Tu es trop sérieuse.

La dernière phrase que je venais d'avancer me brûla la langue. « Vous êtes tellement sérieux… » Les mots prononcés par ladite Layna le matin de notre rencontre me cernèrent et je m'évadai à nouveau. M'avait-elle considéré comme insipide et superficiel ? Était-ce l'image déplorable que je reflétais alors ? M'avait-elle perçu avec les mêmes yeux que les miens, rivés en cet instant sur Iris ? Depuis quand me souciais-je de ce que les gens pensent de moi ? Au cœur de ma rêverie, j'entendais vaguement Iris s'exprimer avec un engouement certain depuis que j'avais flatté son apparence physique.

– … Ana a absolument tenu à se rendre dans ce restaurant trop étrange…

J'avalai une autre gorgée de bière. Elle… m'apaisa. Je trouvais un réconfort immédiat dans son amertume et le crépitement de sa mousse, dès lors que je la portais à ma bouche.

La tête appuyée contre le dossier, je continuai à laisser mes réflexions pérégriner vers l'intrigante Layna. Qui était-elle au juste ? « J'ai perdu la mémoire… » Qu'entendait-elle exactement par là ? Outre sa prémonition absurde évincée par mes examens, un mystère l'entourait qui revenait vers moi comme les vagues de l'océan sur la grève de mon enfance…

– … c'était vraiment étrange. Personnellement, je n'ai pas du tout adhéré. D'une, j'ai renversé mon verre. De deux, j'avais trop peur qu'un homme n'en profite pour me toucher et…

Elle paraissait si désespérée après sa vision de l'accident. Pourquoi m'avait-elle poursuivi dans la rue ? Peut-être connaissait-elle la victime…

– … au niveau des plats, je dois reconnaître que c'était un délice. Mais franchement, à quoi ça sert de s'apprêter si on ne se voit pas ?…

Le visage nu de la jeune femme se suffisait à lui-même, aucun artifice ne venait le travestir. Des cheveux blond vénitien, une peau laiteuse, quelques éphélides sur le haut des pommettes. À peine. On pouvait supposer qu'elle avait changé d'avis dans le processus de devenir une véritable rousse…

– … quand je lui ai fait remarquer, le serveur nous a expliqué que le concept visait justement à percevoir des sensations que nous n'aurions autrement pas saisies. À cause de nos yeux. Il a affirmé que dans notre société actuelle, nous avançons majoritairement en aveugle. Quelque chose comme ça. J'avoue ne pas très bien comprendre ce qu'il entendait par là. C'est bizarre, non ? Puis il m'a laissée « vivre » l'expérience. Ce sont ses termes. Personnellement, je n'ai rien senti de particulier…

Je fus abruptement aspiré dans la réalité. Quelques mots d'Iris que j'attrapai au vol, « aveugle… vivre… expérience… », m'avaient percuté, me ramenant à l'instant présent.

– De quoi ? Tu peux répéter ce que tu viens juste de dire ?

Son visage se plissa, mû par l'inquiétude devant mon ton abrupt. Elle réitéra sa phrase avec une lenteur extrême, de façon mécanique :

– Je n'ai rien senti de particulier…

Elle fronça les sourcils d'un air embêté.

– Est-ce qu'il y a quelque chose de mal à ça ?

– Il n'y a aucun mal. Mais juste avant ça, tu as dit…

Je palpai mes tempes et fermai les yeux sous l'effort d'une intense concentration.

– Quoi ? La tour Eiffel ?

Exaspéré, je lâchai un profond soupir éloquent.

– Non. Décris-moi à nouveau l'expérience que tu viens de mentionner. Seulement cela.

– Tu… tu as l'air bizarre.

– C'est juste que j'aime les détails. Répète. S'il te plaît.

Elle hésita, puis se lança, aussi oppressée que lors d'un oral déterminant :

– On est allées dans ce restaurant parisien où l'on mange dans le noir complet. Un serveur est venu nous chercher dans le hall. On a dû s'accrocher en file indienne et descendre des escaliers, sûrement jusqu'à une sorte de cave, où il nous a conduites à une table. Lui revêtait des lunettes spéciales pour voir dans la pénombre. Tu imagines ? Personnellement, j'avais peur que quelqu'un n'en profite pour me toucher.

Mon pouls s'activa en quête d'une information capitale qui m'échappait encore. Je fixai Iris. Indépendamment de ses remarques incolores, ses tics, le mot « personnellement » qu'elle dispensait à outrance, je ressentis une envie folle de la secouer pour lui faire régurgiter l'idée qui me manquait.

– Continue. Redonne-moi tous les détails.

À bout, je cueillis sa main pour l'encourager. Elle apprécia mon geste un instant et, avec une précision que je ne lui connaissais pas, étoffa son histoire.

– Le serveur nous a expliqué que le concept du restaurant visait à décupler nos autres sens. Ceux du goût et de l'ouïe entre autres. Il a surtout parlé… d'intuition ? Quelque chose comme ça. Il a ajouté que, dans notre société occidentale, nous restons prisonniers de notre vue et de l'illusion associée. Il nous a dit qu'en la supprimant, nous serions en mesure de ressentir la richesse d'un moment simple, comme celui de manger un mets délicat, en savourant et en prenant notre temps.

Avec un intérêt décuplé, j'écoutai l'information en parfaite concordance avec les propos tenus par l'énigmatique Layna la veille au soir : mes yeux me retenaient en otage et m'empêchaient de constater la présence d'une protubérance logée dans mon torse.

– Quand j'y repense, j'ai bien remarqué quelque chose de particulier. En rapport avec Ana. Elle avait une voix nasillarde. Je n'avais jamais vraiment prêté attention à ce détail avant. Ce serveur avait peut-être raison.

Toute acuité avait à nouveau disparu de son discours, mais j'avais capté l'allusion que mon instinct en alerte avait exigée. En un instant, mon cerveau me dicta où aller, l'idée avait jailli d'elle-même. Il me fallait absolument tester l'expérience sur-le-champ, pour en finir avec le doute qui revenait. Dans moins d'une heure, je serai fixé.

Je me levai avec rudesse et la table vacilla. Iris manqua renverser son jus de fruits et me regarda avec une expression faciale étouffée. Elle réfrénait une vive surprise qui risquait d'approfondir quelques ridules présentes sur le coin de ses yeux.

– Je dois te laisser. Je suis vraiment navré, lançai-je.

– Où vas-tu ? On vient à peine d'arriver…

– Je ne peux pas t'expliquer, mais je dois partir, c'est urgent. Tu m'as été d'une grande aide. Merci.

J'enfilai ma veste de sport à la hâte et la plantai sur un « mais… » au rendez-vous que j'avais établi. Je m'imposais là en véritable expert dans l'art de la muflerie. Art dans lequel je semblais m'affiner avec les années. En alerte, je m'élançai d'un pas soutenu vers la sortie, décidé à reprendre le contrôle de mon destin, un jour contrarié par les prédictions exubérantes et sinistres d'une jeune femme inconnue.

J'arrivai tambour battant dans le garage de ma résidence et courus jusqu'à l'ascenseur. Au lieu de sélectionner le troisième étage pour rejoindre mon appartement, j'appuyai sur la touche – 2. Les portes de la large cabine s'ouvrirent et je pénétrai dans un hall bétonné. Le bas plafond flirtait avec le sommet de mon crâne. Seule une lueur blafarde provenant d'une applique poussiéreuse donnait un semblant de vie au lieu. Un frisson me parcourut. J'avais en horreur l'obscurité. Malgré mon allure athlétique culminant à 1 m 92, je gardais des angoisses assujetties à l'enfance. Armé de ma clé, j'ouvris la porte en métal dépoli qui menait au dédale des caves. J'allumai l'interrupteur qui illumina un long couloir. Hésitant, je m'engageai dans le corridor étroit, desservant quelques repères mystérieux marqués de numéros au feutre indélébile et verrouillés par de lourds cadenas.

Dans cet environnement, l'aspect chic propre à mon immeuble n'était pas de mise. Je me retrouvais confiné dans ses entrailles. Du sol au plafond, le béton brut régnait en maître, les lieux empestaient une humidité entêtante. Hormis mes pas sonores, seul le bruit de quelques canalisations s'imposait. On y rencontrait rarement un voisin. Un endroit idéal pour cacher un cadavre. Mes mains devinrent moites pour entretenir une pareille pensée, en cet endroit où mon imagination bondissait vers les souvenirs abjects de mes pires cauchemars. Dans un murmure, je m'intimai de me détendre. Décidé à mener mon expérience jusqu'au bout, je bifurquai à gauche, puis à droite. Je n'étais venu qu'une seule fois dans ma cave, le jour de mon emménagement deux ans auparavant.

Sur mon chemin, je tombai sur un nouveau commutateur et appuyai dessus, provoquant un déclic retentissant qui se répandit dans les lieux désaffectés. Je m'arrêtai enfin devant la porte en bois brut de mon lot sur laquelle figurait le nombre 31 d'une écriture négligée. J'insérai ma clé dans le verrou et pénétrai dans la petite pièce. Une ampoule suspendue au plafond vint frapper le haut de mon front. Je sursautai en la repoussant, puis pressai un bouton près de l'entrée. Une lumière jaune et crue, qui me fit plisser les yeux, domina les lieux. À l'intérieur de l'antre, quatre étagères métalliques supportaient ma caisse à outils et divers objets vétustes que j'avais entreposés et oubliés : deux lampes, du matériel de plongée sous-marine, une paire de skis, des livres, des cartons contenant de la vieille paperasse administrative, un vase en étain, de la peinture usagée. Sur le mur du fond était remisée une petite armoire dotée d'un panneau central recouvert d'un miroir. Les grands et spacieux placards intégrés de mon appartement l'avaient rendue obsolète. Enfin, un antique VTT reposait contre la paroi gauche de l'étroite caverne.

Je soufflai un bon coup et ôtai les couches successives de vêtements pour exposer la peau nue de mon torse. Je tressaillis de froid et d'appréhension, mais gardai néanmoins en ligne de mire l'objectif qui m'avait conduit en ce lieu lugubre. Un but fou en totale adéquation avec les démentes dernières vingt-quatre heures. Chargé d'adrénaline, j'éteignis d'un geste sec le faible rayonnement. Un flash jaune perdura deux secondes devant mes pupilles, empreinte éphémère de la clarté évanouie. Puis je fus propulsé dans un noir opaque. Mon pouls s'affola. D'un pas lent, bancal, j'avançai au centre de la pièce, les yeux écarquillés, et tournai sur moi-même pour accentuer la confusion. Je m'arrêtai net, aveugle, sonné et tout à fait désorienté.

– Et maintenant ? S'il est vrai que je possède une quelconque anomalie… quelle connerie… et qu'il ne me reste que douze misérables jours à vivre, j'en exige la preuve.

Je ne savais pas à qui je m'adressais en cet instant. Tout me semblait irréel, je me perdais dans les méandres d'une personnalité inconnue, inquiète, vulnérable, crédule. Une sorte de rage m'envahit, comme si je me révoltais contre l'étrangeté à laquelle l'existence m'astreignait à travers une occulte prophétie et ses signes associés.

– Je veux récupérer ma vie telle qu'elle était. Sous mon contrôle !

L'écho de ma voix résonna dans mon crâne. Lorsqu'il s'évanouit, ne persistait que le tambour encore effréné des battements de mon cœur. J'apposai ma main sur mon torse pour tenter de le calmer et scrutai les ténèbres, les yeux grands ouverts pour essayer de déceler une quelconque protubérance ronde, visible à travers ma peau. Je ne repérai rien. Pas la moindre trace que mon aveuglement temporaire eut permis de révéler.

Je laissai le silence s'étendre quelques secondes et brusquement, j'éclatai d'un rire irrépressible devant le saugrenu de la situation.

– Mais qu'est-ce que je fabrique ici ? Qu'est-ce que je fous au juste ?

De toute évidence, mon récent trouble professionnel avait abattu un pan non négligeable de la confiance que j'avais cultivée depuis tant d'années. Je me retrouvais fragile, face à un avenir incertain, et la peur s'était engouffrée par le biais d'une affabulatrice au joli minois et au doux nom de Layna. Cela arrivait même aux meilleurs. Confronté à cette vérité, j'endurai une vague de honte. Reconnaître ma vulnérabilité, c'était faire place à l'humiliation, qui s'avérait avoir un goût aussi âpre que la fièvre de ces dernières heures.

Toutefois, par cette action stupide, j'étais désormais bel et bien guéri des doutes fous qui m'avaient accaparé. Je me voyais enfin prêt à reprendre l'ascendant sur les évènements qui composaient mon quotidien. Avec cette perspective en ligne de mire, j'avançai à pas précautionneux les bras tendus à la recherche de l'interrupteur. Je devais sortir de cette pièce. Mon pied buta contre un obstacle qui s'écroula sur le sol, en m'écorchant le tibia au passage. Échauffé, je jurai entre mes lèvres et reconnus l'attaquant en mon vélo, au cliquetis métallique de la chaîne qui tournait. Je m'apprêtai à repartir dans le sens opposé lorsqu'une lueur feutrée attira mon attention. Deux lucioles s'agitèrent soudainement face à moi dans la nuit hermétique de la cave. Je plissai les yeux et avançai avec précaution, les mains en avant dans leur direction.

À demi conscient d'une erreur dans le décor, je dégageai les mèches de cheveux qui avaient glissé devant mes cils. Le son de mon souffle court, le grésillement dans mes oreilles et mes pas lourds sur le béton attestaient de l'angoisse qui montait de mon ventre.

Les deux insectes dansants reflétaient la luminosité envoûtante de la lune. Rendu à quelques centimètres, je pus enfin les distinguer avec acuité : il ne s'agissait pas de lucioles. Ni de quelconques bestioles que mon foutu disque dur de connaissances aurait pu répertorier. Rien de tout cela. Face à moi, deux billes rondes d'un centimètre de diamètre à peine éclairaient faiblement la paroi d'une membrane grisâtre vibrante, dans laquelle elles étaient enfermées. Je notai également les bordures contiguës de dix autres sphères de même taille, mais ternes, comme autant de minuscules planètes mortes. Assemblées en grappe, le tout formait une protubérance aux contours irréguliers dont la circonférence s'assimilait à celle d'une balle de ping-pong. Une sorte d'amas d'atomes à grande échelle.

Douze au total. Je déglutis.

Ma voix s'éleva dans un grognement inintelligible et avec précaution, j'avançai mes doigts tremblant pour saisir la pierre hypnotique, mais je me heurtai à une surface lisse et froide. Ma main se posa sur une paroi plate qui faisait obstacle. Je la laissai glisser jusqu'à sentir une poignée que je tirai d'un coup sec et l'éclat radieux disparut, remplacé par le néant.

L'armoire. Le miroir.

Je refermai la porte centrale grinçante et observai, terrorisé, les petits astres suspendus à nouveau face à moi, au niveau de mon torse. J'effleurai alors ma peau, obscurcissant leur luminescence, et restai un moment interdit, la main en appui sur mon buste. Figé dans une vérité qui me dépassait, je réalisai que ces étranges tumeurs m'appartenaient, logées dans mon cœur lunaire au sein duquel elles s'embrasaient. Mon aveuglement temporaire, associé au reflet du miroir, m'avait permis de les percevoir. Mes longues jambes se dérobèrent et je m'écroulai sur le sol. Face à l'inexprimable, au suffocant, à l'incroyable, je fléchissais.

La dénommée Layna avait levé le voile sur une sentence et un mal dont j'ignorais tout et qui évoluait. Le compte à rebours continuait depuis la veille. Une nouvelle malignité s'était réveillée depuis notre dernier entretien et les jours à ma solde étaient passés de douze à onze. Un effroyable calcul enfantin.

Comment cette jeune femme pouvait-elle avoir connaissance de ce phénomène invisible qui me rongeait ? Je n'avais jamais entendu parler d'une telle menace de près ou de loin. D'où provenait-elle ? Quelle était sa nature ? Pourquoi avais-je besoin d'un miroir et d'un aveuglement total pour l'appréhender ?

« Maintenant que vous savez, vous pouvez vous servir à bon escient de cette connaissance. » Comme si sa confidence m'offrait une chance de tirer mon épingle du jeu !

Les propos de la jeune femme constituaient une aberration en soi. Comment trouverais-je seulement l'envie de profiter de mes derniers instants, alors que ma vie allait m'être arrachée contre ma volonté ? En quoi une telle science pouvait-elle me soutenir ? Comment pourrais-je éprouver de l'insouciance, quand je devenais subitement conscient qu'il me restait si peu de temps à vivre ?

Délirant, je reculai, mes mains clouées au sol, jusqu'à ce que mon dos frappe la surface opposée. Avec furie, je tâtai le béton brut et rêche sur ma peau nue pour atteindre le poussoir que j'enclenchai. L'éclairage jaune m'éblouit, je me cachai les yeux. La lueur ronde au sein de mon cœur avait aussitôt disparu avec lui.

J'ouvris la porte en grand, d'un geste brutal qui l'envoya valser contre le mur dans un écho retentissant. Puis sans même prendre la peine de la refermer, je courus dans le couloir. Dans l'ascenseur, je tapai furieusement sur le –1 qui menait au garage. L'instant suivant, ma voiture me propulsa dans la nuit, mon moteur grondant sous la poussée de l'accélération. Pour ma survie, j'enfreignais toutes les règles pour rejoindre un lieu désormais bien connu. Je refusais d'accepter ce maléfice et un seul être mystérieux, en avance sur son temps, pouvait m'aider à comprendre le phénomène afin de l'enrayer : Layna.

6

ÉVANESCENTE

La nuit avait pris ses droits depuis longtemps déjà lorsque je me ruai vers le *Heaven's Coffee*. Mes pas rapides résonnaient sur le trottoir. Il me restait cinq minutes avant la fermeture de l'établissement. Les lumières qui s'épanchaient dans la rue à travers la vitrine m'indiquèrent que j'arrivais à temps. J'entrai en force. La clochette suspendue à la porte s'emballa. Le seul client encore présent sur les lieux, un homme à la moustache fournie et au pardessus racorni, sursauta à la suite de mon assaut imprévisible et se hâta de poursuivre son chemin vers la sortie. Sans perdre un instant, j'avançai à grandes enjambées vers le jeune garçon affairé à débarrasser une table dans le fond du chaleureux café. Il devint blême face à mon approche sauvage et manqua de lâcher le plateau qu'il tenait.

De toute évidence, il me prenait pour un voleur. Confus, je m'immobilisai, ôtai la capuche de mon sweat-shirt et marquai une pause en soufflant pour recouvrer mes esprits.

– Je suis désolé, je ne suis pas... Je ne voulais pas vous effrayer.

Un court silence pesa durant lequel il se recomposa, puis de la même voix fluette que je lui connaissais, il s'enquit, inquiet :

– Vous allez bien ?

Je secouai la tête à la négative.

– J'ai besoin d'aide. Je suis venu ici hier matin.

Le jeune serveur me jaugea, les sourcils froncés. J'aperçus alors mon visage dans le miroir en métal turquoise et doré accroché sur le mur d'en face. Avec mes yeux cernés, mes cheveux entremêlés et ma pommette barrée d'un petit pansement, j'étais méconnaissable depuis la veille. Un homme étranger dans une autre vie, qui errait au milieu de ruines parmi lesquelles gisait sa confiance broyée. Je désignai une chaise près de la vitrine.

– J'étais assis ici. Le café renversé par mégarde. Ça vous parle ?

Déconcerté, il me détailla et bafouilla :

– Ah… Oui… Je vous reconnais. Ça y est.

Ses traits reflétèrent l'ombre d'une méfiance soudaine que je me hâtai d'apaiser.

– Je ne viens pas vous voir à ce sujet. Pas du tout. Je cherche une jeune femme prénommée Layna.

Il me regarda sans comprendre et je poursuivis :

– Elle travaille peut-être avec vous ou habite l'immeuble. Je l'ai aperçue hier au soir, aux alentours de vingt-deux heures, à l'intérieur de l'établissement.

– Je suis désolé, monsieur. Seuls ma mère et moi gérons ce café. Elle en est la patronne et n'emploie plus personne depuis que j'ai arrêté l'école. Concernant l'étage, il est inoccupé. Vous devez faire erreur, sans compter que ce prénom ne m'évoque rien du tout.

Farouche, je m'opposai à ses affirmations.

– Non ! Je suis convaincu de l'avoir vue ici même. Malgré l'obscurité ambiante, je l'ai reconnue !

Subitement, ma première hypothèse l'incriminant de vol refit surface, faute de mieux. Sa bonne foi concernant ma montre n'incluait pas une innocence absolue pour autant.

– Vous avez été cambriolé dans la nuit ?

– Non… Il n'y a aucune effraction à déplorer.

– Vous êtes sûr ?

– J'en suis certain.

Pour parer à un engourdissement manifeste de son poignet, le garçon reposa un instant le lourd plateau chargé de tasses sur la table qu'elle avait précisément occupée lors de notre rencontre. Je scrutai l'emplacement vide et me tapai le front pour ne pas y avoir pensé plus tôt.

– Elle était assise sur cette chaise hier matin. Des cheveux très longs, blond vénitien, yeux gris. Elle portait une tunique bleu marine avec des rayures…

J'interrompis ma description quand son visage s'éclaira, signe qu'il la situait.

– Je me souviens bien d'elle. Elle ne travaille pas là et ne vit pas non plus dans le bâtiment, sinon, eh bien, je le saurais forcément.

– Il faut absolument que je la retrouve. C'est urgent !

Le garçon adopta un air affecté, une sincère empathie se lisait sur sa mine juvénile. J'attrapai mon portefeuille et saisis une carte de visite que je lui tendis avec gravité.

– Je vous laisse mes coordonnées. Remettez-lui cette carte si vous la voyez. C'est très important. Vraiment très important, vous entendez ?

J'allais l'informer que c'était une question de vie ou de mort, comme au cinéma, mais me ravisai. Que pouvais-je lui servir comme argumentaire s'il lui prenait le courage de m'interroger à ce sujet ?

Abattu, je finis par quitter les lieux colorés, bredouille de tout renseignement. Sous le couvert de la nuit, je restai près d'une demi-heure à observer la devanture du café. À l'intérieur, le garçon s'affairait à terminer sa journée. Après mon départ, il verrouilla la porte, éteignit la lumière du porche, retourna une à une les chaises sur les tables, puis entreprit de nettoyer le sol. Enfin, il plongea l'établissement dans la pénombre avant de le quitter. Je le regardai s'éloigner sur un scooter puis m'approchai à nouveau. Contrairement à la veille, aucune ombre ne se profilait. Je me laissai tomber sur la marche et attendis deux heures de plus. J'éprouvais la sensation de devenir fou, peut-être que c'était le cas, mes repères se brisaient.

Aux alentours de vingt et une heures trente, je me résignai à m'extraire du perron gelé pour rentrer chez moi. En dehors du café, il n'existait nul autre endroit où je pouvais espérer trouver la jeune femme et pour le moment, j'étais encore en capacité de me payer le luxe d'un somptueux habitat à West Seattle. Onze jours. À croire cette fatalité, je serai mort bien avant d'en être chassé par mon propriétaire pour insolvabilité, seule perspective réjouissante à ma débâcle.

Je remontai la rue vers mon véhicule. Plus aucune urgence ne m'animait. Personne sur cette Terre, hormis la mystérieuse Layna, ne s'avérait en mesure de m'éclairer. Désespéré et sarcastique, j'imaginai parler de mon « cas » au Dr Cove, et lui ordonner des analyses complémentaires dans un noir total, en vue de localiser la foutue protubérance à l'allure astrale logée dans mon cœur. Cette fois, il m'internerait de force.

Rendu à l'angle de la rue où la jeune femme s'était éclipsée le soir précédent, mon regard coula le long de l'avenue, se perdit entre le flot de véhicules et quelques rares passants. À une cinquantaine de mètres en contrebas, je reconnus le lieu de l'accident survenu la veille. Toute trace de la catastrophe s'était dissipée. *Exit* l'ambulance, la voiture de police, les curieux et l'insaisissable Layna parmi eux. La vie avait repris son cours, immuable, fluide, indifférente aux drames, même si je savais que pour certains il n'en était rien. Quelqu'un, homme, femme ou enfant, souffrait de la perte assimilée à un être cher étendu sur l'asphalte seulement trente-six heures auparavant. À nouveau, la dernière vision de ma mère menaça de s'agripper à moi et j'accélérai le pas pour la chasser, lorsque je captai une masse recroquevillée sur le rebord du trottoir. Mes yeux s'agrandirent de stupéfaction en même temps que mon cœur se mit à battre. De prime abord, j'entrepris d'avancer lentement vers la présence immobile formant une boule fragile, mais lorsqu'un long pan de cheveux glissa pour la dissimuler, je m'élançai aussitôt. Il ne subsistait plus aucun doute, j'avais retrouvé l'énigmatique Layna malgré moi. Une nouvelle fois, je la croisais sur mon chemin.

Au fur et à mesure de ma progression, je m'interrogeai : *Mais qu'est-ce qu'elle fabrique ?* Le visage enfoui au creux de ses bras, ses genoux repliés contre sa poitrine, quasi invisible aux yeux des passants qui l'ignoraient superbement, sa crinière blonde déployée créant un écran délicat qui l'isolait du monde, elle semblait dormir. Peut-être pleurer. En tout cas rien de glorieux à voir l'endroit où elle se trouvait assise, seule, comme laissée-pour-compte.

En quelques foulées silencieuses, je parcourus les derniers mètres qui me séparaient de la silhouette désormais familière. Alors que je m'apprêtai à l'atteindre, une voiture roula tambour battant à moins d'un mètre d'elle. Je frémis en jurant, elle demeura immobile, insouciante.

– Vous voulez vous faire tuer ou quoi ? lançai-je, ahuri par l'imprudence qu'elle manifestait.

Elle souleva la tête avec lenteur et me dévisagea avec une surprise non feinte. J'aurais parié qu'en cet instant, elle éprouvait de la gratitude à me revoir, en dépit de mon comportement aigre de la veille. Ses yeux pétillèrent et un sourire spontané se dessina sur son visage. Comme si je la sauvais de quelque ennui profond ou de quelques mésaventures connues d'elle seule. Elle se releva et me rejoignit sur le trottoir.

– Qu'est-ce que vous faites ici ? Je suis étonnée de vous retrouver. Encore…

– Répondez d'abord à ma question. Vous voulez vous faire tuer ou quoi ? Le gars, au volant de son 4 × 4, ne pouvait pas vous voir. Il était à deux doigts de vous accrocher.

Mes mots sortaient avec rudesse de ma bouche, tant je demeurais sidéré par son irresponsabilité. Un couple de joggeurs qui s'en venaient près de nous nous évitèrent d'un bon mètre et une fois hors d'atteinte se retournèrent sur nous. La femme attrapa son compagnon par la manche et accéléra sa cadence, le forçant à progresser loin de notre duo.

Je les suivis un instant du regard, sans comprendre leur réaction de méfiance manifeste. Avec nervosité, je passai une main sur mon visage qui ne révélait plus qu'un léger témoignage de la rixe qui m'opposait à Minguez. De toute évidence, pour certains, ces marques m'associaient à l'image d'un mauvais garçon.

– Ne vous inquiétez pas. Je… je ne crains rien.

Mon attention se recentra à nouveau vers la jeune femme et cette fois je laissai libre cours à ma propre peur et au sujet qui m'avait conduit vers elle.

– Je vous ai cherchée toute la soirée.

Elle sourcilla, étonnée.

– Ah bon ? Je croyais que vous n'aviez pas une très haute opinion de moi. Au fait, vous avez pu récupérer votre montre ?

– Oui… dans la poche droite de ma veste.

– Tant mieux. Si ces retrouvailles ont le pouvoir de vous combler, c'est l'essentiel.

Son ton mordant révélait un soupçon de reproches et d'ironie mêlés. Je ne lui présentai aucune excuse, je n'en avais pas les moyens en cet instant où la panique s'emparait de moi.

D'une voix soudain fébrile, je lui désignai mon cœur.

– De quoi est-ce que je souffre exactement ? Comment connaissez-vous ce phénomène ? Qui êtes-vous ?

Les questions sortaient de ma bouchc, anarchiques, avec la force d'un torrent.

– Vous l'avez vu ?

Un sentiment de stupeur envahit ses prunelles grises.

– Oui. Dans ma cave. Dans le noir complet, dans le reflet d'un miroir. Je vous prenais pour une originale, mais…

– Une cinglée, rectifia-t-elle en me gratifiant d'un clin d'œil. Ce sont vos propos.

– Peu importe. Il y a eu pour ainsi dire des signes et même si je ne vous croyais pas, ça ne m'a pas empêché d'entendre ce que vous aviez à me dire la dernière fois. J'ai testé vos allégations et je les ai vus : la protubérance, l'amas de petits astres logés dans mon cœur.

Je me tus un instant pour reprendre mon souffle. Je me sentais aussi épuisé que si j'avais couru sur une très longue distance. Après une courte pause, elle laissa place à l'émerveillement.

– C'est extraordinaire !

– Vous plaisantez, j'imagine ? Vous avez assuré que j'allais mourir dans douze jours ! Onze maintenant si je comprends bien. C'est bien ce que vous avez dit ? Vous avez bien suggéré que l'apparition de ces espèces d'astres lumineux équivalait à une sorte de compte à rebours morbide ?

Elle acquiesça, un air tendre sur son visage.

– Oui, en effet. Écoutez-moi... Je sais que ça peut paraître très pessimiste vu comme ça, mais vous devez absolument vous focaliser sur le moment présent et avancer main dans la main avec votre peur vers ce qui vous rend heureux.

– Si vous étiez à ma place sur le point de mourir, vous ne sortiriez pas de telles stupidités. C'est carrément indécent !

Je m'interrompis pour rassembler mes esprits puis repris :

– Je n'ai pas envie de faire la nouba en cet instant. Je veux comprendre la nature de ce mal qui me ronge.

– C'est tout le contraire d'un mal ! Que croyez-vous que cela soit ? Cette protubérance ne constitue rien d'autre que votre âme !

– Quoi ? Non ! Ne me ressortez pas d'histoires fantaisistes pour m'endormir, me rassurer ou je ne sais quoi, sur une foutue existence après la mort. Vous allez m'expliquer comment vous connaissez et voyez cette chose, cette espèce de cancer qu'un médecin n'a pas pu être en mesure de déceler sur une échocardiographie. Vous allez m'apprendre tout ce qu'il faut pour que je puisse m'extraire de ce merdier et me débarrasser de cette tumeur grandissante.

Hésitante, elle me regarda durant quelques secondes et se détourna comme si elle cherchait un endroit où fuir. J'insistai d'une voix forte :

– Vous ne pouvez pas me laisser ainsi. Vous avez entrebâillé une porte que je vous défends de refermer. Je dois comprendre ce qui se passe ! Vous me devez des explications ! Qui êtes-vous à la fin ?

Au même moment, une goutte de pluie s'écrasa sur ma joue bientôt suivie d'innombrables autres. Glacées, compactes, collantes. Une dame âgée ouvrit son parapluie, me dévisagea avec effroi, tira sur la laisse de son caniche gris et l'attrapa dans ses bras pour s'éloigner du plus vite qu'elle pouvait, perchée sur ses petits talons compensés.

– Mais qu'est-ce qu'ils ont tous à me regarder comme ça ? Ce n'est pas parce que j'ai un pansement sur le visage que je vais leur sauter dessus !

Elle soupira puis, après une brève hésitation, articula :

– OK. Je vais vraiment aller au fond des choses et vous expliquer toute l'affaire. Suivez-moi. On doit se mettre à l'abri.

– On peut rester là. Au point où j'en suis, je me fiche bien de la pluie.

– En réalité, je signifiais : à l'abri des regards. Nous devons nous isoler, il y a encore trop de passants à cette heure-ci.

Je ne saisissais pas où elle voulait en venir, aussi, j'hésitai à l'accompagner, comme si elle représentait brusquement une menace. Pourquoi désirait-elle se retirer dans un endroit reclus ? Était-ce un piège ? Se pouvait-il que toute cette histoire repose sur une tromperie dans quelques buts obscurs ? Avait-elle un complice quelque part, blotti dans un recoin secret ? Étais-je en danger en m'obstinant à briguer l'explication d'une manifestation qui me dépassait ? J'avais encore le choix de renoncer. Elle me contempla avec une extrême douceur et une fois de plus, c'est l'étrange lueur en provenance de ses yeux qui détermina ma décision de la suivre. Je me retournai et posai une dernière fois un regard nostalgique derrière moi, comme si je m'apprêtais à partir pour une destination lointaine et inconnue.

C'est alors qu'un éclat sur la chaussée, contre le rebord du trottoir, attira mon attention. M'approchant, je saisis un pic à chignon en métal sculpté familier, serti de son cristal mauve. Le bijou même qui avait servi à maintenir ses cheveux attachés dans le café. Je me baissai pour le ramasser et constatai une fissure sur la pierre.

– Ceci vous appartient, je crois.

Lorsque je me retournai vers elle en lui tendant l'objet, elle ne se trouvait plus près de moi. Je l'aperçus qui me faisait signe depuis l'entrée d'une ruelle à une dizaine de mètres, coincée entre une école de musique désaffectée à la large enseigne défraîchie et un pressing. Je fronçai les sourcils, impressionné par sa vélocité somme toute discrète.

Le cœur serré, je m'infiltrai à mon tour dans l'allée déserte et étroite. Aucun complice, aucun guet-apens, pour me dérober, me frapper, me trucider. Seuls nos deux présences et le clapotis des gouttes sur le bitume sombre animaient les lieux. Je la rejoignis bientôt à l'abri d'un porche qui desservait l'ancienne école d'enseignement musical, dont l'avis de déménagement placardé sur la porte divulguait la nouvelle adresse. Paisible, la jeune femme ignora mon approche et se borna à contempler un dessin *street art*. De taille humaine, taguée sur le mur gris adjacent à l'entrée où nous stagnions, l'œuvre illustrait un saxophoniste jouant de son instrument duquel s'envolait une profusion de notes. Je trépignai en pivotant tout à fait vers elle pour regagner son attention. Enfin, elle posa ses yeux sagaces sur moi. En proie à une fébrilité croissante, je frictionnai mes cheveux, collés contre mes pommettes.

– Pourquoi tout ce mystère ? Pourquoi m'amener ici ?

– Afin que les gens cessent de vous dévisager comme un dément. Ils risquent d'appeler la police.

– Pourquoi feraient-ils une chose pareille ? On a encore le droit d'avoir une conversation, même animée, sur un trottoir !

– Ce n'est pas ce qu'ils perçoivent.

Elle me regarda et se mordit un instant la lèvre comme si elle hésitait.

– Ça y est, vous recommencez !

Ma voix se chargea d'une impatience irritée.

– Je recommence quoi ?

– Vos allusions là… Vos… Vos phrases « rébus ». Vous ne pouvez pas être plus directe et explicite à la fin ? C'est si difficile ? Et puis peut-on laisser de côté l'opinion des passants pour revenir sur mon problème ? J'attends vos explications détaillées sur ce qui m'arrive.

Elle soupira.

– D'accord, écoutez-moi bien à partir de maintenant. Avant toute précision qui pourrait vous rendre un tantinet nerveux, je me permets de vous réitérer ce seul conseil que je sais sûr de par ma propre expérience : prenez soin de vous. Faites tout ce qui est en votre pouvoir pour goûter à ce qui vous enchante. Cela peut résulter d'un acte très simple, comme regarder un coucher ou un lever de soleil.

Ou encore cuisiner et savourer un bon plat ou partir en randonnée. L'État de Washington regorge de magnifiques paysages pour cela. Ou pourquoi pas un voyage exotique ?

– C'est hors de question ! J'exclus de gaspiller mes onze derniers jours à ne pas me battre contre… contre cette fatalité. Je refuse de disparaître !

– Qui vous parle de disparaître ? Vous quitterez seulement votre vie actuelle en tant qu'individu incarné. Une autre forme d'existence vous attend. Jusque-là, je tenais simplement à vous faire prendre conscience de privilégier la joie sincère ou tout au moins de demeurer en paix pour vous assurer un bel avenir dans l'au-delà et…

– Stop ! Ça suffit ! Je vous l'annonce une dernière fois : ne me baratinez plus avec ces inepties. Ces croyances naïves de midinettes vous appartiennent et m'insupportent !

Je me pressai les tempes et agrippai au passage mes cheveux dégoulinants tel un supplicié.

– Ça va être difficile… Vous voulez connaître la vérité. Laissez-moi au moins finir mon argumentaire !

Elle partit à rire et je sentis mes paupières s'agrandir sous l'incongruité de l'entrain qu'elle manifestait et qui contrastait avec mon propre accablement.

– Je disais donc : votre âme a besoin que vous fassiez le plein d'amour pour pouvoir vous élever, elle vous octroie ainsi un peu de temps. Car c'est vous qui dirigez la barque. À défaut de me répéter : vous ne devrez garder que l'essentiel. Autrement, elle ne pourra pas vous mener bien loin. Il y a beaucoup de régions, vous savez. Les âmes encombrées de futilités ne décollent pas et vous êtes dans ce cas pour l'instant. Saturé de non-sens. Elles fonctionnent comme des montgolfières ou des lanternes chinoises, grâce à la chaleur.

Un cœur ouvert, quoi. Quant à la raison pour laquelle la vôtre a décidé de quitter votre corps, sans attendre que vous vous réalisiez… c'est qu'elle en a ras le bol. Elle lâche l'affaire à force de ne pas être entendue. Vous refusez de travailler en équipe avec elle alors que vous êtes indissociables et surtout qu'elle seule détient le secret de votre plein potentiel ! Pas vraiment étonnant cela dit, étant donné que vous êtes passablement borné. Faites-lui donc honneur pour vos derniers jours.

Je restai un instant muet à la fixer, reclus dans mon incapacité à lui soutenir la moindre explication tangible et rationnelle. Elle persistait à me conter sa fable. Nous ne parlions pas la même langue, ne partagions pas la même compréhension des évènements, nous vivions dans deux mondes séparés. Comme si elle pouvait lire le fond de ma pensée, elle reprit, plus incisive :

– Vous vous cantonnez à la seule apparence d'un fait. Pourquoi n'explorez-vous pas la cause de ce qui vous arrive dans toute sa dimension ? Pourquoi ne pas admettre la possibilité d'une existence dans l'invisible ?

– Parce que je refuse d'y croire sans preuve ! C'est aussi simple que ça. Je suis fait comme ça ! Vous m'avez guidé vers l'évidence d'une tumeur indécelable pour l'œil humain, je vous l'accorde, mais cela n'implique aucunement une quelconque forme de survie après la mort. D'ailleurs, vous n'avez toujours pas répondu à ma question initiale : comment connaissez-vous la nature de ce qui m'accable ? Qui êtes-vous ? Vous débarquez dans ce café, vous mettez ma vie sens dessus dessous…

– Premièrement, j'y étais installée avant vous. Et pour la deuxième fois, j'ai tout oublié. Hormis mon prénom dont je me souviens pour m'être présentée à vous, en dehors de ce que j'ai fait ou dit à l'intérieur de cet établissement jusqu'à l'impact, ôté cet infime laps de temps, c'est le néant. Mon passé persiste à rester obscur.

– De quoi parlez-vous ? Quel impact ?

– L'accident. Hier matin. Rappelez-vous… Vous avez préféré fuir et m'ignorer plutôt que d'entendre ma détresse.

– Je ne vois pas en quoi cela vous concernait. Si vous aviez décemment ravalé votre curiosité, vous n'auriez pas ressenti le moindre malaise. Vous ne pouvez vous en prendre qu'à vous-même. C'est surtout déplorable pour la victime, toute cette cohue avide de sensation.

Elle m'adressa un étrange sourire qui creusa deux légères fossettes sur ses joues.

– Vous êtes si centré sur vous-même que vous ne discernez rien. Les faits se révèlent pourtant si simples. Il suffit de les regarder tels qu'ils sont, et non pas par le biais de votre mental aux croyances limitées. Vous voulez des preuves ? Contentez-vous de m'observer.

Elle recula de quelques pas et se plaça au cœur de la ruelle, offerte à la pluie qui s'était intensifiée, désormais rageuse. Je sortis à mon tour de l'abri, la tête aussitôt recouverte par le ruissellement glacé. La déferlante obstrua ma vision. J'essuyai mon visage en vain et criai pour prendre l'ascendant sur l'eau qui frappait l'asphalte et malmenait les gouttières.

– Qu'est-ce que vous faites ?

Elle ignora ma question.

– S'il est précieux que vous viviez pleinement jusqu'au douzième jour, c'est pour vous préserver de la situation dans laquelle je me retrouve embourbée. Autrement dit : bloquée ici. Voilà pourquoi je discerne ce que personne ne voit, la raison pour laquelle je connais « le phénomène », comme vous l'appelez.

– Qu'est-ce que vous insinuez ?

Je chancelai.

– J'imagine que ça fait beaucoup à admettre pour un individu aussi terre à terre que vous, c'est pour cela que je voulais vous taire les détails, le pourquoi du comment. Vous n'aviez pas besoin de tout savoir. Mais vous vous montrez tellement têtu. Regardez-moi maintenant…

– Arrêtez ça !

– Je continue à exister…

– Non… s'il vous plaît…

Ma voix se brisa.

– Depuis le choc que j'ai subi, je déambule près du *Heaven's Coffee*, car il reste mon seul souvenir. Le dernier. Je cherchais des réponses hier soir, une éventuelle trace de mon identité. N'importe quel indice. Hormis cet établissement, les personnes que j'y ai croisées telles que vous, le livre que j'étudiais, la musique que j'écoutais, j'ai tout oublié avec ma… disparition.

– C'est impossible…

– Ne luttez pas. Il s'agit simplement d'abandonner votre croyance du vide. Je suis réelle. Morte à la vie terrestre, mais bien vivante dans cet autre monde invisible, que vous pouvez manifestement percevoir pour en être proche.

De récents souvenirs se dotèrent tout à coup d'une douloureuse cohérence : la détresse palpable qu'elle affichait sur les lieux de l'accident ; sa présence mystérieuse dans l'obscurité du café ; son irruption déroutante devant moi ; ses déplacements rapides ; ses mouvements silencieux ;

l'inquiétude des gens qui m'évitaient tandis que je lui parlais dans la rue. Alors, à travers le rideau liquide qui s'abattait sur la ville, j'entraperçus sa chevelure légère et soyeuse qui ondulait sous l'effet d'une brise inexistante. Ses vêtements étaient secs, la pluie glissait sur sa présence avant même de la toucher. Elle m'évoquait une fleur délicate et rare protégée d'un globe. J'avançai une main tremblante dans sa direction, en lui tendant le pic à chignon que j'avais gardé au creux de mon poing tourmenté. Elle entreprit quelques pas à mon encontre et me présenta sa paume blanche entrouverte. J'y laissai tomber le bijou artisanal qui la traversa. Interdit, je suivis sa chute jusqu'au sol, qu'il frappa dans un tintement métallique. Pris de vertige, je levai un regard chargé de détresse vers elle et rencontrai son sourire doux, encourageant.

Avec brusquerie, propulsé par un élan de survie, je m'arrachai à sa contemplation, à la ruelle, aux gens que je bousculai sur le boulevard, à la berline qui manqua me renverser en me gratifiant d'un coup de klaxon furieux, jusqu'à atteindre mon propre véhicule. Dans un grondement sourd, ma voiture accrocha l'asphalte et je disparus au loin, sans un regard dans mon rétroviseur.

7

ALLIANCE

Je pilai au milieu d'une ruelle déserte et me garai sur le bas-côté. Après mon témoignage surnaturel qu'aucune de mes pensées les plus novatrices n'effleurait, j'avais roulé au hasard des avenues qui advenaient durant près d'une heure. Je fuyais instinctivement. Une fugue mue par une peur crue. L'existence d'une tumeur maligne invisible s'apparentant déjà à de la folie, mon seuil de tolérance quant à la frontière des possibles se retrouvait saturé. Mon mental se cabrait d'admettre qu'il s'agissait tout compte fait d'une présence légendaire à laquelle je n'avais jamais adhéré, dénommée « âme », sur le point de décamper pour un au-delà. Je me sentais fragile, terrifié, un naufragé qui comprend qu'il vient d'échouer sur un territoire hostile et désolé, ne figurant sur aucune carte du monde. La vision illustrée par le pic à cheveux qui traversait la main de la fantomatique Layna prenait tout l'espace dans mon cerveau, et refluait, en boucle, ne laissant plus de place pour d'autres dérives ou préoccupations.

L'apparition de la jeune femme avait dévasté toutes mes solides croyances avec la force d'un tsunami ravageur. J'avais bien vu quelques films traitant du sujet, tels que *Ghost* ou *Le Sixième Sens*, mais ne leur avais jamais accordé l'ombre d'une consistance. Aucun doute n'avait jamais émergé de mon esprit fondamentalement cartésien. Catégorique, je passais ma route devant ce genre d'inepties, aucun crédit, aucune pensée, aucune question, aucun tracas.

Mais quelque part, je m'égarais dans les données que mon expérience de la réalité m'avait fournies et obtenais un mauvais résultat, car les faits criaient : il existait bel et bien une après-vie. Une belle arnaque, qui se glorifiait de paradis, alors qu'elle gardait ma mère captive et l'empêchait de venir à moi. Quand bien même je m'étais acharné à la chercher, la supplier, l'attendre chaque heure de chaque jour durant l'année enclavant mes onze ans, elle n'avait jamais réapparu. Je demeurais seul avec mon unique désespoir pour compagnie. La souffrance de la perte sèche avait coulé en moi le béton d'une croyance basée sur un rationalisme pur. Depuis, j'étais resté hermétique à toute théorie relatant de l'invisible jusqu'à ce que l'insaisissable Layna en fasse sauter le couvercle.

Les doigts crispés sur le volant, je m'efforçai de traiter l'information, comme un nouveau-né verrait quelques objets inédits mis à sa portée les premiers mois de sa vie, mais à la différence de ce dernier, mon cerveau avait emmagasiné bon nombre de mauvaises appréciations et j'éprouvai une réelle résistance à dissocier le paranormal de l'aberration mentale pour esprits naïfs.

Une vague de terreur me saisit tandis que je distinguais la porte de ce territoire inconnu, grande ouverte, face à moi. À seulement onze jours de voyage. Je ne voulais pas y aller. Avec la même énergie impulsive, mais aussi, la même sourde impuissance que je ressentais enfant, lorsqu'on m'imputait l'orthodontiste, le catéchisme ou pire encore, l'internat où j'expérimentais l'angoisse de l'enfermement sous les remparts d'une discipline accrue. D'autant que cette fois, le caractère irréversible de la situation s'imposait, car c'était bien connu : personne ne revenait jamais de cet endroit. Il desservait une zone mystérieuse de non-retour. Une prison sournoise à l'air libre, où l'on errait, dépossédé de toute emprise sur la matière. La preuve de cet « après » que Layna m'apportait n'avait décidément rien d'un éden. Sinon, comment expliquer le désarroi que j'avais observé chez elle, tandis qu'elle demeurait seule, assise sur un bout de trottoir à deux mètres du lieu où elle succombait ? Elle-même l'avouait pour tenter de m'en préserver avec tant de vigueur.

Je me remémorai alors la scène de l'accident survenu la veille, et eus un haut-le-cœur, mêlé de culpabilité pour l'avoir sciemment ignorée. Je l'imaginai étendue sur l'asphalte, ses longs cheveux miel déployés, ses yeux grands ouverts sur le vide. Du déjà-vu.

Comment la vie allait-elle s'y prendre avec moi ? Obtiendrais-je le même type de passage : soudain, brutal, impudique ?

Le visage dans mes mains, je me balançai dans mon véhicule comme un déséquilibré et résumai la situation telle qu'elle se présentait à la lumière crue de la réalité, en m'acquittant de mon mieux pour délaisser tous les commentaires de mon cerveau au bord de l'apoplexie :

1. Il existe une vie après la mort. *Quelle connerie, il ne manquait plus que ça !*

2. J'ai une âme. *Une garce qui me laisse tomber. C'est bien la première fois. Je ne sais même pas pourquoi. Si au moins elle avait essayé de s'expliquer. Ça parle ce truc ?*

3. La jeune inconnue est une revenante. *Jolie, qui n'a certes rien de comparable avec les fantômes effrayants de certaines histoires, mais une revenante quand même !*

4. Je m'apprête à mourir dans onze jours. *Non… non ! Il doit bien y avoir un moyen, il en existe toujours un.*

5. J'ai peur. Une peur paralysante. *Qu'est-ce qui te prend de proférer une chose pareille ? T'es un homme ou un faible ?*

6. Je refuse catégoriquement de faire le grand saut. *C'est hors de question. Plutôt mour… eh merde…*

Après un bref silence, l'évidence me saisit : j'étais perdu. Incompétent et ankylosé face à une crise en apparence ingérable. Un piètre marin échoué sur un radeau vétuste au milieu d'un océan tumultueux. Même si j'ignorais quelle initiative poser pour résoudre mon problème, il subsistait cependant deux choix possibles : celui d'occulter toutes ces informations et d'espérer un revirement jusqu'au douzième jour cloîtré dans mon appartement, ou celui d'affronter la situation et tenter d'obtenir une solution en vue de m'en sortir. L'action ou la résignation. Un casse-tête se présentait, n'était-ce pas pour m'inviter à le déchiffrer ? L'expression « Mieux vaut des remords que des regrets » prenait toute sa dimension, les évènements me poussaient au dépassement. Pour cela, je réalisai la nécessité d'une aide. De la sienne. Qui d'autre que la jeune inconnue pouvait m'ouvrir la voie ? Hormis la mystérieuse Layna, qui pouvait me prêter main-forte pour trouver un antidote à mon mal orphelin ?

Parvenu à cette conclusion, sans trop réfléchir aux conséquences parce que cela ôte le courage, j'enclenchai la première et entrepris un demi-tour. Mes pneus crissèrent sur l'asphalte et je repris la direction de Pioneer Square.

Je me garai au plus près du passage clouté où elle succombait et scrutai les environs en quête du spectre au galbe désormais familier. Les abords du trottoir étaient déserts. À grands pas, je m'orientai vers l'entrée de la ruelle au cœur de laquelle je l'abandonnais. La pluie avait cessé de tomber. À bout de souffle, je m'y engouffrai, transi de froid et d'appréhension. Pataugeant dans les flaques logées au creux du sol irrégulier, j'en étudiai chaque recoin ombreux, comme si je cherchais un petit animal sauvage.

J'arpentai les lieux de long en large puis fis demi-tour jusqu'au mur tagué qu'elle avait admiré, le long de l'ancienne école dévouée à la musique. Bientôt rendu à l'évidence, je m'arrêtai sous le porche. La jeune femme avait disparu.

Je l'appelai alors par son prénom. Avec douceur dans un premier temps, puis très fort, mes mains en porte-voix pour escompter l'atteindre, avec l'énergie d'un tourment accaparant. Tout à coup, elle n'était plus une mystérieuse, surprenante, énigmatique inconnue, mais un être vivant doté d'une identité. Les mots se perdirent, infructueux dans la nuit. Je m'assis sur la marche en pierre sale du perron et attendis en vain sa présence. Au bout d'une demi-heure, je capitulai, perclus de fatigue. Elle était partie pour un ailleurs, sur terre ou qui sait.

Je levai les yeux vers le mystère céleste silencieux et fronçai les sourcils comme pour le défier, mais il m'écrabouilla de sa superbe. Découragé, alors que je regagnai la rue principale, mon pied roula sur un objet. Dans la pénombre, j'aperçus le pic à chignon en métal sculpté que j'avais laissé tomber tantôt. Je me baissai et le ramassai avec précaution, comme si je manipulais une précieuse relique. Avec amertume, je réalisai que je m'étais départi du seul atout parmi une misérable donne pour m'aventurer sur un chemin fatal.

Avancer sans Layna équivalait à tenter de grimper l'Everest sans guides ni connaissances de la montagne. Autrement dit, je ne disposais d'aucune chance de m'en sortir vivant. Autour de moi, hormis la jeune femme, personne ne pouvait discerner le compte à rebours statué par mon âme en vue de se faire la malle. Personne ne pouvait m'expliquer son foutu mode d'emploi et achever de la raisonner. Personne ne pouvait me guider sur la piste invisible d'un hypothétique remède. Je rangeai le bijou à cheveux dans la poche intérieure de ma veste.

Tenaillé par une rage contenue, je regagnai ma voiture. Après un dernier regard circulaire sur les alentours, je pénétrai dans l'habitacle et claquai la portière sur mon soupir. Un court silence s'installa puis :

– Je me doutais bien que vous finiriez par revenir, Sam Whorley, lâcha une voix claire et amusée depuis le siège arrière.

– Nom d'un chien !

Dans un violent sursaut, je me heurtai le crâne contre le plafond tandis que la présence tant convoitée mirait une carte de visite déposée en évidence sur mon tableau de bord à l'attention des passants.

– J'aime autant savoir à qui je m'adresse depuis le temps que vous croisez ma route. C'est à croire que vous me suivez depuis le début.

Dans un battement de cils, elle me rejoignit à l'avant du véhicule. Sidéré, je la fixai. Une multitude de sentiments contradictoires m'empêchait de bouger, de parler et même de penser. Je n'osai pas la perdre de vue comme le mirage qu'elle symbolisait, avec un mélange d'incrédulité et surtout d'appréhension, il me fallait bien le reconnaître.

– Je… je vous cherchais. Encore…

– Je sais. Je vous ai entendu depuis la grande roue.

– Vous vous trouviez sur le front de mer ?

– Oui.

– Et vous m'avez entendu ?

– Disons plutôt que j'ai ressenti votre appel. La mort confère certaines aptitudes sensorielles assez extraordinaires. Et la rapidité de déplacement. Ça, c'est vraiment le plus cool.

Elle me sourit. Ses yeux gris se plissèrent et s'illuminèrent de la même espièglerie que le matin de notre rencontre. Elle avait récupéré tout son aplomb, mélange subtil d'audace et de malice. Dans la nuit, son image évanescente semblait si réelle que je brûlais de la toucher pour bien m'assurer qu'elle ne jouait pas la comédie. Seul un léger halo à la surface de sa peau nous différenciait, comme si elle se trouvait en permanence exposée au soleil.

– Est-ce que je vous effraie toujours autant ?

– Vous ne me faites pas peur. Pourquoi dites-vous cela ?

Je fronçai les sourcils et elle relâcha un rire perlé semblable à une mélodie joyeuse.

– Bouh !

Vive, elle leva ses deux mains face à elle, à la manière d'un zombie grimaçant sorti d'une tombe et je ne pus contenir un nouveau sursaut.

– Ça va, arrêtez ça, s'il vous plaît !

Il m'importunait d'admettre qu'une jeune femme à la longue chevelure sauvage et dorée et au corps aussi fin qu'un roseau me tétanisait.

– Je suis désolée, c'était simplement pour détendre l'atmosphère et pour rendre nos échanges disons… plus authentiques. Vous me regardez comme si je représentais une sorte de menace ambulante. Et si vous me révéliez enfin ce qui vous ramène vers moi ?

Éprouvé, j'égrenai des mots précipités.

– J'ai besoin de vous. Il me faut des réponses. Je ne veux pas mourir. Il doit forcément exister un moyen de me sortir de ce cauchemar.

– Tout est possible, en effet. Sans garantie de succès immédiat, mais tout est vraiment imaginable. Je suis disposée à vous offrir mon aide à une seule condition.

– Laquelle ?

Méfiant, je soutins son regard aux prunelles regorgeantes de malice. Le menton pointé en avant, elle ne laissait place à aucune négociation.

– La confiance. Je ne suis ni folle ni manipulatrice, encore moins voleuse. C'est tout de même étonnant le nombre de malversations dont vous m'avez accusée en vingt-quatre heures. Même si je n'ai plus aucun souvenir de ma vie passée, je suis absolument certaine de ne pas avoir commis d'impair vous concernant.

Je contractai les lèvres, soupirai en acquiesçant et elle continua :

– Je crois que nous pouvons nous sortir d'affaire mutuellement. Vous, pour rester et moi, pour partir d'ici. Et pour alléger votre méfiance et votre répulsion une bonne fois pour toutes vis-à-vis de moi, dites-vous bien que même si j'avais de mauvaises intentions, je ne peux plus interférer de votre côté du monde. Je suis morte !

Soulagé, je fondis dans une expiration et m'affalai contre mon siège. Elle croyait en la possibilité de ma survie ! Je sentis la confiance me regagner, empressé d'ouïr son plan.

– Comment ?

Mon cœur se serra dans l'attente de sa réponse.

– Un accident de la circulation. Une voiture a grillé le feu rouge. J'écoutais de la musique, un concerto pour violon. Tchaïkovski. Vous connaissez ? Je ne l'ai pas entendue arriver et lui m'a vue trop tard. Un jeune homme encore éméché de sa virée nocturne.

Elle avait répondu à côté de ma question. Avide, je brûlais uniquement de découvrir la réplique du bout d'histoire qui m'appartenait. Je n'essayai pas de lui faire croire que j'étais quelqu'un de bien, je ne disposais pas d'un délai suffisant pour cela, aussi je poursuivis d'un ton hâtif :

– Non. Je voulais dire : comment peut-on s'aider mutuellement ?

– Ah… on dirait que je me suis méprise sur votre intention.

Elle sourit sans s'émouvoir outre mesure de mon égoïsme légendaire. Peut-être qu'elle avait perdu toute forme de sensiblerie en même temps que son corps.

– Alors ? repris-je impatient. Écoutez… Je suis très pressé d'entendre votre plan. Il n'est pas difficile de le comprendre. Onze jours, ça passe très vite et j'éprouve une sorte d'urgence compte tenu de la menace qui pèse sur moi. Vous avez l'éternité devant vous pour partir je ne sais où, moi pas.

Elle marqua une courte pause et inspira en haussant les épaules.

– En cet instant, je l'ignore. J'ai simplement accepté de vous aider, je n'ai pas dit détenir la clé à votre problème ni un quelconque plan d'action. En fait, je n'en ai jamais eu, je passe mon temps à improviser. J'ai pour habitude de me laisser porter par la vie. J'avance en toute confiance dans son sillage. Cela est mon mode de fonctionnement. Il est inscrit dans mes cellules malgré la mémoire qui me fait défaut, comme si mon essence profonde persistait en dehors des souvenirs liés à mon identité.

– Ma soi-disant âme est visible de votre côté du voile, l'antidote à mon mal s'y trouve forcément ! Vous possédez bien une information qui puisse m'aider concrètement !

– Je vous ai déjà fait part de tout ce que je savais. Ne perdez pas de vue que je suis nouvelle ici. Mais il suffit de nous mettre en action et la solution apparaîtra. Enfin... Peut-être... Après tout, c'est quand même la vie qui aura le dernier mot.

Elle rit et j'accusai le coup de mon espoir qui s'envolait. Elle ne m'offrit aucun dessein, même pas une émergence d'idée. Mon long soupir accompagna une crise maussade.

– Pourquoi est-ce que je perds mon temps à converser avec une défunte inutile, qui passe le plus clair de son temps à me taper sur les nerfs ? Vous vouliez de l'authenticité, je vous en sers, c'est cadeau !

Les mots s'agrégèrent d'eux mêmes. La colère m'engloutissait. Elle ne sembla pas, le moins du monde, affaiblie par mes propos, comme si un bouclier invisible la protégeait de tous les maux existants. Au contraire, elle s'enhardit en me fixant droit dans les yeux, ce qui me désempara.

– Je ne suis aucunement responsable de ce qui vous arrive. Vous n'avez qu'à gérer cette situation par vous-même.

Bonne chance, car sur votre chemin pour sauver votre peau, comme vous l'avez souligné, vous aurez peut-être besoin de vous procurer des réponses dans l'au-delà. Et vous ne connaissez absolument rien de lui. Pour ma part, je trouverai bien un autre moyen de m'élever.

– Attendez ! Ne partez pas. Je suis désolé…

Le silence envahit l'habitacle durant quelques secondes, avant que je ne l'interroge, radouci :

– Qu'entendez-vous par vous élever ?

– Embarquer pour le plan supérieur. Celui sur lequel j'évolue présentement ne s'apparente qu'à une sinistre illusion, une parenthèse, un sas dans lequel je reste prisonnière dans le but de résoudre quelques problèmes enfouis persistants. Il correspond à une sorte d'extension, de miroir reflétant l'inconscience que j'ai sûrement manifestée sur terre durant ma vie. Notre véritable demeure se situe au-dessus de cette terre, dans un havre de paix et d'amour. Je rêve d'y accéder.

– Comment pouvez-vous attester que cet endroit existe ?

– Je le sais c'est tout.

– Sans preuve ?

– Sans preuve.

Elle sourit et ajouta :

– J'en ai la certitude dans mon cœur. Enfin… façon de parler maintenant que je n'en possède plus d'un point de vue physiologique.

– Et qu'est-ce qui vous fait dire que je peux contribuer à votre… élévation ?

J'articulai ce dernier mot avec cynisme.

– Une simple intuition. Comment savoir sans essayer ? Comme vous vous trouvez sans arrêt sur mon chemin, j'ai le vague sentiment que vous pourriez symboliser le pont qui me permettra d'atteindre le ciel. C'est tout. Et puis, je suis bloquée seule ici, ça n'a rien de drôle. C'est de cela que j'ai tenté de vous prévenir. C'est ce qui vous attend aussi, du moins pour le moment.

Je soufflai d'affliction et elle s'essaya à me rassurer.

– Rien n'est jamais figé. Vous avez le pouvoir d'interagir sur votre vie dès à présent en vue d'améliorer votre sort. Pour ma part, j'ai tout omis. Je ne sais même pas comment j'ai fait pour en arriver là. Je ne dispose d'aucune rétrospective sur mon passé pour comprendre et changer les choses. Comme je vous l'ai déjà expliqué, mon seul et unique souvenir commence dans ce café juste avant mon accident. En dehors de ce que j'ai fait, dit et expérimenté ce matin-là, c'est le vide total.

Un nouveau silence s'installa qu'elle brisa d'une voix douce :

– Où va-t-on ?

Perdu dans ma propre existence devenue méconnaissable, je me sentais incapable de prendre la moindre initiative. Immergé malgré moi dans un mauvais film de science-fiction, je ne pouvais déterminer si je jouais le rôle du héros victorieux ou celui d'un personnage secondaire destiné à un sort misérable. Devant mon indécision notable, elle reformula sa question avec légèreté :

– Où comptiez-vous aller avant que je ne vous surprenne dans votre voiture ?

Je fouillai ma mémoire.

– Je rentrais chez moi.

– Voilà.

Elle me lança un clin d'œil et fixa la route.

« Voilà ». L'unique mot résonna dans mon cerveau. Pour elle, la situation s'avérait aussi facile qu'elle était compliquée pour moi. Dépourvu d'autres options, j'allumai le moteur qui gronda dans la rue déserte. Elle se cala dans le siège et soupira de bien-être comme si elle rentrait chez elle après une longue journée de travail. J'abdiquai tout à fait, et ma nouvelle partenaire improbable à mes côtés, je démarrai dans la nuit.

J'empruntai le West Seattle Bridge pour regagner mon appartement.

Durant tout le trajet, Layna était restée aussi mutique que moi, happée par les lumières émanant des imposants bâtiments que nous laissions derrière nous. Un sourire, léger et constant, étirait la ligne de ses lèvres pleines, elle appréciait le voyage comme une touriste férue de paysages inédits.

Bientôt le décor urbain, paré de ses buildings, son port, sa grande roue et son célèbre Space Needle, s'effaça alors que nous atteignions les rues calmes de la presqu'île abritant West Seattle.

Lorsque j'avais débarqué dans la magnifique Cité Émeraude dix ans plus tôt, j'étais tombé pour ce quartier paisible, décontracté, verdoyant, où les amateurs de jogging, joueurs de volley-ball ou autres kayakistes s'adonnaient à cœur joie, tout en bénéficiant des avantages qu'offrait la vie trépidante du centre avoisinant. Une de mes aspirations s'était réalisée le jour où j'avais disposé des moyens suffisants pour y établir mon lieu de résidence, soit quelques mois après mon embauche chez Hart's Design.

Je bifurquai à droite en direction de SW Amiral Way puis m'engageai sur Hamilton Viewpark. À l'approche de ma rue, une nouvelle vague d'angoisse me saisit. Qu'est-ce que je fabriquais ? Comment pouvais-je en être arrivé à rentrer dans mon appartement accompagné d'un fantôme ? Alors même que je n'avais jamais toléré qu'Iris puisse y passer deux nuits d'affilée. Pourquoi avais-je accepté cette folle alliance ? De plus, elle affirmait ne détenir aucune hypothèse de la marche à suivre pour m'aider.

Indécis, je partis à slalomer au hasard des rues pour réfléchir à la situation avant qu'elle ne dérape de manière irréversible. Les fameuses conséquences. À partir de l'instant où elle découvrirait mon adresse, je ne pourrais plus l'empêcher de s'introduire chez moi à sa guise. Je frissonnai. Mon habitat menaçait d'être hanté, à l'instar de quelques sordides films d'épouvante. Layna ne sembla pas se rendre compte de mon malaise, ni des rondes auxquelles je me livrais depuis plusieurs minutes. Soudain, au détour d'une rue résidentielle inconnue bordée de maisons aux jardins soigneusement arborés, elle s'exclama d'une voix étouffée :

– Là-bas près de l'arbre, vous le voyez ?

Je n'eus pas le temps d'examiner la direction qu'elle me désignait. Un feu d'artifice éclata dans mon champ oculaire et m'aveugla, lorsqu'elle apposa sa main, à quelques centimètres au-dessus de mon avant-bras. Une multitude de couleurs vives, sauvages, grouillantes jaillirent. Ma roue droite heurta le trottoir, l'avala sur cinquante centimètres et la voiture s'immobilisa dans un à-coup, sous l'assaut d'un monde nouveau qui se profilait devant mes yeux médusés. Mes paupières s'étirèrent face à la vie fulgurante tout autour de moi. Omniprésente, elle explosait de mille teintes différentes parmi les arbres et leurs feuilles d'automne, les fleurs des jardins, les charpentes des maisons. Même l'asphalte de la route s'apparentait à une plage de sable noir, aux grains luisants, sous l'éclat d'une lune glorieuse, révélée par la révérence de nuages cotonneux.

– Sam ! Est-ce que ça va ? s'enquit Layna en retirant sa main, preste.

Immédiatement, ma propre représentation des lieux reflua, fade et ordinaire. Rassurante aussi.

– Il s'est passé quelque chose. Ma vision s'est métamorphosée. Les couleurs, les textures, la vie tout autour de nous. Tout semblait être animé, comme une intense vibration.

– C'est le monde tel que je le vois. Depuis mon décès, mes sens se sont davantage intensifiés.

Un immense sourire fendant son visage, elle scruta ses doigts et les agita, l'un après l'autre.

– C'est votre main.

– Laissez-moi essayer quelque chose.

– Attendez ! Qu'est-ce que vous faites ?

Sourde à mes objections, elle approcha sa paume à quelques centimètres de ma peau sans toutefois la toucher, un champ de force nous séparait comme deux aimants à la polarité inversée. Concentrée, elle se contenta de regarder droit devant elle. Ce coup-ci, rien ne se produisit. Pas de feu d'artifice, pas de couleurs, pas de nature vibrante.

– Ce n'est pas ma main. C'est ma seule intention qui a initié le transfert de perception dont vous avez bénéficié.

– La prochaine fois, prévenez-moi ! C'est vous qui allez finir par me tuer à force de me surprendre. D'ailleurs, qu'est-ce que vous vouliez me montrer avec autant d'empressement ?

– Un chat. Le roux. Juste là.

Je tournai la tête vers le félin qui se frottait, lascif, contre un arbre.

– Vous vous moquez de moi ? On a failli avoir un accident à cause d'un vulgaire animal ?

– Si vous saviez apprécier les merveilles qui vous entourent sur terre, avec vos sens en éveil, vous n'auriez pas été aussi surpris par l'acuité de ma vue liée au monde subtil. Elle n'est autre qu'une simple extension un peu plus avivée de la réalité que vous devriez savourer chaque jour.

– Un chat reste un chat. C'est tout à fait ordinaire. Il n'y a pas de quoi en faire toute une histoire !

– On en reparlera dans onze jours.

Elle haussa les épaules et détourna son regard de moi puis afficha un sourire franc, son attention toute dévouée à la rue paisible. Renfrogné, je soupirai en marmonnant entre mes dents, puis sortis de l'habitacle contrôler l'état de mon pneu qui s'avérait par chance intact.

Je m'apprêtai à me glisser derrière le volant lorsqu'elle surgit face à moi. Son visage empreint de gravité m'invitait au silence, son index en guise de scellé sur sa bouche ourlée.

– Nous ne sommes pas seuls, murmura-t-elle.

À sa suite, le cœur battant, je me dissimulai derrière ma portière restée ouverte.

8

ERRANT

Agenouillé sur le bitume froid, déconcerté, je murmurai contre son oreille :

– Qu'est-ce qui se passe ?

Tranquille et prudente, à l'abri de notre planque improvisée, elle continua à examiner la rue qui s'étalait devant des maisons pour la plupart endormies.

– Regardez. Il se trouve à une vingtaine de mètres juste devant nous. Je crois que c'est notre chance. Mais il nous faut rester très vigilants, ils se révèlent souvent effrayés et nerveux.

– Ne me dites pas que vous parlez encore d'un quelconque animal volant, marchant ou rampant.

Dans un interstice à ma portée, j'observai à mon tour le quartier résidentiel désert à cette heure avancée de la soirée. Le secteur privilégié de West Seattle offrait son calme habituel. Je restai un instant à sonder le silence et l'obscurité, seulement altérés par quelques lampadaires épars, trois vérandas éclairées et un chien qui arpentait une terrasse.

– Et qu'est-ce que je suis censé voir ? Pourquoi tous ces mystères ? Il n'y a rien.

Les jambes engourdies, passablement irrité par le tour excentrique que prenait la situation, je m'apprêtai à me lever lorsqu'elle déclara d'une voix à peine audible :

– Il y a un errant.

– Un quoi ?

– Un errant… Pardon, je veux dire par là, un être décédé, comme moi. Votre sort dans onze jours. Un de ceux qui restent sur terre après leur mort. Je les ai surnommés « errants », car ils refusent d'évoluer vers les plans supérieurs. Celui-ci vadrouille devant la maison avec un panneau à vendre.

Je tournai à nouveau la tête et repérai bientôt la pancarte d'une propriété plongée dans la pénombre. Le pavillon, avec ses volets clos à la peinture écaillée, son jardin négligé, et sa palissade détériorée, dénonçait un abandon manifeste. J'étudiai son environnement direct sans discerner la moindre présence.

– Je ne vois toujours rien !

– Mais vous me percevez bien, moi. Regardez mieux.

– C'est ce que je m'évertue de faire ! Je vous dis que je ne vois rien.

– Et là ?

Ses yeux plissés sous l'effet de la concentration, elle se tourna vers sa cible invisible. À nouveau, les couleurs explosèrent, le monde se mit à vibrer, fourmillant de vie. Cette fois, à ma grande surprise, j'interceptai la présence d'un jeune homme dégingandé, vêtu d'une veste militaire à la capuche rabattue sur une casquette à large visière, qui dissimulait l'étage supérieur de son visage. Les bras serrés contre son torse chétif comme s'il ressentait le froid ambiant, il portait toute son attention sur le panneau à vendre de la maison délaissée.

– Je le vois, ça y est, lâchai-je dans un souffle.

– C'est étrange… Je pensais que votre médiumnité s'était réveillée à l'approche de votre mort puisque vous pouvez me percevoir. C'est autre chose… Vous avez sûrement hérité d'une vision partielle de l'au-delà. En fait, c'est cohérent si l'on considère votre entêtement à refuser de croire à l'invisible. C'est même tout à fait surprenant que vous puissiez me voir si l'on évalue votre état de conscience, disons un peu… basique. Une chance pour vous que je sois l'élue, les autres errants que j'ai croisés jusqu'ici sont loin d'adopter une attitude aussi conciliante que la mienne.

– Est-ce que vous avez bien signifié que je suis étroit d'esprit ?

– Je vous accorde quelques progrès, puisque vous acceptez ma présence à vos côtés, ceci dit la route est encore longue si vous voulez mon avis.

Je ravalai ma fierté assortie de son lot de parades qui manquerait son être en ce monde chaotique.

– Commencez par m'expliquer ce qu'on fiche cachés ici à l'observer. C'est qui ce type ? Vous le connaissez ?

Dans la nuit noire, je jaugeai avec attention la silhouette au contour brumeux du jeune homme.

– Non, pas personnellement. Mais je sais qu'il ressent probablement beaucoup d'anxiété. Comme tous les disparus bloqués sur terre que j'ai croisés depuis ma propre mort. Ils stagnent avec leurs problèmes émotionnels irrésolus de leur vivant. S'il séjourne là depuis longtemps, il possède peut-être des renseignements concernant nos cas respectifs. Il faut que j'aille lui parler.

Je me redressai, en alerte.

– Allons-y.

– Non, fit-elle en m'enjoignant à la discrétion de son index. Impossible. La majorité des individus errants ne se montre pas sociable et n'aime pas du tout communiquer. Ils disposent d'êtres incarnés uniquement pour se nourrir *via* leurs énergies, d'une éventuelle addiction qu'ils appréciaient durant leur vie terrestre. Si nous voulons espérer obtenir des informations, je dois lui parler seule. D'errant à errant. À supposer qu'il n'essaie pas de m'attaquer.

La surprise me saisit.

– Pourquoi ferait-il une chose pareille ?

– Parce que ceux que j'ai rencontrés jusqu'ici étaient agressifs. Tout dépend le motif pour lequel ils restent. Au mieux, ils demeurent simplement apeurés, confus comme moi ou têtus comme vous. Celui-là est jeune et plus proche de l'innocence, ça devrait bien se passer.

– Mais ils sont décédés ! Vous avez dit vous-même ne posséder aucune emprise sur cette terre. En quoi peuvent-ils bien représenter une menace ?

– Ils sont inoffensifs pour vous. Ils ne peuvent pas interagir dans votre partie du monde. Me concernant, ils restent un danger, ils peuvent atteindre mon nouveau corps subtil et me blesser. Pas mortellement bien sûr, c'est déjà fait, mais je pourrais être affaiblie, voire inconsciente, durant plusieurs heures, ou même jours, et nous n'avons pas tout ce temps devant nous. Je me concentrerai pour vous rendre accessible mon champ de vision. Il se dirige vers la maison, je dois agir maintenant. Attendez-moi ici. Surtout, ne bougez pas. Quoi qu'il advienne, je gère l'affaire.

Je n'eus pas l'occasion de répartir, car véloce elle atteignit en un clin d'œil la lisière de la propriété, à proximité directe du jeune homme en perdition. Doté de ma nouvelle vue, malgré la dizaine de mètres qui nous séparait, je discernai le moindre détail de ses traits avec l'acuité d'un objectif sophistiqué. Rien ne m'échappait. Sa voix claire résonna dans mon crâne, au moment où le lugubre individu s'enfonçait dans la pénombre vers le pavillon, la tête basse.

– Excuse-moi !

Comme il continuait à remonter l'allée, elle s'obstina.

– Jeune homme, avec le blouson militaire et casquette noire…

Il s'arrêta net et se retourna brusquement. Avisant Layna de la tête aux pieds, il revint aussitôt vers elle à une vitesse fulgurante. Les poings serrés, je me retins d'intervenir, peu habitué à la passivité dans ce genre de circonstances.

– Qu'est-ce qu'tu veux ?

Son ton caverneux vibra dans tout mon être et je grimaçai.

– Je viens de mourir. Je suis nouvelle ici et je me retrouve perdue.

Sa bouche se déforma dans un rictus. J'étais incapable de déterminer s'il exprimait un sourire ou une menace. Des dreadlocks blondes s'échappèrent de sa capuche. Immédiatement, il les écarta et les camoufla, en regardant tout autour de lui comme s'il se cachait d'une horde d'ennemis. De toute évidence, il se sentait traqué. Il finit néanmoins par répondre à Layna qui se rapprochait de lui, subtile.

– Tu peux pas t'perdre puisque l'monde entier t'appartient maint'nant. Tu peux t'déplacer où tu veux en quelques fractions d'secondes. Il n'existe aucune limite. C'est mortel.

Il s'esclaffa à sa propre remarque.

– Je ne sais pas par où commencer dans ce cas.

– J'te suggère la sortie des boîtes de nuit dans l'centre. Avec un peu d'entraînement, tu pourras r'ssentir les effluves d'alcool et d'cigarettes.

– Comment tu t'y prends ?

– Il t'suffit d'approcher le champ d'énergie émanant d'un ivrogne… ou d'un drogué et l'tour est joué. Tu pourras encore en apprécier quelques effets. La dose est très faible, mais on a plus l'choix. Plus moyen d'savourer une bonne bière directement. Tu restes dépendant… des dépendants.

Ses lèvres se pincèrent et il jura entre ses dents grises.

– Par contre, t'avise pas d'fréquenter l'bar à deux rues d'ici. Il m'est strictement réservé, d'ailleurs c'est l'heure, j'dois y aller. Ne cherche pas à squatter c'te baraque non plus, elle aussi est à moi.

– Attends. Je suis passée devant un nouveau pub qui vaut toutes les boîtes de la ville question… euh… effluves. Il n'a même pas encore été annexé par l'un des nôtres.

– Où ça ?

En alerte, il avança sa trogne patibulaire vers elle. Layna marqua une courte pause.

– Le…

Elle se prit la tête dans les mains en faisant mine de fouiller parmi ses souvenirs, puis avisa une Volvo écarlate garée dans l'allée adjacente.

– Le… *Red Car Pub.*

J'étouffai un rire franc devant l'énormité de son mensonge. Par chance, l'errant n'établit aucun rapprochement avec la voiture du voisin et elle enchaîna la première, rapide, pour rentrer dans le vif du sujet :

– Est-ce que tu sais si j'aurais pu éviter ma mort ? Si j'avais pu discerner la lumière provenant de mon âme, de celle préalable à tout envol, et ainsi comprendre son intention, j'aurais peut-être pu esquiver cet imbécile qui ne s'est pas arrêté au feu rouge.

– Ouais… C'est bien pour ça qu'personne n'la voit. Pour faire circuler tout c'joli monde dans l'calme, sinon ça s'rait un beau bordel, il faut dire c'qui est.

– Qu'est-ce qui s'est passé pour toi ? Aurais-tu souhaité différer ton départ ?

Il ferma les yeux et émit un long soupir sonore qui dénonçait un profond regret.

– Drogue, alcool et scooter. Cocktail explosif.

Sa bouche aux lèvres fines imita le bruit d'une déflagration. Désolé, il lâcha :

– J'donnerai n'importe quoi pour un vrai p'tit verre. Alors oui… évidemment qu'j'aurais voulu rester. Il est où exactement c'nouveau bar, le *Red Car Pub* ? Jamais entendu parler.

Elle éluda sa question.

– Sais-tu comment convaincre l'âme de renoncer à s'envoler, quand bien même le processus engagé relatif aux douze derniers jours est lancé ? Après tout, nous autres errants aurions eu tout intérêt à apporter quelques améliorations salutaires à notre parcours de vie…

– Errants ? C'est quoi c'te connerie ? Et puis qu'est-ce que ça peut t'foutre à la fin ? T'es déjà morte ! Il serait temps d't'y faire. Tu n'peux pas revenir en arrière. Bon. Tu m'dis où il est c'nouveau bar ?

– J'ai besoin de savoir d'abord. Si tu détiens des informa…

Il lui coupa la parole. La nervosité le gagnait. Tout son corps maigre en attestait alors qu'il effectuait de menues allées et venues en face d'elle.

– Possible. Peu importe, c'est partie r'mise d'toute façon.

Mon cœur se serra. Cet être diminué et insipide gardait peut-être la clé de mon salut. Je brûlai de m'élancer vers lui, mais incapable d'interférer dans son monde, je me retins. En Layna résidait ma seule opportunité de lui soutirer une réponse. Entêtée, elle revint d'ailleurs à l'assaut.

– Écoute, c'est difficile à expliquer, mais j'ai réellement besoin de comprendre si j'avais une chance de survivre, même infime. C'est urgent. Est-ce que tu pourrais me confier tout ce que tu connais à ce sujet ? S'il te plaît, est-ce que tu pourrais m'aider ?

– Ne prononce JAMAIS c'dernier mot ! Ils pourraient t'entendre et rappliquer ! D'ailleurs, ce sont eux qui détiennent la réponse à ta *fucking* question. Ils savent comment interrompre l'processus.

– Qui « ils » ?

– D'après toi ! Ceux d'en haut. D'vraies harpies j'te dis.

Il renifla bruyamment en adressant un bref signe de tête vers le ciel et je pus apercevoir des yeux noirs creusés aux larges cernes. Layna se mordit la lèvre avec nervosité. Les sourcils froncés, elle semblait en proie à une intense réflexion.

– Je ne pense qu'ils soient aussi présents que ça. Je ne les ai moi-même jamais vus.

– Eh ben, t'as eu beaucoup d'chance. Si on a le malheur d'croiser leur ch'min, ils font tout pour nous amadouer. Ils veulent nous faire déguerpir d'la Terre, ça, on l'a compris. Perso, j'fais gaffe, j'leur fais pas confiance. En général, quand ils me voient, ils m'font signe une seule fois d'venir vers eux et ils laissent tomber. Ils sont pas du genre à nous courir après non plus. C'est surtout leur lumière. Elle est insupportable. C'est elle qui leur donne l'pouvoir d'nous enrôler.

Il grimaça et poussa un cri rauque en dissimulant son visage entre ses bras croisés.

– Comment peuvent-ils mettre un terme à la décision de l'âme de partir ?

– Tout ce que j'sais c'est qu'à chaque fois qu'ils s'ramènent, ils répandent leur foutu halo et à l'aide de leurs mains, ils agissent sur la matière, les corps et les esprits. J'ai été témoin d'leur sorcellerie. J'les ai épiés à déjouer certains accidents, à guérir toutes sortes d'individus et d'animaux sur leur passage, mais j'ne suis pas dupe. Ils font ça pour endormir notre vigilance et nous capturer. Ils veulent nous enfermer.

– Est-ce qu'on peut les rencontrer… quelque part en particulier ?

– T'es dingue ? Pourquoi tu f'rais une chose pareille… hein ? Je t'le répète : si tu les approches de trop près, ils te conduiront dans un endroit d'où personne ne r'vient jamais. Ils ont déjà emprisonné bon nombre d'entre nous avec leurs sales pattes.

À nouveau, son corps entier se contracta comme s'il cherchait à se protéger d'une attaque imaginaire.

– Si ça se trouve, il est bien cet endroit. Peut-être mieux qu'ici…

Le jeune homme souleva le rebord de sa casquette, soudain farouche. Une fois de plus, j'entraperçus son regard noir et vide.

– Tu bosses pour eux ou quoi ?

– Non… Non. Pas du tout.

L'errant recula de deux pas, sa tête roula fébrile dans tous les sens.

– Je n'ai rien à voir avec eux, je t'assure. J'entends tous tes conseils, mais il faut absolument que je rencontre l'un d'entre eux rapidement. Je ferai attention. Est-ce que tu peux m'aider à les invoquer ? Je ne parviens pas à les joindre. Je te conduirai moi-même au bar dont je t'ai parlé. Je t'en prie, c'est important…

– T'es folle. Tais-toi ! Tu travailles pour ces harpies, t'es l'une d'entre d'eux ! J'veux pas partir, laisse-moi ! Laisse-moi maint'nant !

Il vociféra les mots, comme autant de flèches empoisonnées destinées à neutraliser Layna. Ses dreadlocks s'étalèrent de nouveau à vue comme des dizaines de serpenteaux. En une fraction de seconde, il la repoussa avec violence et la propulsa sur le trottoir opposé. Son corps frappa un arbre et s'écroula sur le bitume. Ses longs cheveux blonds se déployèrent sur l'asphalte. En face, le jeune homme disparut aussitôt de mon champ oculaire, ainsi que les couleurs et les textures propres à la perception de Layna. Je traversai la route à grandes enjambées dans sa direction, et soufflai de soulagement lorsque je la vis prendre appui sur le sol dur pour s'asseoir en tailleur et dégager quelques mèches qui dansèrent en apesanteur avant de reposer, légères, le long de son buste.

– Ça va ? Vous avez mal quelque part ?

– Avec mon nouvel état d'être, je dispose d'une capacité remarquable à me remettre sur pied. Je ressens uniquement la vibration des chocs. Sitôt l'onde évacuée, je récupère instantanément. Fort heureusement, il m'en faut beaucoup plus pour me mettre hors service.

Sur ces dires, elle sauta et retomba debout, en silence sur le trottoir.

– Prêtez-moi encore votre vision, je dois l'intercepter. Il ne peut pas s'en tirer comme ça.

– Ce n'est pas un combat. Et à supposer que vous le rattrapiez, ce qui est impossible au vu de votre lenteur caractéristique à votre incarnation, vous n'obtiendrez rien de lui. Aucune autre donnée. Il est prisonnier de son mental, de ses addictions. Bref de son propre malheur. Il m'a uniquement répondu pour m'extorquer la localisation du bar que j'ai inventé. Vos problèmes ne lui importent en rien.

– Qui sont ces gars ? Ceux d'en haut, les harpies ? Il sait où les trouver !

Elle laissa échapper un rire triste.

– Ceux que je m'efforce de joindre en vain depuis deux jours. Ce ne sont pas des... harpies ou tout autre terme à connotation négative. Au contraire. Ce sont des passeurs d'âmes, des guérisseurs. En bref, des êtres de lumière. Extrêmement puissants, ils sont constitués d'amour pur. Ce sont les entités qui viennent accueillir les défunts au moment du saut dans l'au-delà. À condition de se montrer prêt et enclin à les suivre. Sauf que me concernant, ils étaient absents et je me suis retrouvée en errance. Depuis, j'ai eu beau les appeler, ils ne se sont jamais manifestés. J'avoue ne pas comprendre. La réponse m'attend forcément du côté de mes souvenirs perdus.

Comme un automate, elle se planta au milieu de la route déserte, bascula la tête en arrière, écarta les bras en croix et se mit à tourner sur elle-même, en contemplant le firmament.

– Avec mon ami, nous avons besoin de vous. Merci d'avance pour votre aide, je sais que vous m'entendez, lança-t-elle avec une infinie douceur à la nuit calme.

Au même moment, une lueur m'éblouit et je plissai les yeux. Je reconnus alors non pas un ange, mais une voiture hybride qui remontait la rue à vive allure dans notre direction.

– Attention !

Mon cri rauque s'éleva vers Layna. Les paupières closes, elle semblait partie dans un autre univers connu d'elle seule. Surprise, elle les rouvrit et disparut juste au moment où le véhicule s'apprêtait à l'atteindre. Le souffle court, je fouillai toutes les directions à sa recherche.

– Par ici, lança une voix amusée au-dessus de ma tête.

Je sursautai une énième fois puis m'orientai vers la provenance du son. Perchée sur la plus haute ramure de l'arbre qui avait amorti sa chute un instant plus tôt, elle marcha en équilibre jusqu'au bout de la branche qui s'agita imperceptiblement.

– Qu'est-ce que vous faites ?

J'oscillai entre l'impatience et le soulagement.

– Je me remets de mes émotions en m'amusant. J'ai eu chaud. Merci.

– J'ai crié par réflexe. Vous êtes bien morte, non ? Je ne comprends plus rien à vos foutues lois !

– Oui, bien sûr. C'est juste que je déteste passer au travers la matière. À chaque fois, j'éprouve une sensation tout à fait déplaisante. D'ailleurs si à partir de maintenant, vous pouviez m'ouvrir la portière comme un vrai gentleman, vous me rendriez un grand service.

Sur ces dires, elle sauta dans le vide et se posa avec lenteur à mes côtés, avec la légèreté d'une feuille portée par le vent.

– L'arbre… il a arrêté votre course tout à l'heure, et sa branche a ployé lorsque vous êtes parvenue à son extrémité. Comment est-ce possible ?

– Il sait que j'existe. La nature ne fait aucune différence entre vous et moi. Elle croit en moi depuis la nuit des temps. C'est aussi simple que cela. Peut-être que le jour où les êtres incarnés adhéreront à la vie éternelle, alors leurs yeux s'ouvriront à la réalité du monde invisible. En attendant… où allions-nous déjà ?

– Chez moi.

À cette pensée, une vague de soulagement m'envahit malgré la promesse d'une migraine qui commençait à m'enserrer le crâne. J'avais atteint un seuil culminant d'absorption pour la soirée et peut-être même pour l'existence entière.

D'un pas pressé, je convergeai vers ma voiture, Layna songeuse à mes côtés, son regard toujours tendu vers les mystères insondables du firmament. Après lui avoir ouvert la portière passagère, nous nous enfonçâmes à nouveau dans le dédale des rues sombres.

Cette fois, je n'hésitai plus et pris la direction de mon appartement. J'avais franchi une barrière. Celle de la terreur que m'inspirait l'existence d'une vie invisible, celle de la peur liée à cette folle association. Je pliai sous l'évidence que Layna ne représentait aucune menace et j'adhérai définitivement à la seule exigence qu'elle avait imposée en décidant de m'aider : la confiance.

Je tournai enfin dans ma rue et aperçus le bâtiment à l'architecture chic et moderne de ma résidence. Des tas de questions fusaient incontrôlables dans mon crâne et me hurlaient de leur donner des réponses que je n'avais pas. J'en exprimai une au hasard qui passait.

– Est-ce qu'il y en a beaucoup ? Des… des errants ?

Elle hocha la tête silencieuse.

– Oui, malheureusement. Le véritable problème tient dans le fait qu'ils ignorent leur souffrance. En conséquence, ils rejettent l'aide dont ils ont besoin. Certains vont rester à tournoyer ainsi durant des décennies.

– Mais pourquoi ?

– Vengeance, addictions de toutes sortes, dépression, ou même simple refus à aspirer au bonheur. Les raisons sont multiples, mais elles ont toutes en commun le déni du principe fondamental de vie, à savoir l'amour de soi qui empêche l'âme d'être. Partant de là, on n'a rien, ou très peu à offrir au monde, c'est dommage lorsque l'on considère qu'un cœur ouvert et intègre peut engendrer des miracles.

Elle soupira. Dans le court silence qui suivit, j'observai ses grands yeux gris en amande, escortés d'un petit nez au bout rond, de lèvres galbées dessinées avec précision et d'une épaisse tignasse blonde à faire maronner le roi des animaux. Jolie sans apprêt, saine d'esprit malgré une fantaisie extrême et incommodante, intelligente bien qu'innocente, je ne saisissais pas qu'elle puisse siéger parmi ces êtres sinistres.

– Je ne comprends toujours pas. Vous êtes si… différente de ce genre d'individus.

J'étais sincère. Mon mental pragmatique butait contre les incohérences.

– Vous vous trompez. Sur le fond, ils ne se distinguent guère de vous ni de moi. Leur filtre de perception engendrant la réalité se trouve simplement peut-être un peu plus encrassé. Et puis, si je demeure encore là, c'est que j'ai forcément parcouru mon existence en aveugle moi aussi. Une illusion, quelle qu'elle soit, m'empêche d'évoluer. Les faits sont là. La vie ne commet jamais aucune erreur. D'une certaine manière, je crois bien que mon amnésie m'arrange, j'aurais très peur de découvrir ce qui me maintient au sol. Tout cela me paraît tellement navrant et je devine que je ne suis pas encore prête à l'entendre.

– C'est absurde en tout cas. Pourquoi l'âme désire-t-elle partir si c'est pour finir de la sorte ? Autant rester sur terre.

– Aucune situation n'est jamais définitive. Le plan voué à l'errance représente une contrée stérile, une sorte de parenthèse, empreinte de solitude, d'effroi et de mélancolie, mais il possède un avantage : il apporte la preuve qu'une réalité sublime constituée de lumière existe. Délestés de leurs corps et de leurs cinq sens habituels, les errants peuvent désormais percevoir et reconnaître cette vérité, même si la plupart y résistent. Ils n'ont plus qu'à céder à son évidence le moment opportun. Sur terre, le chemin spirituel reste plus difficile, car il nécessite d'adopter sans raison apparente une foi aveugle en l'amour, la beauté et la joie, au préalable en nous-mêmes, pour la voir se manifester ensuite à l'extérieur. Il implique avant tout de choisir la confiance en la vie. Ainsi, lorsque l'état de conscience propre à un individu s'éloigne trop de son but véritable, du plus haut idéal qu'il s'était fixé en venant au monde, l'âme préfère parfois démissionner que d'engendrer trop de dégâts par un amoncellement de croyances illusoires. Comme dans notre cas.

– Écoutez… j'entends votre discours pour le moins atypique, mais je n'ai absolument rien en commun avec ces gars. Je ne suis pas alcoolique, encore moins drogué, je pratique un sport quotidien, je mange sainement, je paye mes impôts, je…

– Il existe énormément de subterfuges qui peuvent nous inciter à manquer l'essentiel. Mais tous proviennent de nos pensées erronées. C'est juste que quelque part dans votre vie, vous avez tout simplement oublié de vivre en vous ralliant à la mauvaise voix. C'est idiot quand on y réfléchit, vous ne croyez pas ? Vous n'avez pas suivi le chemin proposé par votre âme par le biais de votre cœur et celui-ci s'est fermé.

Je secouai la tête avec vigueur, tous les muscles de ma mâchoire se contractèrent sous le déni.

– Mon existence est parfaite. Vous ne me connaissez pas ! Vous ne savez pas de quoi vous parlez !

Elle inspira et chaque mot se posa avec douceur, mais précis et ferme au creux de mon oreille.

– Pour ne pas l'écouter, votre cœur irradie une aura de couleur grise. Certes belle… mais triste. Que vous l'admettiez ou non, il communique pour vous : vous n'êtes pas un homme heureux. Et tant que vous renierez ce principe, vous n'aurez aucune chance de vous élever, que ce soit sur terre en poursuivant votre aventure ou de l'autre côté du voile pour atteindre les sphères supérieures où règne la lumière.

Ses propos me giflèrent et rembruni, je recherchai LA réponse qui l'obligerait à reconnaître ses torts, mais j'abdiquai, englouti sous un amas d'informations trop lourd à remuer. Alors que nous dévalions la petite rampe qui menait au sous-sol, elle clama, les yeux pétillants :

– Nous sommes enfin arrivés !

Je regagnai le réel et me garai à la place 241, mon emplacement attitré, au côté du pick-up soigné appartenant à M. Carter, qui avait l'habitude désolante de flatter ma carrosserie avec ses larges mains baguées dès qu'il apercevait mon véhicule, l'exposant sans cesse au risque de microrayures. J'éteignis le moteur, mais restai les doigts scellés au volant, en proie au tourment de ce que Layna avait déclaré me concernant. Comme si elle pouvait lire en moi, elle balança une formule enrobée d'enthousiasme :

– Il existe cependant une merveilleuse nouvelle !

Je me tournai vers elle. Son visage exprimait une excitation qui me laissait perplexe, à mille lieues de l'appréhender.

– Qu'y a-t-il de si merveilleux au milieu de toute cette confusion ?

– Vous avez comme moi saisi ce que l'errant a dit : les êtres de lumière possèdent le pouvoir de vous guérir. Ils peuvent vous offrir une seconde chance ! Comment pourrait-il en être autrement ? J'aurais dû y penser avant.

– Il ne nous a pas expliqué où les rencontrer. Et il semblerait que votre influence sur ces types d'en haut soit limitée, ils ne vous entendent manifestement pas.

– Vous vous trompez. Ils sont avec moi à chaque instant. Avec chacun d'entre nous. Lorsque j'ouvre suffisamment mon cœur, je peux éprouver leur présence.

– Génial… Il fallait le dire toute de suite. D'un coup je me sens beaucoup mieux. C'est vraiment une solution bien concrète qui va indéniablement me sortir d'affaire !

Son idéalisme naïf me tapait sur les nerfs.

– Je suis certaine que nous réussirons à les rencontrer. Sinon pourquoi la vie vous aurait-elle décerné le cadeau de savoir que vos jours sont comptés ? À quel étage se situe votre appartement ?

– Troisième. Cessez d'appeler ça « un cadeau ». S'il vous plaît.

– Votre appart, quel numéro ?

– 317.

– Je l'affirme pourtant. C'est une offrande inestimable de se découvrir sur le chemin menant à la deuxième chance. Peu de personnes endossent ce privilège. De quoi avez-vous envie immédiatement ?

– Vous le savez bien. Je veux vivre !

– Vous vivez déjà, en cet instant unique.

– Arrêtez de jouer sur les mots !

Elle outrepassa ma furie grandissante.

– Qu'est-ce qui vous rendrait joyeux ici et maintenant ? Ne perdez jamais de vue le moment présent. Il est primordial que vous vous concentriez sur ça, car à défaut de poursuivre votre route ici, vous obtiendrez une place garantie dans les sphères supérieures sitôt votre passage effectué. Toutefois, ne vous méprenez pas : il n'est point question de mérite, mais de simple capacité à ressentir le fameux « merveilleux ». À commencer par vous-même Sam… C'est ce que vous êtes.

Sa voix libéra les derniers mots avec trop de solennité, un peu comme si elle exposait un fait avéré. Je tournai la tête vers elle et ses yeux gris m'attrapèrent, dotés d'une sincérité embarrassante. Je déglutis en marmonnant. Depuis notre rencontre, elle semblait posséder un pouvoir unique à me désarçonner. Je n'aimais pas ça, mais je préférais échapper à notre duel en répondant à sa question somme toute abordable :

– Si j'étais dans un contexte normal, je prendrais une douche brûlante… Je mangerais un plat préparé, un tandoori au curry, devant un bon film et j'irais me coucher dans des draps propres et frais, mais…

Elle ne me laissa pas le temps de poursuivre et transcenda son dégoût de traverser les objets pour atteindre le parking. Elle se dissipa comme l'apparition qu'elle formait, derrière la porte des escaliers. Cette fois, je savais exactement où la rejoindre. Inutile de retourner faire la planque devant le *Heaven's Coffee* ou de me rendre au cœur de la ruelle qui m'avait vu dépouillé de mes confortables anciennes croyances.

J'entrai dans l'ascenseur et sélectionnai le troisième étage en direction de l'appartement numéro 317.

9

PASSAGE

J'ouvris les yeux sous l'insistance de rais qui pesaient sur mes paupières. Je roulai sur le côté à la recherche de mon radio-réveil et surpris, je basculai dans le vide. Un bruit mat accueillit ma chute de cinquante centimètres. Dans un râlement sourd, je m'assis sans comprendre ce qui m'arrivait. Après un certain temps d'adaptation, mon cerveau m'informa que je ne me trouvais pas dans ma chambre, mais sur le tapis du salon, serré dans l'espace réduit entre le canapé et la table basse. Face à moi, trois bières décapsulées et vidées reposaient sur un plateau en inox. Les souvenirs de la veille m'assaillirent et j'inspectai, inquiet, la pièce alentour à la recherche de Layna. Absente.

Nous avions parlé jusqu'à une heure avancée de la soirée, pour tenter d'obtenir en vain un contact avec les fameux gars du ciel qui détenaient le pouvoir de mon hypothétique guérison et les clés de son ascension. Progressivement, au fil des heures et peut-être grâce aux trois bouteilles de bière que j'ingurgitais, j'avais fini par trouver sa présence « normale ». À bout de course, avachi sur le canapé, assommé par l'alcool et la fatigue, bercé par un programme soporifique diffusé sur mon écran géant que Layna suivait avec intérêt, je m'étais endormi. Au cœur de la nuit, je m'étais réveillé pour la confondre, hypnotisée devant un concert classique, à mimer je ne savais quel musicien à l'aide d'un archet imaginaire, une larme au reflet cristallin roulant sur sa joue de porcelaine. J'étais resté conscient quelques secondes à peine, comme pour surprendre sa grâce fantasque, avant qu'un sommeil sans rêves ne m'entraîne finalement jusqu'à la lumière perforante du matin.

Gauche, je me levai en massant mon épaule engourdie d'être restée immobile, compressée sur mon divan au confort approximatif, attrapai le plateau chargé de victuailles, puis me dirigeai vers la cuisine.

– Bien dormi ? lança une voix chantante derrière moi.

Sous la secousse qui m'anima, je coinçai de justesse les bouteilles vides vacillantes sous mon avant-bras. Depuis que je connaissais Layna, mon corps était sans cesse soumis à la contrainte de sursauts irrépressibles.

– Est-ce qu'il serait envisageable d'enlever votre mode silencieux ? Vous allez vraiment finir par m'achever.

Debout près de la baie vitrée, elle laissa s'évader un rire clair.

– Je suis désolée. Comment se porte votre tête ?

– Mieux.

– Où étiez-vous ?

– Sur le toit de votre immeuble. Vous bénéficiez d'une vue admirable sur Seattle.

– Bien sûr… Vous aimez la hauteur décidément. Et le mime aussi. Attendez, mais j'y pense… funambule, clown… Peut-être travaillez-vous dans un cirque ? D'ici la fin de la semaine, vous devriez obtenir un portrait-robot de votre personnalité suffisamment précis pour vous permettre de regagner votre troupe.

– Eh bien… vous me semblez en forme ce matin. Un tant soit peu caustique, mais passons. Alors, dites-moi… D'où vous vient cette formidable déduction ?

– Je me suis réveillé dans la nuit et je vous ai surprise. Pile au moment où vous prétendiez jouer d'un instrument avec pour fond une composition classique ringarde. Ça vous parle ? Vous auriez toutes vos chances à un championnat d'*air guitar*.

À ce dernier mot, une image de ma mère m'assaillit, assise sur l'extrémité d'un fauteuil, s'adonnant à interpréter les sourcils froncés le seul air qu'elle n'ait jamais appris : *Dust in the Wind* de Kansas. Dan, son amour, ami, confident et professeur de guitare à ses heures perdues, le père de substitution que j'admirais durant les dix premières années de ma vie, lui en avait enseigné les accords. Au fil du temps, elle était devenue experte dans le jeu de cet unique morceau qu'elle m'avait transmis à son tour, accompagnée de sa douce voix.

– Comment pouvez-vous utiliser l'adjectif « ringard » en parlant des *Quatre Saisons* d'Antonio Vivaldi ? C'est un sacrilège !

Layna me ramena au présent comme on sauverait un homme de la noyade.

– Personne n'écoute ça à moins d'avoir soixante ans révolus, c'est pour ça que c'est diffusé à deux heures du matin sur une chaîne antique. Ce qui implique que vous êtes légèrement désuète.

Chargée de passion, elle s'emporta.

– Je ne vous laisserai pas faire ! Vous avez été mal initié, c'est tout. Avez-vous seulement perçu le son émanant de l'instrument ? Il s'agit de ressentir la vibration des cordes par l'intermédiaire de son interprète et ainsi entrer en communion avec l'âme du monde. Mais si vous ne l'écoutez pas avec votre cœur, alors vous restez ignorant, imperméable à la magie des notes et au miracle de la vie. Cela nécessite de se poser et de prendre le temps. Dans ce cas, accueillir ce que veut vous dire le violon pour qu'il puisse influer sur votre être en profondeur.

Elle abaissa ses paupières et se balança d'un pied sur l'autre.

– Et dire que je fais équipe avec vous pour espérer me sortir d'affaire. Je vous rappelle que je ne dispose pas d'un délai suffisant pour la détente. Et puis, je croyais que vous aviez tout oublié de votre histoire. Comment vous rappelez-vous votre adoration pour Vivaldi ?

– Je l'ai senti... dès les premières notes, je me suis retrouvée transportée. Je suppose que cette adoration, pour reprendre vos mots, fait partie intégrante de mon essence. Elle a survécu avec mon âme. Ce qui implique qu'on n'efface pas notre nature profonde. On l'emporte avec nous.

– Je ne peux pas vraiment vous suivre. J'ai passé plus d'un tiers de mon existence avec un sale type qui détestait la moindre agitation. Musique incluse. C'est compliqué lorsqu'on a l'énergie d'un enfant de onze ans. Peut-être qu'il a finalement réussi à me transmettre son virus. J'avoue avancer dans la vie avec le seul bruit que me dicte mon cerveau.

Elle me fixa, notablement confuse.

– Et vous vous étonnez que votre âme souhaite décamper ! Rien de surprenant à cela si vous nourrissez exclusivement votre être avec les voix parasitaires de votre tête ! Et qui était ce type d'abord pour vous donner un tel exemple ? Vous n'aviez pas de parents ?

Conscient d'être allé trop loin, peu enclin à distiller mon passé à une inconnue, vivante ou morte, je me hâtai d'éluder ses questions.

– Pour la énième fois, même sans musique, je suis pleinement satisfait de ma vie. Si cette chose que vous nommez « âme » souhaite partir, c'est qu'elle ne pige rien à ce que je suis. Si j'étais malheureux, comme vous semblez le signifier toutes les deux, je me ferais une joie d'apprendre mon sort, non ? D'ailleurs qui est-elle pour décider à ma place ?

À l'évocation de mon tourment principal, la tension se répandit dans mon corps.

– En fait, c'est l'inverse. Celui qui a pleinement vécu sa vie, qui s'est accompli, accueille l'inéluctable fin avec un certain sentiment de paix puisqu'il n'a rien à regretter. Rejeter votre mort prochaine est une simple réaction en chaîne à votre peur de perdre le contrôle, ce que vous êtes déjà en train d'expérimenter depuis ces deux derniers jours. D'une certaine manière, vous succombez avant votre heure, et ça, c'est très positif pour la suite. Quant à votre âme, elle est le lien avec votre véritable nature, divine et éternelle. En elle réside votre carte pour goûter à votre essence profonde qu'est l'amour. Vous pouvez la sentir à chaque instant et décider de l'écouter, elle reste votre meilleure alliée pour une existence riche de sens. Pour faire simple, parce que je vous perds, disons que votre âme est votre « vous » authentique et Sam Whorley un imposteur qui a pris un contrôle illusoire sur sa vie grâce au privilège d'un libre arbitre qu'il utilise mal. Vous me suivez ? Il s'est approprié la place et se croit superpuissant, mais il n'en est absolument rien. Vous le savez bien maintenant… De toute façon de l'autre côté, les masques auront vite fait de tomber, il n'y aura plus personne pour applaudir votre parade.

– Vous êtes folle !

Je basculai la tête en arrière, mais si j'échappai à son visage amusé, son rire me poursuivit.

– On traite toujours de fou ce que l'on ne comprend pas. Je prends ça pour un compliment, je dois être avancée sur mon temps.

De retour vers elle (avais-je un autre choix ?), je surpris ses prunelles rebondir un instant sur mon torse avant de se planter à nouveau dans les miennes.

– Alors ?

– Alors quoi ?

– Allez-y. Ne me ménagez pas. Au point où j'en suis.

– Il reste encore dix jours et il peut se passer tellement de choses en une seule seconde.

– Quand s'est-il illuminé ?

– Chaque astre composant l'âme se révèle au lever du soleil.

Un court silence s'installa qu'elle brisa d'une voix enjouée en allant se poster devant la baie vitrée. Elle frotta ses deux paumes collées l'une contre l'autre en appréciant le ciel sinistre avec une moue inspirée.

– Bon alors, dites-moi… Qu'est-ce qu'il vous plairait de vivre maintenant ?

– Vous n'allez pas recommencer avec ça !

– Je ne sais faire que ça. Improviser, chanta-t-elle en se perchant, agile, sur le rebord du bar.

Un large sourire fendit son délicat visage. Ses jambes se balançaient, entraînant la douce valse de ses longs cheveux.

Excédé par sa frivolité, je me détournai rapidement d'elle et me dirigeai de mauvaise grâce vers ma chambre. À peine, la porte refermée, je m'orientai vers la salle de bains en me délestant au passage de mes vêtements froissés, portés depuis la veille. Mon mental s'insurgeait, privé d'un quelconque plan de bataille et pour une raison obscure, le destin m'avait affublé de la pire partenaire évanescente qui soit. Je ne pouvais même pas envisager d'en changer étant donné que je ne voyais qu'elle. Elle avançait dans la vie en dilettante. Or, je ne pouvais me permettre d'à peu près. Il ne s'agissait pas d'un voyage exotique dans quelque contrée reculée d'Amérique du Sud, mais de mes jours comptés. Dix au total. Dans le miroir, j'observai un instant mon reflet.

Cheveux hirsutes, sourcils froncés, veine gonflée dans mon cou, mâchoire contractée, je me retrouvai au bord de l'implosion. Sur mon torse, j'imaginai la protubérance qui s'étendait comme un cancer. Je me détournai abruptement de mon image marquée par la perte de repères que je subissais et jurai ma misère en rentrant dans la douche : pour me contraindre à cracher ma colère, mon petit orteil avait manifesté un entrain certain à rencontrer l'angle de la cabine, comme si un conflit intérieur latent conduisait inévitablement à la douleur physique en vue d'être exprimé.

Je me calmai à la vue des jets multiples qui m'attendaient. Mon abri refermé, je soulevai le manche qui entraîna la projection d'un puissant geyser sur ma peau. Délectation. L'eau m'écrasa de toutes parts, assaillant avec force et délice mon crâne, ma nuque, mes épaules et mon dos. Elle dégoulina le long de mes tempes que je pris soin de masser pour laisser s'écouler toutes pensées chargées de confusion. Dans cet espace-temps, mon stress accumulé des derniers jours semblait se dilater. Lorsque la chaleur devint oppressante, à la frontière d'une sensation désagréable, je me décidai à sortir. Ma chair était rouge du contact prolongé avec le flot brûlant.

Je passai ensuite dans la penderie et optai pour une nouvelle tenue décontractée : jean délavé, t-shirt kaki, sweat à capuche gris. Mes costumes trois-pièces restaient suspendus, obsolètes depuis mon naufrage. L'idée confuse me traversa que je ne les remettrai peut-être jamais. Je m'en détournai aussitôt, déterminé à préserver le bienfait prodigué par l'eau.

De retour au salon, je surpris Layna essayant de soulever la page d'une revue sportive sur la table basse. Je réfrénai tout commentaire acerbe et me dirigeai vers la machine à expressos avant de réaliser que les dosettes me faisaient toujours défaut, incitant ma halte spontanée au *Heaven's Coffee* deux jours plus tôt. La mauvaise grâce de retour, j'enfilai ma paire de Converse et attrapai mon blouson suspendu sur la patère de l'entrée. La main sur la poignée de la porte, je pivotai sans toutefois faire face à mon étrange acolyte, ma vue masquée par les quelques mèches de cheveux encore mouillées et éparses qui encadraient mon visage.

– J'ai envie d'un café.

– Est-ce que vous voulez que je vous accompagne ?

Je perçus une note satisfaite dans le ton de sa voix et passai le seuil de l'appartement sans répondre. Au dernier moment cependant, je hochai une fois la tête en guise d'accord.

Imperméable à la qualité de mon invitation, elle s'engouffra silencieuse dans l'interstice. Au passage, elle me gratifia d'un sourire doux et respectant mon mutisme, elle glissa à mes côtés jusqu'à atteindre la lumière d'un jour neuf.

Layna sur mes talons, je marchai d'un pas vif jusqu'à Harbor Avenue et ouvris la lourde porte chromée du café *Sixties*. Sans égard pour sa contemplation des buildings étincelants sur la rive opposée, je l'avertis :

– Si vous voulez passer, c'est maintenant, je vais la lâcher.

Ma phrase brisa le silence que j'avais érigé depuis notre départ. Une femme vêtue d'un épais pull en laine moutarde, assise à une table près de l'entrée, leva la tête à ma remarque, haussa les sourcils, chercha à qui je m'adressais, puis retourna à la lecture de son quotidien. J'allais devoir me déplacer avec un kit mains libres greffé aux oreilles si je voulais éviter de passer pour un désaxé. Renfrogné, je m'installai dans un box, les bras croisés en attendant la serveuse, lorsqu'elle avança :

– Bon alors ? Vous allez laisser votre sale humeur prendre le contrôle encore longtemps ? Puis-je vous suggérer une approche idéale pour débuter votre journée ? C'est tout simple, une discipline de rien du tout… Commencez par remercier l'univers chaque matin pour l'air dans vos poumons. La gratitude dispense un pouvoir étonnant sur notre énergie, vous savez, et…

– Vous le faites exprès ! Je vais mourir dans dix misérables jours, je n'ai aucun plan d'action à ma disposition, vous êtes dans l'incapacité d'obtenir un rencard avec les seuls gars susceptibles de nous sortir d'affaire, vous affirmez que j'utilise mal mon libre arbitre dans ma propre vie et pour couronner le tout, vous ne cessez de me pousser à une nonchalance qui me donne envie de vous… de vous…

J'inspirai bruyamment pour contenir un nouveau débord de colère. D'un air désinvolte, elle m'encouragea à vider mon sac tout en donnant une gifle sur le tourniquet dont les pages restèrent imperturbables.

– De vous quoi ?

– Vous savez.

– Dites-le toujours. Ça va vous faire du bien. Je vous assure. Je peux absolument tout entendre.

Je m'agrippai sur-le-champ à la perche tendue.

– De vous étrangler, de vous étriper, de vous faire manger toutes les feuilles, cartes en tous genres que vous vous évertuez de déplacer en vain depuis hier au soir.

Elle se mordit les lèvres pour s'empêcher de rire.

– Je progresse même si le résultat n'est pas encore observable. Ça me plaît de travailler à laisser une trace de moi dans ce monde. Aussi insignifiante soit-elle. Comme une simple page qui se tourne. Et puis franchement, j'entends votre colère, c'est humain, mais les choses sont ce qu'elles sont. Ça ne sert à rien de vouloir absolument changer ce qui est, car, eh bien… c'est tout simplement impossible.

Elle s'interrompit, puis ses pupilles plantées dans les miennes, dotées d'une subite gravité, elle reprit :

– Par contre, que ce soit bien clair : malgré la légèreté que je montre, je vous assure que si j'avais le pouvoir de vous sauver la vie dans l'instant, j'agirais sans hésiter.

Je fronçai les sourcils, mon cœur se mit à battre de confusion et je baissai les armes, soudain submergé par une vague de remords qui annonçait la fin relative à la tempête qui me traversait. La serveuse rappliqua, prit ma commande et s'éloigna. Une fois ma voix hors de sa portée, je murmurai :

– Je suis désolé. C'est vrai. Même si j'ai du mal à écouter tous vos propos, je dois admettre que vous n'êtes pour rien dans ce qui m'arrive.

Mon attention se perdit vers l'extérieur et je contemplai à mon tour l'étendue d'eau qui nous séparait du centre. Au loin, les buildings et le Space Needle surplombaient le port et ses immenses bateaux. Des riverains évoluaient le long du trottoir pour faire honneur au jour d'un automne capricieux : un couple de touristes, appareil photo et carte de la ville en main ; une mère et son enfant en bas âge potelé ; un sexagénaire, béret gris vissé sur la tête ; un joggeur ruisselant et pantelant. Ce dernier, âgé d'une vingtaine d'années, à l'embonpoint léger, marqua une halte en appui contre un arbre, étudia le panorama puis s'écroula. Immédiatement, un groupe de personnes à proximité lui portèrent assistance et je bondis de la banquette. Surprise, Layna suivit mon regard pour se lever à son tour.

– Il ne s'agit pas d'un simple malaise ! Ce jeune homme s'apprête à mourir, lâcha-t-elle dans un souffle. Son âme est entièrement illuminée, son cœur doré… Il a terminé son chemin avec succès ! Les passeurs vont descendre pour lui, car il est prêt à s'élever. Venez ! Ne le perdons pas de vue !

Elle me devança et n'attendit pas que je lui ouvre la porte pour sortir. Elle grimaça un instant au contact de la vitre puis se dirigea avec célérité vers l'accidenté. Lorsque j'arrivai à mon tour sur les lieux, un riverain lui prodiguait un massage cardiaque, Layna à leurs côtés.

– Il ne parviendra pas à le sauver, c'est bientôt son heure, avança-t-elle.

– C'est horrible…

Mes yeux agrandis de terreur, rivés sur le jeune homme, je demeurai pétrifié, incapable de bouger, ni de parler, à réaliser l'imminence de ma propre condamnation. Les souvenirs du passé se mêlaient avec les images du présent et dérivèrent vers la projection d'un avenir qui me chatouillait. Dix jours de marche. Dans de telles circonstances, compte tenu de la finalité qui me tendait les bras, pouvait-on appeler cette rognure de temps le futur ? Pour moi, c'était une simple porte, sur laquelle ma main rétive reposait déjà.

– Nous devons suivre l'ambulance jusqu'à l'hôpital. C'est notre chance d'intercepter les passeurs le moment venu. Sam, regardez-moi ! cria Layna, désormais en périphérie du théâtre sordide.

Je convergeai vers elle. Son visage baigné de douceur tentait de calmer le mien, oppressé sous l'afflux de la nausée. La tête me tournait, en dépit des efforts fournis par ma partenaire pour m'apaiser. Je ne pouvais discerner une quelconque positivité face à ce qui se produisait. L'arrivée d'une ambulance sirène hurlante m'incita à reculer de quelques pas et non sans peine, je jouai des coudes pour m'extraire du groupe. Les badauds en petit nombre que j'exécrais semblaient m'étouffer et m'engloutir. Contre ma volonté, je me retrouvais parmi eux. J'étais l'un d'eux. Après avoir rejoint Layna, je déclarai :

– Je ne peux pas, c'est trop pour moi. Ce jeune homme est sur le point de mourir. Je ne peux pas profiter de cette situation et assister à ça. Je ne peux pas rencontrer ces êtres de lum… ces individus dans de telles circonstances. On doit trouver une alternative.

Je secouai la tête avec véhémence.

– Il n'y en a pas d'autres pour le moment et le temps est compté. L'apparition de cet incident sur notre route n'illustre rien d'autre qu'une main tendue vers nous. Ce garçon va bien, il est simplement parvenu au bout de l'expérience qu'il s'était promis de vivre. Il rentre chez lui. D'où nous provenons tous. La mort est un phénomène naturel.

– Comment peut-il avoir terminé son chemin avec succès, comme vous l'affirmez, à seulement vingt piges ? C'est incohérent !

– Un apprentissage terrestre réussi ne se mesure pas avec le nombre d'années, mais dans le bien et la justesse des actes posés en ce monde, en accord avec les élans de l'âme, par le biais du cœur, dans le temps imparti qu'elle s'est fixé pour cela. Il s'agit d'amour. Le temps est une illusion. Peut-être que ce jeune homme devait simplement connaître la joie et laisser cette empreinte unique dans le cœur d'autres personnes, pour leur offrir la force d'évoluer sur leur propre chemin. Tout est lié. En cet instant, il touche aussi votre vie, en vous donnant l'opportunité d'avancer sur votre voie. Je vous promets qu'il va bien, faites-moi confiance.

Comme je restai silencieux et prostré, elle rompit les chaînes invisibles qui nous maintenaient encore à distance.

– Sam… Fais-moi confiance.

Sa sollicitude m'engourdit, elle posa alors sa main au-dessus de mon bras et les couleurs débordèrent. Le jeune coureur, déchu un instant plus tôt, irradiait de l'intérieur. Sa peau lisse et irisée se recouvrait de poussière diamantée, son cœur délivrait l'éclat d'un soleil triomphant, ses traits affichaient une sérénité hors d'atteinte. Je devinai même un léger sourire sur son visage immobile. Resplendissant, il semblait se reposer avant le grand saut.

– Je ne comprends pas ce que je vois.

– Grâce à ma vision, tu témoignes de celui qu'il va devenir dans quelques instants et non plus de celui qu'il a été.

De retour à la pâle réalité, l'image prodigieuse évanouie, je hochai enfin la tête en signe d'assentiment. Layna exulta de joie et je pris conscience que, tout en m'aidant, elle se mettait également en marche vers son propre rêve, celui de pouvoir emprunter la même voie que le jeune homme. Une voie qui la conduirait vers l'ailleurs qu'elle espérait.

– Là-bas un taxi ! lança-t-elle en pointant du doigt un véhicule jaune au bas de la rue.

Sans perdre un instant, elle s'élança à vive allure dans sa direction en hurlant, le bras levé :

– S'il vous plaît, par ici !

Je courus derrière son imprévisibilité, aussi vite que mes longues jambes me le permettaient.

– Je te rappelle que tu es imperceptible, haletai-je, en arrivant à sa hauteur alors que la voiture s'arrêtait à proximité de nous.

– Il ne me discerne peut-être pas avec ses cinq sens, mais il ressent ma demande. As-tu remarqué où il s'est garé sans raison apparente ? Cela ne relève pas d'un hasard.

Je haussai les épaules et m'engouffrai après elle sur le siège arrière. J'indiquai au chauffeur de suivre au plus près l'ambulance qui venait de nous dépasser. Sans poser de questions, l'homme à la peau brune et au large sourire hocha la tête d'un air entendu. Il monta le volume de son autoradio qui diffusait une musique jazz au rythme endiablé, passa une vitesse et accéléra dans le sillage des secours. La présence d'une tierce personne, immiscée au cœur de notre duo improbable, empêcha toute conversation entre Layna et moi. Nous remplaçâmes les mots par quelques œillades chargées d'espoir, parmi d'autres, nuancées d'une forme euphorique déconcertante que je sentais m'effleurer. Je fus déstabilisé par ce langage silencieux qui parvenait jusqu'à ma conscience au-delà des sens.

Tandis que nous traversions la ville à vive allure vers notre quête respective sous une pluie ardente de notes, qu'elle soutenait avec quelques mouvements saccadés de la main, telle une chef d'orchestre, je remarquai qu'un infime lien s'était déjà tissé entre nos deux êtres, en dehors de mon propre consentement. Une attache à laquelle je ne pouvais me soustraire. Ma survie et son élévation en constituaient la cause. Notre étonnant partenariat, la conséquence. Pour la première fois, je la gratifiai d'un sourire en coin authentique que je ne me connaissais pas, une sorte de porte entrebâillée qui lui offrait un accès légitime dans ma vie, celle-là même qui m'échappait. L'écrou et le cadenas qui l'avaient maintenue scellée des années durant, depuis le jour où je désertais mon enfance, avaient brusquement cédé sous son originale habileté. Subitement, elle ne m'apparut plus comme une erreur de parcours. Et je cautionnai l'alliée improbable que l'existence m'avait livrée pour m'accompagner dans mon épreuve.

Nous arrivâmes devant le hall des urgences sur les talons de l'ambulance que notre taxi avait suivie à la trace. Je donnai une poignée de billets au chauffeur en le remerciant, puis courus après le fantôme de Layna qui s'élançait déjà à l'intérieur du bâtiment austère, auprès de plusieurs soignants en charge du jeune homme qui glissait vers l'autre monde.

Pas plus tard que la veille, je patientais dans cette même salle. Quelques sièges vides attestaient d'une ambiance plus posée, au diapason d'un dimanche. Les brancardiers passèrent les doubles portes battantes que j'empruntai à leur suite aussi discrètement que possible. Les murs blancs défilèrent, le linoléum abîmé atténua le bruit de mes grandes enjambées. Au bout du couloir, l'efficace équipe entra précipitamment dans une salle et immobilisa le chariot au milieu de la pièce.

Prostré derrière la vitre aux stores relevés, j'observai, troublé et silencieux, deux médecins et trois infirmières qui déployaient une énergie vaine à tenter de sauver un homme. Bien qu'encore jeune et vif, il avait terminé son histoire. Il avait expérimenté tout ce qui prévalait pour lui durant sa courte vie. Il avait réussi un examen invisible là où j'échouais, moi qui m'attribuais jusqu'ici l'étiquette flatteuse de battant. Le problème résidait essentiellement dans le fait que je ne saisissais toujours pas les règles d'un jeu dans lequel je détenais le rôle principal.

L'un des médecins présents, un homme d'une cinquantaine d'années, joues creuses, cernes noirs, finit par brandir deux fers qu'il posa sur le torse de l'être inerte. J'entendis des instructions vagues qu'il criait à son équipe puis le corps se souleva. Les soignants épièrent de concert l'électrocardiogramme qui demeurait plat. Il réitéra son action deux fois avant d'abandonner et je sentis ma nervosité grandir.

– Le processus commence. Tiens-toi près.

Avant même que je ne prononce un seul mot, la vision désormais bien connue me saisit. Cette fois, Layna garda sa main apposée au-dessus de la mienne, à cinq centimètres de la distance réglementaire imposée par nos deux univers, pour m'encourager dans ce tournant décisif. Je me retrouvai un moment ébloui sous l'abordage des couleurs flamboyantes et dansantes, puis l'illusion aux textures veloutées m'accapara : depuis le linoléum gris, rivière argentée dont chaque trace d'usure évoquait quelques coups de pinceau savants, jusqu'aux murs blancs, immaculés, à l'aspect satiné et scintillant.

Soudain, j'examinai, sidéré, le spectacle face à moi. Une sorte de nuage doré s'échappa par le crâne du jeune homme, flotta à ses côtés puis se dilata jusqu'à prendre l'apparence du corps qu'il occupait l'instant d'avant. Le garçon inerte se dédoublait sous mes yeux médusés. Mes lèvres s'entrouvrirent, mon sang se figea : situé aux premières loges, j'observai un individu mourir et renaître. Il investit les lieux de son nouvel habit et tourna ses mains dans tous les sens, comme s'il les voyait pour la première fois. Son corps neuf brillait d'un éclat indescriptible. Déjà, il se détournait de l'ancien, comme s'il représentait un vêtement encombrant rendu obsolète.

Puis, une vive lueur apparut au fond de la pièce. Au cœur d'un cercle de lumière aveuglant, trois silhouettes se découpèrent. Une femme et deux hommes. Ils rayonnaient, si bien que je peinai à discerner leurs traits. La femme sortit du halo en premier et exposa son visage épanoui sans âge, pour s'avancer vers le garçon ressuscité qui la scruta avec intensité. Aucun mot ne fut prononcé pendant qu'ils s'étreignirent, comme lors de retrouvailles, après une très longue séparation. Puis ils se dirigèrent de concert vers le tunnel éclatant où patientaient les deux hommes.

– Qu'est-ce qu'on attend ? Ils vont partir. Ce sera trop tard si nous n'agissons pas. Layna !

Je cherchai son appui, mû par une angoisse ascendante qui m'enserrait le torse.

– Encore un instant. Laissons d'abord le garçon cheminer vers les siens. Nous devons respecter son passage.

– Il faut au moins rentrer dans la salle pour qu'ils soient en mesure de nous remarquer.

– Inutile. Ils ressentent notre présence. Ils nous voient, ils nous entendent aussi. En fait, ils nous connaissent déjà… bien plus que nous n'en apprendrons jamais sur nous-mêmes de notre vivant. Ils sont extrêmement puissants et possèdent un immense savoir. Notre seule intention s'avérera suffisante pour communiquer, conclut-elle, admirative, en les enveloppant de respect.

À peine le récent défunt eut-il atteint la bulle de lumière que Layna murmura, d'une voix tout juste audible :

– Merci de votre attention, nous avons besoin d'aide…

L'un des deux hommes échangea un bref regard avec son acolyte et sortit du cercle. Il avança d'un seul pas dans notre direction alors que les trois autres individus disparaissaient, sous mes yeux ahuris. Il portait un pantalon et une tunique ample, au blanc uniforme, sous lesquels reluisait sa peau dorée. Figé en bordure de la colonne aveuglante, je pus discerner les détails ornant son visage. Traits purs, iris bleu vif, cheveux blonds comme les blés ondulants, comme s'il se trouvait en apesanteur, il représentait le parfait cliché de quelques anges tombé du ciel. À croire que d'illustres créateurs avaient déjà contemplé ce spectacle surréaliste de leur vivant, pour les avoir aussi bien dépeints au travers de multiples formes d'art.

Immobile, l'être que je n'aurais su nommer nous scruta tour à tour et sourit.

10

GUIDE

Saisi de trac, je dévisageai l'individu ésotérique. Ma bouche était sèche, les battements de mon cœur intenses, tant je savais le moment crucial. Je ne disposais d'aucun droit à l'erreur. L'homme saupoudré d'or se contentait de me fixer, d'un regard bienveillant, sans émettre le moindre mouvement ni un quelconque son. Il attendait.

D'un seul coup, un fulgurant courant de hardiesse me traversa, les mots s'assemblèrent et j'articulai :

– Je ne veux pas mourir, ce n'est pas mon heure. J'ai appris que vous aviez le pouvoir de me soigner.

Pour illustrer mon propos, je lui désignai la protubérance qui s'étendait au centre de mon torse. Je tressautai au timbre de la voix qui résonna à l'intérieur de ma tête, à la fois grave et calme, alors même que les lèvres de l'apparition restaient scellées.

– *Je ne peux agir et soulager qu'en surface, ce qui s'avérerait vain dans ton cas. Le mal avancé qui t'abîme se situe en profondeur.*

Il sourit. Je déchantai.

– Alors c'est fini ?

– *Ce n'est que le commencement. Tout ce que tu désires existe déjà, tout est possible. Si tu perçois et reconnais ta vérité, qui sait ce que tu pourrais créer…*

La communication télépathique cessa et je m'obstinai, désemparé par son verdict flou, dans un murmure presque inaudible pour ne pas attirer l'attention de soignants qui passaient en aval du couloir :

– Pouvez-vous m'indiquer un moyen quelconque pour guérir ?

À nouveau, l'homme me sourit. Près de lui, une infirmière débrancha les appareils, une autre nota l'heure de la mort du défunt sur un dossier.

– *Tu es le seul à posséder la carte et les solutions inhérentes à tes épreuves.*

– Non, je n'ai pas de carte, ni la moindre solution. Je vous assure. Je ne sais absolument pas où aller, ni vers quoi ou qui me tourner à part vous.

– *Tu sais, tu as toujours su. C'est si simple. Rappelle-toi seulement qui tu es.*

– Excusez-moi, permettez-moi d'insister, je n'ai peut-être pas été clair… Je recherche un indice, n'importe quoi, qui puisse m'aider à comprendre comment m'en sortir. S'il vous plaît…

– *Suis sincèrement le chemin pas à pas, en te laissant porter. Tu n'as rien d'autre à faire que d'être. Oublie toute forme de volonté, elle ne peut plus rien pour toi.*

– Sans vouloir vous offenser, ce n'est pas une réponse concrète. Vous ne pouvez pas m'abandonner comme ça. J'ai dû renoncer à toutes mes certitudes pour venir jusqu'à vous.

– *Parfait.*

À cet instant, une chaleur envahit le dessus de mon crâne et m'empêcha de parler comme si mes pensées n'arrivaient plus à s'imbriquer.

– *Tu n'es jamais seul*, rajouta-t-il.

Pour finir, il s'adressa à Layna :

– *Ce n'est pas pour maintenant. Nous nous verrons un prochain jour.*

Consterné, je la regardai hocher simplement la tête dans une pure acceptation de sa sentence qui impliquait une prolongation forcée et indéterminée sur Terre.

Séance tenante, l'être disparut dans le cercle de lumière qui se referma dans un battement de cils. À l'intérieur de la salle désormais morne, le personnel médical cessa de s'animer dans tous les sens et quitta la pièce. Un drap blanc recouvrait le corps laissé à l'abandon par son locataire. Ma vision se ternit et je virai vers Layna, abasourdi.

– Merde ! lâchai-je. C'était quoi, ça ? Je croyais qu'ils pouvaient tout faire, qu'ils savaient tout sur tout, tes gars du ciel !

Je brûlai de cogner le mur, mais le flot ininterrompu des soignants le long du couloir austère m'en dissuada. À la place, je regagnai une chaise proche et me laissai choir, la tête entre les mains. La botte droite de ma partenaire s'inséra dans mon champ de vision alors qu'elle s'asseyait à son tour. Son pied tressauta un peu, révélant sa fragilité. Prenant soin d'ajuster le kit mains libres que j'avais racheté au triple de sa valeur au chauffeur de taxi qui nous déposait, je consentis à me tourner vers elle.

– Il a affirmé que tu disposais de la carte, que tout était possible. C'est... c'est une excellente nouvelle. Nous avons la confirmation que rien n'est perdu, balbutia-t-elle.

– Il n'a rien dit, Layna, tu le sais bien. Comment peux-tu être aussi naïve ? Je repars comme je suis venu dans cet hôpital, sans aucun indice, aucune solution. Je suis fichu. Et puis cette propension à dispenser des phrases mystérieuses, c'est insupportable ! On n'est pas dans un foutu jeu télévisé, je n'ai pas le temps de m'amuser à décoder des messages obscurs.

– Je comprends simplement qu'il ne souhaitait pas t'influencer. Il t'a indiqué de suivre le chemin de ton cœur, il est unique, toi seul peux le découvrir. Finalement, il s'agit encore et toujours de faire ce qui te rend heureux. Au pire, tu guériras ton mal-être et tu te délesteras de tes bagages pour éviter le même sort que moi. Au mieux, tu te réaliseras et tu seras sauvé.

– J'ai perdu mon boulot, je te rappelle. Comment veux-tu que j'arrive à me refaire en dix jours seulement ? Il me faudrait des mois, voire des années, pour retrouver une situation équivalente.

– C'est qu'il ne s'agit pas de cette voie-là. Tu n'aurais pas été suspendu si c'était le cas. Et puis, se réaliser ne sous-entend pas d'accomplir des choses extraordinaires, mais de faire un simple pas vers qui tu es véritablement.

– Je suis Sam Whorley. Né le 22 décembre 1992. Orphelin de mère. Déserteur de père. Meilleur vendeur de mon secteur chez Hart's Design. Excellent nageur. Ambitieux, volontaire, égoïste, indépendant… Tu veux mon CV ? J'ai toujours ancré chacune de mes actions en accord avec ce que je suis. Pour autant, je suis condamné. Tu parles d'une justice céleste !

– J'ajouterais : têtu, étroit d'esprit, prétentieux de croire qu'il sait déjà tout, alors qu'en réalité, il est la plupart du temps ignorant.

La tête penchée en avant, je pivotai vers elle et la regardai entre deux mèches. Mes yeux lui lancèrent une série de flèches empoisonnées qu'elle esquiva d'un sourire immaculé.

– C'était un être de lumière. Ses paroles sont amour pur et détentrices d'une sagesse suprême. Il t'a signifié de te laisser porter, ce qui implique de basculer dans la confiance. Tu voulais un décodeur, je suis là.

– Je ne peux pas, je ne suis pas fait comme toi. Je ne peux pas bâtir mes convictions sur des suppositions. Et puis comment peux-tu défendre ses mots ? Il n'a même pas daigné t'emmener. Je croyais que ces types étaient débordants de compassion. Si c'est vraiment le cas, comment a-t-il pu te laisser ici sans ressources parmi tous ces… errants, comme tu les appelles ?

– C'est difficile en apparence, mais un jour je comprendrai. Je dois probablement attendre que mes souvenirs ressurgissent afin de les régler. Et puis, je ne suis plus isolée. Je suis avec toi, nous formons une équipe. Une drôle d'équipe, je te l'accorde, mais bien réelle.

Je la regardai un bref instant, puis me raidis face au trouble initié par ses mots encourageants teintés de douceur. La part de moi qui la rejetait m'intima de me lever et je me dirigeai d'un pas soutenu vers le hall. Un brancard arriva avec une personne accidentée et je me demandai si elle aussi allait mourir, si les mêmes individus allaient venir la chercher. S'ils avaient pour habitude d'organiser des convois groupés, si le chemin était long vers cet ailleurs inconnu dont les frontières se situaient dans un autre espace-temps.

Dans le couloir animé qui menait à l'entrée des urgences, nous croisâmes une jeune fille qui se précipitait dans notre direction. Elle nous dépassa et j'entendis son cri strident lorsque nous parvînmes près des portes battantes. Je me retournai un instant sur elle au moment où elle s'affaissait contre un infirmier, le regard perdu vers la vitre derrière laquelle se trouvait le garçon disparu. Un court moment, je fus tenté de revenir sur mes pas pour lui assurer que son ami ou frère allait bien, mais sans preuve, je butai contre l'impossible.

En revanche, je me réfrénai de l'avertir : l'attendre ou le pleurer s'avérait vain. Il était parti. En abandonnant les siens. Comme ma mère des années plus tôt. Avait-elle eu le même sourire heureux lors de son passage ? Avant de me quitter pour toujours, s'était-elle seulement retournée sur ma terreur, son corps inerte et encore chaud contre le mien ? Mes lèvres se mirent à trembler et un instant, je ressentis l'illusion d'être un petit garçon allongé sur une chaussée ensanglantée, entouré par une foule opaque et curieuse.

– Je dois sortir d'ici. Immédiatement.

Je m'élançai à l'extérieur du bâtiment. Rendu à l'air libre, je me penchai, mes paumes au contact du mur bétonné grisâtre. Un goût amer envahit ma bouche et j'aspirai une profonde bouffée d'oxygène douteux, à proximité directe d'une avenue embouteillée. Au-dessus de moi, le ciel tranquille, partiellement dégagé, semblait me narguer.

– Et cette fille ? Que va-t-elle devenir ? Elle ne connaît pas la vérité.

– Cette épreuve fait partie intégrante de son chemin. Elle a mal à présent, mais un jour, elle ira de l'avant et trouvera sa force au sein même de sa souffrance. Leur lien se rétablira lorsqu'elle sera prête, sous une autre forme d'énergie. Il l'attendra.

Une colère sourde montait en moi, avec la hargne et la rapidité d'une balle de squash frappée par un gros bras.

– Comment peux-tu croire en de pareilles hypothèses ? Si les morts revenaient nous voir, ça se saurait. Il se passerait quelque chose. Et admettons qu'un pourcentage infime accrédite ta théorie, c'est maintenant qu'elle a le plus besoin de lui. C'est en cet instant qu'il devrait la bombarder de preuves.

– Il vit sur un autre plan. Ça ne fonctionne plus ainsi, à coups de « preuves ». Tous ces concepts matérialistes sont ringards là-haut. Ils utilisent « l'esprit ». Tu vois de quoi je parle ? Mais revenons à notre terre d'amour et à ses habitants : seule la croyance qu'un être cher continue d'exister au cœur d'un ailleurs peut transformer la tristesse en paix et même ultimement en joie. Pour percevoir les signes de nos disparus adorés, il est nécessaire de s'ouvrir à un autre langage par le biais de l'intuition. Une forme beaucoup plus élaborée de communication. Le lien éternel se ressent, il ne se démontre pas. En ce qui concerne cette jeune fille, elle doit faire son deuil, c'est absolument indispensable. Un esprit clair doit au préalable se défaire de ses émotions lourdes en douceur. Tu sais… les fameux bagages.

– Non !

– Comment ça « non » ? Ce que tu peux être coriace !

Elle me gratifia d'une moue contrariée.

– Où qu'elle soit, tout ce que je comprends, c'est qu'elle n'est jamais revenue pour moi. Elle m'a réellement laissé tomber. Je n'ai jamais eu le moindre signe, je peux te l'assurer.

– Qui ça, elle ?

– Ma mère.

– Qu'est-ce qu'il s'est passé ?

– Je n'ai pas envie d'en parler. J'ai décidé de l'oublier avec les années, c'était préférable.

– Dans ce cas, c'est toi qui l'as lâchée. Tu l'avoues toi-même. C'est exactement ce que j'ai voulu te démontrer.

L'illusion que le lien est coupé continuera d'exister, tant que tu croiras être séparé d'elle. Les signes sont subtils, ils se ressentent à travers la foi, ce que tu n'avais pas jusque-là. Il ne s'agit pas de chercher une enseigne lumineuse stipulant : « Hey ! C'est moi… je suis toujours en vie. » Tu le sais bien maintenant qu'elle t'attend quelque part ! Il y a encore seulement trois jours, tu refusais d'admettre l'existence d'un au-delà. Et voilà que tu peux me voir et m'entendre alors que j'évolue sur autre plan que le tien. Si ce n'est pas une belle preuve, ça ! Tu as obtenu un véritable cadeau de la vie « spécial rebutés ».

Une rafale m'ébouriffa les cheveux et obstrua mon champ de vision… comme le faisait ma mère lorsqu'elle m'attrapait par surprise pour me garder au creux de ses bras. Je secouai la tête, pour m'empêcher de caresser la promesse de telles idées. À la place, je piquai. Un sale réflexe.

– Tu ferais mieux de t'occuper des tiens au lieu de rester ici avec moi. Il y en a bien un ou deux pour te regretter quelque part.

Elle baissa les yeux et soupira sous l'effet d'une affliction flagrante. Je me rattrapai sur-le-champ :

– Je suis désolé, j'avais oublié. L'amnésie. Et pour mes mots aussi. Mais tout ça, c'est un peu trop pour moi.

– Je sais, murmura-t-elle.

– Par contre, c'est vrai, tu n'es plus obligée de rester. Je reconnais être parfois, disons… difficile et je ne crois pas que tu puisses faire quoi que ce soit de plus pour moi. J'ai conscience de ce qui m'attend dans dix jours. Les passeurs en moins, j'ai bien saisi mon côté « inapte ».

Elle leva la main pour m'interrompre dans un déni de fatalité.

– Personnellement, j'ai besoin de toi. Il me reste encore une possibilité d'effacer ma dette karmique grâce à mes bonnes actions envers toi.

– Qu'est-ce que c'est encore que cette histoire tordue ?

– Des points de bonus. À épauler un individu de ton espèce dans son épreuve, j'ai vraiment toutes les chances d'être graciée de mon exil sur Terre dans les plus brefs délais.

Elle me gratifia d'un clin d'œil et me lança, espiègle :

– Bon… revenons à l'essentiel. Qu'est-ce qui te ferait plaisir ici et maintenant ?

Pour la deuxième fois en l'espace de vingt-quatre heures, je rejoignis l'entrée du bâtiment principal et franchis les portes automatiques pour me diriger vers la boutique. Je commandai un soda frais et sucré au citron et bus une longue rasade avant de regagner l'air vivifiant. Perchée sur le toit d'un pick-up, au bout de la petite allée qui menait au parking, Layna m'attendait en me tournant le dos, ses longs cheveux déployés sur le poncho bleu marine à fines rayures blanches, orné de franges.

Un sourire doux étirant la ligne généreuse de ses lèvres, elle s'était éloignée sitôt que j'avais revendiqué mon besoin de solitude. Ma révolte intérieure était telle que je voulais encaisser les foutues informations remplies de vide en silence. Aussi, exténué, je me résignais à observer avec calme le néant des pistes qui s'ouvraient à moi. Un puits sans fond. Pas d'indices, pas de solutions concrètes, aucune chance de compréhension d'un évènement surréaliste, car mon cerveau n'enregistrait aucune expérience similaire. Ce dernier ne me servait plus à rien. Je ne concevais pas pourquoi « mon » âme me faisait à ce point défaut. Comment pouvait-elle être ainsi sourde à ma propre volonté ? Une étrangère semblait m'habiter, qui avait le pouvoir de décider de mon avenir. Deux entités dans le même corps. Et pourtant, il apparaissait que cette étrangère capricieuse qui désirait tirer sa révérence en m'entraînant avec elle m'avait laissé libre d'avancer à ma guise dans la vie.

Et cela depuis toujours. Discrète, tapie dans l'ombre de mon cœur, elle réclamait son dû à l'approche de mes vingt-six ans. Mais quel dû ? Que revendiquait-elle ? Alors qu'elle connaissait mon désarroi, elle continuait à me déléguer tous les choix, et j'évoluais, perdu, sur un chemin obscur qui se déliait à chacun de mes pas, chacune de mes initiatives.

Je m'assis sur le dossier d'un banc, mon verre de soda à la main, encore anesthésié par le choc de « l'entretien » lamentable duquel je sortais, avec l'un des soi-disant guides de l'au-delà, en tenue décontractée, cheveux blonds soyeux et visage angélique, à l'image du héros de quelques romans fantastiques. Mon attention se porta sur un homme d'une soixantaine d'années. Lui aussi revêtait une tunique blanche, mais aucune lumière ne transparaissait. Je ne pus réprimer un sourire tandis qu'il m'offrait le spectacle de ses jambes nues arquées et d'un caleçon rayé. Il traînait avec lui une perche soutenant sa perfusion, une cigarette éteinte posée en équilibre précaire sur ses lèvres fines et sèches. Il poussa jusqu'à l'audace de quémander du feu à deux membres du personnel qui discutaient avec animation. La plus âgée l'invectiva de reproches, mais la plus jeune, d'une trentaine d'années, de grandes lunettes perchées sur le bout de son nez, s'esclaffa d'un rire sonore et joyeux qui dénotait avec l'atmosphère sinistre des lieux. Je suivis sa bonne humeur et mon désarroi s'allégea d'un cran.

Le sol se ternit tout à coup et j'orientai mon regard vers le ciel obscurci. Au passage, mon attention se dirigea vers la seule fenêtre ouverte, au deuxième étage du bâtiment. Un garçonnet se tenait de dos, armé d'un bâton. Intrigué, je le fixai. Lorsqu'il cala un violon contre sa joue ronde, j'identifiai enfin l'objet comme un archet. Quelques notes me parvinrent avec difficulté, le vacarme de la grande rue embouteillée adjacente à l'hôpital en atténuait le son. Je forçai l'oreille et écoutai un instant la mélodie inconnue, interprétée avec la maladresse de son jeune âge. Une infirmière ferma brusquement la fenêtre et quand il se retourna, je reconnus l'enfant bouleversé de la veille qui voulait continuer « à jouer » en s'opposant férocement à sa mère.

Soudain, une femme au corps trapu tapota mon bras pour me demander l'heure puis se lança sans invitation dans un monologue fastidieux sur les problèmes gastriques de son mari qui avait été admis la semaine précédente. « Rien de grave, rien de grave », m'avait-elle assuré trois fois. Je me levai enfin. Moi qui n'accordais aucun crédit aux signes deux jours auparavant, j'en décelai un évident de la vie, à me faire avancer vers la sortie et couper court à une dissertation peu ragoûtante sur le transit intestinal.

En remontant l'allée, la silhouette de Layna grandit dans mon champ de vision. Sa voix me parvint avant même qu'elle ne se retourne :

– Ça y est ? Je commençais à trouver le temps long. À croire que je finis par apprécier ta compagnie, bien que tu sois une véritable tête de mule.

Elle sauta à mes côtés depuis le toit du pick-up et partit à rire sans raison. Je soufflai d'exaspération quand bien même je ressentais le soulagement notable de sa présence indéfectible.

– Comment as-tu deviné que c'était moi sans te retourner ? Les errants possèdent aussi des yeux derrière la tête ? Ne me dis pas que tu peux lire dans les pensées…

Je tressaillis à cette idée, peu enclin à me mettre à nu et révéler mes faiblesses.

– Non. Une simple question d'attention. J'ai entendu tes pas, ils ont une note particulière. Unique. Ta foulée est grave, autoritaire, impatiente, un tant soit peu prétentieuse…

– Foutaises.

Cette fois, je ne pus prévenir un franc sourire devant sa fantaisie, puis m'acheminai vers une estafilade de taxis, garés de l'autre côté de la chaussée. Certains amenaient les malades vers leur demeure provisoire. Je hélai l'un d'eux :

– Où vas-tu comme ça ?

– Je rentre. Je vais m'enfermer et attendre de mourir.

– Il t'a dit : « Suis sincèrement le chemin pas à pas… » Merveilleux. Qu'il en soit ainsi. Et si nous marchions ? proposa-t-elle.

– C'était une métaphore. Il ne s'agit pas d'aller faire une randonnée. Ne me fais pas avaler que tu n'en as pas saisi le sens.

– Je croyais que ta vie était parfaite ? Puisque tu es foutu, comme tu le dis si bien, montre-moi donc qui tu es et ce que tu as tant de mal à quitter.

– Qu'est-ce que tu essaies de faire ? Me redonner espoir ? C'est cruel ça tu sais, même venant de toi et malgré ton air innocent.

– Je veux te connaître un peu plus. Qu'est-ce que tu as à perdre ?

Je m'arrêtai au bord du trottoir et lui fis face.

– Je pourrais souffrir davantage en réalisant à quel point j'aime ma vie.

– Alors tu seras sauvé.

Elle me darda d'un regard malicieux et hâta le pas en direction de la rue. Silencieuse et gracile, elle s'éloigna de mon champ de vision avant que je n'aie le temps de manifester un quelconque désaccord, en fredonnant d'une voix claire un air peu répandu, dont j'avais oublié le titre.

Nous traversâmes First Hill au pas de course. Une fois arrivés dans le quartier de Capitol Hill, nous empruntâmes Denny Way car Layna s'était mis en tête de se rendre jusqu'au Seattle Center. J'avais cédé à sa requête, ma volonté m'échappait. Mon manque de perspectives quant à mon avenir me contraignait à lâcher prise sur un emploi du temps devenu étrangement vide. Je me laissais porter par sa fougue, son enthousiasme, ses éclats de rire brefs, ses murmures, le fredonnement du même air entêtant de musique tandis qu'elle admirait les bâtiments, les boutiques, les cafés, les odeurs, les couleurs. Surtout les sons, qu'elle affectionnait particulièrement. Mon kit mains libres en évidence, je me protégeais d'éventuels regards surpris et inquiets lorsque je daignais satisfaire une remarque ou une question qu'elle me posait de temps à autre sur les centres d'intérêt de Seattle. Je lui servais des réponses toutes faites, sorties de Wikipédia que je consultais pour me souvenir de certaines caractéristiques. Elle rejetait alors mes explications de la main, exigeante à connaître avant tout mes ressentis. En réalité, j'avais dû reconnaître mon inexpérience concernant la plupart des attractions touristiques de la ville. Durant toutes ces années, je n'avais pas vraiment pris le temps de me divertir.

Ainsi, lorsque je lui avouai n'avoir jamais mis les pieds dans la tour du Space Needle, depuis huit années que je vivais au cœur de la Cité Émeraude, elle me dévisagea avec des yeux ronds. Je me justifiai en brandissant la carte dépourvue d'originalité du travail astreignant, mais elle rejeta mes argumentaires, qui sonnèrent faux, même à mes propres oreilles. Je serrai les dents d'insatisfaction cependant que je réalisai qu'avec une telle attitude, je soutenais son allégation selon laquelle je n'étais pas un homme heureux. Un homme incapable d'apprécier tout un panel de plaisirs à portée de main, qu'une ville aussi énergique et extraordinaire que Seattle avait à proposer.

Au sommet du célèbre édifice, le panorama grandiose me saisit. De ce point culminant, ma vue embrassa le port, les hauts buildings, la végétation verdoyante, l'immensité de l'océan. Curieux, je me surpris à chercher la découpe de mon immeuble sur la rive opposée. En vain, ma vision manquait de punch. Je fus un instant tenté de lui emprunter la sienne, mais je me ravisai, par refus d'y trouver un éventuel amusement. Cela sous-entendrait un accord de paix avec mon destin. Et accepter mon sort se révélait bien au-dessus de mes forces.

À plusieurs reprises, Layna me regarda les yeux pétillants de joie, comme une enfant immergée dans un parc d'attractions. Je me surpris à envier sa candeur et son innocence. Elle avait beau être morte, errante de surcroît, abandonnée de toutes parts, elle restait reconnaissante et émerveillée de ce que la vie lui servait. Mais en serais-je seulement capable ? La légèreté n'était-elle pas propre à ceux qui n'ont plus rien à perdre ? Fallait-il renoncer à toute forme d'ambition et de pouvoir pour la ressentir ?

De retour sur la terre ferme, nous longeâmes Broad Street pour rejoindre Olympic Sculpture Park puis descendîmes le long d'Alaskan Way. Elle contempla gravement un bateau de croisière, se mordit les lèvres comme si elle cherchait ses mots ou ses pensées, puis pointa son regard dans une autre direction en vue de poursuivre son chemin.

À mesure que mes pieds commençaient à me faire souffrir, je sentis mes tourments diminuer. Comme si la douleur et la fatigue contribuaient à délester mon mental d'une charge. Une vague furtive de bien-être gagna même du terrain indépendamment de moi, tandis que je foulais des avenues que je n'avais jamais parcourues.

Bientôt, je reconnus le quartier de Pioneer Square. Layna s'arrêta abruptement à l'entrée d'une ruelle et posa sa main à la surface de mon bras. À nouveau les couleurs fusèrent, mais cette fois, je ne sursautai pas. Il semblerait qu'on s'habitue à tout, quelle que puisse être notre expérience sur cette terre. Dans ce cas, la saisissante vision des tons fantasmagoriques qui vibraient sous mes yeux m'apparaissait déjà presque rationnelle.

Elle me désigna l'extrémité du passage tout au fond duquel j'aperçus, sans difficulté malgré la distance, un saxophoniste tagué par quelque artiste talentueux, accolé au petit porche d'une école de musique désertée. Là où tout avait commencé. À l'endroit précis où un pan de mes croyances et de ma vie s'écroulait. Nous étions parvenus par hasard dans l'avenue parallèle où Layna périssait, renversée par un chauffard. L'étroite rue en représentait le lien direct, comme un pont entre le passé et le présent.

– J'aime cette traverse. Elle abrite le dernier instant privilégié de mon existence humaine. Ici réside l'ultime lieu que j'ai apprécié avant de mourir. L'enseigne de l'école de musique sur la façade m'avait interpellée, puis j'avais repéré et admiré le tag un long moment. Après le café, notre rencontre, cet endroit reste la seule preuve que j'ai bel et bien vécu quelque part sur cette magnifique terre.

– Je peux en attester, crois-moi, dis-je en me remémorant notre premier échange. Et le serveur aussi. Il se souvenait parfaitement de toi lorsque je te cherchais. Et puis, tu existes toujours. C'est un des premiers arguments que tu m'as imposés pour me faire avaler la pilule et relativiser la nouvelle de ma mort prochaine.

Elle se retourna vers moi alors que nous remontions l'étroit passage jusqu'au saxophoniste. Une lueur de tristesse traversa ses yeux gris et ma gorge se serra.

– Peut-être… mais je ne trouve aucune trace tangible de moi de mon vivant. Pas même une tombe avec une épitaphe. C'est comme si je n'avais pas été importante en fin de compte.

À cet instant, les pieds en feu, les pensées en berne, touché par sa peine inopinée qui jurait avec son visage, je m'oubliai pour la première fois.

– Reste ici. Je reviens.

Je me rendis dans une papeterie toute proche et ressortis moins d'une minute plus tard. De retour à ses côtés, alors qu'elle me regardait, à la fois suspicieuse et amusée, je traçai à la suite des notes qui s'échappaient de l'instrument sur le mur gris, une inscription au feutre indélébile :

18.11.2018 – 16 h 11

LAYNA EST ICI. VIVANTE. ÉTERNELLE.

11

OBSTINATION

Je reculai d'un pas pour apprécier l'effet de ma mention, le marqueur noir que je venais d'acheter, logé dans mon poing. Je le rebouchai pour étouffer l'effluve désagréable qui remontait jusqu'à mes sinus et m'enquis :

– Alors, qu'est-ce que tu en penses ?

Comme elle ne répondait pas, je me retournai. Une main délicate recouvrait ses lèvres. Elle me souriait à travers ses yeux en amande étirés. Je me mis à trépigner, nerveux, subitement honteux de mon geste puéril. Je soufflai dans mes paumes avant de les ranger dans mes poches pour simuler un froid qui m'avait abandonné depuis quelques jours tant ma tension demeurait à cran.

– C'est un cadeau absolument merveilleux. Merci…

Elle s'avança vers moi et je déglutis en lui rendant son sourire. Un silence s'immisça durant lequel mon regard s'attarda sur les traits doux de son visage qui m'apparut soudain trop proche, trop expressif, trop généreux. En somme, trop ravissant. Pris de court, étouffé, confiné entre sa présence et mon cœur qui se mit à cogner, je reculai, déstabilisé, et brisai cette intimité déconcertante comme on fracasserait une pile d'assiettes en porcelaine sur du béton.

– Bon, on la continue, cette randonnée ?

Taciturne, je me hâtai de rejoindre le carrefour que nous avions quitté. Layna me jeta un coup d'œil étonné, mais n'insista pas, sans doute consciente de mon incapacité à assumer les conséquences d'un acte de générosité, aussi simple soit-il. Elle relança la rengaine de son entrain habituel alors que nous remontions la 4th Avenue. Son cou s'étirait vers le ciel pour contempler le sommet des buildings qui nous encerclaient. Tout à coup, je m'arrêtai en face du numéro 925 et lui indiquai l'édifice du doigt.

– Voilà l'univers dans lequel je travaillais. Hart's Design possède ses bureaux au dernier étage de ce superbe bâtiment.

J'inspirai pour contenir ma rage et, dans un élan spontané, lui relatai mon histoire au sein de l'entreprise depuis mon embauche jusqu'au fiasco que j'essuyais avec Minguez deux jours auparavant.

– Il t'a menacé de mort ? Pour des plans ? Et tu persistes à les garder, alors que tu sais pertinemment que tu vas bientôt y passer !

Elle me dévisagea aussi surprise que choquée.

– Non, non, non…

J'aurais pu murmurer cet adverbe de trois petites lettres à l'infini, car déjà, j'entraperçus le fond de sa pensée.

– Tu n'es pas sérieuse. Ne prends pas cet air. Ce ne sont que des mots ! De simples mots !

– La coïncidence est tout de même frappante, tu l'admettras.

– Il n'y a aucun lien.

– Qu'est-ce que ça peut te faire de les lui remettre ?

– Je crois que cette conversation ne va pas me plaire. D'ailleurs, en parlant de plans dissimulés dans mon casier, j'ai besoin d'aller nager. Cela fait partie des choses que j'aime faire. Tu te rappelles, on devait s'en tenir là. Tu voulais connaître ma vie…

Insoumis, je levai le bras pour héler un taxi dans le jour déclinant. Tic-tac, un de moins. Elle s'y engouffra et je m'installai à sa suite. Je donnai l'adresse du centre nautique au chauffeur et pour pallier toutes revendications de sa cause perdue, j'arrachai le kit mains libres de mes oreilles avant de me tourner comme un enfant boudeur vers la vitre pour lui signifier que le débat était clos.

– Tu prends le risque de laisser planer une menace de mort au-dessus de ta tête pour une stupide question de fierté. C'est quand même indéniablement sur ton chemin et tu te dois de tout essayer. Si ça se trouve, ton âme veut simplement expérimenter la générosité, le partage ou encore le pardon face à l'adversité.

Hermétique aux propos qu'elle me suggérait, j'entrepris de parler avec le chauffeur, un homme dégarni au sourire dévoilant un large diastème. Par chance, je n'eus aucun effort à fournir pour alimenter un sujet de conversation notable. Bavard aguerri, il rebondissait d'un discours à l'autre sans tarir. J'y vis là le signe évident que cet entretien avec Layna n'avait pas lieu d'être. D'ailleurs, elle cessa d'insister.

Arrivé au stade nautique, je payai la course et passai les lourdes portes de mon sanctuaire. Les vapeurs de chlore me sautèrent au nez et je les inspirai. Pour moi, elles évoquaient le bien-être à venir comme de l'encens pour un méditant. Je saluai Maggie, avec son éternel chignon roux et ses lèvres tourmentées. Elle me demanda d'approcher et après avoir constaté que ma blessure avait bien cicatrisé, elle me laissa partir pour les vestiaires.

Il me restait tout juste un peu plus d'une heure avant la fermeture du bassin. Suffisamment de temps pour extirper la frustration enchevêtrée de colère que je sentais revenir comme une vague puissante, sans relâche, comme la nuit ou les saisons qui se succédaient. Je ne pouvais que composer avec elle et tenter de me maintenir à sa surface pour qu'elle ne m'emporte pas dans son tourbillon.

Avant de passer les portiques vers le vestiaire, je jetai un rapide coup d'œil à Layna qui me signifia d'un geste que je la trouverai au bord du bassin. Je la regardai traverser la vitre qui l'en séparait. Elle ne redoutait plus de franchir les obstacles, elle aussi s'habituait peu à peu à son nouvel état d'être. Prompt, je me changeai, gagnai le plongeoir et, d'un saut salvateur, fendis l'étendue liquide qui m'enveloppa de son doux manteau.

J'avais nagé vite, avec l'endurance d'un homme au sommet de sa forme, pourtant en fin de vie. Un comble. Lorsque je sortis enfin la tête de mon élément, je scrutai les environs à la recherche de ma drôle d'acolyte. Je la repérai, debout sur le rebord de la margelle opposée. Elle me fit signe et à ma grande stupéfaction se déplaça vers moi en empruntant la ligne que j'avais utilisée. Amusée, elle marcha sur la surface miroitante, sous mes yeux médusés. Lorsqu'elle arriva à un mètre de moi, je constatai une fois de plus, incrédule, que les éléments la ressentaient. Chacun de ses pas était accompagné d'un léger creux, visible par tous, mais que personne n'aurait jamais assimilé à un fantôme déambulant sur l'eau.

– Tu es en effet un excellent nageur, dit-elle avant de s'allonger à mes côtés.

Elle abaissa ses paupières en se laissant porter par le remous. Le spectacle se révélait si stupéfiant que je me surpris à avancer ma main vers elle et mon énergie antagoniste la repoussa. Elle flotta quelques secondes avant de se redresser, une lueur soudain sévère dans la pupille.

– Tu as réfléchi ?

Je regardai autour de moi. Le bassin ne comptait plus qu'un seul nageur d'une soixantaine d'années qui continuait ses longueurs avec de lents mouvements. Tom, le maître nageur, rangeait le matériel dans de larges box en bois à l'autre bout de la piscine, annonçant la prochaine fermeture. Je consentis alors à murmurer :

– Réfléchi à quoi ?

Ses narines se dilatèrent sous l'effet d'un mécontentement manifeste.

– Au fait que tu doives mettre toutes tes cartes sur table durant cette semaine ! Enfin Sam, pourquoi t'entêtes-tu de la sorte puisque tu es sur le point de tout perdre ? Réalises-tu que céder à une seule exigence équivaut à une chance de te sauver ?

– Je ne peux pas le laisser gagner, après tout ce qu'il m'a fait.

– Imagine que ce soit la clé, que tu survives par le simple acte de te détacher d'un poste pour lequel tu as de toute façon été évincé. Le lâcher-prise est nécessaire pour atteindre ton but, il est inhérent à n'importe quel succès et il me semble que cette situation soit typiquement adéquate si tu veux mon avis.

– Si je ne t'avais pas parlé de tout ça, le problème ne se poserait même pas.

– Mais tu l'as fait ! Cette étape fait donc partie intégrante du chemin. Ne me fais pas croire que tu n'y as pas songé, que tu n'as pas ne serait-ce qu'un microdoute qu'il puisse être à l'origine de ce qui va t'arriver.

Je la regardai longuement en laissant le liquide chloré envahir ma bouche. Elle avait le don de raviver ma nervosité bien que j'aie tout juste achevé un entraînement actif. Mécontent, je pris appui sur la margelle et sortis de l'eau d'un mouvement abrupt. Je frissonnai quand l'air prit le relais sur ma peau. J'ôtai mes lunettes et mon bonnet, frictionnai mes cheveux et me dirigeai d'un pas alerte vers les douches en négligeant mon insolite partenaire derrière moi.

Dans les vestiaires, je sursautai devant son apparition incongrue au moment où j'ouvris mon casier.

– Qu'est-ce que tu fais là ? Cet endroit est strictement réservé aux hommes.

– Prends-la, dit-elle en ignorant ma remarque et en me désignant la sacoche.

Le sexagénaire entra à son tour, se dévêtit sous le regard indifférent de Layna qui se contenta de lui tourner le dos et je ne pus m'abstenir de sourire devant le saugrenu de la situation. Qui pouvait s'imaginer que des entités pouvaient ainsi graviter autour de nous et nous observer sans aucune restriction ?

– Attends-moi dehors. C'est un ordre. Tu commences sérieusement à me taper sur les nerfs !

Je m'adressai à elle sans conviction, affaibli par sa moue espiègle.

– Pardon ? lança l'homme en levant la tête.

– Désolé, je récitais le texte d'une pièce de théâtre.

– Si tu ne veux pas que je te harcèle jusqu'au bout de la nuit, et tu sais que je ne dors pas, tu as tout intérêt à prendre les documents avec toi. Sinon, prépare-toi à entendre ma douce voix au creux de ton oreille pour le restant de tes jours. Réfléchis bien. Je peux me révéler très persévérante lorsque je crois au bien-fondé d'une cause.

Je me tournai vers elle et avançai d'un pas jusqu'à ce que nos deux fronts soient à cinq centimètres d'intervalle. Je ne pouvais aller plus avant à défaut de la repousser. Ses yeux plantés dans les miens, la gorge serrée, je finis par reculer en refermant brusquement les paupières, ma main agrippée sur la porte du casier, en réponse aux battements anarchiques de mon cœur. Lorsque je les rouvris, confus, elle avait disparu.

À ma sortie, une nuit profonde sans lune recouvrait le parking désert de son habit de noirceur. Derrière moi, une voix musicale s'éleva en fredonnant le même air envoûtant qui la poursuivait depuis le matin et lâcha d'un ton satisfait :

– Bon, allons-y. Nous n'avons pas un instant à perdre. Où peut-on bien trouver ce Minguez à cette heure-ci ?

Ma sacoche de travail sous le bras, je la devançai en silence sur le trottoir, en direction du taxi que j'avais appelé quelques minutes plus tôt pour me ramener chez moi. Ma voiture m'y attendait pour un dernier périple nocturne.

Moins d'une heure plus tard, je me garai devant la résidence de mon ennemi. Pour l'avoir entendu s'en enorgueillir à de maintes occasions, je repérai son antre avec aisance. Un immeuble récent où il occupait un appartement de 200 m^2 avec une terrasse gigantesque qui surplombait le Waterfront.

Je traversai la chaussée en courant. J'évitai de rencontrer mes pensées pour ne pas renoncer à la folle décision que j'avais prise et sonnai à l'interphone. Au bout de quelques secondes, une voix grave et impérieuse jaillit et après une profonde inspiration, j'articulai, une lame dans la gorge :

– Descends vite, avant que je ne change d'avis.

Je laissai la sacoche contre le mur de l'entrée avec une enveloppe contenant mes codes personnels puis me hâtai de regagner mon véhicule. Bientôt, mon poing serré aux phalanges blanchies pressé contre ma bouche, je vis Minguez sortir en trombe sur le trottoir. Il regarda dans toutes les directions durant quelques secondes avant de retourner sur ses pas. C'est alors qu'il aperçut enfin mon précieux bagage. Je me trouvais trop loin pour attester de son probable cri jubilatoire, à quelques heures de l'entretien décisif qui l'attendait. Je basculai la tête en arrière dans ma voiture, fermai un instant les yeux avant de les rouvrir pour scruter Layna.

– Alors ? Verdict ? Je reste vivant ? J'ai suivi tes conseils, j'ai lâché prise, j'ai éliminé une menace qui pesait sur moi. L'autre… l'âme qui m'habite devrait être satisfaite.

Elle regarda mon torse un long moment.

– Peut-être que ça nécessite un peu de temps… ou que tu n'as pas agi avec assez de cœur. Tu sais ce qu'on dit : un don n'est véritable que s'il est tout à fait désintéressé. Alors que ton action découlait de la seule menace d'une épée de Damoclès.

Je frappai le volant en me mordant la lèvre.

– Bon d'accord. Je me suis trompée, néanmoins ça valait la peine de tenter. Au moins, tu peux mettre ce type définitivement de côté. Tu vas pouvoir avancer sur une piste neuve, exempte de ton passé et en plus, tu seras délesté d'un poids énorme pour ta traversée. Celui d'un orgueil exacerbé et d'une rancœur inutile. Bien sûr, uniquement dans le cas où tu n'arriverais pas à changer le cours des choses malgré tes efforts. Nous disposons d'encore pas mal de temps. Et ça… c'est vraiment une excellente nouvelle. En fait, tout est parfait.

Je la laissai patauger un instant dans ses tentatives fantaisistes à me remonter le moral.

– Je te déteste.

Je l'aurais voulu. Sincèrement. Peut-être qu'elle était trop jolie, trop malicieuse ou trop innocente pour cela.

– Je n'écouterai plus jamais tes idées foireuses…

J'exhalai un soupir court qui annonçait mon abdication.

– C'est toi le seul guide. Je ne fais que suggérer.

– Tu appelais ça de la suggestion ? Tu as utilisé la menace pour me contraindre !

Elle céda à une hilarité instantanée qui m'irradia de son onde chaleureuse. Je me concentrai pour prévenir un sourire tant je me révoltais contre sa joie qui semblait vouloir me contaminer. Brutal, j'embrayai en faisant craquer la boîte de vitesses et repris le chemin de mon appartement.

Je roule à vive allure dans une carcasse dépourvue de portières et au toit déchiqueté. L'aiguille de mon compteur excède les 220 km/h. Soudain, un mur de béton érigé au milieu d'une route déserte me propulse hors de l'habitacle. La voiture s'écrase sur sa surface, comme une canette vide pressée par un coup de talon vif. Crac. Je me retourne et avance vers le véhicule. Je n'ai rien. Pas une égratignure. Surpris par cette constatation, je reconnais ma chance. Dans ma progression, je bute contre une valise et tente de la saisir. Elle est lourde, si lourde que j'échoue à la soulever. Sans plus de succès, je m'efforce de l'ouvrir, mais je n'ai pas la clé de l'imposant cadenas qui l'entoure. Je la laisse derrière moi et continue mon avancée vers le véhicule désossé. C'est alors que j'aperçois un profil familier qui dépasse de la calandre. Je reconnais mon corps qui gît face à moi, ensanglanté. Je ressemble au dernier souvenir de ma mère. Layna n'est plus là, je suis seul dans la nuit noire. Je hurle…

… et généreux, mon propre cri me réveilla pour m'extirper d'un foutu cauchemar grotesque. Car on ne roule pas à 220 km/h à bord d'une épave. En ce qui concerne la sortie du corps, je me retrouve malheureusement piégé à accréditer la thèse.

Je m'assis, enfiévré dans mon lit, et me frottai les yeux en tentant de reprendre le contrôle sur ma respiration. Tandis que j'allumai la lampe de chevet, une deuxième plainte aiguë s'échappa de ma gorge à la vue de Layna, agenouillée contre ma table de nuit.

– Quand je dis que c'est toi qui vas finir par me tuer. Bon sang, Layna, annonce-toi, fais quelque chose !

Je me rallongeai et tirai la couverture à moi. Toute la matinée, elle avait tenté de me réveiller à de multiples reprises en essayant tour à tour de chanter, de parler, de me menacer. Rien n'y avait fait. Le somnifère prescrit par le Dr Cove, mêlé aux deux bières que j'avais descendues la veille au soir pour encaisser les défaites « mission gars d'en haut » et « dossier Minguez », avait distillé dans mon corps l'effet escompté.

– Il est tard, déjà midi passé. Tu dois te lever. Tout de suite.

– Pour quoi faire ?

– Nous devons continuer le chemin.

– Le mien s'arrête dans ce lit. Je n'ai toujours aucune piste, ni même aucune idée d'une éventuelle piste. Je n'ai pas non plus envie d'aller voguer au hasard des rues de Seattle aujourd'hui. En clair, je m'octroie un droit d'absolue nonchalance.

– J'ai essayé d'obtenir des renseignements ce matin, de communiquer avec d'autres errants. Je n'ai pas pu en approcher un seul. Toutes les avancées que nous avons faites étaient en ta présence. Tout simplement parce que tu es impliqué, je ne peux pas faire le chemin à ta place, tu dois faire un effort. Sam ! Sors immédiatement de ce lit !

– Je croyais que je ne devais pas stresser. C'est bien ce qu'a affirmé ton gars d'en haut ?

– Ce n'est pas « mon » gars d'en haut. Et il ne te signifiait pas de devenir un légume. L'action est nécessaire, elle est primordiale. Il disait de te laisser porter sur le chemin qui te conduira à la guérison. En te mettant en mouvement ! Le mouvement, c'est la vie !

– Je te libère, gentil petit génie. Tu peux retourner à ton existence. Ce n'est plus la peine de te donner autant de mal pour moi.

– Très bien. Adieu. Bonne continuation.

Je relevai enfin la tête, comme le silence s'immisçait dans la pièce. Elle s'était envolée. Non sans difficulté, je m'extirpai d'un bond du lit pour me diriger vers le salon. Je me frottai le visage en la cherchant dans chaque recoin.

– Tu vois bien que tu as besoin de moi. T'as flippé. Avoue-le !

Je me retournai et la trouvai derrière moi dans l'encadrement de la porte qui menait à la chambre.

– Ça va…

– Tu es mon ami. Malgré toutes les méchancetés que tu pourras me servir, je ne te laisserai pas tomber.

– Ton ami… Ça fait à peine deux jours qu'on se connaît.

– Peu importe le temps, c'est ce qu'on donne et reçoit de l'autre qui compte et définit l'intensité d'une relation. À part moi, qui t'accompagne dans ce moment délicat de ta vie, tu peux me dire ?

Elle pivota sur elle-même en désignant la vacuité de l'espace.

– Personne. Il n'y a personne. Seulement moi. Même pas une petite amie. Tu t'es vu ? Tu as pourtant tout pour toi ! Bon… hormis ton sale caractère, c'est sûr. C'est normal ça d'après toi ?

– C'est un choix comme un autre. Quel est le problème ?

– Tu as peur de la vie. C'est pour ça que ton âme décide de partir, elle t'écoute. Elle t'aime trop pour te contredire.

Je me laissai tomber sur le canapé.

– Où est-ce que tu as appris toutes ces belles phrases « Little Buddha » ?

– C'est indéniablement en moi, car je te rappelle que j'ai oublié tout ce qui est en rapport avec ma personnalité. Alors on bouge ?

– Non. Aujourd'hui rien ne me motive. Il n'y aurait que la visite impromptue de ma voisine de palier pour me faire décamper au pas de course. Une véritable emmerdeuse de première.

– Qui ça ?

– Rosemary Jenkins. Elle ne travaille pas et en dehors de son chien, du fitness et des achats compulsifs, une autre de ces occupations de prédilection est de guetter les faits et gestes des habitants de l'immeuble. Elle semble m'affectionner particulièrement.

À l'évocation de la bimbo quinquagénaire et provocante, je me massai la tempe.

– Où ça ?

– L'appartement juste à côté. Qu'est-ce que ça peut te faire ?

Sans un mot, elle se dirigea vers la console, puis, sous mes yeux éberlués, fit basculer une enveloppe d'une pichenette sur la paume de sa main droite. D'un mouvement expert et fulgurant, elle la glissa ensuite sous la porte d'entrée et s'éclipsa.

Je me levai, le cœur battant, et bondis hors de l'appartement. J'avisai le couloir vide et silencieux, quand Rosemary Jenkins surgit, corps ferme moulé dans son habituelle tenue de fitness, cheveux blonds ramenés en queue–de-cheval, peau brunie par l'abus de séances d'UV. Elle me regarda de la tête aux pieds tandis que je restai hébété, vêtu de mon seul pantalon de pyjama. Depuis son salon, le son d'une émission de téléachat se propagea dans le corridor. Elle ronronna mon prénom dans un bonjour mielleux et je sentis ma mâchoire se contracter sous l'envie irrépressible de l'envoyer sur les roses. J'aperçus soudain Layna, appuyée contre le chambranle de la porte d'entrée de ma voisine, un sourire hilare fendant son visage. Rembruni, je me repliai sans délai dans mon appartement, mais la sonnerie retentit dans la seconde qui suivit.

– Sam… c'est Rosemary. J'ai quelque chose à vous.

J'attrapai le premier t-shirt à ma portée et lui ouvris de mauvaise grâce. Elle me présenta le courrier, présent sur ma console quelques instants auparavant.

– C'est étrange, j'ai trouvé cette enveloppe vous appartenant, à mes pieds dans mon salon. Je ne sais pas comment elle a pu arriver là… Le facteur s'est sans doute trompé et je l'ai laissée tomber.

– J'ai ma petite idée…

Je regardai Layna d'un air mauvais. Elle me gratifia d'un clin d'œil en retour, les bras croisés, immobile derrière l'importune.

– J'ai gagné, tu me dois une sortie, revendiqua-t-elle.

– Impressionnant. Je l'admets, bien joué.

– Je me suis bien entraînée. Tu te moquais au début, mais ça a fini par payer. La persévérance est la clé.

– Sam, est-ce que vous allez bien ? intervint Mme Jenkins en secouant ses doigts manucurés devant mes yeux qui scrutaient le mur derrière elle.

Je revins subitement à mon interlocutrice de chair et d'os que je négligeais. Elle avait avancé d'un pas supplémentaire, à la limite de franchir le seuil de mon appartement et exhibait comme deux trophées ses proéminentes prothèses mammaires.

– Qu'est-ce que vous faites encore en pyjama à cette heure de la journée ? Vous êtes en vacances ?

Sans scrupule, elle sonda l'intérieur de mon logement.

– Je voulais aussi vous présenter mes excuses pour la dernière fois, dans l'ascenseur, au sujet de M. Gordon. Vous sembliez vraiment chamboulé, reprit-elle.

– Tout va bien Rosemary. Merci pour le courrier. Je suis pressé, car je dois sortir. Donnez bien le bonjour à M. Jenkins de ma part. Dites-lui que je passerai faire honneur à sa succulente cuisine prochainement.

Elle pinça ses lèvres collantes de gloss à l'évocation de son mari oublié et cessa ses avances subjectives. Le pauvre bougre tenait un restaurant et suait tous les jours de la semaine, les dimanches inclus, pour offrir à sa femme une vie confortable qu'il avait mis des années à bâtir.

Je refermai enfin la porte sur elle et dans mon dos s'éleva dans une éternelle ritournelle l'air désormais familier que chantait Layna. En le sifflotant à mon tour, à peine audible, du bout des lèvres, je consentis à gagner la salle de bains, saisi par une énergie nouvelle et audacieuse émanant du plus profond de mon être.

12

CONSEIL

J'empruntai une rue au hasard, je commençais à m'habituer à l'improvisation, au n'importe quoi, au n'importe où. La seule règle que je comprenais d'un jeu toujours obscur consistait à mettre un pas devant l'autre avec pour fond d'écran mon objectif. Dans mon cas, survivre. Mue par un optimisme débordant, Layna avançait à ma droite, silencieuse, le visage affichant un aplomb sans fondement qui s'appuyait sur la croyance que le mouvement, quel qu'il soit, était précurseur d'un changement. Même lorsqu'on ne disposait pas de plan. Même aléatoire, hasardeux, insensé, désespéré, futile ou aussi léger que sa présence évanescente. « … Il est comptabilisé sur l'immense toile d'amour de la vie, en faveur du but honorable qu'on se fixe. De nouveaux indices finiront par se mettre sous nos pas… » : voilà les mots qu'elle avait lancés au moment où nous déboulions dans la rue au grand jour de ce début d'après-midi. Je n'avais pas répondu, car je ne saisissais pas toujours les idées originales qui la traversaient.

Alors que je passai à hauteur d'un bus qui s'apprêtait à repartir, je sautai sur la contremarche sans réfléchir. Le chauffeur qui refermait la porte fronça les sourcils, la rouvrit et m'annonça le tarif d'une voix terne. Je fouillai l'intérieur de mes poches et lui donnai de la monnaie avant de remonter l'allée, soutenant mon équilibre sur les appuis-tête, au rythme des à-coups de l'autocar qui s'élançait vers une destination inconnue.

– Sam Whorley, tu m'impressionnes, lança ma joyeuse partenaire derrière moi. Tu as grimpé dans ce transport en commun avec une telle spontanéité. Sans même te préoccuper de savoir où il se rend.

Je simulai l'agacement et m'installai à la droite d'un sexagénaire affublé d'un bonnet vert, plongé dans un journal près de la vitre. Layna resta debout face à moi en essayant d'éviter le contact des personnes qui descendaient aux différents arrêts. Non pas par aversion, mais pour se dérober aux bousculades, qui l'envoyaient valser comme une plume sous l'assaut du vent. Les énergies incompatibles d'individus incarnés lui valaient d'être systématiquement repoussée. Je fermai les yeux, bercé par le ronronnement du bus. Je les rouvris lorsque mon voisin se leva, en m'adressant des excuses pour passer.

Immédiatement, je m'effaçai pour libérer la voie et il me tendit sa lecture d'un sourire aimable. Nous avions traversé le pont qui nous ramenait vers le centre de Seattle. Je saisis le journal de bonne grâce et regardai l'homme descendre à un arrêt sur la 6th Ave S. J'insérai ensuite l'écouteur de mon kit mains libres et déclarai :

– J'ai l'impression de devenir fou. Elle est perverse.

J'indiquai à Layna l'emplacement de mon cœur pour évoquer mon âme.

– Pourquoi ne pas m'achever tout de suite ? Neuf jours, c'est trop long, c'est cruel si c'est pour me laisser aussi impuissant.

Elle sourit, amusée par ma remarque.

– Elle a voulu que tu connaisses sa décision depuis le début. Elle croit en toi, c'est une grande preuve d'amour. Pour le prochain indice à suivre, patience. Il suffit d'une seconde. Une seule petite seconde pour que tout bascule. Un mot, un pas, un regard…

Elle enroba sa dernière affirmation de douceur et de force mêlées. Une alchimie dont elle avait le secret.

– Pour preuve, observe donc tout ce que tu as déjà expérimenté en l'espace de quarante-huit heures. Considère le chemin parcouru. Je te rappelle que vendredi, tu étais encore un homme rationnel et employé d'une prestigieuse entreprise, attablé dans un café face à moi, toujours vivante. Tu comprends à quel point la roue tourne, parfois à notre avantage, d'autres pas. C'est la vie, comme on dit.

Elle explosa de rire comme si toute cette situation dramatique était un jeu. Je la regardai avec sévérité.

– Je ne sais même pas ce que je fous au milieu de ce bus. C'est n'importe quoi. C'est de ta faute, tu me contamines avec tes idées tordues de confiance en l'univers, de lâcher prise alors qu'on évolue sur un chemin non balisé. Au pif. Parce qu'on fait quoi là au juste ? Peux-tu m'expliquer ?

– Absolument pas. Mais j'apprécie l'aventure.

Elle jeta un œil à la rue qui défilait.

– Ce qui compte, c'est que tu connaisses ton but, que tu saches ce à quoi tu aspires au plus profond de toi. Le « comment » ne t'appartient pas. C'est l'affaire de la vie de t'indiquer la voie à emprunter pour te mener à bon port. Ton rôle consiste simplement à t'amuser durant le voyage.

– Tu m'agaces, je ne trouve franchement rien d'exaltant.

Ma jambe partit à tressauter. Elle rit et je soupirai en la fusillant du regard. La même donne. Confus, je sentis une nouvelle accélération de mon pouls au creux de ma gorge, alors qu'elle me fixait en silence. Un tressaillement me parcourut. Les sourcils froncés, j'enregistrai ses lèvres pleines se contracter ; ses dents briller ; ses quelques taches de rousseur danser ; ses yeux gris et son nez droit aux narines étroites s'affirmer et habiter chaque mot qu'elle prononçait. Les détails que m'offrait son visage me troublaient toujours d'une façon différente, comme si je le découvrais constamment sous un angle nouveau. Depuis que je la connaissais, elle me dévoilait une symphonie d'expressions authentiques, qui pénétrait chaque instant plus avant ma conscience.

Le constat établi, je retirai mon kit mains libres, saisis le journal sur mes genoux, le dépliai d'un mouvement sec et recherchai la page des sports afin de créer un écran entre nous. J'éprouvai le besoin de m'isoler d'elle et de son ascendant progressif sur moi, de ne plus penser aux caprices de mon âme, ni au compte à rebours que cette dernière m'infligeait depuis trois jours, d'oublier le décor de ma vie, jusqu'à ma personne ne serait-ce que quelques minutes. Avec un certain soulagement, la diversion eut l'effet escompté dès lors que je me perdis dans les résultats sportifs de la semaine, toutes disciplines confondues. Je m'attelai à l'article dédié au football américain lorsqu'un cri jubilatoire fusa face à moi. Les grandes feuilles se plièrent vers mon torse et je découvris le visage de Layna, victorieux. Ses doigts repoussaient le papier, m'empêchant de poursuivre plus avant ma lecture.

– Qu'est-ce qui se passe… encore ? lançai-je les sourcils relevés.

– Regarde !

Elle pointa son index sur la page opposée à la mienne et s'écria :

– Je ne sais pas pourquoi je n'y ai pas pensé plus tôt !

Curieux, je retournai le quotidien et déchiffrai l'encart publicitaire qu'elle me désignait d'un air triomphant :

« Karl – véritable médium. 30 ans d'expérience. Communication avec les défunts – prédiction 100 % garantie – guérisons miraculeuses – retour de l'être aimé. »

Mes yeux s'agrandirent tellement que je les crus en capacité de se déloger de leurs orbites.

– Et alors ?

– C'est le prochain arrêt. C'est le chemin.

– Tu plaisantes là ? C'est de l'escroquerie pure et dure. Tout le monde le sait. Je ne cherche même pas à être rabat-joie, il s'agit seulement de bon sens.

– Nous devons essayer. Il est stipulé « guérisons miraculeuses ». On ne peut pas passer à côté de ce signe-là. Allons-y sans tarder.

Puis avec sa spontanéité légendaire, elle se dirigea vers l'avant du bus qui ralentissait vers un nouvel arrêt inconnu et descendit de l'habitacle. Je ne parvenais pas à comprendre le paradoxe qu'elle représentait, car malgré l'intelligence vive qui se manifestait dans l'éclat de ses yeux, elle tombait pour des inepties. Elle voyait des signes, là où je pointais une aberration. Depuis le début, elle se contentait d'écouter un instinct brut sans le juger. Pour elle, le résultat n'était vérifiable qu'à la lumière de l'expérimentation. Au dernier moment, je déchirai l'encart publicitaire, me levai et me ruai à sa suite, juste avant que les portes ne se referment sous le regard amusé d'une jeune fille. J'avais omis de remettre mon kit mains libres.

Nous arrivâmes à l'adresse indiquée sur le bout de papier que j'avais fourré dans la poche de mon jean, contraint de subir les lubies de ma compagne farfelue de l'au-delà. Il nous fallut près d'une heure de marche pour couvrir la distance qui nous séparait encore de la ruelle sordide et sale, sur laquelle donnait l'arrière de cuisines associées à quelques snacks bas de gamme. Les odeurs de viandes grillées parvinrent à mes narines et écœuré, je retins ma respiration. Deux employés en pause, assis sur le rebord d'un muret, côtoyant un grand conteneur à ordures vert, fumaient des cigarettes roulées entre les rares commandes de ce début d'après-midi. D'un œil éteint, ils suivirent ma seule avancée en silence.

Enfin, nous atteignîmes la façade d'un immeuble délabré devant lequel un chat de gouttière, au pelage gris et pauvre, veillait. Sauvage, il s'éloigna en rasant le sol alors que je progressai vers lui. Layna s'accroupit et tendit la main pour lui proposer une caresse. À ma grande surprise, le félin craintif s'arrêta face à elle et miaula avant de la contourner avec agilité pour poursuivre sa route à la recherche d'un autre coin paisible. Elle me regarda, amusée, et répondit à la question que mes yeux interdits devaient lui adresser :

– Les animaux aussi me perçoivent. Surtout les chats. Ils me voient, tout autant que toi. Ils ne font aucune différence entre nos deux états. Je me suis retrouvée si esseulée le premier jour de ma nouvelle vie que j'avoue avoir été vraiment soulagée lorsque je venais à croiser leur chemin. Il y en a certains qui quémandaient mon contact, je crois même qu'ils le sentaient.

Un sentiment de tristesse brusque s'invita chez elle. Elle ne chercha pas à le masquer et affronta mon regard, les yeux miroitants, le front plissé, comme si elle s'apprêtait à pleurer. Je compris enfin qu'elle avait vécu un moment vraiment difficile après son passage et que j'incarnais pour elle une forme de soulagement notable face à sa solitude soudaine.

À nouveau, la peur m'oppressa. Je me rappelai que je me rapprochais à grands pas du même sort funeste. Neuf jours. En ces lieux sinistres, je forçai toute mon attention à revenir sur le but de ma présence. J'avisai la vitrine crasseuse et recouverte d'une tenture rouge opaque qui laissait présager le sordide de l'établissement.

– C'est bien ici, s'écria Layna d'une voix subitement enjouée, en me désignant une petite plaque gravée au nom de « l'artiste » près d'une porte en bois vert écaillée.

Le désarroi qu'elle manifesta la minute précédente l'avait traversé pour s'envoler vers quelqu'un d'autre. Je ressentis du soulagement, conscient que l'un de nous deux devait tenir la barre de l'optimisme pour avancer et obtenir des informations susceptibles de me sortir d'affaire. Quand bien même je doutais sincèrement que ce lieu ne puisse s'y prêter.

– On dirait un sex-shop de gare. C'est glauque. De toute évidence, c'est un mauvais plan.

– Allons-y. Maintenant que nous sommes ici, nous devons essayer. Nous avons tout à gagner.

Pas le moins du monde convaincu, je consentis tout de même à ouvrir la porte à la poignée ronde usée par les années et les intempéries. Layna passa devant moi, m'offrit au passage un sourire satisfait et je la suivis à l'intérieur du bâtiment. Après avoir descendu trois marches, nous nous retrouvâmes dans un hall étroit composé d'un banc rudimentaire, jouxtant une console sur laquelle s'étalaient quelques magazines et des cartes de visite de Karl véritable médium. Je laissai échapper un rire cynique auquel elle répondit en écho, le sien motivé d'une excitation sincère. Peut-être était-elle enjouée à l'idée de trouver un intermédiaire capable de déterrer ses souvenirs enfouis. Amusée, elle réussit à soulever les pages d'une revue. Je haussai les sourcils, admiratif de sa surprenante et récente faculté à agir sur la matière. Sur la porte, une affichette était suspendue avec l'inscription « En consultation – ne pas déranger », marquée au feutre noir, dont l'écriture aérienne et gracile jurait avec l'environnement.

Au bout d'une minute seulement, une femme d'une cinquantaine d'années sortit de la pièce. Jupe grise trop serrée, petit pull bleu électrique, ballerines usées, figure fardée, elle semblait faire partie du décor. Elle m'étudia quelques secondes durant lesquelles ses paupières tartinées de mauve s'étirèrent, puis s'extirpant de sa surprise, elle me demanda la raison de ma présence.

– À vrai dire, je n'en sais rien.

– Tu dois aller jusqu'au bout, avança Layna en approchant son visage très près du mien, les yeux suppliants.

– OK… Je viens voir Karl véritable médium.

Les mots incongrus qui sortaient de ma bouche m'amusèrent. Aussitôt, la femme s'exprima avec de grands gestes comme si elle récitait quelques répliques théâtrales :

– C'est bien ici. Cet homme, M. Karl, est prodigieux. Il a transformé ma vie. Vous pouvez lui faire confiance sur tout. Vous m'entendez ? Sur tout. Il prédit l'avenir, il communique avec les morts, il guérit les maladies incurables grâce au remède des anges. Ça marche.

À ces mots, un fou rire sonore et irrépressible me saisit, sitôt suivi par celui de Layna clair et musical qui se lia au mien, propageant des notes gracieuses dans le creux de mon oreille. Une forme d'euphorie venue de nulle part m'envahit et répandit une chaleur bienfaitrice dans tout mon être. Mon corps reconnaissait cet état pour l'avoir expérimenté autrefois, mais avec stupeur et un certain effroi, je réalisai que j'en avais oublié la sensation depuis un bout d'éternité. En refoulant les souvenirs liés à mon enfance, j'avais enterré avec elle cette part de joie vive qui m'habitait alors. Une fois la vague d'émotion passée, j'essuyai le coin de mes yeux humides avec regret, nostalgique qu'elle se soit déjà enfuie. La femme à l'allure grotesque me regarda, circonspecte, un air interrogateur sur son visage aux traits grossiers.

– Vous êtes sa compagne, c'est ça ? Votre petit numéro à l'instant… Est-ce qu'il marche réellement avec certaines personnes ? C'est criminel, vous savez. Je me demande si je ne vais pas aller vous dénoncer.

– Mais non ! Je ne vois pas du tout de quoi vous parlez.

Elle suffoqua, et sans attendre ma répartie, elle attrapa un manteau en laine suspendu à une patère et sortit dans le jour froid, aussi vite que le permissent ses jambes potelées.

Un homme au teint gris s'imposa alors sur le pas de la porte et m'observa en silence. Sec et longiligne, il me salua, se présenta et s'effaça pour me laisser entrer dans une pièce sombre, illuminée par une seule lampe posée à l'angle d'un grand bureau en acajou sur lequel se côtoyaient une boule de cristal, des bougies, un pendule et des cartes de tarot.

– En quoi puis-je vous aider ?

Il m'indiqua une chaise que je tirai sans bruit sur une moquette élimée. À l'instar des lourdes tentures qui recouvraient la vitrine, empêchant le soleil de pénétrer, elle était de couleur rouge carmin. Je me sentis oppressé par l'ambiance pesante des lieux qui semblait proscrire toute circulation d'air.

– Je vais mourir dans neuf jours. Connaissez-vous un remède qui puisse me sauver ?

Je lâchai la raison de ma présence comme j'aurais déposé un encombrant colis sur le sol. Ses yeux accusèrent le coup d'une vive surprise. Karl toussota pour reprendre un peu de contenance puis déclara :

– Très certainement. De quelle maladie souffrez-vous exactement ?

– Aucune. Je suis en parfaite santé. J'ai un cœur aussi performant qu'un athlète de haut niveau comme l'a indiqué mon médecin. Le Dr Cove.

Il fronça les sourcils, inspira lentement en se laissant aller contre le dossier de sa chaise, les doigts croisés reposant sur un torse que je devinais maigre, malgré la chemise ample de couleur bleu électrique qu'il portait. Il n'avait même pas pris la peine de différencier sa tenue de celle de sa complice comme s'ils représentaient à eux deux la marque de quelques franchises notoires.

– Je ne comprends pas. Vous venez tout juste de me certifier que vous alliez mourir dans quelques jours.

– Neuf pour être exact. Dans tous les cas, je ne verrai plus l'aube du dixième.

Il se racla la gorge tandis que Layna se penchait à quelques centimètres de son visage en agitant frénétiquement sa main devant ses yeux hermétiques. Je souris lorsqu'elle se rangea à mes côtés en affirmant de guerre lasse :

– C'est un fait. Il ne me perçoit pas. Il n'est pas Karl véritable médium. Juste Karl.

– Sans blague…

Je m'apprêtai à me lever pour quitter la pièce lorsqu'il me demanda, sceptique :

– Comment pouvez-vous prédire votre mort si vous ne souffrez de rien ?

Mes étranges allégations le démangeaient et il se pencha vers moi, les coudes posés sur le large bureau d'acajou, les mains jointes, comme s'il s'appliquait à prier.

– En venant jusqu'ici, j'étais à la recherche d'une réponse, d'un antidote à mon problème. Dans votre annonce, vous parlez de guérison miraculeuse. Après tout, quitte à être ici, autant vous expliquer ma situation.

Dans un soupir de résignation, je décidai de lui laisser le bénéfice du doute. À défaut de posséder un quelconque talent médiumnique, il détenait peut-être un soupçon de vérité. Aussi c'est avec sérieux que je repris, Layna me soufflant les mots qui me faisaient encore défaut, comme pour m'aider à mémoriser une leçon difficile :

– Mon âme prépare son envol. Dans ce but, les douze minuscules astres la composant se révèlent jour après jour. Lorsqu'elle sera totalement illuminée jusqu'à former un cercle parfait, elle quittera définitivement mon corps. En d'autres termes, je mourrai. Il apparaît qu'elle orchestre ainsi chacun de nos départs vers l'au-delà à l'ombre de notre conscience. Avez-vous déjà vu ou entendu parler de ce genre de phénomène ?

Il regarda mon torse, à l'endroit précis où mon cœur battait et que je lui désignai, en le tapotant vivement de l'index.

– Bien sûr.

Son œil se plissa et une confiance soudaine l'enveloppa. Les traits de son visage affichèrent une suffisance m'indiquant qu'il me rangeait dans la catégorie des fous, voire des simples d'esprit. Je me retins de l'attraper par le col et le laissai discourir pour mesurer l'étendue de son infamie.

– Pardonnez-moi, je n'ai pas pris assez de temps pour me recentrer après ma précédente visite. Je vois votre âme en effet. Elle est très… brillante. Je vais interroger les anges à votre sujet. Bientôt, toute cette histoire sera derrière vous. C'est seulement cinquante billets la séance. C'est peu cher pour une vie sauve.

– Je vous écoute.

J'ouvris mon portefeuille et déposai l'argent bien à plat sur le bureau d'un geste ferme qui le fit hésiter un instant. J'affectai alors un air niais pour l'encourager.

– Sam… Ne fais pas ça, je crois que c'est un escroc. Tu avais raison, il ne prédit rien du tout ! Allons-nous-en.

Le visage de Layna balançait désormais entre l'amusement et l'inquiétude comme si elle ne savait pas quel parti prendre.

– Je suis le chemin. C'est la juste expression, n'est-ce pas ? Au moins, je me divertis un peu, ça me fait du bien.

Son état le plus naturel l'emporta et elle choisit de rire à nouveau. J'enviai sa capacité à accueillir la vie avec l'insouciance spontanée propre à l'enfance. Sous l'assaut d'un frisson, j'inspirai profondément pour m'en imprégner alors que ma patience déclinait sérieusement face à mon interlocuteur sans scrupule. Mielleux, il avança :

– Se divertir est un excellent départ pour votre survie. Maintenant, j'ai besoin de concentration.

Puis il commença à psalmodier, ses mains aux longs doigts maigres s'agitant au-dessus de la boule de cristal.

– Ange de la guérison. Ange tout-puissant, viens à moi. Indique-moi comment protéger l'homme ici présent et déjouer sa mort prochaine.

Il ferma les yeux et je me laissai aller, mon dos large en appui contre la chaise. Le bois craqua sous la pression, mais je ne m'en inquiétai pas. Par chance, les neuf jours de délai octroyés par mon âme ne me destinaient pas à me briser les vertèbres, sous le coup d'une chute malheureuse, dans le cabinet lugubre d'un pseudo-voyant. Karl fronça les sourcils, articula quelques formules inintelligibles, puis rouvrit d'un seul coup ses paupières dévoilant deux billes noires et fourbes.

– J'ai une excellente nouvelle pour vous. L'accident dans lequel vous deviez périr a été déjoué.

– Comment ?

Curieux de connaître les prédictions douteuses de l'homme, j'élançai mon corps vers l'avant, coudes appuyés sur le bureau.

– Il s'agissait d'un conducteur de bus. L'Ange de la guérison vient de lui envoyer une forte grippe, sans aucun risque pour lui, qui va le clouer sur place et l'empêcher de prendre le volant dans neuf jours. Il suggère tout de même que vous reveniez me voir demain pour vous assurer qu'il soit le seul danger contre vous. Vous êtes donc temporairement sorti d'affaire.

– Ce n'est pas possible…

Ahuri par l'audace de l'homme, je secouai la tête, désapprobateur. Son arnaque s'élevait à la hauteur de la mauvaise réputation qu'on attribuait à ces individus soi-disant dotés d'un sixième sens.

– L'Ange de la guérison est tout-puissant. Il peut tout exaucer.

– … que vous arriviez à tromper votre monde avec ce genre de coup monté.

Je le dévisageai avec gravité. Je cessai de jouer tout à fait, encore plus d'espérer obtenir une quelconque information. Il le lut sur mon visage et dans l'étincelle agressive de mes yeux, car son expression changea. Mauvais, méfiant, il avança :

– Pourquoi êtes-vous ici dans ce cas ? Flic ?

– Non. Je vais vraiment mourir.

– J'ai bien l'impression que vous êtes aussi menteur que moi. Aucune personne physiquement saine ne peut prédire de sa propre fin.

Je me levai avec brusquerie et la chaise tomba derrière moi.

– J'en ai assez vu et entendu. Il y a beaucoup de choses que vous ignorez. Je n'arrive toujours pas à croire que vous puissiez vivre de votre supercherie.

– C'est un commerce comme un autre. Les gens ont besoin d'illusion pour tenir le coup, dans un sens j'ai mon utilité et puis je n'oblige personne à venir me solliciter. Allez donc consulter le reste des soi-disant médiums que la ville recèle. Qui sait ? L'un d'eux aura peut-être un don réel.

Il afficha un rictus cynique et je devinai qu'il se trouvait pareillement hermétique aux phénomènes paranormaux que moi trois jours plus tôt. Avec dégoût, je discernai en lui le reflet d'une partie de la personne que j'avais été. Il dirigea ses doigts crochus vers l'argent que j'avais déposé au centre du bureau. Prompt, je saisis alors son poignet et attrapai le billet de l'autre main.

– Ceci m'appartient.

Il se modéra et choisit de rester prostré dans le silence pendant que je m'éloignai de lui, de la pièce et du bâtiment sordide.

Nous sortîmes dans la ruelle sombre et froide. Toute trace de légèreté nous avait désormais quittés tous deux.

– Voilà une belle perte de temps. Et maintenant ? articulai-je.

– Suivons son conseil et allons confronter les autres mystiques notables que la ville recèle.

– Avons-nous bien assisté au même fiasco ?

– Oui, mais écoute cette vérité : il existe des promesses à chaque instant, même à travers Karl et ce lieu sinistre. C'est la seule piste valable que nous puissions extraire de cette rencontre. Il y a forcément un médium dans cette ville qui possède un don réel de clairvoyance et qui pourra percevoir les authentiques désirs de ton âme puisque tu t'obstines à vouloir croire que tu es un homme heureux. Et puis, ce n'est pas toi qui exigeais absolument un plan ?

– Ça n'a rien d'un plan, Layna. Un plan, c'est concret, ça tient debout, c'est mesurable, quantifiable, observable !

– Rappelle-toi comme tu as ri. C'était la première fois depuis que je te connais. C'est un bon présage, cela fait en tout cas partie de l'essentiel. Combien y a-t-il de médiums sur la ville ? Alors… qui a dit que ce projet n'était pas mesurable, quantifiable, observable ? Combien ? J'attends ta réponse.

De guerre lasse, j'interrogeai Google sur mon téléphone portable avant d'annoncer :

– Trois dans ce quartier. Je n'irai pas au-delà. Et c'est de la médiumnité dont je parlais pour : mesurable, quantifiable, observable. C'est un phénomène chimérique et imprévisible, tu as très bien compris mon allusion.

– Tout comme les sentiments et les aléas de la vie. Et pourtant ils font de nous des êtres vivants. Ils amènent les couleurs et les reliefs à l'existence. À la lumière de ce point de vue, l'abstraction n'a-t-elle pas son importance ? Je crois que nous devrions lui laisser sa chance.

L'œil espiègle, elle inclina la tête de côté, me gratifia d'un large sourire, étira ses paupières courtes dans l'attente d'une repartie que je ne trouvai pas et se mit en marche. Comme je demeurai sur place à regarder sa silhouette gracile s'éloigner, elle se retourna et me fit un signe de la main pour m'intimer de la suivre. Et je choisis de me laisser porter.

13

MÉDIUM

Après la troisième visite infructueuse d'une voyante cinglée, je repérai un arrêt de bus situé en face d'un lycée que nous longions. Layna devina le fond de ma pensée, car elle lança :

– Nous devons continuer. Le prochain médium, c'est le bon.

– Hors de question. J'avais donné mon accord pour les trois répertoriés dans le quartier. J'ai déjà rempli ma part du contrat et j'en ai vraiment plus qu'assez, c'est une perte de temps. Nous avons enchaîné les visites aux charlatans. Personne ne te voit et ne connaît rien à mon mal. Il n'y a que moi qui hérite de ces foutues hallucinations ! Si ça se trouve, tu n'es même pas réelle, je suis simplement givré.

Sans m'en rendre compte, ma voix s'était élevée *crescendo* dans la rue, enflammée. À nouveau, quelques personnes s'écartèrent de ma trajectoire comme si je me trouvais armé et menaçant.

– Il y a un problème ? Pourquoi me regardez-vous de la sorte ?

Donnant libre cours à ma colère, je houspillai un homme, vêtu d'un costume trois-pièces anthracite, qui me fixait. Il attrapa sa mallette en cuir et la serra contre lui en guise de rempart avant de s'éloigner à grandes enjambées.

– Tu te trompes. Nous avons agi, il n'existe pas d'erreur. Je suis certaine que notre détermination va finir par porter ses fruits. Encore un dernier. S'il te plaît…

Layna, fidèle à ses principes, demeura tout à fait insensible à mes sautes d'humeur.

– Non. N'insiste pas. Tout ça, toute cette histoire me dépasse. Et puis de toute façon, ce n'est pas moi ! Ça m'a fait rire au début, c'est vrai, mais ici et maintenant pour citer ton expression, ça me met en rage. J'arrête. Je rentre. Je crois que j'ai un besoin urgent d'aller nager.

Je traversai la petite route jusqu'à l'abribus que nous avions atteint et m'assis sur le banc. Depuis le trottoir opposé, immobile, les bras ballants, ma partenaire ne semblait pas disposée à m'escorter, mais malgré mon appréhension de poursuivre seul mon frêle chemin, je restai fermement campé sur ma décision. Bien qu'elle m'ait influencé à suivre des pistes excentriques à maintes reprises, cette fois, je me réservai le dernier mot. Aussi, je me contentai d'épier sa présence lumineuse qui contrastait avec ce milieu d'après-midi sinistre.

– Tu commets une erreur. Nous devons aller jusqu'au bout de cette recherche. Pour qu'aucune incertitude ne subsiste jamais. Il n'y a rien de pire que le doute jamais soumis à l'épreuve, il conduit au regret, au « et si j'avais… », lança-t-elle depuis l'autre rive de l'étroite chaussée qui nous séparait.

Au loin, j'aperçus le bus qui tournait à l'angle de la rue, passablement ralenti par le trafic routier.

– Rien à faire. N'insiste pas. Je rentre.

Elle m'affronta du regard, haussa les épaules puis recula de deux pas comme si elle s'apprêtait à s'enfuir. Un court instant, mon cœur se mit à battre à l'idée de perdre mon unique alliée. Je me hissai sur mes jambes, mais demeurai les pieds cloués au sol. Je ne détenais aucun pouvoir pour la raisonner et lui intimer de me rejoindre. Nous étions deux êtres libres à l'opinion divergente. Soudain, je me sentis exténué et lâchai. J'abandonnai. Je me rassis aussi lourdement que je m'étais levé avec vivacité. La tête dans les mains, je laissai mon histoire m'engloutir, me terrasser et fermai un instant les yeux : *De toute façon, dans neuf jours ou dans soixante ans, je finirai par mourir à cette vie. C'est du pareil au même.* La pensée enrobée de pessimisme fusa, chargée de force dans mon crâne, mais eut un étrange effet relaxant dans mon corps. Le renoncement que je ressentis en cet instant me déposa dans un cocon de bien-être où la lutte n'avait plus de sens. Je m'entendis expirer. Mon souffle sembla s'étirer sur plusieurs minutes.

À quelques mètres de distance, Layna se dressait toujours face à moi, campée sur son idée, comme si elle s'attendait à ce que je change d'avis avant l'arrivée du bus et je lui souris. Un sourire doux de gratitude pour sa fougue, sa joie, sa folie, son innocence qui avait ranimé un fragment de vie dans mes veines durant trois jours. Elle m'avait permis d'ôter un ou deux encombrants au creux de mon bagage et c'était déjà bien.

Une longue et stridente sonnerie retentit depuis le bâtiment situé juste derrière elle. Un lycée s'apprêtait à libérer une horde d'adolescents. Bientôt, une foule compacte s'échappa d'un seul coup d'une double porte en bois. Comme des abeilles sorties d'une ruche, les étudiants se dispersèrent dans la petite rue, accompagnés du chahut qui les caractérisait. Certains couraient, d'autres se bousculaient en jurant, d'autres encore restaient figés en plein milieu du trottoir pour poursuivre leurs bavardages avec de grands gestes. Un garçon aux longs cheveux blonds et bouclés tenait un ballon de football américain dans sa main. Il fit une passe à un camarade qui tituba sous le coup de l'impact, et manqua d'interférer avec la présence évanescente de Layna. Elle se décala d'un mouvement vif pour éviter la collision et entrava du même coup, l'ascension d'une fille solitaire et fragile qui avançait d'un pas mal assuré, les bras chargés de livres. Cette dernière s'arrêta net devant ma partenaire, la contourna, puis, les yeux figés sur ses ballerines bleues, bredouilla :

– Pardon…

Je devinai les mots sur ses lèvres plus que je m'avérai capable de les entendre. Layna me dévisagea les sourcils hauts, reflétant ma propre surprise, puis éleva la voix pour couvrir le tumulte d'un groupe d'adolescents érigé entre elle et la jeune fille qui poursuivait sa route :

– Hey… attends ! S'il te plaît ! Jolie demoiselle avec le petit pull à carreaux noirs !

La lycéenne se retourna et marqua un bref arrêt en cherchant, craintive, l'auteur de l'interpellation. Elle capta alors les efforts fébriles de Layna qui agitait sa main dans sa direction au-dessus des têtes qui s'amoncelaient autour d'elle sur le trottoir. Les yeux de l'adolescente roulèrent le long des cheveux blonds puis vinrent croiser le regard de mon alliée invisible dont la bouche s'entrouvrit de stupéfaction.

– Je n'ai pas rêvé ! Tu peux m'entendre et me voir !

La demoiselle entama quelques pas en arrière, avant de s'enfuir en courant, scindant un groupe en deux au passage. Dans sa hâte d'échapper à l'appel de Layna, elle fit tomber l'un des livres qu'elle tenait entre ses bras menus trop chargés. Elle ne prit pas la peine de le ramasser et fonça droit devant elle pour finalement disparaître au coin de la rue. Je m'apprêtai à la poursuivre lorsque je remarquai la saisissante détresse de ma partenaire, piégée au sein d'une marée humaine mouvante et anarchique qui ne la percevait pas et dont l'énergie la propulsait dans tous les sens.

Je m'élançai aussitôt hors de l'abribus et traversai la chaussée pour lui porter secours, en évitant de justesse le transport en commun que j'attendais et l'ascension d'une voiture qui arrivait dans la direction opposée. Le conducteur, un type joufflu à casquette, m'invectiva des plus belles injures, mais je l'ignorai malgré mon tempérament belliqueux. La tête froide, je restai centré sur ma priorité. Rendu sur le trottoir, je fendis la foule dense des lycéens jusqu'à atteindre ma compagne. Sa paume au-dessus de la mienne, je lui intimai de me suivre. Nous avançâmes d'un seul pas pour nous extraire de l'assemblée que j'invitai à s'écarter d'une voix forte et pressante. Une fois elle et moi suffisamment éloignés, je lui fis face. Elle se tournait dans tous les sens comme une girouette les jours de tempête.

– Layna, est-ce que ça va ?

– Dans ton monde, je peux animer des objets légers à la manière d'un vent doux, mais je suis inapte au sein d'une foule. L'énergie ambiante m'empêche de penser et d'agir efficacement. Je ressens trop d'émotions, j'entends trop de voix à la fois. Je me suis retrouvée complètement coupée de moi-même, incapable de reprendre le dessus.

Sitôt sa phrase prononcée, elle me regarda d'un air contrit, marqué de déception.

– Je suis tellement désolée, la jeune fille m'a échappé. J'ai manqué de réactivité quand elle a failli me percuter. C'était pourtant évident qu'elle m'avait vue.

– Tu ne t'y attendais pas, moi non plus. Et puis tu l'as interpellée. Si elle a déguerpi aussi vite, c'est qu'elle n'avait pas l'intention de coopérer. Tu ne pouvais en rien la contraindre à rester.

– Elle est médium. Sans aucun doute. Elle avait peut-être des informations importantes. Elle représente un pont entre ton monde et le mien et elle s'est envolée.

C'est alors que mon attention convergea vers le livre qu'elle avait laissé tomber. Il gisait toujours grand ouvert sur le trottoir, personne ne s'était encore donné la peine de le ramasser. En deux bonds, je franchis les trois mètres qui m'en séparaient et saisis l'ouvrage, le premier tome d'une saga fantastique justement intitulée : *The Quest*. Il portait une étiquette bleue sur la tranche, sur laquelle figuraient les trois premières lettres du nom de l'auteur en lettres capitales. Je l'ouvris et repérai sans surprise le tampon d'une bibliothèque.

– Commençons par la chercher par ici. Vu le monticule de livres qu'elle transportait entre ses bras, je ne serai pas surpris de l'y trouver.

Je pointai du doigt l'adresse proche.

– Tout au moins, on devrait pouvoir obtenir son nom. Avec un peu de chance, peut-être même son numéro de téléphone, rajoutai-je.

Dix minutes plus tard, nous arrivions devant un imposant bâtiment à la large entrée encadrée de colonnes en pierre et surplombée d'une immense inscription gravée : « Centre culturel ». Je repérai un cercle d'adolescents et reconnus l'un des garçons : le frimeur qui avait intercepté le ballon de football, manquant de bousculer Layna.

– Excusez-moi, je suis à la recherche d'une élève de votre lycée. Elle a perdu ce livre à la sortie des cours, dis-je en leur présentant l'œuvre. Menue, cheveux châtain clair, yeux bleus. Une petite cicatrice sur la joue droite. Elle portait un jean et un pull avec des losanges noirs et blancs. Est-ce que ça vous parle ?

La bande m'étudia durant plusieurs secondes. Une expression différente s'affichait sur chaque visage, selon leur personnalité respective. Je m'apprêtai à les secouer après un silence que je jugeai trop long, lorsque le « m'as-tu-vu » s'esclaffa :

– Non. Désolé. On voit pas qui c'est ta meuf.

Les compères masculins se mirent à rire de façon disgracieuse et j'inspirai pour tenter de contrôler l'exaspération que je sentis franchement monter en moi. Je me tournai alors vers les deux filles du groupe qui tripotaient leurs cheveux, le menton haut, la tête inclinée sur le côté. La plus grande, aux yeux soulignés d'un large trait d'eye-liner, me renseigna :

– Vous avez décrit Jessie Boyle. Je… je l'ai vue passer. Elle est sûrement au deuxième étage, à la bibliothèque. Elle y reste beaucoup de temps à étudier.

Les garçons arrêtèrent immédiatement de glousser et l'un d'eux chercha à attraper la taille de la fille qui résista. Je la remerciai et la gratifiai d'un clin d'œil puis me ruai vers les escaliers, Layna sur les talons.

Arrivés sur place, nous nous mîmes à arpenter chaque rayon en commençant par la littérature fantastique d'où provenait le roman que je tenais dans la main. Sans succès.

Je parcourus bon nombre d'autres allées au hasard de l'immense salle où le silence régnait.

La lycéenne m'apparut finalement dans un recoin excentré, dédié à l'histoire de l'Europe. Assise à même le sol, des écouteurs aux oreilles, elle reposait sa tête fragile contre le mur du fond. Ses yeux étaient clos tandis que ses lèvres se mouvaient légèrement au rythme d'une musique muette.

– C'est elle, murmurai-je à l'intention de Layna. Suis-moi.

Perchée sur la pointe des pieds, elle se grandit et chuchota près de mon lobe, ce qui me fit tressaillir :

– Non, tu dois lui parler seul. Je l'ai effrayée tout à l'heure, c'est pour ça qu'elle s'est enfuie.

J'acquiesçai et m'apprêtai à franchir le mur de livres qui me séparait de l'allée dans laquelle s'isolait Jessie Boyle, quand ma partenaire s'interposa devant moi.

– Sam… attends…

Les sourcils relevés, le souffle court, je l'interrogeai du regard.

– Vas-y en douceur. On y est presque.

Je lui adressai un hochement de tête entendu puis me dirigeai vers la frêle présence. Une fois face elle, je lui tapotai l'épaule de l'index. Surprise, elle se releva, le dos collé au mur. Je lui fis signe d'enlever ses écouteurs et elle obtempéra avec lenteur. Ses grands yeux bleu clair me réprouvaient. Elle tourna la tête sur les côtés pour chercher une porte de sortie dont elle ne disposait pas. Prisonnière, silencieuse, méfiante, elle attendit que je lui expose la raison de mon imprévisible intervention. Comme amorce, je lui tendis le tome que je tenais dans ma main droite.

– Je crois que ceci t'appartient. Je t'ai vue le faire tomber devant le lycée.

Durant quelques secondes, elle resta à épier l'ouvrage et campa sur sa position défensive comme si je lui désignais un colis menaçant. Impatient, je le secouai une fois dans sa direction pour lui intimer de le saisir.

– Mer… merci.

Elle récupéra son dû et le plaqua contre son torse chétif.

– Tu t'es enfuie si vite que je n'ai pas eu le temps de te rattraper. J'ai pourtant de grandes jambes.

Je sautillai sur place pour tenter de détendre l'atmosphère car je redoutai de l'entendre crier d'un instant à l'autre pour ameuter la sécurité. Contrairement à la jeune lycéenne qui m'avait renseigné avec une admiration non feinte dans le hall, Jessie Boyle semblait rebutée à simplement poser les yeux sur moi. L'air grave, elle persista à chercher une solution de repli manifeste.

– J'ai complètement perdu ta trace. C'est le tampon sur la page de garde qui m'a permis de te retrouver, Jessie.

– Comment connaissez-vous mon nom ?

Sa voix fluette s'éleva, plus audacieuse. Son regard changea aussi et au-delà de la peur, j'y discernai une intelligence associée à une maturité rare.

– Je sais certaines choses sur toi, Jessie Boyle. Qu'est-ce que tu fuyais comme ça devant le lycée ?

En alerte, ses sourcils se froncèrent, sa bouche s'entrouvrit. Son agitation intérieure devint presque tangible. Elle se retrouvait réellement au pied du mur, dans tous les sens que le terme impliquait. Je m'approchai d'un pas pour lui laisser l'impossibilité de s'échapper une nouvelle fois et elle bégaya :

– Je… je ne fuyais pas.

– Oh si… Et si on jouait la franchise tous les deux ? Je sais que tu vois des apparitions.

Mon ton était calme, mais ferme comme lors d'une négociation serrée avec un client exigeant.

– Je ne comprends pas de quoi vous parlez.

Cette fois, elle tenta de me contourner, mais j'entravai sa progression en me décalant sur la gauche. Je me sentis un peu mal à l'aise de contraindre la liberté de mouvement d'une adolescente, mais je ne pouvais pas risquer de perdre à nouveau sa trace.

– Écoute, inutile de nier.

Je baissai le ton d'une octave.

– Laissez-moi tranquille…

Sa voix se cassa, elle était sur le point de fondre en larmes. Allons bon…

– Non, ne pleure pas ! C'est important que tu…

Ma phrase fut interrompue par l'apparition inopinée de Layna sur ma droite. Approchant son visage très près du mien, elle me hurla dans l'oreille :

– T'as perdu la tête ? Elle est jeune. Elle a peur. Et toi tu l'interroges comme si elle avait commis un crime. Tu ferais un excellent flic, tiens ! Il avait raison ce Karl médium de te poser la question. Finalement, il a certainement plus d'intuition que ce qu'on lui prête.

J'adoptai instantanément une position défensive.

– Je… je n'ai aucune intention de l'effrayer. Je veux juste qu'elle admette qu'elle est capable de te discerner. C'est tout. Je ne vois pas en quoi j'ai dérapé.

– Je t'avais dit : en douceur !

– J'ai simplement été direct. Il me fallait bien aborder le problème à un moment donné !

– Vous la percevez, vous aussi ?

Surpris, nous nous tournâmes de concert vers la jeune fille qui nous dévisageait. Ses yeux ronds rebondissaient de l'un à l'autre comme deux balles de ping-pong. Son air craintif s'était envolé. À la place, ses paupières s'emplirent de larmes. Cette fois, des perles chaudes de gratitude.

– Je ne suis pas la seule…

D'un ton renfrogné, je confirmai :

– Je la vois, je l'entends… La totale.

À son tour, Layna s'exprima d'une voix très douce :

– Je ne voulais pas t'effrayer tout à l'heure devant le lycée. Mais on a cherché quelqu'un comme toi tout l'après-midi. Sans succès. Tu nous apparais comme un véritable petit miracle.

– Je… je ne comprends pas pourquoi vous dites ça.

– Parce que tu perçois le monde invisible Jessie. C'est un don rare.

– Je ne le considère pas comme ça. En fait jusqu'à cet instant précis, je vivais ce phénomène comme une malédiction. Les morts sur terre me harcèlent, ils me font peur. Ils veulent que je les aide à régler leur compte et ne me laissent pas en paix. Et j'ai du mal à me faire des amis. On m'a surpris plusieurs fois en train de parler « seule ». Enfin… vous savez. Je passe donc pour la dingue de mon lycée, celle que tous les élèves évitent et trouvent bizarre.

– Un jour, tu saisiras que ce don t'est destiné pour réaliser de merveilleuses choses en ce monde. Ton cœur doit être courageux, sublime et fort pour porter une telle responsabilité.

– Vous êtes si différente des autres apparitions. Si belle. Et gentille aussi. Je ne comprends pas, c'est la première fois.

Layna sourit à pleines dents et je me raclai la gorge pour interrompre leur échange engorgé de sentiments. Le centre d'attention convergea vers moi. Elles affichèrent de concert un visage étonné, comme si l'espace d'un instant, elles avaient oublié ma présence.

– Pouvons-nous aller directement à l'essentiel ? Layna, tu sais que le temps est compté.

Elles demeurèrent silencieuses et je m'empressai de poursuivre :

– OK, Jessie, maintenant que tu n'as plus peur de Layna, es-tu en état de répondre à mes questions ?

Elle m'étudia avec suspicion et Layna hocha la tête d'un air entendu pour l'inviter à me faire confiance. Jessie me signifia alors son accord et j'inspirai en fermant les yeux pour ne rien omettre.

– Tout d'abord, es-tu au courant que l'âme de chacun d'entre nous décide et prévoit son passage vers d'autres plans, avant même que la mort ne survienne ?

Stupéfaite, comme si elle comprenait tout à coup la finalité de mon enquête, elle regarda en direction de mon cœur. Je fis glisser la fermeture éclair de mon blouson et dégageai l'encolure de mon sweat-shirt. Elle n'eut besoin que d'une seule seconde pour établir son diagnostic.

– Il vous reste neuf jours.

– Je déteste avoir ce genre de confirmation.

Je compressai mes deux poings sur les hanches, renversai la tête en arrière sous la menace du compte à rebours puis revins à la charge :

– Est-ce que tu as entendu parler d'un remède ? Quelque chose, n'importe quoi, pour me tirer d'affaire.

– Je suis désolée. Je n'en connais aucun, mais les guides célestes seraient sans doute dans la capacité de vous le fournir.

– Non. On a déjà essayé. Ils ont simplement évoqué que j'avais la carte, que tout est possible, cependant je commence sérieusement à penser qu'il n'existe aucune solution. C'était sûrement un propos destiné à m'apaiser et à me bercer d'illusions jusqu'à la fin. Pour que je tienne le coup.

Je me réfugiai la tête dans les mains et saisis ma chevelure, la seule prise à ma disposition à laquelle me raccrocher dans l'immédiat.

– Ils ne mentent jamais. Je sais de source sûre qu'il existe un moyen, même si je ne connais pas sa nature. L'âme peut décider de changer d'avis. J'en détiens la preuve pour l'avoir attestée.

Mon cœur s'emballa. Je plongeai dans l'instant, mon intérêt et mon attention avides des paroles à venir de Jessie Boyle. J'avais l'impression d'apercevoir une oasis en plein cœur du désert que je traversais depuis trois jours.

– Comment ? Quelle preuve ?

J'attrapai son poignet, mes doigts tremblaient sous la nervosité que son annonce m'avait infligée. Elle ne chercha pas à retirer son bras de mon emprise. Au contraire consciente de mon stress accru, elle soigna la prononciation de chaque mot en se concentrant pour n'omettre aucun détail.

– L'an dernier, au mois de décembre, j'ai croisé une femme dans sa phase terminale, il lui restait six jours. Elle a survécu alors que le processus était bel et bien engagé. Un code rouge comme vous. Un cas difficile.

– Tu vois ? Tu refusais de me croire. Tu es un cas difficile, intervint Layna, défiante.

Je m'efforçai d'ignorer la jubilation de ma partenaire et me concentrai sur les phrases que j'interceptais, car à nouveau, je perdais le fil face à des concepts inconnus propres à un monde qui m'échappait.

– Peux-tu m'expliquer ce qu'est un « code rouge » ?

– Pardon… C'est moi qui ai inventé ce principe. J'ai pris pour habitude de catégoriser les mourants que je vois. Il y a les codes verts, les « accomplis », ceux qui ont vécu leurs vies en accord avec les désirs d'apprentissage de leurs cœurs. Ils ne me sollicitent pas puisqu'ils partent directement vers les sphères supérieures. Et les codes rouges, ceux qui décèdent sans avoir compris la leçon. Parfois, l'âme s'incarne jusqu'à un âge très avancé pour permettre à la conscience d'un individu de s'éveiller à la vie. D'autres fois, elle préfère démissionner, dès lors qu'elle considère que l'égarement est trop important, qu'il n'y a plus de retour en arrière possible, par rapport avec ce qu'elle souhaitait initialement expérimenter avec son avatar humain. Après leur passage dans l'au-delà, les codes rouges restent majoritairement ici un certain temps parce que l'âme n'a pas suffisamment d'élan pour monter. Trop de tristesse, de peur ou de colère accumulées durant l'existence terrestre… Elle doit attendre que l'être s'apaise et devienne plus vulnérable pour se faire enfin entendre et rentrer. Ça peut prendre des mois, des années, voire des siècles. Un jour, j'ai croisé un mort qui errait depuis cent soixante-huit ans. Il cherchait l'homme qui l'avait tué à la suite d'une bagarre dans un bar. Les guides célestes sont d'une aide précieuse pour les défunts difficiles qui s'entêtent.

Le rapport concis de Jessie Boyle rejoignait le discours de Layna. Je commençais à y voir plus clair, même si je m'avouais vexé de me retrouver parmi les mauvais élèves, pour entrave à un règlement intérieur qui ne m'avait jamais été remis.

– Bon, très bien, je saisis le principe maintenant. Mais pourrions-nous revenir à l'essentiel ? Cette femme en stade terminal, comment a-t-elle survécu ?

Ce dernier mot vibra dans le silence. Une employée corpulente, de passage dans l'allée centrale, me lança un regard sévère. Je baissai immédiatement le ton pour ne pas risquer de nous faire exclure au moment le plus important de la conversation. Dans un murmure, j'interrogeai à nouveau Jessie Boyle, mes yeux campés dans les siens :

– Comment ?

Elle haussa les épaules avec désinvolture.

– Je n'ai pas la réponse à cette question. Je vous l'ai dit, je ne connais pas le remède.

La tête me tourna tant ma déception était grande et je m'affaissai légèrement. Layna le remarqua, car elle me relaya dans la course aux informations.

– Si tu sais qu'elle a survécu, c'est que tu l'as croisée au moins à deux reprises. Est-ce que tu as une idée de l'endroit où nous pourrions la trouver ?

Mon cœur se mit à battre. Évidemment. Élémentaire. Pragmatique. Elle amenait à la lumière une question qui ne m'était même pas venue à l'esprit. Figé sur la seule qui m'importait : « Comment guérir ? », j'en étais arrivé à oublier toutes les autres. Layna possédait le recul nécessaire sur la situation pour n'omettre aucun détail. La jeune fille fronça les sourcils, inspira le silence qui s'immisçait au sein de notre trio puis ouvrit la bouche. Ça y est, nous y étions. Sa réponse allait déterminer la suite de mon avenir. J'avais l'impression de me retrouver à nouveau au bord d'un gouffre, harnaché d'un élastique usé qui ne garantissait pas ma survie.

– Elle travaille dans une petite boutique d'antiquités avec une partie entière dédiée aux livres anciens. Je l'ai découvert par hasard dans une rue du quartier de Ballard l'an dernier. J'y suis entrée pour les livres. Je les adore. J'aime me confondre dans leurs histoires, ça me fait du bien, je me sens normale le temps de quelques pages. Je disparais. J'oublie ma vie, mes peurs, tout ça quoi... C'est là-bas que j'ai vu la dame pour la première fois, sur le point de mourir. Lorsque j'y suis retournée quelques mois plus tard, elle y était toujours. Bien vivante. Elle a un signe distinctif sur le visage, une tache rose clair au niveau de la paupière droite. Une dépigmentation de la peau.

Après avoir rapidement consulté Internet sur son téléphone portable, elle griffonna l'adresse sur un petit bout de papier à l'aide d'un stylo-bille au bouchon déchiqueté.

– J'ai oublié le nom de la boutique, elle possède une devanture rouge. J'espère que vous la retrouverez et surtout qu'elle sera en mesure de vous fournir les réponses que vous recherchez. Tout ce dont je suis absolument certaine, c'est qu'elle a en quelque sorte déjoué le sort. Son histoire devrait vous tirer d'affaire.

Une confiance renouvelée se convia dans mon corps et je me redressai, immense.

– Merci pour ton soutien inestimable, dis-je.

– Ton don est précieux. S'il fait partie de toi, c'est qu'il a sa raison d'être. Il te suffit de l'accueillir et tu comprendras un jour qu'il fait ton unicité. Tu aideras beaucoup de gens comme Sam, renchérit Layna.

Jessie hocha la tête doucement, ses yeux émus posés sur ma partenaire immatérielle, comme si elle admirait une œuvre d'art qui soulevait le moindre de ses sens.

Pressé, je secouai le morceau de papier à l'intention de Layna pour initier notre départ. Après un dernier signe en direction de Jessie, elle me suivit et nous nous ruâmes à l'extérieur de la bibliothèque. L'après-midi tirait à sa fin. Je regardai l'heure sur ma Rolex, soucieux d'arriver avant la fermeture de la boutique. Chaque minute comptait à ce stade. Le temps nous manquait pour prendre le bus et je me jetai sous les roues du premier taxi libre que je repérai.

Une minute plus tard, au sein de l'habitacle, je basculai la tête en arrière sur le siège et fermai les yeux. Pour la première fois, je me mis à prier en silence. Je ne savais pas qui, ni quoi au juste, aussi je me contentai de visualiser l'issue victorieuse de ma rencontre prochaine. Au même moment, j'entendis la voix de Layna qui chemina rassurante jusqu'au creux de mon oreille :

– Tu vas rester…

14

MIRACULÉE

Le taxi nous déposa en amont de la petite rue. La plupart des boutiques encore ouvertes m'encourageaient dans ma course contre la montre et je filai sur le trottoir désert de cette fin de journée, car ma vie en dépendait. Dans mon cas, à mon grand désarroi, il ne restait plus de place au « comme si ». Le danger me cernait et justifiait ma hâte. Layna ne chercha pas à me dépasser. Délicate, elle prenait soin de ménager mon orgueil quant à ma rapidité illusoire. Car bien que je sois un athlète confirmé, malgré mes gestes vifs et précis, je me retrouvai subitement aussi habile et performant qu'un enfant en bas âge, comparé à ses aptitudes nouvelles qui défiaient la gravité et le temps.

Bientôt, nous parvînmes à l'angle du porche décrit par Jessie Boyle qui desservait une petite cour. Au sein de l'étroit espace sombre, je repérai immédiatement la boutique à la devanture rouge, parée d'une large grille abaissée. Je m'approchai de la vitrine et le cœur sur le point d'éclater, je lus la mention :

« Fermeture annuelle – réouverture le lundi 3 décembre 2018. »

Pas de numéro de téléphone, pas de nom. Juste une annotation cruelle. Je ne disposais pas de tout ce temps. Une constatation. Un mur. Un échec. Un abîme.

Soudain, je déversai ma rage contre un tas de cartons entreposés sur le trottoir, contre la porte close, contre la grille aux losanges métalliques que je secouai tel un forcené, contre un lampadaire à la lumière terne sur lequel j'assénai un coup de poing. Finalement, après avoir libéré toute mon énergie destructrice, je m'écroulai sur le sol, mon dos appuyé contre la devanture.

– Je suis maudit Layna.

– Attendons de voir ce qu'il se passe.

– Il ne se passe rien bon sang ! Arrête ! Pourquoi prends-tu toujours la défense de cette fichue vie qui ne cesse de me persécuter ? Je devrais dire « nous ». Regarde-toi. Tu es seule, misérable. Rien ne marche. C'est encore une impasse. Une foutue impasse au cœur d'une impasse. Une multitude d'impasses.

Elle ne répondit pas. Elle se contenta de garder le silence et de m'observer dans la nuit. Je sentis ses yeux doux et désolés sur moi, mais je m'évertuai à fixer l'asphalte gris. Au bout d'un instant, elle vint simplement s'asseoir à mes côtés. Nous restâmes plongés dans notre mutisme respectif durant un long moment, puis elle tourna son visage dans ma direction.

– J'ai conscience que le chemin est sinueux et que les évènements ne semblent pas en notre faveur depuis le départ. Mais je ne peux m'empêcher de demeurer confiante en toutes circonstances. Pour y croire, me redonner du courage et traverser le doute, il me suffit d'observer l'histoire de personnalités inspirantes comme Nelson Mandela ou Roger McGowen… La confiance, c'est le souffle de la vie qui m'anime encore. Au cas où il te resterait réellement neuf jours – et cela, tu ne pourras le vérifier qu'à la lumière de ce point culminant –, tu as fait exactement…

Elle énonça ce dernier mot en abaissant les paupières et sembla se nourrir du sens profond qu'elle lui accordait avant de poursuivre, ses iris gris plantés dans les miens :

– … ce qu'il fallait. Tu as fait de ton mieux à chaque étape. J'étais près de toi, je le sais. Je te trouve tellement courageux d'avoir renoncé à tant de principes en si peu de temps.

Pour la première fois, elle afficha un air authentiquement navré. Éperdu, j'observai la courbe fournie de ses cils et les quelques taches de rousseur éparses, saupoudrées sur le haut de ses pommettes. Je soutins son regard et me sentis happé par le réconfort de cette intimité inattendue quand des talons claquèrent sur le trottoir. Haussant les sourcils comme si je m'éveillai en sursaut de quelque rêve étrange, je me retournai sur une silhouette parée d'un long manteau à une dizaine de mètres de moi. Une voix de femme au ton autoritaire s'éleva :

– Déguerpissez de là. Quelqu'un m'a prévenue de votre présence et j'ai appelé la police. Elle va arriver d'un instant à l'autre. Il n'y a absolument rien à voler par ici.

En alerte, je me hissai rapidement sur mes deux pieds, suivi de Layna. Je levai la tête vers les fenêtres qui surplombaient le magasin et aperçus une ombre se dérober. Tout à coup, je réalisai le raffut que j'avais occasionné dans la petite cour sous le coup de ma colère. Calme, je me justifiai.

– Je ne suis pas un voleur. Il y a erreur. Je venais juste rencontrer quelqu'un.

Après un temps d'arrêt, la voix reprit, radoucie :

– Qui recherchez-vous ?

– Une femme. Elle travaille dans cette boutique d'antiquités. Peut-être la connaissez-vous ?

– Qu'est-ce que vous lui voulez ?

Cette fois le ton m'apparut véritablement curieux. Mon cœur se mit à battre.

– Je dois m'entretenir avec elle au sujet d'une affaire très importante. S'il vous plaît, si vous détenez la moindre information la concernant, je vous prie de m'aider. Je ferai n'importe quoi pour lui parler ne serait-ce que cinq minutes. Je... je vous le répète, je ne suis pas un voleur. J'ouvris mon blouson en grand et retournai les poches de mon jean.

La femme franchit les quelques mètres qui nous séparaient. Bientôt, le contour de son visage ovale se dessina, ses traits se précisèrent : nez nubien, large bouche, grain de beauté saillant sur la joue, chevelure brune, teint hâlé, yeux noirs... paupière droite dépigmentée, de couleur rose, qui lui conférait un charme unique.

Ébahie, les lèvres entrouvertes, Layna me regarda, et je secouai la tête devant la manifestation de la miraculée qui me faisait inopinément face. Mon explosion dans la rue calme l'avait menée directement à moi par l'intermédiaire d'une voisine apeurée.

– La boutique est fermée. Vous pourrez la voir à partir du 3 décembre, comme mentionné sur l'affichette.

– Je ne dispose malheureusement pas de ce temps. Je m'appelle Sam. Sam Whorley.

À bout de nerfs, je lui tendis une main fébrile. L'angoisse de repartir sans mon antidote de survie m'étreignait le torse.

– Par ailleurs, vous êtes cette femme que je recherche donc...

Étonnée, elle s'immobilisa.

– On s'est déjà rencontrés ? D'habitude je me rappelle des visages, je suis plutôt bonne physionomiste.

– Non. Une jeune fille m'a parlé de vous et elle vous a parfaitement décrite en n'omettant pas votre trait caractéristique.

Je lui indiquai de l'index ma propre paupière droite en référence à la sienne.

– Je suis en congé. Je m'apprêtais à sortir avec des amis. Vous avez vraiment choisi votre moment… Allez-y, je vous écoute.

– Il serait peut-être bon de prévenir la police avant.

– Je ne l'ai pas appelée. Ma voisine est craintive, j'ai déjà eu recours aux forces de l'ordre par deux fois pour de fausses alertes. Vous pouvez vous exprimer sans crainte.

Je soupirai de soulagement et elle leva le menton, tout ouïe. Elle attendait avec une pointe d'impatience notable que je lui expose enfin l'objet de ma requête. Toutefois, je réalisai soudain ignorer le moyen d'y parvenir. Si je me risquais à la vérité, elle me prendrait pour un fou. Comment l'amener à me dévoiler sa vie privée pour y soustraire l'antidote qui me vaudrait de poursuivre ma route ?

Je décidai de mettre à profit ma plus haute distinction : vendre. Dans ce cas, une histoire cousue à la main, pleine de défauts, mais que j'espérais suffisamment solide pour ne pas supporter le poids d'une nouvelle défaite. Je me redressai en exposant au maximum ma stature intimidante, et d'une voix grave et assurée, je me lançai, à l'improviste :

– Je mène une enquête officielle pour le Gouvernement. J'ai besoin d'une information en lien avec un évènement important et sombre de votre vie, datant du mois de décembre dernier. Si vous avez reçu une quelconque aide significative, je me dois de la répertorier.

– Comment ?

Les traits de son visage se chiffonnèrent, aussi je me dépêchai de poursuivre :

– Je sais que vous aviez des ennuis à cette époque et qu'ils ont subitement disparu. Pourriez-vous m'énumérer tous les faits marquants advenus durant ce mois de décembre 2017 ?

– Sam, qu'est-ce que tu fais ?

Concentré sur ma manœuvre, je perçus le murmure troublé de Layna sans pour autant lui accorder d'attention.

– Il est hors de question que je vous parle de ma vie ! Je ne comprends toujours pas qui vous êtes et ce que vous attendez de moi, lança la femme.

– Je suis un agent mandaté par l'État et votre devoir de citoyenne consiste simplement à me renseigner. J'ai été informé par une source anonyme de vos difficultés par le passé. Le département auquel j'appartiens se charge de collecter tout un tas de données concernant divers problèmes du quotidien pour établir des statistiques, favorisant l'émergence de solutions adéquates en vue d'aider d'autres personnes dans la même situation que vous. C'est pour cela que j'ai besoin de connaître votre souci initial et surtout le remède que vous avez choisi d'appliquer. Lorsque nous aurons amassé suffisamment d'éléments, nous serons en mesure de déterminer si votre attitude face à l'adversité était suffisamment optimale ou au contraire passable d'amélioration. Que s'est-il donc passé en décembre dernier pour vous ? En tant qu'enquêteur officiel, il va sans dire que je m'engage à respecter des règles strictes en matière d'anonymat et de confidentialité.

– Vous exigez de moi que je vous divulgue des faits sur ma vie intime, afin que vous puissiez programmer une sorte d'algorithme susceptible de guider d'autres personnes qui se retrouveraient dans une situation accablante similaire à la mienne ? C'est bien cela ?

Je jetai un rapide coup d'œil à Layna qui m'observait, stupéfaite, à une petite distance. Je décidai d'y discerner un bon augure et je confirmai :

– C'est exactement ça.

– En résumé, vous estimez être capable d'établir un jugement supérieur au mien grâce à une base de données que vous avez collectée. Vous pensez savoir mieux que moi les choix qui m'incombent dans ma propre existence…

J'inspirai en m'efforçant de garder une contenance, pour éviter que mon mensonge rocambolesque ne s'écroule comme un château de cartes. J'avais manqué de délicatesse, et peut-être de créativité. Mais comment amener une totale inconnue, dont j'ignorais même le nom, à me livrer des détails personnels et précis sur une période définie de sa vie, au cœur d'une impasse sombre, tout en préservant mon secret, trop irréel pour être énoncé ?

– Ne le prenez pas comme ça… s'il vous plaît. Je me suis sans doute mal exprimé.

Ses yeux bruns creusaient les miens, plus curieux qu'irrités.

– Je ne crois pas un traître mot à votre mise en scène, qui ne manque pas d'originalité, mais me laisse vraiment perplexe, je l'avoue. Soit, vous me prenez pour une idiote profonde pour occuper vos soirées et rire à mes dépens, soit, vous dissimulez quelque chose de grave. Quoi qu'il en soit, il n'en demeure pas moins que je ne comprends pas votre véritable motivation pour élaborer un tel scénario.

– Je ne vous prends pas pour une idiote profonde.

– Donc c'est l'autre option.

– Écoutez… J'ai simplement besoin d'entendre votre histoire concernant ce mois de décembre. Vous êtes détentrice d'une information capitale. Je vous jure le secret absolu sur ce que vous me révélerez.

– J'ai en horreur les faux-semblants et j'ai une soirée agréable qui m'attend. Vous devriez quitter les lieux. Dans quelques minutes, il se peut que je sois beaucoup moins flexible sur le fait que vous persistiez à rester devant ma boutique. Ma voisine ne manquera pas de me tenir au courant.

Son regard se durcit dans l'intention de mettre un terme définitif à notre rencontre, puis elle se retourna et commença à s'éloigner vers le porche d'un pas décidé. Comme lors de son arrivée, ses talons retentirent dans la petite ruelle déserte et sombre.

– Layna, aide-moi…

– Parle avec ton cœur. Dis-lui la vérité telle que tu la ressens. Je ne connais que ça.

Ledit cœur se serra d'angoisse tandis que mon dernier atout partait avec l'unique clé qui pourrait mettre un terme à mon agonie.

– Je vais mourir !

Le cri rauque s'échappa de ma gorge brûlante vers la nuit. Il fissura mon corps en deux comme un coup de hache sur un étang gelé entraînant ma chute dans un abysse. Terrifié, je sentis des larmes affleurer, que je me hâtai d'étouffer en pressant fortement l'arête de mon nez, peu enclin à répandre ce débord émotionnel dont je me pensais dépourvu depuis tant d'années d'inhibition. Avec consternation, j'observai l'étrangeté d'un sentiment de tristesse profond qui avait disparu depuis près de quinze années. Comme si la mort de ma mère et son abandon subit n'avaient tout compte fait pas emporté avec elle toute ma fragilité et ma sensibilité. La belle affaire.

La vague de désespoir s'estompa enfin, laissant ma dignité sauve de justesse et je me recentrai sur le présent. La femme me faisait à nouveau face. Elle m'étudia cependant que je reprenais tout à fait contenance en me mordant les joues. Finalement, elle s'adressa à moi, placide :

– Je suis maintenant disposée à vous venir en aide, je me doutais bien que votre histoire cachait quelque chose de grave. Je vous offre l'accès à ma vie privée à la seule condition que vous fassiez preuve d'une franchise absolue. Comme en cet instant.

Résigné, je hochai la tête, prêt à obtempérer face à la deuxième revendication féminine depuis celle de Layna. Après la carte de la confiance, il me faudrait jouer celle de la sincérité. À combien d'autres exigences allais-je devoir céder pour espérer vivre ?

Elle inséra une clé dans la porte métallique qui menait à la boutique et m'invita à entrer.

– Je vous propose une bonne tasse de thé bien chaude. Vous pourrez m'exposer en toute clarté votre affaire et ce que vous attendez de moi.

Je me tournai vers Layna, immobile à trois mètres de distance, comme si elle avait reculé pour mieux appréhender une scène, un paysage, un portrait. Dans la nuit noire, ses yeux brillaient. Bien que dépourvu de sa vision, à l'aide de ma propre perception du monde, je discernai leur lueur ; la ligne délicate de son corps fin et léger ; ses cheveux qui se soulevaient au gré d'une brise que je ne sentais pas. Elle articula quelques mots inaudibles que je savais optimistes. Des murmures enrobés de quelques vagues promesses de victoire. Le roc de la confiance établi depuis toujours au sein de mon être se révéla à ma conscience. Un léger sourire étira mes lèvres et je l'invitai à passer devant moi. Elle s'élança dans la boutique, gracile et silencieuse, en route vers mon gage de survie.

Je bus l'ultime goutte d'un succulent thé à la menthe et reposai ma tasse vide sur une table basse en bois sculpté, ma gorge sèche d'avoir déblatéré pendant près d'une heure, malgré le liquide chaud qui n'avait cessé de l'hydrater. Sans aucun filet, j'avais exposé à une parfaite étrangère tous les évènements désaxés des trois derniers jours de ma vie, avec la plus stricte transparence. J'avais relaté la vérité telle qu'elle m'apparaissait : sordide, folle, décousue. Depuis ma première rencontre avec Layna au *Heaven's Coffee* jusqu'au moment où nous parvenions devant les grilles closes de la boutique d'antiquités. Avec l'aide de mon acolyte invisible, je m'étais révélé précis.

Tout le long de mon monologue, Cristina Ramirez était restée de marbre, concentrée sur les mots qui sortaient de ma bouche. À aucun moment, elle ne laissait paraître une quelconque émotion enrubannée de jugement, mais une seule écoute attentive. N'importe quelle personne sensée aurait prétexté la nécessité d'un départ précipité après un tel récit. J'aurais davantage compris qu'elle se soit ruée sur son téléphone pour joindre la police ou précipitée dans la rue en appelant à l'aide. C'est d'ailleurs une de ces menaçantes versions qui m'avaient incité à lui mentir lors de ma première et infructueuse approche.

Mais elle n'avait rien fait de tout cela. Aussi improbable que cela puisse paraître, je lisais dans son regard qu'elle me prenait au sérieux. Encore mieux : elle croyait chacun de mes dires.

Pour ancrer mon histoire dans la réalité, Layna me demanda d'ouvrir un livre ancien à la couverture épaisse et rigide puis en fit défiler les pages à vive allure.

À la suite de mon discours et de cette démonstration, Cristina Ramirez resta recluse dans un silence émerveillé. Je ne la brusquai pas, elle devait s'acclimater en quelques minutes à ce qui m'avait valu trois jours de lutte. Finalement, elle me resservit du thé brûlant puis s'enquit d'une voix douce :

– Merci de vous être livré avec autant d'authenticité. Maintenant, je comprends tout à fait votre tentative initiale à m'aborder en essayant de camoufler la vérité sous une couche de raisonnable.

Elle rit. Un rire joyeux, heureux comme si je lui avais fait un cadeau inestimable.

– Où est-elle exactement ?

Elle suivit mon regard qui se dirigeait vers Layna, assise sur un coffre en bois cintré de fer forgé.

– C'est vraiment la plus extraordinaire aventure qu'il m'ait été donné d'entendre. Donc, selon la jeune médium que vous avez rencontrée, je me trouvais dans une position semblable à la vôtre en décembre dernier ? Sur le point de mourir ?

– C'est exact.

Son expression se ternit, ses pensées l'acheminaient vers un souvenir.

– En fait, cela ne m'étonne pas. J'ai en effet assumé un changement drastique durant ce mois.

– Qu'est-il arrivé ?

– J'ai quitté mon mari.

En dépit de mes difficultés à imaginer mon antidote au cœur d'un tel scénario, je me montrai avide d'entendre chacune de ses paroles, détentrice de l'indice qui lui avait valu de s'en tirer saine et sauve. Plongée dans les méandres d'un passé ternissant l'éclat de ses yeux noirs, elle garda le silence. Puis, alors que je me consumais d'impatience, ses pupilles accrochèrent enfin le mur derrière moi comme si un prompteur lui dictait quoi dire, et les mots coulèrent :

– Je m'étais enfermée dans une vie déplorable sans amour-propre. Un soir *a fortiori* comme les autres, à la suite d'un énième reproche écrasant, j'ai bénéficié d'une gigantesque prise de conscience. La goutte d'eau faisait finalement déborder le vase et me conviait à l'action. Je me souviens encore de l'ivresse ressentie lorsque j'ai compris que j'étais libre. Je m'autorisais enfin à quitter mon mari et avec lui, l'existence associée de paroles dures, dégradantes, actes humiliants. Le tout dissimulé sous le couvert de jours anodins pour laisser planer le doute. Toutes ces années, j'avais suivi l'idée absurde que je devais assumer le choix de ce mariage à perpétuité, alors même que nous n'avions pas d'enfants, la nature s'y étant généreusement opposée. J'avais seulement seize ans lors de notre rencontre et les divorces sont considérés comme marginaux dans ma famille d'origine hispanique. Ce soir-là, j'étouffais la raison qui me criait que les mots ne tuent pas, que jamais il ne levait la main sur moi. Que j'avais un toit, un confort matériel, une boutique à moi. Qu'il existait des situations bien plus dramatiques de par le monde, que mes proches risquaient de me rejeter. Ce soir-là, j'outrepassais la voix moralisatrice qui me diminuait et la peur du vide, du rien, d'une démarche solitaire qui paralyse. Bien sûr, rien n'arrive par hasard. La vie me jugeait prête, car je fus aidée par les circonstances mystérieuses qui nous poussent à nous dépasser. Un peu plus tôt le même jour, en rangeant des affaires dans le grenier, je tombais sur un livre qu'une amie très chère m'avait offert pour mon quatorzième anniversaire, avec à l'intérieur une annotation spéciale : « Pour ma merveilleuse et précieuse Cristina ». Une poignée de mots. Mots tout simples en apparence, mais qui contenaient la force et le respect d'une dizaine d'années de moments partagés. Ce message m'a réveillée, secouée, et m'a donné le courage d'agir, parce que l'amour sincère d'une personne, une seule fois ressenti, s'enracine pour toujours dans notre être. J'avais perdu de vue Mia depuis bien des années, mais elle demeurait dans mon cœur grâce à nos nombreux souvenirs faits de silences, de rires, de pleurs, de secrets, de rêves durant toute mon enfance et une partie de mon adolescence. Quelques heures plus tard seulement, je la retrouvais par le biais d'Internet, quittais le domicile conjugal et partais aussitôt lui rendre visite, de l'autre côté du pays en Floride, au bout de vingt ans de séparation. Voilà, vous savez tout.

Son monologue cessa enfin, me laissant coi. Elle secoua la tête, ses yeux se plissèrent, sa bouche se contracta et un voile de tristesse se déposa sur son visage aux traits splendides. De mon côté, je ne pus m'empêcher de ressentir une déception intense. Je m'étais attendu à une histoire épique avec une chute édifiante où mon antidote aurait émergé de lui-même et elle me pondait un banal récit de séparation. Une anecdote simpliste de couple mal assorti. Elle m'avait certes livré une part d'intime, mais pas la bonne. Elle ne comprenait vraisemblablement pas l'affaire. Si tous les ménages calamiteux qui restaient ensemble s'avéraient une menace pour la vie, cela se saurait. En fait, la population mondiale s'écroulerait. Lancée, elle continua pourtant :

– J'ai perdu beaucoup de temps. Si seulement j'avais écouté cette petite voix qui me parlait, qui me disait à quel point j'étais malheureuse. Une toute petite voix présente pour moi, à chaque instant de chaque jour. Une toute petite voix qui me soufflait combien cette union s'apparentait à un leurre et m'empêchait d'être, qui me rassurait et m'intimait de sauter le pas, de prendre le risque de basculer dans l'inconnu. Inlassablement. Jamais elle ne m'abandonnait quand bien même je passais le plus clair de ma vie à l'étouffer. Qu'est-ce que j'avais alors à perdre ? Pourquoi avoir si longtemps écouté ces peurs illusoires qui me poussaient à rester dans cette vie étriquée et médiocre ?

Elle s'abîma quelques secondes dans ses réflexions, puis brusquement, un sourire chassa sa peine. Ses yeux se mirent de nouveau à dispenser la lueur si particulière issue d'une paix profonde.

– Toutefois, j'ai appris de mon erreur et je me console en me disant que je n'étais pas en capacité de prendre une telle décision avant le moment précis où j'ai vraiment touché le fond. Une simple affaire d'estime personnelle. La crainte et la raison qui découlaient d'un stupide conditionnement familial entravaient mon corps, mon cœur et chacune de mes pensées. Le jour où j'ai laissé émerger une part d'amour pour moi-même, je trouvais le mot de Mia et la petite voix se faisait enfin entendre et reconnaître.

Insatisfait et inquiet, je relâchai un profond soupir. Je n'avais plus le temps d'écouter le moindre épanchement sur son naufrage sentimental ni sur ses retrouvailles. Aussi je décidai de la réorienter avec une question, en prenant le risque de la vexer.

– Durant ce mois de décembre, vous souvenez-vous d'un quelconque remède qui serait à l'origine de votre guérison ? Vous avez forcément détenu entre vos mains quelque chose de spécial qui vous a sauvé la vie. C'est sur cet unique point que je voudrais revenir. Essayez de vous rappeler, s'il vous plaît...

Elle m'avisa un instant. La surprise s'imprima sur son visage puis un pli soucieux barra la peau lisse de son front. Elle estimait sans doute que son histoire méritait d'être entendue. Cela m'évoqua le regard désapprobateur de mon professeur de littérature au collège, à chaque fois qu'elle me bernait à dessiner sur une feuille libre dissimulée dans mon livre.

Cristina Ramirez m'avait offert sa précieuse attention dénuée de censure, je pris donc un peu de temps pour me justifier :

– Écoutez... Je suis désolé. J'aurais volontiers débattu de votre expérience, mais je suis pressé. Les jours, les heures, les minutes défilent trop vite. Je suis un homme pragmatique au crépuscule de sa vie. Si seulement vous pouviez vous remémorer... s'il vous plaît. Vous avez forcément dû bénéficier d'un recours inhabituel.

Ses traits se figèrent dans un long silence qui me rendait fou tant il contrariait mon impatience. Elle se mit à réfléchir intensément, tout en passant en revue les murs, le mobilier, la chaise, ma veste qui avait glissé au sol. J'aurais donné n'importe quoi pour m'immiscer au cœur de ses pensées, les fouiller et y trouver le trésor qu'elle possédait.

Finalement, elle abaissa ses yeux envoûtants sur moi, inspira profondément et m'adressa un sourire doux, rassurant.

– Vous avez raison de m'arrêter. Je parle beaucoup trop. Il y a bien eu un autre évènement, mais tellement… bizarre. J'éprouve même un peu de gêne à vous raconter ce genre de chimère.

Le cœur battant, je l'encourageai.

– Allez-y ! Cela ne pourra jamais être plus excentrique que ma propre histoire.

Elle acquiesça.

– La veille des faits que je viens tout juste de vous relater, j'ai fait une rencontre un peu spéciale. Et je comprends à l'instant qu'elle est sans doute à l'origine de ce que j'ai trouvé par la suite et qui m'a sauvé la vie. Je n'y avais pas accordé le moindre crédit jusqu'à ce jour, mais puisque vous insistez…

– Je vous écoute.

Assise en tailleur sur le coffre, Layna considérait notre interlocutrice avec un intérêt aigu.

– On m'a conté l'existence d'une certaine pierre miraculeuse et je crois bien l'avoir découverte malgré moi…

15

ANTIDOTE

À ces derniers mots, j'éprouvai une forte tension.

– Quoi ? Quelle pierre ? Qu'entendez-vous par « miraculeuse » ?

– Attendez… j'y viens. Laissez-moi tout vous expliquer.

Cristina Ramirez ferma les yeux pour se concentrer puis, durant près de cinq minutes, me retranscrit dans une locution étudiée un évènement aux détails superflus et ennuyeux que je pouvais résumer en une seule phrase : lors d'un vide-greniers, en quête d'objets rares pour son magasin, elle avait repéré sur un étalage tenu par une doyenne un somptueux miroir antique qu'elle avait acheté sur-le-champ pour étoffer sa collection. Point barre.

Alors que je commençais à m'agiter sur mon fauteuil, me languissant pour qu'elle en vienne aux faits qui m'intéressaient, en l'occurrence la chute, elle se tut. Son regard s'affûta et sembla enfin annoncer une culbute déterminante promouvant le reste de son discours. Effectivement, elle révéla :

– Au moment de prendre congé d'elle, j'ai saisi sa main parcheminée pour la saluer et la remercier. C'est à partir de cet instant précis que tout est devenu vraiment déconcertant.

Mon attention et ma curiosité s'aiguisèrent, ardentes, tandis que Cristina me dévisageait, l'air grave. Elle resta silencieuse comme si elle attendait mon autorisation afin de poursuivre son récit. Après tout, c'était compréhensible, j'avais interrompu le premier sans grande délicatesse. À bout de l'insoutenable suspense qu'elle laissait planer, je cédai, désireux.

– Que s'est-il passé ?

Comme satisfaite de l'audience qu'elle suscitait, elle relâcha un sourire avant de continuer :

– Elle a gardé ma main au creux de la sienne, l'a soupesée et m'a demandé la permission de la regarder. Après mon consentement, elle en a parcouru la surface avant de s'attarder sur les lignes de ma paume. Elle m'a alors mise en garde : une mort certaine et proche me guettait. Seule la fameuse pierre miraculeuse détenait le pouvoir de me sauver.

Je bondis sur mes pieds en secouant la tête, interdit.

– Mais enfin… pourquoi ne pas avoir commencé par cette histoire plus tôt ? Je ne comprends pas.

J'entrepris quelques pas nerveux avant de me rasseoir face à elle, redoublant d'efforts pour calmer mon irritation. Elle ne se laissa pas démonter et déclara :

– Car jusqu'à notre rencontre, je croyais à une affabulation ! Si vous n'aviez pas insisté, jamais elle ne me serait revenue en mémoire. Avouez que c'est loufoque !

– Après tout ce dont j'ai témoigné, je peux absolument tout entendre. J'ai besoin de connaître tous les détails de ce que vous avez vécu à ce propos.

– Elle m'avait affirmé que la pierre contenait le pouvoir d'exaucer n'importe quel vœu. Je suis stupéfaite de réaliser que cette femme a proféré une vérité. Je comprends maintenant qu'elle m'a sauvé la vie.

– Où est-elle ? La pierre… Dites-moi que vous l'avez toujours en votre possession.

Cristina se racla la gorge en marquant une courte pause et j'y vis l'ombre d'un nouvel obstacle.

– C'est plus compliqué que cela ou plus simple, selon votre point de vue. Figurez-vous qu'elle est unique pour chacun d'entre nous, car elle est intimement liée à notre vécu personnel. Ainsi donc, elle se manifeste spontanément sur notre chemin, à la fois familière et spéciale, mais pour un seul être. Pour qu'elle apparaisse, il suffit de connaître son existence et c'est votre cas maintenant. Cependant la dame a bien insisté : pour la trouver, je ne devais surtout pas la chercher, mais me contenter de suivre la piste de tout ce qui pouvait me rendre heureuse. C'était la condition *sine qua non* pour la voir se matérialiser. Je ne devais fournir aucun effort, si ce n'est d'aller à l'encontre de tout ce que j'avais envie de vivre, de créer toute chose susceptible de m'apporter du bonheur. Pour vous aider dans votre propre quête, et ne pas vous perdre dans les pièges du mental, gardez bien en mémoire que ces prochains jours sont les derniers. En bref, profitez.

Cristina Ramirez avait appuyé sur le mot « bonheur » comme s'il s'agissait d'un ouvre-porte pour accéder au sésame. Et ce fut tout. Son histoire se terminait, dotée d'une chute consternante. La voix de Layna s'immisça alors dans le silence qui pesait, lesté de ma déception.

– Tu vois, que ce soit pour t'alléger et t'assurer une bonne destination dans l'au-delà ou trouver cette fameuse pierre et sauver ta peau, il n'existe en fin de compte qu'un seul et unique chemin à suivre. Celui qui t'incite à tendre vers ton amour-propre. Pour réaliser ce qu'il te plaît, côtoyer des personnes qui t'inspirent, calquer tes pas sur la piste de tes valeurs, tourner ton être vers les riches expériences que la vie aspire à te donner. Il s'agit d'une aventure à la fois élémentaire et palpitante.

– Merci Layna… Je ne pouvais pas imaginer une meilleure nouvelle.

Habitué à l'étrange, ce n'était pas tant l'histoire abracadabrante de Cristina Ramirez, tout droit sortie d'un conte pour enfants, qui me décevait, mais encore une fois l'absence de matière, de tangibilité. Je crois que j'aurais encore préféré qu'elle me donne une référence bidon sur Amazon, au moins je serais reparti satisfait. Cette pierre miraculeuse, dont je ne remettais pas en cause la véracité pour témoigner de multiples évènements fantastiques depuis trois jours, ne s'avérait pas localisable. À nouveau, point de cartes. Aucun itinéraire. Pire, il n'en existait qu'un modèle unique, sur mesure, incomparable et de ce fait inapte à m'aiguiller. Je gardai donc les poches vides, et demeurai sans certitude comme si les aléas s'amusaient à vouloir les étouffer au fil des jours.

Perspicace à flairer le poids de mon dépit, Cristina ajouta :

– J'étais encore plus mal disposée que vous, parce que je ne croyais alors à aucun miracle. Je ne possédais pas votre connaissance du monde invisible. Malgré tout, par chance, bien que je n'aie jamais adhéré aux propos de cette mystérieuse femme, elle m'a fait prendre conscience de l'essentiel : l'urgence de reconnaître le côté éphémère de la vie, et surtout… que je la gâchais. Cette rencontre a assurément influencé les décisions que j'ai prises dès le lendemain, à commencer par mon choix de quitter mon mari, suivi de près par mon envol précipité pour la Floride, car sitôt après avoir retrouvé Mia, je partais la rejoindre. Sur un coup de tête, en me laissant guider par mon cœur. Notre amitié conservait tous mes plus beaux souvenirs. Mais vous connaissez déjà cette part de l'histoire.

– Si jusqu'à ce jour, vous n'avez jamais cru à l'existence de cette pierre miraculeuse, comment avez-vous pu la découvrir ?

– Elle se trouva spontanément sur mon chemin. Je n'ai rien eu d'autre à faire que de la saisir. La dame m'avait bien signifié qu'il s'avérerait vain de la chercher. En fait, la seule action primordiale qui m'avait incombé concernait ma décision de partir pour la Floride.

– Et où se situait-elle ?

Songeuse, Cristina Ramirez contempla un bref instant le plafond.

– Elle figurait dans un sac, lequel contenait plusieurs cahiers de correspondance que nous entretenions avec Mia lorsque nous étions adolescentes, des photos et quelques modestes objets que nous chérissions. Nous avions pour coutume de nous l'échanger régulièrement et d'y déposer de temps à autre une création originale de notre chef. Mon amie l'avait gardé en dernier et conservé toutes ces années. Elle l'a ressorti à l'occasion de mon séjour. La pierre faisait partie du lot, elle était logée entre deux carnets. Une petite pierre plate que j'avais ramassée lors d'une promenade et sur laquelle j'avais un jour peint nos initiales.

– Pourquoi avoir prononcé le vœu ? Comment avez-vous pu seulement y songer puisque vous ne lui accordiez pas le moindre intérêt ?

– J'ai émis le souhait de vivre par le plus grand des hasards. Pour rire, après avoir relaté à Mia les divagations de mon étrange conseilleuse qui me revenaient en mémoire à cet instant précis. Tout cela ne représentait alors qu'une énorme farce pour moi. Je n'aurais jamais imaginé que cette histoire puisse se révéler vraie jusqu'à notre rencontre.

– Comment pouvez-vous affirmer qu'il s'agissait de cette pierre-là ?

– De toute évidence, elle l'était puisque j'ai survécu. C'est bien ce qu'a prétendu la jeune médium ?

Cristina me détailla et se mordit le coin de la lèvre, l'œil inquiet comme si elle se trouvait en garde à vue. Elle paraissait épuisée à se souvenir sous la contrainte que je lui infligeais. Ces dernières heures, je penchais vers un autoritarisme poussé, aussi, j'émis un long soupir pour calmer le jeu.

– Ce n'est pas contre vous, mais votre récit me semble hautement improbable. J'ai beau m'ingénier à ne plus juger le « bizarre », je ne comprends toujours pas comment je serai en mesure d'élire une pierre parmi d'innombrables autres sur ma route. Question de statistiques. Je n'ai jamais inscrit d'initiales sur l'une d'elles, n'en ai jamais collectionné non plus.

– Vous la trouverez, votre âme la reconnaîtra. Contentez-vous de goûter pleinement aux expériences humaines que vous désirez vivre à partir de maintenant. Vous n'avez plus beaucoup de temps. En acceptant d'accéder à votre être véritable, votre cœur s'ouvrira et vous serez en mesure de percevoir toute la beauté du monde mise généreusement à notre disposition chaque minute de chaque jour. En suivant moi-même ce principe, la vie a placé la pierre de façon naturelle à ma portée. Elle réside sur la voie de l'authenticité. Il n'y a absolument rien à comprendre, cela demanderait beaucoup trop d'effort, ce qui entraverait l'expérience du bonheur en lui-même et par ricochet la découverte de ce prodigieux remède. Amusez-vous Sam. Quant à mon histoire, laquelle entre la vôtre et la mienne paraît la plus invraisemblable ?

Elle marquait un point. J'approuvai, même si je restais profondément frappé par le revêtement hautement enfantin, voire stupide, de l'unique antidote qu'elle me délivrait.

– En résumé, ma survie dépend d'une pierre miraculeuse indescriptible. Que je trouverai, éventuellement, sans la chercher, en me contentant de m'éclater.

Je ne pus contenir un rire désabusé. Elle me regarda quelques secondes avec gravité puis hocha la tête en souriant.

– Vous résumez très bien les choses. Un simple jeu d'enfant. Encore faut-il vous souvenir de ce que vous appréciez réellement dans la vie. D'où l'urgence de vous rappeler vos jours heureux. Vous n'avez plus qu'à les suivre et apprécier l'aventure.

– Comment voulez-vous que je profite avec ces données ? Partir sur la piste d'un vulgaire et éventuel caillou sans même m'en préoccuper me paraît dingue ! Comment pouvez-vous être si confiante ?

– Parce que j'ai réussi. Je suis bel et bien vivante. Plus que jamais. Et si j'ai réussi, tout le monde le peut, croyez-moi. Vous n'avez, de toute façon, rien à perdre à essayer. Que feriez-vous de mieux ? Il ne s'agit au fond que d'un contrat idyllique avec l'existence. C'est à vous de voir. Rares sont les personnes qui ont l'opportunité de vivre aussi intensément leurs derniers instants. La majorité des individus évalue mal la chance de ce que la vie représente. Votre problème réside dans le fait que vous ne pensez qu'au but et ne supportez pas la voie à suivre. J'ai bien remarqué votre impatience à de multiples reprises durant notre conversation. Or, votre aptitude à accueillir le chemin est primordiale pour atteindre votre objectif avec succès. Celui-ci mérite absolument toute votre attention.

Son ton s'était durci. Une forme de colère traversa ses yeux noirs expressifs. Elle ne s'en défendit pas et me la présenta, brute, comme pour me signifier que j'adoptais l'attitude d'un cancre. J'eus brutalement conscience de me retrouver face à un dilemme important : conserver ma vie en l'état avec mes repères et guetter avec anxiété la fin de la semaine ou suivre un jeu de piste atypique qu'elle me préconisait. Bien que les deux issues demeurent inconnues, mon corps à cran me poussait irrémédiablement au mouvement et donc à sortir de mon territoire. À peine eus-je mis en lumière la réalité sur ce qui m'animait que le choix s'estompait déjà. Je savais que j'allais m'abandonner à son conseil, qui concordait avec les dires du beau gosse céleste. Sans compter les paroles de Layna le soir de notre rencontre, alors que je m'accrochais à récupérer ma montre, encore inconscient de tout ce qui m'attendait. En d'autres termes, je devais continuer à « marcher ». Mais où ?

Je laissai échapper un gémissement désolé. Depuis le commencement, mes expectatives m'avaient fait faux bond. Elles m'écrasaient, sous le poids d'illusions bafouées. Bref, l'espoir s'avérait une belle truanderie. Mon sort se jouait désormais dans la quête d'une pierre imaginaire. La folie continuait de s'inviter, omniprésente autour de moi.

Tout à coup, Cristina Ramirez avec ses yeux emplis d'intelligence et de bon sens me sembla suspecte. Je flirtai avec l'idée alléchante que toute cette histoire s'agissait peut-être d'une mise en scène. Une mauvaise blague à l'approche de mes vingt-six ans. Mais je me rappelai très vite que je n'avais plus de famille, des connaissances, mais pas de véritables amis et une ancienne compagne beaucoup trop superficielle pour concevoir une seule ligne de ce script déjanté. Mais surtout, j'attestai de la réalité d'un monde invisible.

Une fois de plus, c'est Layna qui me ramena dans le moment présent, comme si elle disposait vraiment de la capacité à lire dans mes pensées. Elle tirait sur une laisse imaginaire dès que je m'éloignais un peu trop de ce qui se vivait face à moi.

– Demande-lui ce qui s'est ensuite passé pour elle à son retour.

– Qu'est-ce que ça peut faire ?

– Elle a fait preuve d'un énorme courage. Elle a osé partir et surtout je te rappelle qu'elle a contrecarré le dessein de son âme. Son exemple est édifiant. Tu te dois de l'étudier. Quels changements notables y a-t-il eus dans sa vie depuis ?

– À défaut de paraître trop curieux, Layna veut connaître la suite de votre histoire et les conséquences associées à votre survie.

Elle sourit et chercha dans la pièce sa présence invisible que seuls mes yeux pouvaient déceler. Je lui indiquai à nouveau le coffre en bois sur lequel elle était toujours perchée, les genoux recroquevillés contre son torse menu, les cheveux épars qui venaient chatouiller son siège de fortune.

– Ma vie entière a changé, car j'ai radicalement modifié mon angle de vue. J'ai offert de l'attention à la personne la plus importante et merveilleuse qu'il m'ait été donné de rencontrer : moi-même. Je crois que mon âme a attendu vingt ans pour que je daigne enfin observer ce qui se passait en mon for intérieur et regarder toute la misère que je m'infligeais. L'attitude exécrable de mon ex-mari catalysa en fin de compte mon accès au bonheur.

Elle se mit à rire, imitée par Layna, et je les considérai à tour de rôle, incapable de comprendre leur enthousiasme.

– Et plus objectivement ?

– Bien sûr… du concret. J'ai divorcé et déménagé dans un petit appartement. J'ai suivi des cours de danse puis de théâtre. Pour finir, je me suis lancée dans un projet d'écriture qui m'enchante. Des histoires pour enfants. L'idée m'est venue en Floride, auprès des trois garçons en bas âge de mon amie. Je me suis révélée être une conteuse née. J'ai aussi mis la boutique en vente, car j'ai l'intention de m'installer en Floride pour recommencer au soleil. En conclusion, je regorge de projets et même d'un rêve en construction, que je ne pouvais pas voir se profiler avec l'ombre de mon ex-mari dissimulant mon horizon.

Layna écoutait notre hôte, charmée par son discours. Un court silence s'installa puis Cristina finit par s'enquérir :

– Alors, comment comptez-vous commencer de votre côté ?

– À la différence de vous, je ne souhaite rien changer. En fait, c'est tout à fait l'inverse, je déplore ce que j'ai perdu. J'aimais ma vie telle qu'elle était. Et puis contrairement à vous, personne n'a jamais d'influence ni d'ascendant sur moi, j'avance seul la plupart du temps.

Cristina Ramirez fronça les sourcils et avec l'éloquence d'un juge, prononça :

– Vous vous mentez à vous-même ! Il n'y a rien de plus désastreux sur cette terre. Vous rejetez votre souffrance et en agissant ainsi vous restez ignorant de vos plus chères causes.

Elle ne me laissa pas le temps de me défendre et surenchérit :

– Quel est votre plus beau souvenir ?

J'hésitai devant son regard sévère, mais mes pensées finirent par me souffler le résultat probant.

– L'obtention de mon dernier poste chez Hart's Design. Une véritable aubaine.

Elle éluda ma réponse.

– Les moments forts de votre existence vous mèneront sur la piste de ce qui est vraiment important pour vous. Afin de vous permettre de vous sentir vivant. Puis-je vous donner un ultime conseil dans votre quête Sam ?

J'acquiesçai en proie au doute. Son visage exprimait désormais une profonde tristesse.

– En toute circonstance, durant ces quelques jours, devenez votre meilleur ami. Faites preuve d'honnêteté envers vous-même. Si vous trichez, vous ne trouverez JAMAIS la pierre. Et toutes vos tentatives pour survivre resteront vaines. Vous avez fait tout ce chemin jusqu'à moi. Continuez. Il serait tellement dommage de renoncer maintenant.

Mon cœur se serra. La nausée s'insinuait en moi. Ses derniers mots me percutèrent et se propagèrent dans mon mental comme un poison. Je fermai un instant les yeux pour contenir les visions de mon enfance qui commencèrent à affluer.

– Vous savez exactement où aller et comment agir n'est-ce pas ? Qu'est-ce qui vous retient ?

– Ce n'est pas aussi simple. Mes plus beaux souvenirs m'ont été arrachés brutalement. J'avais onze ans. Je ne peux pas raviver ce bonheur perdu sans traverser cette épreuve de mon existence.

Les cheveux blonds de ma mère s'agitèrent devant moi, lisses et soyeux. Une odeur de jasmin emplit mes narines. Ses mains me caressèrent le visage et à nouveau je sentis des larmes me piquer. Je me levai prestement pour dresser un barrage.

– Sans obscurité, vous ne seriez pas à même de trouver la lumière. Peu importe si cela implique de réveiller quelques douleurs enfouies. Abandonnez-vous à toutes vos émotions durant votre voyage. Observez vos ressentis et exprimez-les dès qu'ils surviendront. Pleurez, criez, chantez, murmurez, riez, célébrez. Ils vous mèneront vers ce qui est juste et bon pour vous. Au fond, la vie n'attend qu'une chose : que vous la laissiez faire. Libéré de toutes vos résistances, vous vivrez intensément. Alors l'issue même n'aura plus vraiment d'importance.

Je m'appropriai chacune des phrases que Cristina Ramirez récitait les yeux mi-clos comme une litanie. Ses cours de théâtre lui conféraient assurément l'éloquence adéquate.

Enfin, elle tapa vivement dans ses mains et consulta sa montre. Puis, elle se leva lestement de sa chaise. À la manière de quelqu'un qui aurait oublié un rendez-vous. D'ailleurs, c'était le cas, ses amis devaient s'impatienter bien qu'elle les ait prévenus de son retard.

Elle ramassa le plateau chargé de la théière et des tasses vides. Plus aucune parole ne filtra de sa bouche loquace. Je compris avec amertume que tout avait été évoqué, notre rencontre parvenait à son terme. En gage de ma survie, je n'avais récolté comme maigres indices que la promesse d'une pierre miraculeuse et la nécessité de poursuivre un bonheur depuis longtemps évanoui, en vue de la trouver.

Nous sortîmes ensemble dans la nuit noire. Un vent glacial s'était levé. Je me frottai les mains l'une contre l'autre et soufflai entre mes doigts.

– Vous avez un atout majeur avec vous. Layna. Elle ne vous accompagne pas par hasard. Gardez-la bien précieusement à vos côtés durant votre aventure.

Je hochai la tête imperceptiblement. À une dizaine de mètres, Layna m'attendait, insensible au climat rigoureux, un feu et une lumière éternelle semblaient s'épancher de chaque parcelle de son être. Rien qu'à la regarder, le froid s'estompa quelque peu, comme si son rayonnement interférait avec mon corps.

– Je souhaite vous poser une dernière question qui ne manque pas de m'intriguer… Qu'est-ce qui vous incite à me croire pour elle ? Après tout, vous ne pouvez pas la voir. Il y a bien eu les pages du livre, mais il ne prouve pas son existence pour autant.

– Vous disposez d'une personnalité pragmatique, vous l'avez dit vous-même. Un homme tel que vous ne peut tout simplement pas inventer une histoire aussi extravagante. Cela est contre nature. Et puis la vie est bien faite, elle vous facilite la tâche, car je crois en l'invisible. En fait, j'y adhère plus que tout autre chose.

Sur le ton de la confidence, alors que mon attention restait rivée sur Layna, elle rajouta :

– Mais surtout… votre visage change lorsque vous la regardez. Elle doit être très jolie.

Je sursautai et me détournai *illico* de la présence gracile de ma partenaire. Mes mots se dérobèrent, mais mon regard se défendit sous l'allusion. Cristina Ramirez sourit, me tendit une main amicale que je saisis, puis nous nous éloignâmes dans une direction opposée le long du trottoir gris et humide. Chacun de nous convergeait vers sa vie au tournant inconnu, dont l'issue restait incertaine.

– Qu'est-ce qu'elle t'a dit à l'oreille ? Tu sembles déstabilisé d'un coup et je n'ai pas écouté.

Je lui adressai un coup d'œil furtif.

– Rien… rien d'important.

Une douce chaleur se répandit dans tout mon être, m'immunisant définitivement contre l'âpreté de la température extérieure. J'avais beau lutter de toutes mes forces, ma conscience réussit tout de même à m'informer qu'un lent et puissant poison s'insinuait en moi. Mon cœur ne se contentait pas de libérer mon âme en vue de ma mort prochaine. Il laissait s'infiltrer la confusion des sens malmenés par une attirance sournoise et irrépressible.

Sur le chemin du retour, je restai éloigné de Layna dans le bus qui nous ramenait vers West Seattle. Je me reposai contre l'appui-tête douteux, les yeux mi-clos. Presque avec délice, j'écoutai quelques conversations stériles qui retentissaient près de moi. Une femme qui parlait de météo me berça. Un couple qui se disputait à voix basse m'amusa. Le souffle profond d'un homme gras m'écœura. Être le témoin silencieux de la vie banale qui suivait son cours imperturbable me réconfortait et me sauvait pour quelques instants de la tempête qui agitait mon existence. Confronté à un cyclone sans précédent, je trouvai quelque consolation au cœur de l'insignifiance.

De retour à mon appartement quarante-cinq minutes plus tard, Layna se rendit sur la terrasse pour contempler les lumières de la ville et je me hâtai de fourrer quelques vêtements dans mon sac de voyage. Une fois prêt, je tapai à la baie vitrée pour la prévenir du départ.

Nous descendîmes au sous-sol jusqu'à ma voiture. À distance, je déclenchai le bip strident qui résonna dans le garage désert. Je jetai un œil à ma montre, il était près de vingt-deux heures. En roulant sans nous laisser distraire, nous avions toutes les chances d'arriver avant le lever du jour. J'actionnai le démarreur et le moteur ronronna. Je cédai alors à son regard interrogateur.

– Je t'emmène en voyage. En Californie du Nord.

À la prononciation de ces seuls mots, mon cœur se mit à battre follement. Je serrai les dents et fermai un instant les yeux pour apaiser une à une les pensées qui hurlaient à ma conscience que ce n'était pas la bonne direction. D'où venaient elles ? J'éprouvai le sentiment furtif d'être scindé en deux tandis que je les observais me convaincre de renoncer. Prises en flagrant délit, les voix chargées de peur finirent par s'amenuiser jusqu'à ce qu'apparaisse la certitude, aussi fugace que vive, que le choix de retourner vers mon enfance perdue se révélait juste. La tension qui m'oppressait relâcha finalement son étreinte et une étrange paix s'installa dans mon corps au souvenir lointain de ma mère qui me faisait signe depuis la véranda de notre ancienne maison.

L'évidence me rassura sur ma destination. J'allais peut-être mourir, néanmoins, j'empruntai le bon chemin vers ma dernière chance. Tout près de moi, mon énigmatique alliée souriait. Un sourire doux assortit à deux yeux enveloppants qui affolèrent une fois de plus mon pouls.

Vif, j'accélérai. Pour m'empêcher de glisser.

16

CALIFORNIE

Mon attention concentrée sur l'asphalte, je conduisais à vive allure en direction du sud sur la I-5 S. Je sentis mes yeux commencer à piquer et je ne sus dire si cela était assignable à la fatigue qui me gagnait ou à la lumière artificielle que je scrutais depuis maintenant près de six heures. En dehors d'une courte halte à mi-chemin dans une station-service, je ne m'étais autorisé aucune pause.

Lovée sur le siège passager, les genoux repliés contre elle, Layna semblait absorbée par le mystère de la nuit qui nous enlaçait tout entier. Elle accrocha un instant mon regard que je détournai dans la foulée, confus, puis elle partit à fredonner la musique douce et mélodieuse, désormais familière, que j'avais déjà entendue sans parvenir à remettre un titre dessus. Je m'immisçai alors dans sa rêverie.

– Qu'est-ce que tu chantes ? Ça te rappelle quelque chose ?

– Je perçois ce morceau dans ma tête. Toujours les mêmes notes. Encore et encore. Mais cela ne m'évoque rien, j'ai dû oublier sa provenance avec mon identité. Il ne cesse pourtant de m'accompagner, juste là.

Elle me désigna l'emplacement où logeait jadis son cœur.

– J'ai déjà entendu ton air quelque part. Peut-être à la radio. D'ailleurs, c'est une bonne idée pour m'aider à rester éveillé.

J'allumai le poste et tombai sur une station qui diffusait des tubes des années 1960, d'Elvis à Otis Redding. Je ne me rappelais plus la dernière fois où j'avais vraiment écouté une chanson. Ces récentes années, je dilapidais la majeure partie de mon temps accroché à mon téléphone, mon ordinateur, mes objectifs, mes diverses acquisitions, mes longueurs de nage, ne cédant même pas au répit d'un court trajet en voiture. Souvent, il m'arrivait de mettre la musique à fond, mais juste pour le bruit, pour me donner l'illusion d'une présence réconfortante quand je me sentais à cran, sans toutefois y accorder la moindre attention.

Ainsi, chaque jour, j'évoluais inconscient à côté de paysages, sons, saveurs, odeurs, échanges. Uniquement par un refus automatique, systématique de coopérer avec la réalité, de tendre vers la beauté simple qu'elle revêt et offre sans condition. Depuis toutes ces années, j'agissais comme un individu trop gâté insatiable, enfermé dans une conception étriquée d'une vie réussie, affairé envers la quête éternelle du « plus ». Étais-je en mesure de considérer ce fait parce que je sombrais ? Étais-je chanceux de connaître mon sort avant l'heure, comme l'avait affirmé Layna ?

Aussi, au sein de l'habitacle sombre, en route vers mes souvenirs heureux, je me donnai tout entier aux dernières notes de *Let It Be* du groupe emblématique des Beatles. Une merveille. Une nouvelle vague de bien-être m'envahit et demeura plus longtemps, comme si, petit à petit, elle grignotait mon être pour se réapproprier une place. Comme à son habitude, le visage de Layna exprimait la grâce des premières fois. Elle découvrait, elle se délectait, elle s'extasiait, même si un seul air semblait avoir marqué au fer rouge sa mémoire fragile.

L'aube semblait proche lorsque je m'engageai sur la 101 en direction de la petite ville qui m'avait vu grandir. Je pouvais sentir les embruns de l'océan avoisinant. À peine avions-nous dépassé le Big Lagoon que mon mental en tourmente me poussa à tourner précipitamment le volant dans une rue sur ma droite et je m'immobilisai sur un parking désert en contrebas d'une plage.

– Je ne peux pas, c'est ridicule. C'était une erreur. Le passé appartient au passé.

Layna me toisa avec sévérité.

– Qu'est-ce que tu fabriques ? Cela n'a rien à voir avec le passé ! Il s'agit uniquement de te retrouver… maintenant ! Si tu as choisi cet endroit, c'est que certains souvenirs heureux t'appellent à eux dans ce but. Ils sont importants ! Tu t'es laissé guider par ton intuition en venant ici. L'évidence s'est posée. Il ne peut pas y avoir d'erreur, il n'y en a de toute façon jamais. Ensuite, on rentre à Seattle si tu veux.

– Je crois que j'ai besoin de prendre l'air.

J'ouvris ma portière d'un mouvement brusque et me dirigeai vers un petit chemin qui serpentait entre la végétation dense. Les arbres dissimulaient l'immensité que je devinai toute proche. Gardiens d'un paysage grandiose, ils semblaient s'amuser à conférer une sorte de suspense au voyageur le plus aguerri. L'odeur soufrée et le son des vagues qui frappaient le rivage calmèrent le bruit dans ma tête, envahie de peur et de colère mêlées. Sitôt que j'arrivai en bordure de la plage et que mes yeux perçurent l'océan insondable, une force paisible et familière avait déjà repris ses droits. Je m'appuyai contre le dernier arbre en lisière de la baie et me laissai tomber à son pied. Mon dos calé contre son tronc robuste, je me mis à scruter la surface sombre face à moi, Layna bientôt assise à mes côtés. Une mèche de ses longs cheveux tournoya, approcha mon bras avant de repartir dans une autre direction, portée par le vent. Elle finit par briser le silence dans une extrême douceur qui me donna l'irrésistible envie de m'y réfugier l'espace d'un instant.

– De quoi avais-tu peur tout à l'heure ?

Je haussai les épaules.

– D'avoir oublié cette vie. Ou peut-être de me rappeler. Je sais, c'est paradoxal. C'est stupide.

– Ce n'est pas idiot, seulement humain. Contente-toi de repérer tes craintes quand elles se présenteront à toi. Il serait de toute façon inutile d'essayer de les ignorer, elles font partie de toi. Puis avance… avec elles, parce que cette aventure en vaut le coup, tu ne crois pas ? Par la suite, elles partiront d'elles-mêmes.

– Comment peux-tu avoir autant d'assurance, de sérénité alors même que tu ne te souviens de rien ?

– Je n'en ai aucune idée. C'est un cadeau. Un peu comme si je n'avais hérité que de l'essentiel. J'ai mis de côté mon propre bagage de souffrance en oubliant mon identité.

Je m'allongeai entièrement sur le sable, mon regard figé sur l'écran noir du ciel qui commençait à faiblir. Layna m'imita et se tourna vers moi.

– Raconte-moi ton histoire. Je veux entendre des bouts de toi, même s'ils ne pourront jamais te définir. Parle-moi de ta mère, je suppose qu'elle fait partie intégrante du passé que tu as peur de retrouver.

Je quittai la profondeur des cieux pour celle de ses yeux qui me contemplaient. Deux billes grises et scintillantes dans la nuit qui me délivraient sans restriction le secret de son âme. Une belle âme authentique qui divulguait la nature prépondérante de son hôte : charitable, douce, espiègle, intelligente, farfelue, exécrable aussi parfois. Elle existait bien qu'exempte d'histoire. Complète à partir de rien. Elle continuait d'« être », sans souvenirs, sans piliers, sans repères. Pour cela, elle se contentait d'écouter simplement le murmure de son cœur qui perdurait dans l'au-delà et d'avancer en toute confiance, ignorant le néant autour d'elle. Ses prunelles rivées dans les miennes, elle attendait désormais mon pas et je me lançai, inspiré par la voie qu'elle traçait :

– J'avais onze ans lorsque je suis parti de Californie. À la mort de ma mère. Ça a été… très brutal.

– Comment est-ce arrivé ?

Elle me posa la question que j'éludais quinze années durant. L'intonation de sa voix s'éleva neutre, légère. Comme s'il apparaissait commun pour elle de partager autant ses joies que ses peines. Elle ne faisait aucune distinction entre les deux. Pour elle, toutes les étapes de la vie importaient et me conduisaient à un instant précis. En l'occurrence, ici, sur cette plage. Je n'avais jamais parlé de cet épisode douloureux à quiconque. Même pas à moi-même. À l'aide d'une discipline sans faille, j'avais appris à chasser les pensées qui tentaient de me ramener au drame et aux années le précédant. La natation à outrance, des liaisons sans sentiment pour masquer ma solitude, un travail acharné et lucratif, mais sans passion, des relations, mais pas d'amis. Je reconnus que la majeure partie de ma vie s'enroulait autour d'un effort pour calfeutrer de vieilles blessures. La phrase que Layna m'assénait deux jours auparavant me percuta et je pris soudainement conscience de sa véracité : « Votre cœur irradie une aura de couleur grise. Certes belle… mais triste. Que vous l'admettiez ou non, il communique pour vous : vous n'êtes pas un homme heureux. »

Avec consternation, j'avouais que le mensonge représentait l'unique solution que je trouvais jusqu'ici pour ne pas être englouti, car j'associais mes épreuves passées à une menace de mort. Désormais, la seule façon de retrouver la trace du petit garçon épanoui que j'étais nécessitait d'ouvrir cette foutue porte cadenassée sur des émotions que je croyais disparues depuis des années. Insupportables, elles constituaient néanmoins le pont obligatoire à traverser pour ma survie. Pouvait-on réellement périr à exprimer un souvenir enrobé de douleur ? C'était absurde. J'inspirai et acquiesçai en fermant les yeux, comme si mon mental exténué me donnait enfin l'autorisation d'amorcer un pas.

– Un matin, trois jours après ma première rentrée au collège, alors qu'elle devait m'y déposer en voiture, j'avais insisté pour prendre mon vélo. Je ne voulais pas revenir à la maison en bus après la classe, mais rester libre de mes faits et gestes. J'envisageais de me rendre au restaurant de Dan à proximité, comme chaque fin d'après-midi, où elle me rejoindrait sitôt ses cours de danse terminés au studio qu'elle dirigeait. J'ai eu le dernier mot… tu sais, déjà à l'époque j'étais… enfin bref. Elle avait accepté ma demande à condition de faire le trajet avec moi. En réalité, elle s'inquiétait de mon tout nouvel itinéraire qui nécessitait de longer une avenue avec un trafic plus important. Un automobiliste a fait irruption face à nous. Il s'engageait à contresens, à la sortie d'une rue résidentielle paisible que nous avions empruntée ensemble un millier de fois. Il roulait trop vite, trop ivre pour avoir remarqué la signalisation à l'entrée du lotissement. Ma mère, qui me devançait, a été percutée de plein fouet. Elle est morte sur le coup. J'ai chuté sur le côté sous l'effet de surprise.

Les mots se succédèrent sans anicroche. Lorsque le silence se déposa, je percevais encore l'écho de ma voix. Non seulement je ne succombai pas, étouffé sous quelques décombres de mon passé, mais je ne ressentis aucune souffrance particulière hormis mon souffle un peu court et mon cœur serré. J'avais simplement raconté une parcelle délicate de ma vie à la bonne personne, au moment opportun. Layna ne me regardait pas avec pitié, horreur ou gêne, mais avec un intérêt vif. Après quelques secondes de récupération, elle me demanda dans un chuchotement si j'acceptais de poursuivre ma narration. Je hochai la tête en me rapprochant davantage de son visage aux traits accaparants. J'éprouvai la sensation d'un aventurier tombé nez à nez avec un point d'eau dans le désert. Enfin peut-être. Je ne pouvais pas en jurer pour n'avoir jamais expérimenté cet état de fait, mais dans tous les cas, je me sentis exalté.

– Qui est Dan ?

Douce, elle redonna de l'élan à mon discours, en m'invitant à étoffer mon histoire, pour en comprendre les tenants et les aboutissants, et saisir le cadre dans lequel j'évoluais durant ma plus tendre enfance. Je plissai les yeux pour me reconnecter aux informations que le temps avait mises de côté. Ce ne fut pas difficile. Certaines personnes marquent si intensément une vie que les détails se révèlent d'eux-mêmes, sans effort. Son souvenir s'imposa, aussi précis que si je l'avais fréquenté la veille. Sans doute était-ce dû aux moments de joie que nous avions partagés, à la confiance, au respect et à l'admiration que je lui conférais.

– Le père que j'aurai rêvé avoir. Le dernier et véritable amour de ma mère. L'homme grâce à qui nous posions nos valises à Trinidad.

Même si j'étais trop jeune pour m'en souvenir, deux ans à peine, je me lançai dans la narration de notre première fois dans cette petite ville que je m'apprêtai à retrouver. À l'époque, la rencontre importait alors tant aux deux protagonistes qu'ils ne se lassaient jamais de la revivre, les yeux attendris, quand un débord d'affection venait à se manifester. Très souvent. Assez pour que j'en connaisse chaque détail et que l'histoire de notre arrivée demeure arrimée à chacune de mes cellules, au mépris de la fuite du temps.

Sur notre route vers Los Angeles, où ma mère avait projeté de s'établir avec quelques économies en poche misées sur la case d'un nouveau départ, nous faisions halte au restaurant que Dan tenait en haut de la plage la plus sauvage du coin. Il l'avait nommé *Chez Dan*, non par défaut de créativité, mais parce qu'il avait voulu le lieu chaleureux.

Il y cuisinait des mets simples et délicats, dont la saveur se trouvait rehaussée par le petit coin de paradis qui s'étendait au-dessous. Lorsque ma mère l'avait informé de notre exil hasardeux vers la « Cité des Anges », il lui avait spontanément proposé un poste bien rémunéré pour le seconder. À peine avait-elle accepté qu'il arrachait la récente offre d'emploi épinglée au comptoir à cet effet. Il avait ensuite passé un appel à un de ses clients et nous devenions locataires d'un pavillon de charme pour un loyer modique dont il se portait garant.

Parfois, les évènements résultent de peu de choses. La commande d'un jus de pomme pour moi, ananas pour elle, une poignée de mots échangés, quelques sourires et nous restions une décennie dans la petite ville qui avait soutenu mon enfance. Le chemin s'était ouvert de lui-même. La voie juste, simple sur laquelle aucune question n'a d'emprise. L'évidence pour ma mère que nous étions parvenus au bon endroit. Son rêve de plénitude et d'océan, elle l'avait atteint contre toute attente en s'engageant. En surmontant les risques inhérents à tout changement de vie alors qu'elle abandonnait son confort sommaire de Chicago pour la Californie. Dan avait représenté un phare, un roc sur lequel elle avait choisi d'arrimer sa confiance.

Huit ans d'une solide amitié et de complicité sans faille avaient découlé de cette journée et persisté, même après qu'elle avait quitté le restaurant pour monter son école de danse. Il l'avait aidée durant l'élaboration de son projet, épaulée pour trouver un local, secondée pour les travaux de rénovation. Puis, Dan avait fini par divorcer d'un mariage mal assorti, ma mère par surmonter sa souffrance de femme isolée et délaissée, pour permettre à leur relation d'évoluer naturellement vers une histoire d'amour sensée, manifeste, juste, incontestable. Une union qui avait su prendre son temps. Beaucoup trop malgré les évidences. Des résistances érigées par la peur avaient freiné leur passion : la culpabilité de Dan à rompre un engagement, la crainte d'un nouvel abandon pour ma mère.

En découla un résultat bref : un an seulement servait à leur idylle pour s'épanouir. La vie ne leur avait pas autorisé plus, comme un contrat parvenu à échéance. Le chemin de mon idole, aussi inexplicable que cela puisse paraître, arriva en effet à son terme. Elle avait sans délai rejoint les plans supérieurs. Je n'en doutais pas, il ne pouvait pas en être autrement, tandis que je me représentais la douce joie qui la caractérisait.

Mes souvenirs continuèrent d'affluer dans un torrent d'images, de mots, d'odeurs. Ils semblaient désireux de participer à la vie, enfin délivrés du donjon de l'oubli.

« Rose. » L'écho lointain de la voix grave de Dan, enrobée de délicatesse lorsqu'il évoquait le prénom de ma mère. Une chemise en coton, à larges carreaux rouges et liserés blancs, celle qu'il portait la veille, et qu'elle lui avait empruntée pour préparer le petit déjeuner. Une chemise qui jurait avec la finesse de son corps. L'enfant que j'étais s'était moqué, on aurait dit une robe. Elle avait essuyé le dessus de ma lèvre recouvert de chocolat chaud. Dan était arrivé sur ces entrefaites, ses cheveux blonds hérissés comme un soleil. Je m'étais esclaffé une nouvelle fois, transporté pour rien.

– Il est tombé pour sa grâce, elle a succombé à son charisme naturel. Les foutaises habituelles, conclus-je.

J'émis un soupir exaspéré et Layna relâcha un rire perlé. Je frémis en avalant l'air frais et me demandai avec angoisse si mes propres sentiments ne s'engageaient pas pleinement vers lesdites foutaises. À la différence de ceux qui cédaient à son champ de force, j'en connaissais le danger. De plus, Layna était morte. Un monde entier nous séparait irrévocablement. Mon attachement, quelle que fût sa nature, resterait à jamais sous scellés.

– Est-ce que Dan est décédé lui aussi ?

– Non ! Enfin… je ne pense pas. J'espère qu'il va bien.

Elle me regarda avec surprise.

– Pourquoi n'as-tu pas gardé le contact avec lui ?

– Je suis parti brutalement, le lendemain de l'accident. Et puis, il n'a jamais essayé de me joindre. Je crois que je lui en ai voulu de m'avoir abandonné.

– Tu auras sûrement l'occasion de t'expliquer avec lui. Très souvent, il est bon d'entendre la version de l'autre. Il a peut-être des raisons valables.

Je restai un instant muet, mes doigts enfoncés dans le sable froid et doux, en laissant la phrase s'insinuer en moi. Puis, je me pris à souhaiter qu'il aille bien, que les jours à venir me permettent de revoir une dernière fois l'homme que j'avais tant admiré bien qu'il m'ait déçu par son silence. La mort toute proche délivrait le souffle chaud du pardon.

– J'ai tellement d'autres questions. Cette maison dans laquelle tu vivais, à quoi ressemblait-elle ?

Je haussai la tête et souris. Ma vie dans sa banalité la captivait tel un roman d'aventures.

– À deux pas de la plage, un véritable rêve.

– Décris-moi ce rêve. Et surtout tes ressentis.

– Un petit pavillon en bois beige, des volets bleu clair, une véranda avec une balancelle, un oranger, des tapis de fleurs partout. Ma mère en raffolait, surtout le lys blanc, sa préférée. Elle adorait jardiner. Dans sa générosité, elle m'avait laissé la chambre la plus spacieuse. J'en avais recouvert les murs de posters.

Après une courte pause, je repris :

– Concernant mes ressentis, j'ai peur de les avoir oubliés. Je crains de ne pas me souvenir de ce qui me rendait heureux. J'ai tellement changé. Cette pierre miraculeuse… je doute de ne pouvoir la trouver au milieu de vestiges.

– Quel genre de posters ?

Layna possédait le don de me surprendre. Elle s'intéressait aux toutes petites choses, comme s'il s'agissait d'un fait de premier ordre.

– Beaucoup de mon ancienne passion pour le surf et un de…

– De ?

– Tout compte fait, je vais garder ce dernier détail pour moi, tu risques de te moquer.

– J'ai perdu la mémoire. Il y a de fortes probabilités que la plupart de tes secrets fassent partie de la mallette oubliée.

Elle me désigna sa tempe de l'index en grimaçant.

– Très bien… j'adorais l'acteur Patrick Swayze, surtout pour son rôle dans *Point Break*, et je possédais une grande affiche de lui.

– Ce nom ne me dit rien. Tu peux me donner plus de détails sur ce Patrick Swayze ?

Sceptique, je l'observai du coin de l'œil.

– Enfin Layna… tu me fais marcher. *Dirty Dancing*… Toutes les filles vénèrent ce film. Je n'en connais pas une qui n'a pas craqué pour lui.

– Je regrette, mais je ne vois vraiment pas, essaie d'être plus précis.

Sans réfléchir, je me mis à chantonner un medley de l'album que j'avais acheté en catimini et caché dans une boîte métallique bleue, dans laquelle je fourrais toutes mes reliques inavouables. Une version bric-à-brac du journal intime qui ne contenait hélas aucune pierre, mais quantité de dessins enamourés assortis d'une mèche de cheveux que m'avait accordée la plus jolie fille de l'école, Susan Prescott. D'aussi loin que je me souvienne y figurait aussi une liste de rêves que je dissimulais, de peur qu'on ne me les vole ou qu'on ne les piétine. C'est si fragile un rêve. Ils ont besoin de soutien comme un cerf-volant au vent. Si l'on n'en prend pas soin, si on les exprime au premier venu, ils peuvent être malmenés, rudoyés ou même réduits à néant. Je l'expérimentais amèrement durant ma période de vie qui avait suivi l'accident, où des lambeaux entiers de mon être me furent arrachés sans scrupule.

D'une voix grave à la justesse toute relative, je terminai ma présentation de l'artiste en entonnant un couplet approximatif de *She's Like the Wind*, titre interprété par l'acteur lui-même dans le film. Layna écarquilla les yeux de stupeur.

– C'est magnifique Sam…

– Tu es sous l'effet Swayze. Rien d'autre. Je chante faux au cas où tu ne l'aurais pas remarqué.

– … Mais je blaguais. J'ai oublié ma seule histoire et cet air mystérieux que je fredonne ! Pas le nom des couverts et encore moins Patrick Swayze. Quand même ! Désolée, mais je ne pouvais pas résister de t'entendre me parler de lui. En ce qui concerne le chant, pour un homme qui a mis la musique de côté durant tant d'années, c'était tout simplement inespéré.

Pour déjouer mon embarras, j'optai pour l'autodérision et partis à rire franchement. Un rire qui fit déferler une onde de bien-être dans tout mon corps. Je ressentis sa chaleur, non sans appréhension, comme un enfant se lancerait pour la première fois sur une piste cyclable après qu'on eut ôté les petites roues de son vélo. Peut-être par crainte que cette joie crue m'échappe à nouveau et me laisse encore plus avant en prise avec ma solitude et ma souffrance.

Pour m'épargner, j'avais opté pour le vide, un quotidien lisse et confortable sans risque de perte, de chute, de drame. J'étais alors loin de m'imaginer que j'allais devenir le sujet d'un épisode tragique. Le pauvre type qu'on congédiait. Boycotté pour le mode de vie égoïste qu'il avait mené. Il avait tant foiré que sa propre âme aspirait à se faire la malle. Je comprenais désormais que l'existence n'avait pas eu d'autre choix : elle usait d'une menace extrême pour m'inciter à bouger dans la voie juste. Cette voie, je commençais à peine à l'entrevoir sur cette plage, auprès de Layna, car lorsque la vague de joie s'éloigna, j'eus la sensation qu'une fine couche de glace avait éclaté sous ma peau. Le feu de l'émotion, issu de mon passé, se ravivait.

– J'ai vraiment hâte de découvrir tout ce qui faisait de toi un enfant heureux. Je désire visiter cette petite ville où un homme courageux a vécu. Un homme admirable qui a su transformer, en l'espace de trois jours seulement, jusqu'à sa plus profonde croyance d'un… néant absolu.

Elle prit une voix grotesque, chargée de sarcasme en prononçant les deux derniers mots. Je lui fis face, les sourcils froncés pour masquer ma gêne, un sourire en coin pour lui signifier que j'appréciais son compliment.

– Ce n'est pas ce que tu pensais de moi lors de notre première rencontre dans ce café. Tu as laissé entendre que j'étais un abruti, dis-je.

– Tu emprunteras encore ce rôle parfois. Tout comme moi. Faisons simplement en sorte de ne pas le jouer en même temps, afin qu'il y en ait toujours au moins un pour ramener l'autre à la lumière de l'intelligence.

J'avançai ma main vers la sienne en signe d'accord, laquelle recula imperceptiblement. Nos plans respectifs nous séparaient. Les mouvements de mon corps, aussi délicats fussent-ils, repoussaient le sien. Nous restions condamnés à ne jamais nous rencontrer. Elle approcha alors sa paume au plus près de la ligne invisible qui délimitait nos deux mondes. À quelques centimètres de ma joue. Mon cœur en fut malmené, mais je la laissai faire.

Cette fois, je m'échappai avec la seule aide de mes paupières closes. Dans le noir, mon imagination alla jusqu'à me faire ressentir de la chaleur. À moins que ce ne fût vérifiable, quantifiable, mesurable. Je perdais la perception des frontières entre le réel et le fantastique depuis notre rencontre. Peu importait, la vérité s'avérait hors de portée. Elle n'existait pas, car elle se dilatait au fil des secondes, au gré de mes émotions fluctuantes avec lesquelles je renouais, elles-mêmes liées avec mes expériences de chaque instant. En fait, il n'en prévalait au fond qu'une seule : je ne savais jamais rien. Absolument rien. L'unique certitude éphémère qui subsistait concernait le sentiment prépondérant qui me traversait en ce moment précis. Il n'appartenait qu'à moi, condensé dans un petit mot de quatre lettres, mais qui prenait pourtant tellement d'espace : peur. Peur de mourir, peur de l'inconnu, peur de la peur. Mais surtout, peur d'elle. Ça faisait beaucoup. Le trouble m'asphyxia et je ne sus pas quoi en faire. Mais une fois de plus tandis que je le surprenais, je le sentais déjà s'éloigner comme s'il désirait juste un peu de considération.

Mes pensées calmées, je rouvris les yeux. La main de Layna était toujours posée au-dessus de ma joue et cette fois ma vision me transporta vers un autre univers. Le sien. Tel qu'elle le percevait, elle m'en faisait don. Un voyage extraordinaire au cœur de tous les possibles où les couleurs se dilataient et se mêlaient. Où le ciel présentait mille teintes d'un bleu nuit, où l'océan étincelait d'éclats phosphorescents, où le sable se mélangeait à de la poussière de diamant. Puis, je me résignai à rencontrer ses yeux. Eux ne changeaient pas. Ils demeuraient les mêmes que ceux qui m'avaient attrapé dans le café quelques jours plus tôt et brillaient d'un gris qui m'enserrait le torse. À moins que ce ne fût mon âme qui gesticulait, déstabilisée par mon attitude absurde.

Dans un frisson, je reculai mon visage de l'emprise de sa paume. Je ne pouvais pas me laisser aller à désirer un mirage, à moins de vouloir payer une nouvelle fois le prix fort d'une séparation abrupte et déchirante. Je refusais de devenir la proie et l'esclave du dénommé « amour » depuis toujours. Ce n'était pas pour y céder avec une femme que j'avais perdue d'avance. Avant même de s'être offert un jour l'un à l'autre. Cela ne faisait en rien partie d'un programme salvateur de mon être. Je me levai énergiquement pour m'aider à recouvrer mes esprits.

– Qu'est-ce que je suis censé faire ici déjà ?

– Suivre la piste de tes meilleurs souvenirs et découvrir en chemin la pierre miraculeuse.

– Alors… ça commence ainsi !

Au mépris de la fraîcheur ambiante, j'ôtai mon sweat-shirt et m'élançai en courant vers les vagues cependant que les premiers rayons de l'aube s'engageaient à illuminer l'horizon.

17

RETOUR

Je roulai au pas dans la petite ville encore déserte. Le bain matinal dans l'océan m'avait régénéré, renouvelant mon entrain à poursuivre le chemin, en dépit de l'apparition d'un quatrième astre avec l'aube. Tranquille, mon âme continuait à prendre ses dispositions pour son départ. Je dégageai mes yeux de mèches rebelles qui venaient troubler ma contemplation et scrutai avec une attention aiguë chaque enseigne, bâtiment, intersection, recoin, le long des rues de mon enfance. J'éprouvai un étrange sentiment à revenir à la source. Courbé en avant, autant que ma stature le permettait, mon menton collé au volant, je commentai chaque détail à Layna en parfait guide touristique :

– Regarde. Ici.

Je désignai le numéro 64, une devanture jaune aux larges inscriptions un peu prétentieuse sur laquelle on lisait : *S & R Godwyn*.

– Cet établissement abrite les meilleurs gâteaux fourrés à la crème de tout l'État, clamai-je. Du moins, c'est ce que je me suis toujours dit. Il faut le marquer au programme de la semaine : « Manger une pâtisserie chez *S & R Godwyn* ». Il est tout à fait plausible que je découvre la pierre dans l'une d'entre elles.

– Noté !

En riant, elle s'amusait à faire voltiger la page d'un carnet que j'avais déchirée à sa demande. À l'aide de ses doigts devenus experts, la feuille virevoltait légère, de sa main droite à la gauche.

– Cette agence immobilière n'existait pas. Elle remplace un restaurant. Et ici cet hôtel à la façade blanche, *The Ocean Side*, il a été complètement rénové.

Layna s'extasiait devant l'architecture de bâtiments ordinaires avec un enthousiasme décalé, mais authentique, comme si je l'amenais à découvrir la richesse de quelques monuments parisiens. Durant ce court périple, je manifestai moi aussi un amusement non feint. Chaque établissement recelait une anecdote d'une gaieté enfouie que je débusquais, émerveillé, semblable à un archéologue sur un chantier de fouilles.

Nous empruntâmes sous peu la rue dans laquelle j'avais vécu. Un quartier résidentiel calme, bordé d'arbres. Babcock Street. En dehors de mes sessions de surf, j'y passais des heures à jouer avec les autres enfants du voisinage. J'aperçus bientôt le profil de la petite maison en bois beige qui avait jadis abrité tant de nuits et de rires, qui m'avait rassuré, protégé. À mesure que je parcourais les derniers mètres me séparant du numéro 33, des flashs remontèrent comme des dizaines de bulles dans ma tête : ma mère qui lisait un roman sur la balancelle de la véranda. Ses longs cheveux blond cendré et ondulés, rassemblés en un chignon soigné. Le rondin de bois qui faisait office de tabouret et sur lequel Dan s'asseyait les soirs d'été accompagné de sa guitare, pour interpréter quelques airs de folk. Mon vélo rouge et ses stickers disparates. Les parterres de fleurs et les arbustes dont je ne retenais jamais le nom, malgré la persistance de ma mère à m'exposer les caractéristiques de chacun. La fenêtre de ma chambre au premier étage avec ses rideaux parés de losanges de couleurs, jaune, bleu, gris…

Tout à coup, je fronçai les sourcils en notant que les souvenirs se confondaient avec la réalité, car je pouvais toujours apercevoir ces derniers en transparence. Depuis toutes ces années, les nouveaux propriétaires ou locataires les avaient laissés en l'état. En apnée, j'enclenchai le clignotant droit et tournai le volant les doigts crispés, comme si je risquais de perdre le contrôle du véhicule alors que nous roulions à 10 km/h. Je m'arrêtai le long du trottoir juste en face de l'entrée. Les volets bleus étaient ouverts, mais les lumières éteintes, et aucune voiture n'occupait la petite allée. Je coupai le moteur et me figeai un moment. Il m'apparaissait étrange de revenir après tout ce temps, au bout de ce long morceau d'absence qui avait quelque peu estompé les couleurs vives de mon attachement. Le lien avec la maison s'avérait distendu. Les souvenirs restaient présents, mais la flamme qui y était associée ressemblait à un feu de camp au petit matin. Nous nous étions perdus de vue.

J'ignorais si une braise incandescente subsistait et, le cas échéant, si elle suffirait à me restituer ma joie d'antan indispensable à ma survie. J'avais toutefois une certitude : celle de n'avoir aucun autre lieu où me rendre. Je me trouvais au bon endroit en ce matin naissant. Selon les instructions de Cristina Ramirez, il nécessitait de suivre la piste de mes meilleurs souvenirs et tous convergeaient vers cette rue, cette petite ville, cette maison, le restaurant *Chez Dan*, la plage en contrebas, l'océan.

En dehors de cette période de mon existence, je n'avais plus jamais ri dans mon cœur. Seulement en apparence lors de rendez-vous professionnels pour afficher le masque d'une confiance à toute épreuve. La pensée effrayante que je demeurais mort à la vie même depuis près de quinze ans me fit frémir. Je ne l'avais pas mesuré jusque-là. Layna m'avait guidé sur le chemin d'une redoutable prise de conscience : mon âme se révoltait, elle lâchait l'affaire, lasse de mon entêtement à rester absent. Comme on ne change pas ses habitudes aussi facilement, je déclarai d'une voix grave et catégorique :

– Il n'y a aucune voiture garée dans l'allée, donc personne pour nous accueillir. On ne va pas pouvoir entrer et la pierre miraculeuse devrait en toute logique se trouver dans cette maison où j'ai grandi. C'est mal engagé.

– Les volets sont ouverts, la présence d'un seul membre du foyer suffit. Tu dois au moins essayer. Si personne ne répond, tu pourras au pire toujours forcer la porte… après tout, c'est un cas de force majeure.

– T'es sérieuse là ?

– Choisis ton option, mais : action !

Je restai immobile, incapable de bouger.

– Qu'est-ce que tu attends ? Vas-y avec elle.

– Qui ça, elle ?

– Ta peur. Avoue-le : « je me sens terrifié à l'idée d'aller frapper à cette porte ». Allez ! Dis-le. Plusieurs fois de suite. Ça va te décoincer.

Je grognai comme un ours, mais ne pus contenir un sourire. Ma compagne avait le don de m'aider à me détendre. Avec elle, la vie luisait sous le filtre d'un permanent second degré. Rien ne semblait jamais sérieux. Du moins, jamais plus de cinq minutes. Je me demandai alors ce qu'elle avait exercé comme métier, l'intitulé de son plat favori, le sport qu'elle aimait, son parfum, ses fleurs préférées, ses passions et aspirations. Hormis son attrait évident pour la musique comme pour la plupart des gens, toutes ces interrogations restaient sans réponses. Malgré tout, j'éprouvais l'impression de la connaître depuis toujours. Je ressentais son essence profonde, mélange de bienveillance, de folie, d'humour et d'intelligence piquante.

– C'est juste que… c'est étrange de revenir là. Et puis, qu'est-ce que je vais pouvoir dire cette fois si quelqu'un m'ouvre ? « Bonjour, je suis à la recherche d'une pierre miraculeuse pour sauver ma peau et il existe de fortes probabilités qu'elle se matérialise ici même, dans cette maison où je vécus heureux… » Je ne vais tout de même pas raconter la vérité à toutes les personnes que je croise ! Tout le monde n'hérite pas de la largeur d'esprit de Cristina Ramirez ! Crois-moi, je sais de quoi je parle.

Layna ne répondit pas, mais glissa évanescente par la portière fermée. Elle ne plissait plus son petit nez et franchissait désormais n'importe quel obstacle avec aisance. Encore indécis, reclus au sein de l'habitacle, je l'observai vérifier de part et d'autre la voie avant de traverser. Son ancien réflexe m'amusa. Puis rapide, elle se dirigea vers la boîte aux lettres, se pencha pour lire le nom et me pressa de la rejoindre avec de grands gestes, en trépignant d'un pied sur l'autre.

– Sam ! Viens voir, vite !

Perplexe, j'obtempérai. Je franchis à mon tour la chaussée en gardant mes yeux rivés sur le pavillon endormi fraîchement repeint, aux massifs taillés et à la pelouse entretenue. En approchant, j'aperçus l'oranger que ma mère affectionnait sur son côté gauche. Elle réalisait ses propres confitures des fruits que l'arbre nous offrait généreusement. En un instant, la maison m'apprivoisa, ce seul détail réveilla une part de l'amour que je lui dévouais alors.

– Regarde ! Il y a toujours ton nom inscrit.

Je m'arrachai aussitôt à la contemplation des branches appétissantes et focalisai mon attention sur la petite plaque que Layna me désignait : « RILEY Rose & WHORLEY Sam ». Abasourdi, je ne m'expliquai pas le fait. Mon ancienne demeure se trouvait forcément louée depuis le temps. Son entretien manifeste indiquait clairement qu'une famille l'habitait.

– Je peux vous aider ?

Une voix ferme s'éleva dans mon dos. Un brin de méfiance la rendait forte et jurait dans le calme de cette matinée tout juste amorcée. Je me retournai et considérai un homme d'une soixantaine d'années au visage hâlé. Des cheveux blancs dépassaient d'une casquette à l'effigie des Giants vissée sur son crâne. J'inspirai profondément alors qu'il me dévisageait en plissant les yeux et je me décidai à lui répondre.

– Monsieur Dunghan ? C'est Sam. Sam Whorley.

Il resta un instant parfaitement immobile puis, soulevant sa visière, s'élança dans ma direction en deux grandes enjambées pour m'offrir une accolade dans un mouvement brusque, trahissant une allégresse teintée de surprise.

– Ce n'est pas croyable de te voir ici Sam. Ça fait…

– Quinze ans. Je ne vous en veux pas de ne pas m'avoir reconnu.

Il évalua ma haute stature.

– Quel solide gaillard tu es devenu !

Après quelques échanges animés, je demandai à brûle-pourpoint :

– Qui habite mon ancienne maison, monsieur Dunghan ?

Je lui indiquai du pouce la demeure restée dans mon dos. Il m'attrapa alors par le bras et m'entraîna vers son perron.

– Suis-moi. Nous allons discuter autour d'une bonne tasse de café bien chaud. Il y a une Mme Dunghan qui va se faire une joie de t'accueillir.

Je lançai un signe de tête discret à l'intention de Layna pour l'inviter à nous emboîter le pas. Mon cœur se tourmenta de ne pas être en mesure de la présenter et lui donner vie auprès de ces gens chaleureux qui m'avaient vu grandir. Avant de passer le seuil, je jetai un dernier regard à la rue, puis vers la maison de mon enfance. Mon espoir de trouver la pierre miraculeuse se ravivait aussi sûrement qu'une flamme sur un charbon ardent. Il restait bel et bien une ultime braise. À ce moment, le champ des possibles m'apparut infini.

J'étais rentré chez moi, dans la ville de mes premiers souvenirs. Je n'étais jamais parti.

Le couple Dunghan se tenait face à moi dans la spacieuse cuisine un peu vieillotte, agrémentée de meubles usés en acajou. Georges et Paula formaient un tout, un ensemble. Assis l'un à côté de l'autre dans la même position statique, ils semblaient vouloir se souder malgré les dimensions généreuses qu'offrait la pièce. Je me demandai si c'était par habitude, les années ayant effacé leur identité propre, ou par un réel amour qui perdurait au-delà du temps. À présent, leurs regards convergeaient dans une direction commune : moi.

Les mains posées à plat sur la grande toile cirée à carreaux rouges et blancs, Paula Dunghan se lança la première à l'assaut du passé :

– Tout le monde s'est beaucoup inquiété pour toi. On t'a vu monter dans cette grande berline noire en compagnie de ton père. Qu'es-tu devenu après ton départ ?

Layna releva la tête avec fougue, happée par la remarque, et désormais trois paires d'yeux étaient rivées sur mon visage. Un envoyé spécial sur le terrain d'une affaire capitale n'aurait pas recueilli plus d'intérêt que moi en cet instant. Pourtant, cette partie de mon histoire ne divulguait rien d'héroïque, ni même de particulièrement tragique. En fait, elle ne présentait pas le moindre attrait, si ce n'est qu'elle m'avait à coup sûr terni. Un bout de vie mal orienté, telle la pièce d'une maison exposée plein nord. Pire, je réalisai que je l'avais choisie inconsciemment comme fondation pour y établir le restant de mon existence d'homme libre. De ce fait, je me plantais en beauté à l'examen « aptitude au bonheur ».

J'hésitai à me livrer. Après avoir fui pendant tant d'années ma part de lumière au point que cela allait me tuer, je répugnai maintenant à raviver la face d'ombre qui m'avait formaté.

– Que s'est-il passé pour toi après cela ?

La voix douce de Layna s'immisça et je n'y résistai pas. Elle aspirait à connaître la suite de mon parcours laissé en suspens sur la plage quelques heures plus tôt, pour lui permettre d'obtenir une vague opinion de ce qui m'avait amené jusqu'à ce point précis de mon existence. Vague, parce qu'elle ne pourrait jamais prendre ma place et me comprendre tout à fait. Elle ne pouvait que se rapprocher et choisir de m'accompagner tel que j'étais, où j'en étais. Sa présence réconfortante à mes côtés, je me sentis encouragé et basculai dans la confiance des étapes successives que la vie me présentait. Ici, extérioriser tous les bouts qui me constituaient. Jeter ce que je ne désirais plus pour mettre en évidence le meilleur. Mon essence. Sans doute, une phase primordiale pour attirer la pierre miraculeuse dans mon sillage.

– Je suis parti vivre à Chicago. J'ai été arraché à ma maison, mon quotidien, mes amis, ma passion, mes rêves, et immergé dans un milieu radicalement opposé. On m'a imposé du jour au lendemain un père qui ne m'avait pas vu grandir. Tout juste reconnu à ma naissance, commençai-je.

Le quart d'heure suivant, je m'appliquai à choisir les mots pour synthétiser les évènements qui m'avaient modelé.

J'étais le fruit d'une courte idylle, issue d'une jeunesse insouciante et inconsistante, d'une liaison brève, que seul un défaut de maturité pouvait attraper dans ses filets. Ma mère comptait dix-sept ans à peine lorsqu'elle avait rencontré James Whorley dans un bar. Elle dansait alors à l'University Ballet of Chicago. Il poursuivait des études prestigieuses de finances en vue de reprendre le flambeau familial d'une branche pharmaceutique. Elle resplendissait de beauté, lui regorgeait de confiance. Classique. Je naissais de cette conjugaison.

Le visage transporté d'amour, ma mère revendiquait cet épisode comme « la plus merveilleuse erreur de ma vie ». Cet accident de parcours arrêtait net ses ambitions d'intégrer un illustre corps de ballet, mais elle m'avait toujours conté que je représentais son plus grand rêve. En conséquence de quoi, elle l'avait non seulement atteint, mais dépassé. Elle me disait que chacun de ses jours abondait en perfection puisque j'existais et qu'aucune carrière de danseuse n'aurait pu lui procurer plus de joie que lorsqu'elle se trouvait près de moi. Moi et personne d'autre.

En revanche, je n'ai jamais vraiment compris pourquoi James Whorley avait accepté ma garde après sa mort. Aucun de nous deux ne pouvait assumer ce changement drastique. Nous nous mesurions à un véritable choc des cultures. Je repoussais ses valeurs éducatives aux antipodes de celles que l'on m'avait prodiguées. Il blâmait l'enfant rebelle qui jurait avec ses idéaux et son mode de vie.

La berline noire m'avait donc conduit chez mon géniteur à Chicago. Je m'installais dans sa riche demeure ou plutôt partiellement. Durant les week-ends et quelques vacances scolaires, car la plupart du temps, je restais enfermé dans un internat élitiste au sein duquel chacun de nos gestes, de nos mots, était repris puis façonné pour s'harmoniser au cadre rigoureux que l'on nous imposait. Une fabrique de clones. Après un deuxième avertissement, un matin au cours duquel j'avais griffonné un portrait approximatif de ma mère pour raviver sa mémoire qui me fuyait en classe d'histoire, James Whorley m'avait rappelé à l'ordre : « Ta mère est morte. Elle ne reviendra jamais. Il serait grand temps pour toi de le réaliser. Cet établissement scolaire représente une chance, une porte d'entrée remarquable pour les universités les plus prestigieuses du pays. Je suis ton seul parent désormais et tu dois apprendre à te soumettre aux nouvelles règles en vigueur. C'est pour ton bien, je sais juger de ce qui prévaut pour ton avenir. Tu ne voudrais tout de même pas finir à la rue ? C'est ce qui t'attend si tu ne changes pas. »

J'avais écouté ces mêmes paroles rageuses un nombre incalculable de fois, mais ce jour-là, elles parvinrent à s'infiltrer dans mes tympans, mon cerveau, mes vaisseaux sanguins, mes organes jusqu'à atteindre mon cœur. Elles prirent définitivement le contrôle des opérations. Comme une maladie finissait par remporter la bataille sur un système immunitaire devenu trop fragile, la sécheresse de mon nouvel environnement alliée à la dureté des mots que j'entendais quotidiennement achevait de grignoter le lien qui me retenait encore à elle.

Plus d'une année durant, j'avais pourtant guetté un signe de sa part. Je l'avais cherchée partout. Dans chaque fleur, insecte, oiseau, volet qui claque, murmure du vent, arc-en-ciel, orage, musique, dans le noir la nuit. Au mépris de mon acharnement, mes appels, mes prières, sa chanson préférée que j'interprétais, rien. Elle n'était jamais descendue me voir.

Ce jour-là, James Whorley avait énoncé une vérité implacable que je m'appropriais : ma mère était morte. Elle ne reviendrait jamais. Tant et si bien que je l'avais laissée partir. De ce moment, ce qui restait de mon enfance se brisa aussi sûrement qu'un verre en cristal sur le sol en marbre de mon opulent habitat. Mes souvenirs se tassèrent pêle-mêle dans une petite case que je pris soin de ranger parmi d'innombrables autres, avec l'espoir qu'elle y demeure introuvable. Je ne l'étiquetais même pas, au cas où je serais tenté de fouiller à nouveau son contenu. Pour cela, je m'étais résolu à ne plus jamais parler de ma mère. Cette stratégie devint ma seule chance de survie. C'était elle et sa mémoire ou moi.

En décidant de l'oublier, j'étais effectivement revenu à la surface, mais étranger dans un monde aseptisé. À l'internat, je me rangeais à ce que l'on attendait de moi. Je me transformais en robot. La souffrance se dissipa, les automates ne l'identifient pas.

Cependant, je finissais tout de même par décevoir mon tuteur. Bien qu'assidu dans mon travail, mes résultats scolaires trop moyens coupèrent mes chances d'intégrer une université prestigieuse. Pour amortir sa honte, il me répétait souvent que j'étais trop avancé en âge lorsque je fus pris en charge. Le corps enseignant n'avait pu rattraper les années perdues d'une éducation médiocre. Je me figurais représenter la version un peu plus pacifique d'Anakin Skywalker, formé trop tard pour devenir un Jedi accompli dans la saga *Star Wars*. En dépit de toutes ses bonnes intentions de départ, il avait mal fini. Pour ma part, je ne massacrais personne, j'avais simplement déserté mon fichu foyer, un soir après une énième dispute où mon père discourait sur les ravages de la rue. Comme s'il pouvait se permettre d'en parler. Comme si lui-même en avait expérimenté la rudesse alors qu'il disposait depuis la naissance d'un confort soutenu par l'héritage d'une longue lignée fortunée.

Ce soir-là, on s'était battus. Je suppose qu'avec les années, il avait asséché mon réservoir d'accoutumance à un quotidien que j'exécrais. Un jour, un mot de trop, des coups de poing, du sang, un déclic, la rage jubilatoire et je trouvais le cran d'avancer en cavalier seul malgré mon jeune âge. Il me restait encore une de ces fameuses étincelles de vie. Elles collent à la peau, que l'on en prenne conscience ou pas. Lorsque l'on goûte à l'intolérable, elles se révèlent, fugaces, puis se relogent au creux des tripes jusqu'au prochain combat.

« Si tu pars d'ici, ne reviens plus ! C'est inutile. » Cette phrase s'avéra la dernière qu'il prononça, car je claquais la lourde porte sur son règne.

Puis je mis les voiles en emportant un simple sac à dos fourré de quelques vêtements en boule, mes économies (soit un peu plus de cinq cents dollars), *L'Alchimiste* de Paulo Coelho et ma brosse à dents. Ce soir-là, je pris James Whorley au mot, car plus jamais je ne réapparus. Sans aucune autre intention que celle de fuir, j'avais roulé au hasard des avenues sur plusieurs kilomètres et contre toute attente, je décidais de mon avenir à une station-service. Avec la fougue et la spontanéité de mes dix-huit ans, en attrapant le premier guide touristique à ma portée : Seattle. Pas de questions, pas de balance entre différents choix, juste le nom d'une ville imprimé sur la couverture d'un petit livre. Peu m'importait le prix d'une éventuelle conséquence dont je me fichais, je n'en comprenais de toute façon pas le poids.

J'avais ensuite avalé l'asphalte, au volant de ma vieille Ford, ivre de ma liberté soudaine, en route vers mon audacieux destin. Rendu à la Cité Émeraude, je trouvais immédiatement un emploi en tant qu'aide-paysagiste grâce à ma carrure, ainsi qu'une chambre en colocation. La vie avait accompagné mon mouvement initial et me propulsait avec facilité dans mon nouveau décor. À croire qu'elle n'avait attendu que ça durant toutes ces années, et m'incitait à la révolte, au réveil, au brusque. Au fil du temps, de rencontres fortuites et de travail acharné, j'avais ainsi escaladé avec succès les échelons jusqu'à atteindre la remarquable société que représentait Hart's Design.

– … voilà. Vous savez tout.

J'arrêtai mon discours improvisé à la lisière des récents évènements. Je m'étais livré bien au-delà de ce que le couple Dunghan m'avait demandé. En fait, je l'avais oublié durant mon monologue. Je m'étais conté ma propre histoire dans un élan à me rappeler qui j'étais, afin d'approcher au plus près celui que je souhaitais devenir. Mais surtout, j'avais une fois de plus désiré partager mon expérience de vie avec Layna, dont les yeux hypnotiques à la saine curiosité n'avaient cessé de me dévisager tout au long de mon récit. Avec sa tendance naturelle à percevoir la beauté au milieu d'un décor *a priori* sinistré, elle murmura :

– Merveilleux…

– Quelle tragédie ! Nous avons très souvent pensé à toi. Et sinon, en dehors de ta carrière professionnelle, quoi de plus ?

Mme Dunghan intervenait à son tour, déçue par la fin de mon histoire, comme si ce que je venais de narrer s'avérait incomplet. Comme si j'étais passé à côté de… foutu essentiel. Il me persécutait. L'univers me ramenait toujours inlassablement vers lui pour que je me dépêche de vivre. Aussi, je résumai le reste de mon existence insipide en un discours concis : nageur émérite. Aucun voyage exotique. Quelques week-ends quand même. Pas d'amitié solide. Pas d'enfants. Non, aucune femme dans ma vie.

Naturellement, j'omis la dernière partie, pourtant de loin la plus trépidante : une prochaine mort qui me collait au derrière. Les errants. Les gars d'en haut nommés « êtres de lumière » (bien qu'ils ne m'en aient apporté aucune). Les diseurs de bonne aventure (des charlatans qui mériteraient d'être dénoncés). Une adolescente médium (une véritable !). Une survivante d'âme en péril. Une pierre miraculeuse susceptible de me sauver. Une compagne invisible. Layna. Du coup oui… une femme dans ma vie. Enfin, en quelque sorte… c'est compliqué.

Puis finalement, l'essentiel toujours aux basques, je me hâtai de formuler la question qui se rappela à moi, exigeante, en ignorant le visage désappointé de Paula Dunghan face à la révélation de mon existence solitaire, elle qui ne jurait que par la fondation d'une famille pour atteindre l'incontestable bonheur :

– Qui habite mon ancienne maison ?

– Comme indiqué sur la boîte aux lettres, dit Georges Dunghan.

Mon ancien voisin, resté silencieux jusqu'ici, prit illico un plaisir manifeste à participer, les yeux emplis de joie, comme s'il s'apprêtait à frapper quelques balles avec moi. Un intérêt d'antan qui nous liait. Je réfutai sa réponse sans délai.

– Non, impossible. Seuls mon nom et celui de ma mère sont inscrits dessus. Les nouveaux locataires ou propriétaires ont oublié de les enlever. Depuis tout ce temps, cela paraît invraisemblable !

Sa chaise crissa sur le carrelage et un sourire aux lèvres, il gagna le buffet de la salle à manger. Alerte, il ouvrit le tiroir du milieu, fouilla parmi des papiers, piles usagées, stylos, bougies, couverts en plastique et finit par dénicher un trousseau de clés qu'il brandit fièrement en l'air. Puis revenant vers moi, il me saisit la main et y déposa le sésame.

Ma paume tressaillit au contact du métal froid, comme si j'avais reçu une petite décharge électrique. Je refermai le poing et le relâchai presque instantanément. Abasourdi, je reconnus le porte-clés, une planche de surf en argent avec mes initiales gravées dessus et trouvais la force d'exprimer, le cœur dans la gorge :

– Je ne comprends pas.

– Elle t'appartient Sam. Cela fait quinze ans qu'elle attendait ton retour.

18

MÉPRISE

En apnée, j'attendis une explication qui tardait à venir, mes yeux rivés sur la planche miniature. Le dernier cadeau de ma mère, juste avant mon entrée au collège. Elle m'avait alors jugé suffisamment responsable pour m'autoriser à rentrer seul chez nous en bus scolaire après la classe, et me confiait en conséquence un double des clés. Je ne les avais jamais utilisées pour deux raisons : la première parce que j'aimais par-dessus tout finir mes journées à surfer en contrebas du restaurant que dirigeait Dan, où elle me rejoignait inévitablement en début de soirée. La seconde, car elle disparaissait. À peine une semaine après qu'elle m'eut remis mon propre trousseau.

– Dan a acheté le pavillon à la suite du… enfin, tu sais… et il a tenu à laisser vos deux noms sur la boîte aux lettres.

– Je ne comprends toujours pas.

Les Dunghan se regardèrent un instant. Confronté à mon mutisme, Georges étoffa son explication.

– La mort de Rose et ton départ l'ont anéanti. Il a acquis la maison en votre souvenir avec tout ce qu'elle contenait et que ton père n'a jamais revendiqué pour toi. C'était sa façon de vous préserver indemnes dans sa mémoire. Il m'a ensuite confié ton trousseau, simplement en cas de problèmes. Pour son entretien, il emploie une société de services, principalement pour le jardin, ta mère adorait ses fleurs. Tu seras étonné de constater que rien n'a changé. Il vient y passer une nuit de temps à autre, lorsqu'il a besoin de faire un plein d'énergie. Et puis, surtout, il savait que tu reviendrais, il rêvait de te l'offrir.

– Il t'a vu grandir et t'a toujours considéré comme son fils unique. Il n'a jamais cessé de guetter ton retour, intervint à son tour Paula pour nourrir l'idée que j'assimilai non sans difficulté.

Dan. *Chez Dan.* La plage. La cuisine simple et néanmoins délicate. Ma planche de surf qui m'attendait à la sortie de l'école dans la spacieuse remise en contrebas du restaurant. Chaque fin d'après-midi, je finissais dans l'océan depuis l'âge de six ans, ma peau brunie, mes cheveux longs blondis par le soleil et entremêlés par le vent. C'était mon riche lot quotidien. Je m'avérais alors plus fortuné que jamais, avec mes quelques billes en poche, mon short déchiré, mon t-shirt informe et taché de sel, mes tatouages au stylo « Surf », « Susan », « Océan ».

Au crépuscule, pour m'informer du départ, ma mère avait pour habitude d'agiter une serviette de couleur. Il s'agissait de notre code. J'obéissais à contrecœur en empruntant la voie d'une dernière vague, mais je savais que je retrouverais leurs courbes sauvages dès le lendemain, à la même heure, peu importait la météo. Du moins, jusqu'à ce jour impitoyable où j'avais failli à notre rendez-vous. La veille, je n'avais rien vu venir. Pas le moindre pressentiment sinistre. La banalité des heures précédant un drame reste affligeante. Ainsi, lors du J – 1, j'avais nagé à contre-courant, attendu les rouleaux, chuté, recommencé un tas de fois l'expérience. Puis j'avais aperçu le foulard mauve qui annonçait le moment de rentrer. Comme d'habitude. Je n'avais pas dit au revoir à ma planche, à la plage, au vent, aux vagues, au restaurant, à mes amis, à Susan.

Toutefois, si j'avais su qu'il s'agissait de notre dernier rendez-vous, aurais-je gentiment consenti à notre éloignement forcé ? Non. Sans nul doute, je me serais caché. Seulement jusqu'à ce qu'on me trouve. Car à onze ans, j'étais fait comme un rat.

Dans la réalité, je n'avais bénéficié d'aucun délai. Le gouffre s'était ouvert d'un seul coup et j'étais tombé dedans, impuissant. Je ne discernais alors aucune brèche ou rugosité à laquelle me raccrocher. La chute s'était avérée longue. Des années sans que personne vienne me secourir. Pas même Dan. Mon père de cœur. L'homme auquel j'avais toujours choisi de ressembler au-delà des gênes, tant et si bien que j'étais parvenu à le dépasser de quelques centimètres à force d'admiration.

Une vague fulgurante de désolation m'attrapa. Voilà. Mon mental pointa enfin du doigt la raison pour laquelle les faits que l'on me présentait échappaient à ma compréhension, inadéquats avec ma vision de la situation.

– S'il était si enclin à me revoir, il se serait manifesté. Ce n'est pas comme s'il n'avait pas eu le temps.

Ma voix résonna, tachée de reproches.

– Il l'a fait ! Nous en sommes témoins. Il a d'abord essayé de te joindre par téléphone, mais il rencontrait à chaque fois un barrage. Alors, il t'a écrit. Comme il restait toujours sans aucun signe de toi, il se déplaça en personne à Chicago pour te rendre visite, mais ne put dépasser le portail de la résidence gardée où tu vivais. Pire, ton père porta plainte contre lui. Dan dut rendre des comptes à la police et écopa même d'une interdiction officielle d'entrer en contact avec toi.

À son tour, Georges plaida sa cause :

– Il retenta sa chance à ta majorité, mais on l'informa de ta fugue. Il a finalement cédé à son obstination de te revoir après t'avoir retrouvé par le biais d'un détective privé, il y a des années de cela. L'homme avait déclaré que tu réprouvais toutes formes de lien. Le choix venait de toi. Ta décision le heurta, mais il n'insista plus. Il avait simplement soutenu que le jour où tu en aurais besoin, lorsque la vie te malmènerait, tu finirais par revenir vers lui et qu'il serait là pour toi.

Je frémis à cet aveu et me remémorai cet étrange appel survenu un soir où je m'apprêtais à sortir. J'avais coupé net l'homme mandaté qui me questionnait sans scrupule pour me débusquer avant qu'il ne prononce le nom de son client, en lui déclamant que je refusais tout rapprochement. Le lendemain, j'avais même entrepris de déménager. Dans mon esprit, il ne subsistait alors aucun doute sur l'identité de l'instigateur en la personne de mon pseudo-père.

– J'ai toujours pensé que cet enquêteur m'avait recherché pour le compte de James Whorley !

Je fermai les yeux un long moment. Les Dunghan m'offraient la vérité que j'aurais dû savoir. Avec peine, je luttai contre la tristesse qui m'oppressait. Le rempart que j'avais bâti autour de mon cœur se dressait autrefois solide, mais ces derniers jours l'avaient fissuré de toutes parts et il menaçait de bientôt céder sous le poids de tous mes actes manqués.

– Tu voulais évincer de ta vie l'homme qui t'avait fait souffrir. Pas Dan. Ce n'est pas de ta faute. Tu as agi au mieux, comme d'habitude, souffla Layna.

Une fois de plus, ma compagne évanescente avait sondé mes pensées accablantes. Elle trouvait les justes mots pour m'aider à rester à la surface et m'extraire de la culpabilité qui m'attirait vers ses eaux troubles. Suivre l'appel nocif de mes fautes était aux antipodes de ce qui pouvait me rendre heureux et m'empêcherait inévitablement de retrouver la pierre en temps imparti. Je ne disposais pas d'assez de jours pour me morfondre, il me fallait aller de l'avant, aussi avec l'appui de Layna, je m'accordai la grâce. En me concentrant sur le seul amour de Dan et non sur mes manquements, je réalisai que son geste de racheter la maison détenait la promesse de me sauver la vie. La pierre miraculeuse s'y trouvait à coup sûr, logée dans quelques recoins oubliés de ma mémoire. Une fois localisée, mon vœu de survie formulé, je bénéficierai d'un sursis supplémentaire inconnu, mais sacré, afin de rétablir le lien que j'avais délaissé par mon ignorance. Nullement brisé, il s'avérait juste hypertrophié.

Les minutes qui suivirent, je laissai Paula Dunghan me ramener définitivement sur la rive de la légèreté, grâce à un tas d'histoires insolites survenues en ville durant le laps de temps où je demeurais endormi, inconscient à Seattle.

Puis le silence finit par se poser avec la délicatesse d'une plume, signe que notre entretien parvenait à sa fin. Je me levai de ma chaise et Layna sauta du coin de la table où elle se trouvait assise en équilibre. Comme je tenais à surprendre Dan en personne le moment venu, mes hôtes me garantirent leur absolue discrétion sur mon retour. Rassuré, régénéré et enfiévré, je pris alors congé d'eux et leur promis de revenir les voir, plus par automatisme et bienséance que par certitude. Pas de pierre, pas de vie. Même si la chance semblait indéniablement me sourire, j'ignorais la nature du sort qui m'épiait.

À l'extérieur, le soleil brillait, désormais glorieux. Le souffle court, sous l'emprise d'une agitation croissante, je parcourus les quelques mètres qui me séparaient de l'allée fleurie menant à la petite maison de bois fraîchement repeinte. À cet instant, je me sentis comme une *rock star* qui s'apprêtait à débarquer sur une scène face à des milliers de spectateurs. Du moins, je me figurai le genre d'émotions qu'elle pouvait éprouver : de la peur, de la joie, de la confusion. Tout un tas de sentiments extatiques entremêlés. De ceux que je devais maîtriser et observer à une distance raisonnable pour me permettre une action efficace. Pour ma part, dompter la nervosité de mes doigts et réussir à insérer la clé dans la porte, plus un tour seulement pour la déverrouiller. Ici, les maisons restaient sûres. On les fermait principalement pour que les chats malicieux du quartier n'entrent pas à leur guise.

Mes yeux plantés dans ceux de Layna pour calmer mon trac, je m'apprêtais enfin à pénétrer chez moi. Sa présence chaude et lumineuse à mes côtés me poussait vers mon destin prometteur. Sans elle, je n'aurais pas parcouru une once du chemin qui m'avait mené à ce perron que je foulais pour la première fois depuis quinze longues années. En sa compagnie tous les prodiges me semblèrent désormais possibles.

Comme si elle percevait mes éloges secrets, elle me sourit et je me sentis flancher encore un peu plus. Ne pas céder. De justesse, je me ressaisis une nouvelle fois et de toutes mes forces, agrippai les parois de ce mystérieux tunnel qui m'attirait vers elle. Mon corps se contracta et j'ouvris la porte d'entrée d'un geste trop brusque. Elle alla frapper le mur du petit corridor et je la caressai dans une excuse silencieuse.

– Il n'y a plus une minute à perdre. C'est parti pour la chasse à la pierre !

– Mais rappelle-toi de l'oublier ! Condition oblige de te détacher d'elle pour la trouver. Concentre-toi sur la maison et ce qu'elle va éveiller de plus beau en toi.

Je hochai la tête et inspirai une profonde goulée d'air avant de m'y aventurer. À l'intérieur, je restai un moment médusé. Comme l'avait affirmé Georges Dunghan, rien n'avait changé. Ainsi, à mesure que j'évoluai dans mon ancienne demeure, mes souvenirs se ravivèrent un à un avec une grande facilité. Fasciné de découvrir mon propre musée, j'observai durant plusieurs minutes chaque recoin. Chaque angle de meubles sur lesquels je m'étais heurté, tiroirs et portes que j'ouvrais alors avec l'énergie associée à ma première décennie. Chaque menu objet que ma mère et moi avions affectionné et déposé avec soin sur la bibliothèque, les étagères, la console de l'entrée : un bouddha miniature, un jeu de cartes, des bougies, de l'encens, mes médailles de surf, des feutres, une petite boîte en papier mâché rouge orangé en forme de cœur que j'avais fabriquée pour son anniversaire, des lys blancs synthétiques dans un vase crème qui créaient l'illusion, des livres de danse et de développement personnel, des romans, quelques magazines féminins et des bandes dessinées.

Hormis son odeur, sa présence flottait partout tandis que la mienne s'appropriait à nouveau les lieux. Sur les murs, des cadres aux couleurs et formes variées affichaient nos deux visages épanouis : à la plage, sur nos vélos, à la terrasse du restaurant, dans l'océan, devant quelques boutiques. Ses cheveux blonds étaient tantôt attachés dans un chignon haut parfait, relique du temps où elle dansait, tantôt déployés et entremêlés. Son sourire radieux s'étalait sur chaque cliché. Elle m'avait donné l'identique, et j'avais commis l'affront de dédaigner l'user durant près des deux tiers de ma vie.

Sur une étagère de la bibliothèque, je trouvai toutes les lettres que Dan m'avait envoyées, scellées, silencieuses depuis plus d'une décennie. Une par semaine. Toutes les correspondances, rédigées depuis mon départ, lui avaient été cruellement retournées en un seul bloc de mépris. Comme si James Whorley avait voulu l'assommer de l'ascendant injuste qu'il possédait sur moi, détenteur d'un pouvoir sot qui lui donnait enfin l'occasion d'asservir un homme fort. Les missives offraient la preuve de sa combativité à me retrouver, preuve que, pour une fois, je n'avais pas exigée. Je décachetai la dernière datée du mois de juin dans laquelle il m'invitait à venir passer l'été avec lui. Il avait besoin de moi, de me revoir et de me contempler évoluer sur les vagues en contrebas du restaurant.

Comprenant que toute démarche de m'approcher resterait vaine, il avait cessé de m'envoyer des lettres, mais étrangement pas de m'écrire, car je découvris un tas de courrier dans des enveloppes ouvertes, non affranchies, qui commençait toujours par : « mon garçon ». Une multitude d'anecdotes, de pensées, de sentiments y figuraient, comme un journal de bord qu'il tenait depuis mon départ. La dernière missive s'arrêtait avec l'amer verdict du détective privé.

Une profonde gratitude m'envahit tout à coup dans le sillon de ses mots, à travers ses actes, qui l'avaient conduit à l'acquisition de notre pavillon laissé intact. Je devinai qu'il y passait du temps, comme une maison secondaire durant quelques week-ends, alors qu'il vivait à quelques minutes de là. Juste pour s'imprégner de nos présences évanouies. Pour la première fois, je reconnus aussi sa propre souffrance, du même acabit que la mienne, nous avions partagé un lot de misère identique. Chacun avec sa sensibilité et son endurance au mal. Je n'avais jamais été seul, mais uniquement cru l'être.

Dans le coin salon, Layna s'arrêta près d'une guitare acoustique. Elle s'essaya en vain à extraire un son à l'aide de son pouce, le visage concentré, les yeux enfiévrés comme si elle contemplait un trésor d'une grande valeur.

– Elle appartient à Dan.

À mon tour, j'approchai mon doigt tout près du sien, fis résonner la corde qui lui échappait et elle chanta :

– Sol...

Je la regardai, étonné, avant de saisir l'instrument et de le caler sur mes genoux pour libérer quelques notes qu'elle récita sans anicroche.

– Tu jouais de la guitare ?

Elle haussa les épaules.

– Je n'en ai aucune idée. Tout ce que je sais, c'est que je connais le solfège, les harmonies. Sans compter que j'ai toujours la fameuse mélodie qui trotte, entêtée, dans mon esprit.

Une nouvelle fois, elle se mit à fredonner d'une voix douce et claire le refrain désormais familier, qui provenait de quelques portes entrebâillées de son passé.

– Tu exerçais peut-être le métier de chanteuse.

Elle sembla hésiter comme si je me rapprochais de la vérité, puis réfuta finalement mon hypothèse d'un mouvement de tête vigoureux. Elle ne croyait pas à cette version d'elle-même.

– Si seulement je pouvais me rappeler son titre ou l'interprète, ça pourrait peut-être t'aider à te remémorer d'autres détails. Je connais cet air pourtant, mais impossible de mettre le doigt dessus.

– Peu importe. L'urgence, c'est toi pour le moment. Pour ma part, je ne suis pas pressée, je dispose de l'éternité. Ne perdons pas de temps et de vue notre mission première. Tendre vers tout ce qui te rend heureux pour faire apparaître notre antidote atypique, mais miraculeux. Je tiens absolument à être témoin de ta survie. Et pas seulement pour mon karma.

Au bout d'une demi-heure, nous parvenions finalement au terme de la visite. De retour dans le salon, je réalisai alors qu'aucune pierre ne s'était révélée comme je l'escomptais. J'avais pourtant bien rempli ma part du contrat. Sur la piste de mes meilleurs jours, des sentiments profonds, délicieux, méconnus avaient bel et bien émergé en moi par quelques canaux mystérieux, enflés par la présence enthousiaste de ma partenaire immatérielle à mes côtés.

Inquiet de cette pêche infructueuse, je me laissai choir sur le canapé. Elle m'interpella avant que je ne lui confie mon souci :

– Vous resplendissez sur cette photo ! Mais regarde l'état de tes vêtements, un vrai petit sauvageon.

Avec des gestes précis, elle attrapa un cliché qu'elle fit danser pour le déposer sur ma cuisse. Je le saisis à mon tour.

– Je ne l'avais jamais vu…

Je jouais avec le tuyau d'arrosage et portais un jean passablement déchiré au niveau du genou droit, assorti d'un t-shirt bleu ciel aux inscriptions blanches « *GOOD BOY* ». Je tentais d'asperger ma mère qui courait dans l'allée de notre jardin. Malgré le flou de l'image, on entendait son rire, on ressentait sa joie de vivre. Elle était partie à l'apothéose de son bonheur, ce qui me conforta dans la certitude qu'elle avait immédiatement été accueillie par les êtres de lumière sitôt l'au-delà franchi.

– … mais je me rappelle ce jour. Je m'en souviens, car elle m'avait disputé pour le trou. Elle m'avait acheté ce pantalon la veille et je l'avais déchiré. Il s'agissait du week-end précédant la rentrée des classes. Peu de temps avant l'accident. C'est notre tout dernier portrait ensemble. Dan était là, il avait pris le cliché avec son appareil depuis la terrasse, juste ici. Il a dû le faire développer après mon départ. Après sa mort.

Soudain, mon attention glissa sur la main de ma mère, qui pour se protéger du jet d'eau, exposait une bague sertie d'une large pierre. Je tressaillis avant d'exulter.

– Mais bien sûr… Suis-moi !

Je me levai en une fraction de seconde, regagnai l'étage en hâte et me ruai vers son ancienne chambre. En deux enjambées, j'atteignis sa commode, délogeai le troisième tiroir et découvris une boîte en velours pourpre. Le cœur agité, je m'installai au pied de son lit, puis religieusement, ouvris le coffret à bijoux lui ayant appartenu. Durant ma plus tendre enfance, j'adorais jouer avec. Enfiévré, j'en contemplai le contenu : des bagues, boucles d'oreilles, colliers, bracelets, tous artisanaux et ornés de pierres non précieuses, mais chatoyantes, dont elle raffolait. Elle en avait même réalisé quelques-uns. Ils n'avaient aucune valeur sinon sentimentale et aujourd'hui l'un d'eux allait me sauver la vie.

– Nous y voilà ! Ce fut encore plus simple que ce que j'imaginais. Merci pour la photo. Pour un peu, j'allais passer à côté du trésor.

Perplexe, Layna me regarda tandis que j'attrapai au hasard une première breloque. Puis avec ferveur, les lèvres tremblantes, je formulai le vœu. J'enchaînai mon exigence pour chacune d'entre elles, mes yeux figés sur son visage, les siens rivés sur mon torse. Son impassibilité me prouvait à chacune des tentatives que la situation restait inchangée.

Au bout de quelques minutes, je brandis une ultime bague, et énonçai du même coup mon dernier souhait, la gorge désormais aussi serrée que le fin filet d'espoir qui subsistait. Elle afficha un air désolé et je me relevai avant de me laisser retomber sur le couvre-lit aux motifs floraux. Le doute et la mélancolie me submergèrent, de mèche avec mes défaites successives. Exténué, je leur cédai mon corps et mon esprit. Je posai une main sur mon buste dans une tentative vaine d'occulter la petite constellation de mon âme qui s'illuminait de jour en jour et finalisait son départ. Quoi que je fasse, pense et ressente, elle continuait à œuvrer, décidément déterminée à quitter mon enveloppe de chair. Même si Layna me démontrait la véracité d'une forme de survie, je savais qu'une fraction de mon être serait engloutie à jamais, balayée avant que je ne puisse lui offrir l'occasion de s'épanouir et vivre.

Ma part d'humanité.

La plus douce des morts ne me la rendrait jamais sous le couvert de l'identité apparentée à Sam Whorley. Elle se révélait unique, précieuse et je ne le comprenais que maintenant qu'il était presque trop tard. Presque, car j'avais appris qu'on ne pouvait accréditer que ce qui se passe dans l'instant. Et au cœur de cet immédiat, je restais simplement en quête d'une foutue pierre dont je ne savais rien. Je m'accrochai une nouvelle fois au visage de Layna.

– Elle devait se trouver ici, entre ces murs. Toutes les conditions requises étaient pourtant réunies : la vie nous a littéralement donné les clés, je n'ai pas pensé à elle durant notre visite, je me suis senti heureux en revenant dans cette maison et rien. Je ne comprends pas. Elle aurait dû au moins figurer parmi les bijoux de ma mère.

Du bout des doigts, je jouai avec les quelques bagues et autres boucles d'oreilles dotées de pierres.

– Lequel de ces bijoux préfères-tu ?

Layna s'adressa à moi d'un ton désinvolte, en caressant les pages d'un livre qu'elle avait ouvert sur la table de nuit. Elles s'agitèrent telles les ailes d'un oiseau alangui. J'hésitai, suspicieux, comprenant qu'elle me tendait un de ses pièges imparables.

– Comment ça ? Je ne sais pas.

– Voilà, tu as ta réponse. Cristina Ramirez a parlé d'évidence. L'évidence... c'est l'évidence. Ça ne se discute pas. Ça ne se débat pas. Ça ne se définit pas. On sait. Un point c'est tout. Un peu comme quand tu as faim, ou que tu as mal. À partir du moment où tu te démènes avec une compréhension somme toute superficielle des choses ou que tu hésites, l'évidence n'existe plus. En clair, si tu te poses la question de savoir si telle ou telle pierre est la bonne, cela signifie qu'aucune d'entre elles ne l'est. Conclusion, elle ne se trouve pas dans cette boîte et *a priori* pas dans la maison non plus.

Chacun de ses mots résonna en moi. La colère qui m'aurait encore animé la veille avait disparu. Mon être s'en était délesté. Elle m'apparaissait désormais obsolète, du moins en ce qui concernait ma mort prochaine. Il ne restait que la tristesse et celle-là, j'avais vraiment du mal à l'encadrer. Elle me rendait humide et fébrile. Une sensiblerie dissimulée sous 1 m 92 de chair et d'os qui m'indisposait, un peu comme si j'avais dû marcher avec des talons hauts ou tenir à bout de bras le bébé d'un inconnu.

Pour autant, je ne pouvais pas m'en défaire. Un profond dépit m'envahissait d'imaginer quitter ma vie, cette maison que j'aimais tant et que je venais tout juste de retrouver. Je souffrais à l'idée d'effleurer la compagnie de Dan et l'immensité océanique, pour les abandonner à nouveau malgré moi, dans une poignée de jours, que je pouvais désormais compter sur les doigts de mes mains réunies.

– Continuons le chemin. Toujours.

– Layna… Sans vouloir paraître pessimiste, si la pierre ne se trouve pas entre ces quatre murs où j'ai grandi, j'ai bien peur que…

– Ce n'est pas terminé. Il nous faut aller jusqu'au bout. J'ai promis de t'accompagner dans cette aventure. Ne perds pas de vue l'essentiel, aussi je continue à te poser l'unique question : qu'as-tu envie de faire maintenant ?

– Dormir.

Le mot s'échappa d'entre mes lèvres, abrupt. Elle acquiesça de la tête et je m'affalai en arrière sur le lit. Puis je rajoutai :

– Jusqu'à ce que la vie me réveille et me porte ailleurs…

Dans un écrin de douceur, ses pupilles jaugèrent les miennes quelques secondes puis elle s'éloigna. La dernière image dont je fus conscient représentait son sourire, allié à un petit geste léger de la main tandis qu'elle passait l'encadrement de la porte. Généreuse, elle n'omettait jamais de m'offrir une part d'elle. Je me recroquevillai en position fœtale et m'assoupis, terrassé par le voyage et le découragement.

Lorsque je rouvris les yeux, je devinai à la luminosité ambiante que l'après-midi touchait déjà à sa fin. J'avais dormi plusieurs heures. Je restai un instant immobile, puis l'esprit embrumé, je me levai à la recherche de Layna. En passant devant mon ancienne chambre, j'aperçus mon poster préféré : un surfeur glissant à l'intérieur d'une vague monumentale. J'entrai dans la petite pièce et me laissai happer tout entier par l'image. Puis lentement, je sentis un flux d'énergie engorgé de désir reprendre possession de toutes mes cellules, mes pensées, et surtout mon cœur.

– Je sais, murmurai-je.

Layna me rejoignit, elle avait ressenti ma présence éveillée. Elle regarda dans la direction que je fixais. La nature de l'évidence m'apparaissait enfin. Je perçus sa force coulée dans le béton d'une certitude inébranlable, plus que je fus capable de saisir sa provenance, ni même de l'expliquer. La solution avait émergé à travers un poster affiché dans le calme de mon ancienne chambre, et se logeait dans mon esprit apaisé et reposé, lorsque je me montrai prêt à lui laisser de la place. Revoir Dan et surfer. Les deux se côtoyaient et fusionnaient. L'océan et Dan vivaient ensemble, à quelques mètres l'un de l'autre.

– Ça fait tellement d'années que je n'ai pas pratiqué que je doute de mes capacités. Mais c'est maintenant.

– Ce qui compte, c'est le sentiment que tu ressentiras. C'est lui qui te conduira à la pierre où qu'elle se trouve. J'en suis certaine.

Je savais désormais de quoi elle parlait et j'approuvai. Un malicieux sourire accroché aux coins des lèvres, Layna me précéda dans les escaliers puis à l'extérieur de la maison. Je lui ouvris la portière et l'invitai à s'installer sur le siège passager. Puis je démarrai en trombe, pressé d'arriver à mon spot favori directement en contrebas du restaurant *Chez Dan*, mû par le désir brûlant de revoir mon père de cœur et surfer.

Condamner le passé n'avait pu étayer un amour sincère. Se contenter de nager durant des années n'avait pas suffi à remplacer l'océan, le tumulte des vagues, l'adrénaline, l'ivresse, la liberté, mariés à la sensation de la planche qui glissait sur l'eau.

19

ESSENTIEL

Le soleil entamait sa descente à l'encontre de l'océan lorsque je me garai face au restaurant qui surplombait la plage prise en étau entre deux monticules rocheux. Un frisson me parcourut au vacarme des vagues qui frappaient le rivage en contrebas. Layna à mes côtés, j'entrepris de remonter la passerelle en bois qui menait à la terrasse et frottai mes mains moites contre mon jean, le souffle raréfié, comme si l'air s'était égaré quelque part entre ma gorge et mes poumons. À l'intérieur de ma tête, des phrases se bousculaient. Celles que j'avais préparées pour Dan tout le long de la route :

« C'est moi. Sam… Tu me reconnais ? »

« Bonjour, Dan ! Ça fait un bail. »

« Salut… Je me sens vraiment heureux de te revoir après tout ce temps. Quinze ans. Quinze ans ! »

« Hello. Je suis désolé de ne pas t'avoir donné de nouvelles. Mais j'ai été très pris. »

« Hey Dan. Au fait… merci d'avoir acheté la maison. Tu n'as rien changé à l'intérieur, même pas ma chambre. Je n'avais pas compris que tu nous aimais comme ça. »

« Bonjour, Dan ! Tu aurais toutes les raisons de m'en vouloir. Toutes ces années de silence. Quel pauvre con je fais ! J'ai hérité ça de mon géniteur… »

Aucune ne m'apparaissait satisfaisante. Le stress lié à notre rencontre imminente foutait un beau désordre et m'empêchait d'avoir les idées claires.

Sitôt que je parvins sur la terrasse, je le repérai immédiatement, affairé à dresser les couverts sur une table en vue du prochain dîner. Dos à moi, il ne s'aperçut pas de ma présence, ce qui me donna le temps nécessaire pour reprendre un semblant de contenance.

Un sourire spontané s'afficha sur mon visage en même temps que je sentis mes yeux s'humidifier. Je le désignai du menton à Layna qui s'éloigna, pour disparaître du cadre. Je la connaissais suffisamment pour comprendre son message : ce moment n'appartenait qu'à moi.

Dan n'avait pas tellement changé, hormis ses cheveux désormais massivement grisonnants. Il conservait la même stature, imposante et athlétique. Je l'avais toujours admiré et choisi comme modèle. En cet instant, je réalisai que mon souhait de lui ressembler avait transcendé la génétique. Au final, j'avais tout hérité de lui, et absolument rien de James Whorley. La nature savait se montrer clémente. Tandis que je le regardais avec tendresse et nostalgie, toutes les phrases que j'avais répétées se désagrégèrent dans l'air vif de l'océan qui me piquait le nez.

– C'est possible de manger un morceau ?

J'improvisai ces quelques mots, trop ému pour faire preuve de la moindre originalité.

– Bien sûr. Pour combien de personnes ?

Il me répondit d'une voix quelque peu fatiguée que je ne lui connaissais pas, mais se tourna tout de même avec entrain vers moi, des verres propres en main qu'il s'apprêtait à disposer.

À ma vue, un sursaut colossal l'anima. Ses traits se figèrent puis se contractèrent comme s'il peinait à me distinguer de par la faible distance qui nous séparait. Beaucoup plus vraisemblablement, il refusait de croire ce que ses yeux lui servaient en cette fin de journée ensoleillée.

– Je peux t'aider si tu veux. Excuse-moi pour le retard.

Il se cacha un instant le visage, comme s'il se protégeait d'une scène insoutenable, puis se détourna avec pudeur pour s'appuyer sur la table qu'il dressait et dissimuler l'émoi manifeste qui le traversait. J'en ignorais la nature exacte. Tendu, je redoutais à présent le verdict. Enfin, une fois prêt, il se rua vers moi et m'enserra, en me gratifiant le dos de plusieurs tapes. Un mélange infini de joie et de tristesse l'habitait. Peut-être un peu de rancœur aussi. Puis, il me regarda en secouant la tête, sans parvenir à prononcer un seul mot.

Une forte culpabilité m'assaillit sur ces entrefaites avec son goût amer de remords. Mon propre pardon ne suffisait plus, je nécessitais le sien. Je l'avais laissé sans nouvelles de moi durant quinze ans, bien qu'il m'ait vu grandir et éduqué comme un père. J'incarnais l'enfant qu'il n'avait jamais eu de son premier mariage. Pourquoi avoir autant failli ?

Une voix plus miséricordieuse s'invita alors, pour me souffler quelques circonstances atténuantes et me bercer : il avait fait partie du tiers de ma vie que je m'étais efforcé d'éradiquer, pour étouffer le manque atroce qui m'empêchait de m'endormir en me dévorant le corps. J'allais mourir si je persistais à m'accrocher à ce passé révolu. Du moins, c'était la croyance que j'érigeais du haut de mes douze ans, un an après le drame, un an après que je compris que plus rien ne serait jamais comme avant. Je m'étais alors juré de ne plus jamais tenter de me rappeler d'où je venais pour avoir la force d'avancer.

J'avais ainsi cédé au changement. Je n'avais pu lutter contre son raz de marée, il m'emportait et je m'égarais.

– Je suis tellement désolé de mon silence. Si seulement je pouvais retourner en arrière… Je serais revenu bien plus tôt. Mais…

– Ne dis pas ça. Tu n'étais qu'un gosse à la merci des évènements et d'adultes inconscients. Aujourd'hui tu es là. Il n'y a que ça qui compte.

Tel un mantra, il répéta sa réplique trois fois, comme s'il voulait pulvériser dans mon esprit toutes formes de méprises inutiles. Avec le soutien d'un véritable père, il m'ôta le sac à dos de plomb que je trimballais depuis mon départ. Je lâchai prise et me ralliai à sa version et à nouveau, il m'enlaça. C'était tout. Quinze ans passés, quelques mots de principe, une étreinte solide, et notre lien se reforma, intact. J'appris en cet instant que l'amour sincère perdure au-delà des obstacles et n'aspire qu'à renaître éternellement par le biais de partages authentiques.

Nous nous laissâmes tomber face à face sur les chaises de la table qu'il préparait à mon arrivée et échangeâmes des bouts de vie cueillis au hasard durant plus d'une heure. Lui comme moi avions passé de trop longues années loin de ce qui nous animait et nous rendait vivants. La menace de ma mort prochaine m'apparut soudain féroce et risquée pour lui, même si une étrange paix s'insinuait en moi, comme si j'achevais les étapes primordiales avant mon éventuel grand départ. Dans ce cas précis, un accomplissement certain alimenté par nos retrouvailles.

Une famille avec deux enfants en bas âge s'installa non loin de nous pour nous inciter à emprunter un nouveau courant d'action. Il regarda sa montre et se leva en déclarant :

– La remise se situe toujours au même endroit. Va un peu profiter des vagues avant le coucher du soleil. Je te prépare ton plat favori. *Pasta frutti di mare* dont moi seul possède le secret. Tu trouveras une planche bleue avec un palmier blanc, toute neuve. Je l'ai achetée la semaine dernière. J'ai dû pressentir ton arrivée.

Je scrutai l'immensité intimidante et ses rouleaux somptueux et doutai.

– Ça fait longtemps. Je vais essayer...

– On n'oublie pas ces choses-là, elles nous appartiennent pour toujours. L'océan, les vagues, le surf font partie de toi mon garçon. Une partie intégrante de ton être que tu t'apprêtes à retrouver.

Il secoua la tête pour reprendre ses esprits, afficha un dernier sourire, et après une énième accolade, il se dirigea vers la table animée de babillements. Non sans une certaine hésitation, comme s'il craignait que je ne m'évanouisse à nouveau.

Je descendis les quelques marches logées entre les roches brunes qui menaient à la plage, et entrai dans l'espace sacré de mon enfance : une large bâtisse en bois clair, jamais mise à profit, qui servait d'entrepôt privé à Dan. Je humai la forte odeur de caoutchouc et d'humidité ambiante et restai un instant les bras ballants à répertorier l'intérieur. Matériel de surf, cannes à pêche, outils, scooter des mers, et même un canot pneumatique investissaient le lieu. Là non plus, rien n'avait changé. Suspendu à un cintre, j'attrapai une combinaison et entrepris de l'enfiler lentement, secoué d'un léger malaise, car je m'apprêtais à monter sur scène. L'océan. Un théâtre farouche, indomptable, capricieux, d'une beauté indescriptible. Je repérai la planche bleue avec un palmier blanc, mentionnée par mon père quelques instants plus tôt. Je caressai sa surface brillante et neuve sans rayures. Elle m'attendait. Je la soulevai et sortis dans la lumière déclinante de ce jour merveilleux puis levai mon bras à l'intention de Layna pour lui intimer de me rejoindre enfin. Elle me retrouva sur le rivage le temps d'une inspiration.

– Alors comme ça, tu es un surfeur émérite ?

L'œil inquisiteur, elle m'étudia de la tête aux pieds.

– Je me débrouillais plutôt bien dans ma prime jeunesse. En fait, je concourais pas mal. J'aurais même pu avoir un avenir dans cette discipline si j'étais resté vivre ici. Faute de mieux, je me suis lancé à corps perdu dans la natation. L'eau est mon élément, je ne pouvais pas définitivement l'écarter de ma vie. Disons que je me suis adapté aux circonstances.

– Tu n'as plus besoin de moi. Je vais te laisser… à ta place.

À ces mots, mon cœur se contracta et une vague de panique s'empara de moi. Non. Une véritable déferlante. Je mesurais en cet instant ma dépendance. Sans elle, je me sentais incapable d'avancer plus avant dans ma quête de vie. Qui d'autre qu'elle pourrait m'aider à trouver la pierre ? Un remède aux vertus miraculeuses que je devais supposément cueillir sur mon chemin, en me contentant d'aimer chaque instant qui s'offrait à moi.

J'accomplissais ce devoir avec succès et sans effort depuis le matin, pour autant je n'avais toujours pas atteint mon but. Mais surtout, je confrontai avec désolation mon attachement. Désormais, il s'avérait inutile de le nier ou le minimiser. Je fulminai contre ces chaînes invisibles. Quand avais-je fini de glisser vers Layna ? Comment ? Aurais-je seulement pu contourner cette folie ? Quels sourires ou regards achevaient de me corrompre ?

– Qu'est-ce que tu veux dire par là ? Ne pars pas. Reste. S'il te plaît. Je… je…

Mes mots trébuchèrent, dépourvus d'arguments pour la persuader de ne pas m'abandonner. Soucieuse, elle fronça les sourcils et détourna les yeux vers la ligne d'horizon orangée.

– Par là, je signifiais simplement quelques heures. J'ai pensé que tu aurais besoin d'espace.

– Attends-moi ici. Je n'en ai pas pour longtemps. Nous avons parcouru tout ce chemin ensemble, je requiers toute ta perspicacité jusqu'au bout. Tu as l'air de deviner mieux que moi-même les étapes à franchir.

– Je ne les connais pas. Comment pourrais-je savoir ce qui anime ton cœur à chaque instant ? Je te divertis en cas de coup de mou, c'est tout. Il faut dire que tu risques toujours de mourir, ce n'est pas rien !

Elle délivra son rire si caractéristique aux notes perlées. Comme d'habitude, elle relâchait la pression, en dépouillant de sérieux une situation complexe à l'avenir plus qu'incertain. Je la rejoignis dans sa bonne humeur.

– Si je pouvais t'attraper, je crois bien que je t'aurais fait manger du sable.

– Je te rappelle le pire pour ton bien, pour que tu te décides à aller braver ces vagues. Maintenant.

– Pendant ce temps, je compte sur toi pour trouver des idées nous permettant de susciter l'apparition de la pierre.

– Je ne peux pas. Tu es le seul guide de cette aventure. Elle est intimement liée à ta vie, par ailleurs magnifique. Je ne pourrai jamais assez te remercier de m'en faire profiter.

Elle me jeta un regard rapide et se hâta de replonger ses yeux gris dans l'océan insondable. Elle ne riait plus. Je posai ma paume à cinq centimètres de la sienne, ouverte comme une fleur, tandis qu'elle s'offrait aux derniers rayons de soleil.

Les couleurs éclatèrent dans ma tête. Le sable chaud flamboyait, de la poudre de diamant se dispersait à sa surface. L'océan revêtait un bleu translucide, au travers duquel je discernai la faune et la flore. Plus haut, la structure modeste en bois miel du restaurant se découpait avec perfection pour se fondre dans l'environnement aux reliefs hypnotiques.

– C'est magnifique Layna.

Elle rompit le charme la première pour me pousser vers l'appel du ressac.

– Plus tard. C'est mon monde et le tien t'attend. Je reste persuadée que tu peux appréhender une beauté équivalente avec tes propres yeux. Ton cœur te montrera la voie.

Puis elle s'éloigna sur la plage, vers une roche qui surplombait la grève. Dans son sillon, sa voix claire propagea « sa » mélodie enchanteresse. De nouvelles notes s'élevèrent à la suite de celles que j'avais à maintes reprises entendues comme si, peu à peu, elle recouvrait la mémoire.

Je m'élançai enfin à l'assaut des rouleaux. Ma peau collée à la planche, je remontai le courant, tout mon être ouvert à la vie. Alors que je me trouvais au seuil de ma propre mort, je réalisai que je ne m'étais jamais senti aussi vivant. Je chutai un nombre incalculable de fois, proportionnel aux années où je n'avais plus pratiqué, mais bientôt les sensations d'antan revinrent. J'harmonisai les mouvements de mon corps avec la courbure de la vague et savourai l'air frais sur mon visage. Ma passion ressurgit si fort que je fus tenu de l'extérioriser, en criant ma joie au rivage, aux arbres, aux rochers, au soleil couchant, et à Layna, qui m'avait épaulé à créer ce moment.

Au bout d'un temps indéterminé, alors que la pénombre prenait l'ascendant sur les couleurs chaudes, je sortis de l'eau et me laissai tomber sans ménagement sur le sable au côté de ma planche. Mon corps exténué avait exigé le repli.

La soirée se poursuivit sur le ton des mêmes notes enchanteresses que j'entendais depuis plusieurs jours. Affamé, je commençai par engloutir mes *pasta frutti di mare*, puis enfilai ensuite un tablier pour aider Dan à cuisiner et servir les clients jusqu'à la fermeture.

Une fois le dernier couple parti, qui nous félicita pour l'accueil et les mets délicieux, il nous décapsula deux bières et attrapa une guitare cachée derrière le comptoir. Il joua quelques airs de folk sur lesquels nos voix s'entremêlèrent, sous les yeux hypnotisés de Layna qui scrutait les cordes vibrantes. Enfin, je consentis à quitter Dan, pour quelques heures seulement, car je lui imposais mon aide au restaurant pour le reste de mes jours.

De retour à la maison, je continuai à échanger avec Layna sur la véranda jusqu'à une heure avancée de la nuit. Lorsque la fatigue devint trop lourde à porter, elle s'éloigna pour contempler le ciel depuis le toit et je regagnai le petit salon pour m'écrouler sur le confortable canapé brun. Tout m'apparaissait soudain parfait comme si j'avais rassemblé le puzzle fragmenté de mon être. J'étais exaucé, en cet instant le moindre de mes désirs s'étiolait. Mon esprit, mon cœur et mon corps se sentaient exaltés de se reconnecter à tous les éléments qui formaient mon essentiel. Je l'avais retrouvé, je le détenais dans le creux de ma main, il contenait le surf, l'océan, le restaurant, la maison, Dan. Et Layna.

Cette dernière pensée troubla quelque peu ma conscience, car ma compagne ne cadrait pas avec mon humanité. Trouver la pierre et formuler mon vœu équivaudraient à maintenir la ligne invisible qui nous séparait, comme deux aimants de même polarité. De plus, en cas de succès, une fois éloigné de la grande porte, serais-je seulement encore en mesure de la percevoir ? Pour la première fois, je considérai qu'il existait un revers de la médaille à survivre.

À nouveau, une prémisse d'angoisse s'infiltra dans mon être. Décidément, je ne m'avérais jamais tout à fait libre. De toute façon, la pierre ne se révélait pas à moi. Nulle part. À cette pensée, je me surpris à esquisser un sourire et m'abandonnai au sommeil profond qui m'acheminait vers mon septième jour restant…

… Jour 7… Jour 6… Jour 5… Jour 4… Jour 3… Jour 2… Jour 1…

… Assis à même le sol, le dos contre un arbre à l'arrière de la maison, j'observai les premières lueurs de l'aube. Un spectacle inouï de beauté que j'avais absolument tenu à revoir une dernière fois. Pour cela, je programmais un réveil précoce la veille au soir, au cas où je m'endormirais malgré mon intention de passer une nuit blanche. Aussi étrange que cela puisse paraître, non seulement je n'avais pas veillé, mais je sombrais même relativement tôt, peu avant vingt-trois heures.

Le front en sueur malgré la fraîcheur matinale, je tâtai mon torse à la recherche des battements de mon cœur. Mes yeux se plissèrent quand la peur s'invita. Comment cela allait-il se passer ? À quel moment de ces précieuses vingt-quatre heures allais-je partir ?

Aujourd'hui plus que tout, je ressentis l'envie de donner du sens à ma vie. Les seuls autres individus, conscients de leur disparition prochaine et inéluctable, se trouvaient condamnés à mort dans quelques sordides prisons moyenâgeuses ou dans l'incapacité de se mouvoir, trop affaiblis par la maladie dans une chambre d'hôpital. Pour ma part, j'obtenais cette chance unique de disposer de liberté. Je me devais donc de vivre ce dernier jour avec courage.

Layna vint s'asseoir en tailleur à côté de moi. Son visage s'assombrit à la vision de ma poitrine, comme si la lueur désormais intégrale de mon âme lui paraissait intolérable.

– Je ne comprends pas. Je ne sais pas quoi te dire.

Sa voix se brisa.

– Tu m'as rendu à mon existence, celle pour laquelle je suis né. Cette semaine est trop vite passée, je l'avoue, mais je la considère comme une chance inespérée. Je te serai éternellement reconnaissant de m'avoir encouragé à revenir jusqu'ici.

Je parvenais au terme d'une semaine de rêve. Une semaine durant laquelle j'avais suivi mon clan naturel. Sept jours identiques en apparence, mais uniques dans la façon dont je les appréhendais et choisissais de les incarner. Dès mon réveil, j'avais accordé de la valeur envers chaque minute de chaque instant qui s'offrait à moi. Layna avait raison, connaître mon sort s'était apparenté à une aubaine, car je m'étais enfin dédié au crucial. Je n'avais pas trouvé la moindre pierre magique, mais avais vécu au moins une fois, dans ma vie d'adulte, en toute authenticité.

Et puis je ne perdais pas tout. Je partais pour la rejoindre. Elle faisait partie intégrante de mon essentiel, elle en représentait même la plus ample part. Elle me prodiguait la force de quitter ce monde, et avec lui la sensation de l'eau sur mon corps, l'exaltation de la glisse sur les vagues, la joie pure de seconder Dan au restaurant et nos moments de partage à parler, chanter et rire après chaque service.

La semaine s'était écoulée beaucoup trop vite parce que je me sentais heureux. Indéniablement. Évidemment, j'endurais maintenant la peur du grand saut et son éventuelle souffrance, tandis que j'atteignais le seuil, les douze astres composant mon âme désormais tous illuminés.

J'entrepris de passer rapidement sous la douche, désireux de vivre mon dernier jour éveillé. J'allais commencer par surfer, puis assister Dan, puis surfer à nouveau. Un programme parfait pour voguer jusqu'à la fin. Se pouvait-il que je meure noyé ?

Je grimaçai. Je ne pouvais pas me permettre d'échafauder quelques conjectures qui ne manqueraient pas de m'immobiliser. À cette heure avancée de mes jours, il ne prévalait que l'action juste.

Deux heures plus tard, j'étendis ma planche sur le sable et me couchai dessus pour m'octroyer une courte pause. À califourchon sur la branche haute d'un arbre, Layna demeurait statique, les bras croisés sur son torse menu. Depuis l'aube, elle restait légèrement en retrait, silencieuse et soucieuse. Sa joie si naturelle semblait l'avoir quittée.

Je savais qu'elle s'inquiétait pour moi et n'acceptait pas que je subisse le même sort, voué à l'errance, qu'elle cherchait à fuir sans succès. Je disposerai bientôt d'un temps infini pour la réconforter, aussi je la laissai en proie à sa morosité. Je fermai un instant les yeux en concentrant toute mon attention sur la sensation délicieuse du soleil encore bas sur ma peau salée. Soudain, j'entendis des petits pas nerveux sur le sable. Je n'eus pas le temps de réagir que déjà, une truffe humide huma de trop près mon visage. Étant donné les circonstances, je ne pus contenir un juron, cerné par la peur. Mourir dévoré par un animal passait pour une fin peu engageante.

Vif, je me relevai et avisai avec un soulagement extrême un labrador à la gueule sympathique puis regardai en direction de la voix féminine qui parvenait à mes oreilles.

– Nougat ! Non ! Viens ici !

Une jeune femme athlétique aux cheveux châtains bouclés courait vers moi.

– Je suis désolée. Il n'a que six mois et ne m'écoute pas vraiment.

Essoufflée, elle arriva à ma hauteur. Nous nous jaugeâmes un court instant en silence et je reconnus le visage aux grands yeux bruns, au nez fin, et aux pommettes saillantes. La beauté d'antan que j'admirais durant ma prime enfance s'était magnifiée avec le temps. Elle s'exprima la première, un large sourire fendant ses traits à la symétrie rare :

– Sam… Sam Whorley. Je suis Sus…

– Je sais qui tu es. Je me souviens parfaitement de toi. Susan Prescott. Nous étions dans la même classe au primaire.

– Qu'est-ce que tu fabriques ici ?

Confuse, elle déploya une main sur sa gorge et précisa :

– En réalité, je voulais dire : quelle surprise de te voir là ! Après toutes ces années… je me réjouis de te retrouver !

Nous partîmes à rire en évoquant les souvenirs communs de notre école, de nos anciens camarades et professeurs. Puis elle m'entretint de son récent passé : après sa séparation d'avec le père de sa fille un an auparavant, elle était revenue vivre à Trinidad pour se rapprocher de sa famille qui tenait toujours le même hôtel-restaurant en ville. Elle travaillait avec ses parents et son frère aîné, tout en caressant l'ambition d'ouvrir bientôt sa propre galerie de peinture. Avec sa petite Emma, sept ans, et son jeune chien fougueux, Nougat, elle habitait une maison à proximité de la plage. Quand mon tour arriva de m'exprimer sur mon parcours, je lui parlai brièvement de Seattle, mais surtout de ma joie d'avoir retrouvé Dan, mon pavillon, ma passion première pour le surf. Elle m'écouta en silence, assise dans le sable, ses doigts filtrant le grain fin et doux.

– Donc… dois-je en déduire que tu es revenu toi aussi ?

– Non, pas exactement. En fait, je repars déjà demain. Je suis juste de passage.

Je rajoutai un brin désabusé :

– Comme nous tous au fond.

Un éclair de déception traversa ses yeux bruns qui me sondaient.

– Est-ce que tu as au moins le temps pour un café ?

En entendant ces mots, j'observai Layna toujours postée au sommet de l'arbre gigantesque qui bordait la plage. Depuis le début de notre conversation, je l'avais gardée en ligne de mire. Les franges de sa tunique et ses cheveux se soulevaient avec grâce, en apesanteur. Je me mordis l'intérieur de la joue, ennuyé qu'elle puisse percevoir cette requête inattendue proposée par une autre femme. À raison, car immédiatement, elle disparut de ma vue. Je me levai d'un bond en m'excusant pour le sable que Susan avait reçu dans les yeux.

– Non, je... Désolé. Je suis très pressé, je dois y aller.

Je commençai à m'éloigner en trottinant ma planche sous le bras, puis me retournai avec promptitude, tout à coup conscient de mon comportement frôlant l'impolitesse.

– Ça m'a fait plaisir de te revoir ! Tu n'as pas changé, c'est incroyable !

– Toi non plus. Toujours aussi... enfin...

Elle ne termina pas sa phrase. À la place, elle m'adressa un sourire doux, me salua de la main puis partit dans la direction opposée accompagnée de son jeune chien.

Je déposai la planche à la remise, ôtai la combinaison, passai un short en jean et sans même prendre la peine d'enfiler mon t-shirt sur ma peau moite, je courus jusqu'à la terrasse, encore déserte à cette heure précoce. Le pouls tendu, les sourcils froncés, je captai finalement la présence de ma compagne assise sur la première marche à l'entrée du restaurant et exprimai un profond soupir de soulagement. Comme à son habitude, elle devina mon approche.

– Tu as fait une bien jolie rencontre.

Elle se tourna vers moi et me sourit, le regard fuyant. Elle mentait. Pour la première fois, elle affichait un masque et tentait de me tromper. Ses yeux, porte de son cœur, ne pouvaient se dérober à ses véritables sentiments, qui en cet instant me contèrent peur et tristesse. Je me sentis troublé par son aveu silencieux qui s'harmonisait avec l'attrait incongru que je ressentais pour elle en le maintenant à distance.

– Drôle de coïncidence, ça fait tellement d'années.

– Il n'existe aucun hasard, tu le sais bien maintenant. Tu aurais dû accepter ce café avec elle.

Son ton s'était durci. Je la sondai, perplexe.

– Je suis venu ici avec toi. Tu connais notre mission première. Je n'ai pas le temps pour des retrouvailles.

Elle se leva avec vivacité et observa le large, l'air inquiet.

– Si je n'avais pas été là, est-ce que tu l'aurais suivie ?

– Je ne sais pas. Ça n'a aucune importance.

– Ça en a, au contraire. Tu dois agir comme si je n'existais pas. C'est essentiel. Ma présence ne doit nullement fausser les opportunités qui s'offrent à toi.

Son visage se contracta en un bloc de mécontentement. Elle me délivrait un panorama neuf de ses traits. Pour la première fois, je la voyais afficher un air franchement grave. Mes yeux se mirent à brûler à force de la détailler.

– Je te dis que ce n'était pas important.

Sans prendre la peine de me répondre, elle s'éloigna, rapide, pour s'asseoir dans le sable en bordure du rivage. Dan arriva sur ces entrefaites. Je passai derrière le comptoir, l'aidai à dresser la terrasse et à cuisiner la garniture de trois plats au menu. Le travail achevé, j'attrapai une tasse remplie de café chaud et rejoignis Layna au bord de l'eau. Elle ne me regarda pas, son visage restait fermé, aussi j'entrepris de l'apaiser.

– Mon chemin s'arrête ici. C'est grâce à toi que je l'ai retrouvé. Je sais que tu t'inquiètes parce que la pierre nous a échappé jusqu'ici, mais j'ai le privilège de pouvoir bénéficier du plus beau dernier jour de vie que je pouvais espérer. Aider mon père, glisser sur les vagues, contempler l'océan. Et partager ces quelques ultimes heures auprès d'une merveilleuse amie. Intangible, certes. Mais une amie tout de même.

Je souris. Elle soupira.

– Le problème, c'est que je ne devrais pas du tout figurer dans l'équation. Je n'appartiens plus à ton monde et tu agis en fonction de moi. Chaque jour un peu plus. Hier, je t'ai surpris à refuser la proposition de Dan d'aller voir un concert parce que tu sais que je redoute la foule. Et là, tu déclines l'invitation de cette fille. Combien d'autres occasions as-tu ainsi détournées ? Ce n'est pas terminé Sam. Tu dois continuer. Ne déclare pas forfait si près du but, s'il te plaît. Je te sens si proche d'y arriver…

– Qu'est-ce qui te fait croire que j'abandonne ?

– Tu t'en fous. De la pierre. Du compte à rebours. Tu ne montres pas la moindre trace de regret ! On dirait que tu lâches l'affaire !

– Je ne te comprends pas à la fin ! Tu voulais que j'aille vers ce qui me rend heureux.

– Oui. Mais sans perdre de vue ton objectif pour autant. Celui de vivre pleinement. Et toi tu te réfrènes !

– Pour une fois, tu te trompes. Je t'assure ne sacrifier aucun moment. Je ne capitule pas non plus, mais je me résous tout de même à l'évidence Layna. Qu'y a-t-il de mal à cela ? Je n'ai remarqué aucune pierre avec une valeur particulière parmi les milliers que j'aperçois à chaque instant. C'est fini. Et je l'accepte. C'est ce qui compte après tout, non ?

Ses iris gris me scrutèrent. Ses lèvres pleines s'entrouvrirent. Mon attention fusa vers elles. Après quelques secondes, elles s'agitèrent à nouveau, crispées.

– Tu as une vie riche à poursuivre. Tu as tout le temps pour l'autre monde. Finis ta tasse, on s'en va. On continue, on essaie autre chose, on reviendra ici plus tard lorsqu'on aura vraiment tout passé en revue. Quelque chose manque… qui m'échappe.

Elle s'éloigna d'un pas humain assuré en direction du restaurant puis rejoignit le parking en contrebas. Circonspect, je choisis de la suivre dans sa lubie. Au passage, je glissai la tête derrière le bar et saluai Dan qui chantait en préparant deux cappuccinos pour des clients matinaux. Malgré ses protestations qui repoussaient mon aide, je lui promis de revenir le seconder au plus vite. Du moins, je l'espérais de tout mon cœur.

J'arrivai le souffle court à la voiture.

– Quelle têtue tu peux faire ! Ce n'est pas du tout le plan que j'avais prévu pour mes derniers instants.

– Ensuite ? Quel autre beau souvenir ?

– Il y a le billard dans la rue principale et le marchand de glaces un peu plus loin, mais…

Elle me fit signe de monter dans l'habitacle. Je secouai mes cheveux humides et salés puis m'installai sur le siège en route vers une nouvelle donne, un sourire inscrit sur le coin gauche de mon visage pour qu'elle ne le remarque pas.

20

DERNIERS

Sous l'injonction de Layna, nous avons vogué parmi d'autres souvenirs heureux de mon enfance. Durant près de deux heures, nous avons ainsi écumé les moindres bouts de trottoirs, établissements, endroits qui m'avaient entendu rire. Billard, bowling, supérette et son étalage de bonbons, terrain de basket, petit parc aménagé, *surf shop*, mon ancienne école élémentaire, terrain en terre jonché de bosses que je dévalais à vélo... Chaque lieu fut passé au crible comme si quelques trésors s'y trouvaient dissimulés. En l'occurrence mon antidote d'origine minérale insaisissable. En vain.

À bout de course, nous avons fini par revenir au restaurant, bredouilles de toute pierre miraculeuse. J'ai eu beau m'ingénier à la convaincre que nous avions tout tenté, ma partenaire se mura dans le silence, contrariée. Peu importait, je ne m'attachai pas à son humeur, car je disposerai prochainement d'éternité pour la faire sourire.

Au lieu de quoi, j'employai comme prévu le reste de la journée à surfer et à travailler en compagnie de Dan lorsqu'un afflux de clients l'exigeait. Grâce à ma contribution quotidienne, il bénéficiait de temps entre deux commandes pour chanter, accompagné de sa guitare, à l'immense satisfaction de ses habitués et hôtes de passage. Pour la première fois, Layna, assise sur la rambarde de la terrasse, ne s'inclina pas devant l'enchantement que lui prodiguait d'ordinaire la musique. Elle conserva un air soucieux et m'évita autant qu'elle le pouvait.

Bientôt, l'après-midi toucha à sa fin. Aucune mort n'était venue me tarauder de près ou de loin, aucun symptôme d'aucune sorte ne m'avait contrarié. En fait, j'oubliai presque son imminence au cœur de la vie qui m'animait. La menace se réveilla seulement au moment de partir, tandis que j'étreignais Dan. Pour la dernière fois. Je décidai de ne pas rester à l'instar des autres soirs. J'avais besoin de calme et d'un moment exclusif avec Layna à l'approche de la fin. Quelques larmes cernèrent le bord de mes cils. Comment résumer l'amour que l'on porte à une personne que l'on s'apprête à quitter pour toujours ?

C'est peut-être pour ça que l'âme préférait ne pas prévenir son hôte de son intention à fuir. Il s'avérait trop dur et lourd de chercher à parfaire tous les derniers instants. En fait, cela relevait de l'impossible. Aussi, alors que Dan regardait avec surprise mes yeux éplorés, je choisis de lui sortir une banalité destinée à le rassurer :

– À demain. Au fait… il faudra passer une nouvelle commande de cartes de visite à l'imprimeur. On n'en a presque plus.

Il aurait tout le temps de broyer du noir plus tard. Après mon départ. Je comptais sur la longue lettre que je lui avais écrite la veille au soir pour le soutenir, car je lui expliquais tout. L'intention de mon âme, Layna, l'au-delà, les différents plans, l'errance, les êtres de lumière, Jessie Boyle, Cristina Ramirez, mon échec à découvrir la pierre. Mais surtout, j'insistais sur l'amour que je lui portais et mon extraordinaire semaine auprès de lui. Mon courrier ne saurait pas le protéger du chagrin. Il ne me croirait probablement pas, mais j'entretenais l'idée et l'espoir que le germe d'un doute prenne naissance dans son esprit et l'accompagne plus rapidement sur le chemin de la guérison.

Après l'avoir quitté, au volant de ma voiture, Layna à mes côtés, je me dirigeai vers un ultime lieu, de loin le plus beau. Celui que j'avais réservé en dernière instance pour me donner du courage si le temps me l'accordait. Il symbolisait une forme d'hommage à ma vie qui s'achevait. Arrivé à destination, j'observai le soleil qui déclinait et me hâtai de guider ma partenaire sur un chemin qui déboucha sur un petit promontoire. Une vue à couper le souffle se déploya en contrebas. Je repérai le tronc d'arbre sur lequel je prenais plaisir à grimper lorsque j'étais enfant. Cinq minutes plus tard, hissé sur une branche solide, je surplombai la magnifique baie d'Agate Beach. Layna me rejoignit. Son visage refléta la fascination de ce que ses yeux lui communiquaient. Une perle cristalline roula sur sa joue. Le panorama l'éblouissait et je savais pourquoi. Même si elle ne me partageait pas sa vision, j'en devinai la teneur. Des éclats en abondance de toutes les teintes. Comble de l'ironie, alors que je me trouvais en quête d'une pierre unique capable de me sauver la vie, l'anse d'Agate Beach en regorgeait. Des petites pierres colorées de toute beauté s'étalaient à perte de vue.

– Je ne comprends pas, finit-elle par articuler. Pourquoi n'est-on pas venus là plus tôt ? On aurait dû commencer notre quête par ici, tu ne crois pas ?

– Elles n'évoquent rien pour moi. Ce sont des pierres naturelles, Layna. C'est juste un endroit que je voulais te faire découvrir au soleil couchant avant de…

– Non. Nous devons essayer. Suis-moi.

Et avant que je n'aie pu formuler le moindre commentaire pessimiste, je l'aperçus sur la plage. Elle me faisait signe en agitant les bras en l'air. Je l'entendis crier de joie en courant sur le tapis de lumière multicolore qu'elle parcourait à vitesse humaine. Je souris.

Désormais, j'admirais par moi-même l'étendue de toutes les merveilles qui m'entouraient, car j'observais la vie avec les yeux que me prêtait mon cœur. Une sensation de perfection se propagea dans tout mon être, des larmes jaillirent. Tant pis, pour la première fois, je les laissai s'épancher, puis je descendis de mon piédestal pour rejoindre Layna sur la plage. Arrivé à proximité d'elle, je me baissai et attrapai une pleine poignée de minéraux que je fis danser dans le creux de ma paume. Lentement, je me mis à les égrener à chacun de mes pas, le long de la rive. Elle me devança en s'extasiant et m'en désigna une à chaque mètre.

– Et celle-là ? Elle est magnifique !

Je la saisis, la frottai contre mon t-shirt puis déclarai en riant :

– Je souhaite vivre… Alors ?

Elle regarda mon torse et secoua la tête.

– Ça ne peut pas marcher si tu n'y crois pas.

– C'est un caillou Layna ! Un caillou que je ramasse pour te faire plaisir parce que tu y ajoutes foi, mais il y en a d'innombrables sur cette plage. Encore une fois, ils ne représentent rien de spécial pour moi. Tu le sais bien !

– La question suivante se pose : que choisis-tu de vivre ? Décides-tu de croire en une vie pâle et prévisible ou en une existence où tout est possible, sans aucune frontière, en une réalité riche et extraordinaire ? Si tu optes pour la vie pâle, tu es condamné d'avance, car l'état d'esprit qui en découle ne peut trouver le moyen d'arrêter le processus de mort. En revanche, si tu adhères à l'autre, tout reste envisageable jusqu'à la dernière seconde. À condition que tu t'y consacres pleinement dans ton cœur.

Je ne répondis pas. Au fond, la situation m'arrangeait, car elle m'empêchait de choisir consciemment entre la vie et elle. Comment aurais-je pu assumer sa probable perte alors qu'elle représentait aujourd'hui le pilier central de mon essentiel ? Je ne le reniais plus depuis longtemps.

Le soleil toucha l'horizon et je m'assis face à l'océan sur une large branche délivrée par le ressac. Layna se plaça à ma droite. Sa main caressa la surface des pierres. Elles se mirent à briller plus intensément au passage de sa paume. Comme toujours, les éléments continuaient d'honorer sa présence et en privilégié, je témoignai de cette prodigieuse étrangeté.

– Qu'est-ce qu'il nous reste ? lâcha-t-elle. Cette fois, c'est bien moi qui ne comprends pas.

À travers ses yeux étincelants, je pus percevoir qu'elle se sentait perdue, car j'avais suivi toutes les instructions à la lettre de m'en tenir à ce que j'aimais faire. Mais surtout parce que j'avais changé. Je me déplaçais de la tête au cœur, un immense voyage malgré la modique distance qui les séparait. Mais la vie ne reflétait-elle pas d'innombrables anomalies échappant à notre compréhension ? Sinon comment expliquer sa propre errance ? Je refusais d'admettre qu'elle portait quelques bagages si graves à expier. Les êtres de lumière se trompaient sur son compte, rien ni personne n'aurait pu m'ôter cette certitude.

Ma gorge se serra à la vue du soleil couchant sur l'océan. J'inspirai profondément. Je le reverrai dès demain avec un œil neuf. À la différence de Dan qui deviendrait fermé à ma présence, la nature m'accueillerait et me légitimerait avec mon nouvel habit comme si de rien n'était.

– Il ne nous reste plus rien. Nous avons parcouru chaque endroit sans aucune omission.

Nous demeurâmes côte à côte, silencieux. Seuls le bruit des vagues, qui se fracassaient sur le rivage, et le roulement des petites pierres parvenaient à mes oreilles. S'il ne tenait qu'à moi, j'aurais choisi de mourir à cet instant précis, mais mon âme ne faisait décidément pas grand cas de ma simple volonté. Le passage vers l'au-delà autant que les évènements importants qui marquaient une vie veillaient au moment opportun, dotés d'un mystère impénétrable. Sur cette magnifique plage envahie d'un feu sublime déclinant, Layna près de moi, je ne fus donc victime d'aucune crise cardiaque, AVC, meurtre, accident. Seul le gargouillement de mon estomac émit le signal que j'étais encore bel et bien vivant et initia sûrement mon dernier désir : celui de rentrer à la maison de mon enfance pour manger une double ration de *pasta frutti di mare* soigneusement emballée par Dan. Un verre de vin blanc ferait honneur au tout.

Je me levai promptement, enthousiasmé par la perspective alléchante et j'invitai Layna à me suivre d'un simple mouvement du menton. En haut du chemin qui menait au parking, elle se retourna une ultime fois sur l'immensité de l'océan et le tapis multicolore de la plage en contrebas. Elle ferma les paupières, comme si elle souhaitait s'imprégner de l'image et s'éloigna avec une telle célérité qu'elle disparut un instant de ma vision.

Lorsque je la confondis à nouveau, debout près de la portière passagère de ma voiture, elle me montra une montre imaginaire sur son poignet. J'accélérai à mon tour, aussi vite que mes longues jambes me le permettaient.

De retour à la maison, je devançai Layna sur la véranda. Une nuit claire, des étoiles parsemées, une lune aux trois quarts engagée, un vent soutenu qui s'était levé nous assistaient pour ma dernière soirée en tant qu'homme. Je pris soin d'allumer trois photophores, au sein desquels les flammes se mirent à danser furieusement au rythme des courants d'air, et lui demandai de m'attendre sur la balancelle.

Je revins muni de couverts pour deux que j'installai sur la table basse et nous servis les pâtes réchauffées à feu doux, accompagnées de vin. Elle s'assit face à moi et sourit, touchée par mon attention. Avec soulagement, je notai qu'elle commençait à accepter l'idée que mon chemin arrivait à son terme. Elle se prêta facilement au jeu et huma le plat et la fragrance du blanc moelleux que j'agitai sous son nez. Je me demandai si elle pouvait encore ressentir le pouvoir ensorcelant des parfums, des essences, des huiles, des fleurs, des épices, de la peau…

– C'est ma vision d'une dernière soirée absolument parfaite. Je ne souhaite rien d'autre. Dans un sens, j'ai gagné, même si mon âme semble toujours m'en vouloir pour ne pas changer d'avis. Les choses sont ce qu'elles sont, c'est toi qui me l'as appris. Il ne s'agit nullement de fatalisme, mais de composer du mieux qu'on peut avec ce qui nous est offert, dis-je.

Face à ce discours, elle afficha une mine déçue tant elle aurait souhaité une issue plus heureuse pour moi.

Au terme du repas, lorsque j'eus terminé nos deux assiettes et bu nos verres, je fus suffisamment désinhibé pour aller chercher la guitare de Dan dans le salon. Après une profonde inspiration, je me mis à interpréter le seul air que je connaissais : *Dust in the Wind* de Kansas. Les accords que je libérai se montraient encore hésitants, mais les fins de soirées en compagnie de mon véritable père tout au long de la semaine avaient fini par réveiller quelques rudiments enfouis. Layna écouta la musique avec ferveur, ses cheveux ondulant dans le vent vif de cette ultime soirée. Les notes firent bientôt place au silence et elle articula, les yeux épris :

– C'est beau. Je rêverais de pouvoir en jouer.

Je marquai une pause puis me penchai en avant, l'instrument au repos sur mes genoux.

– C'était la chanson préférée de ma mère. Après sa mort, je la lui ai chantée chaque jour durant un an, mais je n'ai jamais reçu le moindre signe d'elle. Maintenant que je sais avec certitude qu'il existe bien un au-delà, je me sens comme trahi.

– Elle t'en a assurément donné. Des centaines. Des milliers. Tu n'as pas été en capacité de les saisir, car ta conscience n'était pas initiée à l'invisible. On ne peut percevoir les messages qu'avec la foi inflexible que l'amour survit, qu'il est doté d'éternité. Tu sais, quand je t'ai dit à l'hôpital que tu l'avais abandonnée en cessant de penser à elle, je me suis montrée injuste. Tu ne pouvais pas faire autrement à l'époque. Tu étais si jeune et James Whorley ne contribuait pas à te faciliter la tâche pour entrevoir la moindre magie. Mais réfléchis… Comment peux-tu imaginer un seul instant qu'elle ait pu te laisser ? Rappelle-toi simplement son amour pour toi.

J'approuvai et elle rajouta :

– Dès lors que tu seras persuadé qu'elle demeure toujours auprès de toi, qu'elle ne t'a jamais quitté, tu pourras retrouver ta mère. À chaque fois que tu penseras à elle dans ces moments de grâce, tu auras la sensation de sa présence. Là. Juste ici.

Elle désigna mon cœur à l'aide de son index.

– Essaie. Tu es prêt Sam. Où qu'elle se trouve en cet instant, elle t'entendra. L'amour ne s'encombre d'aucune frontière.

– Comment ?

– Ferme les yeux. Parle-lui et ressens. N'oublie pas : elle n'est jamais partie.

Lentement, mes paupières s'abaissèrent. J'orientai ma pensée vers son souvenir qui s'était estompé en image. Mais bientôt, des bribes d'elle me revinrent en mémoire, furtives, anodines, joyeuses, épicées. Je souris et sentis une vague de bien-être me traverser, un feu saisissant qui sembla transcender l'espace et le temps. À nouveau, je me mis à chanter, accompagné des notes en provenance de la guitare. Le dernier accord vibra, recouvert par le bruit du vent qui s'amplifiait. J'ouvris les yeux, secoué par l'expérience.

C'est alors que je le remarquai. Un pétale de lys blanc avait voyagé jusqu'à se poser sur ma jambe. D'une main délicate, je le saisis et le humai. Il provenait de la plantation qui courait le long de la véranda. Ses fleurs préférées. Layna sourit et murmura :

– C'est aussi simple que ça. Est-ce que tu le sens dans ton cœur ?

Je hochai la tête. Mes yeux me brûlèrent. Je devenais trop sensible depuis quelque temps, mais je m'en foutais. Des larmes de grâce s'immiscèrent, émanant d'une source miraculeuse illimitée dont j'étais le témoin favorisé depuis douze jours.

– Elle est toujours là. Partout au cœur de la beauté. Dans chaque pétale, fleur, arbre, son, couleur que tu admires. Elle communique avec toi à travers la vie, par le biais de l'amour que tu ressens pour toi-même, puis par ricochet pour les autres, conclut-elle.

Une paix étrange m'enveloppa. Un peu comme si j'achevais la leçon intégrale de ce que je devais comprendre avant de partir. En l'espace de douze jours, j'avais retrouvé tout ce qui donnait un sens à mon existence. J'avais goûté à un bonheur véritable et simple. Le mien. Ce pétale de lys blanc sur ma jambe symbolisait la chute du dernier rempart qui mettait encore un doute au lien éternel que j'entretenais avec ma mère. En cet instant, j'ouvris la porte de la prison dans laquelle mes croyances m'enfermaient durant tant d'années. Et j'aperçus le ciel. Un ciel dégagé où les prodiges brillaient par milliers.

– Ça va te paraître étrange, mais après tout ce chemin parcouru, je me sens plus vivant que jamais et bizarrement, je n'ai plus peur de mourir. Tu l'avais signalé : un homme libre ne craint pas sa fin. Bon, allez… je redoute quand même une éventuelle douleur, je l'admets.

À cette pensée, je déglutis puis repris :

– Grâce à toi, j'aurai connu de magnifiques émotions juste avant le passage et c'est rare, n'est-ce pas ? Combien de gens peuvent se vanter de partir en ayant profité jusqu'au tout dernier moment ?

– Ce n'est pas terminé. Il reste une nuit. Tant que l'aube ne se sera pas levée, tu possèdes encore une chance. Maintenant que tu as compris le sens profond de la vie, ce qui t'anime, tu vas pouvoir créer. Pour toi-même, pour les autres. Le monde, tel qu'il apparaît aujourd'hui, a besoin de gens comme toi. Heureux, qui s'accomplissent pleinement à travers les petites choses. Tu répandras ton énergie de paix, d'amour et de joie partout où tu iras. Tu deviendras contagieux.

Ses lèvres se crispèrent et un voile d'amertume passa dans le gris de ses yeux.

– Pourquoi es-tu si contrariée à l'idée que je meure ? Tu incarnes la preuve vivante que rien n'est terminé et puis… nous évoluerons sur le même plan. En errance, mais ensemble. Enfin… si tu le souhaites. Layna, je…

Je me rapprochai davantage d'elle à la recherche des mots justes, mais elle m'interrompit :

– Non, aucune chance que cela se produise. Pour une simple et bonne raison : ta personnalité a fusionné avec les désirs de ton âme au fil des jours. Elle a écouté son murmure. Même si le processus de mort reste engagé, ton cœur est désormais guéri. Ton être a pu s'épanouir, ce qui signifie que tu monteras aussitôt. Les passeurs descendront pour toi ton heure advenue, et tu les suivras.

Mon torse se comprima à un tel point que je redoutai qu'il se coupe en deux. Je me levai brutalement de la chaise, sonné par les mots qu'elle venait de formuler.

– Pourquoi ne m'as-tu rien dit ?

– Je ne voulais pas te troubler et aussi parce que cela n'avait aucun lien avec le but que tu t'étais fixé. À savoir poursuivre ta vie sur terre. Si tu pars, tu voyageras délesté, c'est merveilleux, mais ce n'est pas l'issue que tu visualisais. Pas si tôt, pas ce soir ou cette nuit. Mais comme je te l'ai dit, il te reste un peu de temps. Tu as toujours une chance de prolonger ton expérience humaine.

– Et toi ? Que va-t-il advenir de toi ? Je ne peux pas t'abandonner toute seule ici.

– Si tu pars de l'autre côté, tu verras les choses, les évènements, ton prochain, la vie sous un angle différent et vertueux, car tu es prêt. Mon errance t'apparaîtra juste et tu me laisseras sans regret parce que tu accéderas à la vision globale d'un plan universel parfait pour chacun d'entre nous. Je n'ai pas encore expérimenté cet état de conscience élevé, mais il est réel. En ayant cédé aux vœux initiés par ton âme, tu te garantis une destination des plus merveilleuses.

– C'est hors de question ! Je n'irai pas dans cet au-delà s'ils persistent à ne pas t'admettre en même temps que moi. Nous sommes une équipe.

– Je peux t'assurer que tu les suivras. Je connais le phénomène. Les êtres libres, unifiés avec l'âme, en paix, s'envolent loin d'ici. Tu ne pourras pas résister. L'appel du ciel surviendra trop fort, tu céderas au courant d'un intense sentiment d'amour. Peux-tu aller à contre-courant de la vague lorsque tu es debout sur ta planche ?

Je rejetai ses explications avec véhémence.

– Quoi qu'il arrive, je refuse de partir sans toi, tu m'entends ?

Déstabilisée par ma fougue, elle haussa les sourcils. Je ne pouvais envisager une séparation aussi brutale et la laisser derrière moi, isolée et fragile, perdue dans un monde à la cohabitation hostile, où elle ne possédait aucun repère hormis un air qui lui trottait dans la tête. Elle avait tort, je n'étais absolument pas prêt. Tout mon être s'opposa farouchement à ce nouveau scénario que je n'anticipais pas.

Agité par une sorte de frénésie, je regagnai le salon et me mis à fouiller dans les moindres recoins inexplorés de la maison pour atteindre la pierre miraculeuse. Si je survivais, la situation se stabiliserait. Peut-être même que mon sixième sens persisterait. Dans le cas contraire, j'inventerai une solution pour continuer à communiquer.

Je repoussai les meubles un à un, puis tâtai le mur et les plinthes à la recherche de quelques cachettes.

– Elle doit bien se tapir quelque part ! J'ai suivi à la lettre chacune des instructions de Cristina Ramirez ! J'ai pourtant accompli tout ce qui me rendait heureux. Tout !

– Sam, qu'est-ce que tu fabriques ?

– Je dois absolument trouver ce maudit caillou !

– J'approuve ton élan, mais cela ne marche pas comme ça.

Après vingt minutes de recherche obstinée qui se solda par un échec, je donnai un coup de poing rageur dans le mur et me laissai tomber dans le fauteuil que j'avais envoyé valdinguer au milieu de la pièce. Penché en avant, les coudes sur mes genoux, je réfléchis sauvagement à dégoter un remède qui semblait ne pas exister.

– Au moins, confirme-moi le rejet de mon dossier à ton ciel. Avec la colère que je viens de manifester, dis-moi que mon cœur est redevenu gris.

Layna me considéra avec perplexité.

– L'errance ne recèle absolument rien d'enviable, tu le sais bien. C'est un sas solitaire, engorgé d'individus abîmés. Par chance, quoi qu'il se passe, tu y échapperas. Ne t'inquiète pas autant pour moi, je finirai bien par me sortir de ce guêpier. Et puis en ce qui concerne tes émotions, peu importe celle qui t'accapare dans l'instant, tu es juste vivant et humain. Tu ne pourras plus revenir vers un état d'être plus superficiel Sam. C'est comme si tu avais atteint une sorte de palier. Ton cœur s'est ouvert.

– Pour toi, Layna.

Soudain, sans préméditation aucune, j'avais sauté dans le vide. J'avouai mon amour pour elle sans restriction, indifférent à cette fichue barrière invisible qui divisait nos deux univers. Elle s'immobilisa et je poursuivis, désormais avide de me libérer :

– Mon essentiel… c'est toi.

Un lourd silence suivit mon aveu. Je me sentais si dévasté par son annonce que je ne disposais plus de place pour une quelconque réserve soutenue d'orgueil.

Finalement, pour la première fois, des notes dissonantes sortirent de sa bouche aux lèvres roses et généreuses. Une lame se logea dans mon thorax face à sa réaction.

– Ne me dis pas qu'il s'agissait vraiment de ça ! Que tu as sacrifié des moments de bonheur facile cette semaine pour… pour moi ! Les invitations déclinées, cette fille tout à l'heure…

– Tu le sais parfaitement, depuis longtemps déjà. C'était un choix juste, mon cœur m'a clairement dicté de refuser.

– Tout ce chemin… Pour rien ! Tu t'es planté sur toute la ligne !

Sa voix musicale se durcit davantage et elle poursuivit, acide :

– Nous deux… cela n'a aucun sens. Ton attitude face à notre relation va à l'encontre de la vie ! C'est pour cela que la pierre miraculeuse ne se manifeste pas. Le seul but de ma présence consistait à t'encourager dans ta quête. D'ailleurs, tu n'avais plus besoin de moi depuis que nous avions rejoint la Californie. Je regrette d'avoir persisté à t'accompagner.

D'un geste sec, je sortis le poignard qui m'empêchait de respirer tandis qu'elle s'évertuait à me mépriser.

– Vraiment ? Alors pourquoi es-tu restée dans ce cas ? Écoute… Je sais que tu… Je sais que tu éprouves la même chose pour moi. Tu me l'as démontré aujourd'hui après ma rencontre fortuite avec Susan Prescott. Tes yeux parlaient pour toi, j'y ai décelé une profonde tristesse, mais aussi de la jalousie. Layna ! Il ne sert à rien de me mentir comme ça. C'est toi qui m'as appris à ressentir. Je te vois. Tu ne me tromperas pas avec de vulgaires mots.

– Tu commets une erreur !

– Il n'y a jamais aucune erreur. Il s'agit de ta propre affirmation. Mes sentiments sont légitimes, autant que si tu te trouvais de mon côté. Tu existes et c'est tout ce qui compte pour moi.

La pièce se chargea de silence et j'initiai un pas vers elle, mes yeux plantés dans les siens avec la détermination d'établir la vérité, même si cette dernière semblait contre nature.

– Tu te trompes…

Sa voix s'éteignit. Son regard se chargea d'une peine qu'elle laissa nue, crue. Mais douce. Puis, son visage entier avoua. Une larme roula sur sa joue et entraîna une traînée de diamant qu'elle essuya d'un geste vif. Enfin, elle soupira et s'avança dans ma direction.

Au même instant, trois coups rapides et sonores résonnèrent dans toute la pièce, en provenance de la porte d'entrée. Je me figeai, les sourcils froncés, une main contre ma poitrine tourmentée. En alerte, nous nous contemplâmes puis elle se détourna avec vivacité et traversa la façade opaque à l'encontre du bruit, en me laissant seul avec mon destin.

21

AU-DELÀ

– Layna…

Je murmurai son nom sans succès. Disparue vers le porche et son mystère, elle me laissa au supplice d'un suspense insoutenable. Trois nouveaux coups furent portés sur la porte d'entrée qui vibra. La pensée que c'était peut-être la fin me traversa. Mon mental saturé d'histoires depuis l'enfance me proposa instantanément divers scénarios alarmistes, à l'aide de quelques images qu'il avait sélectionnées parmi ses milliards de données : un cambrioleur ; un tueur à gages envoyé par Tony Minguez ; une balle en pleine tête ; une longue lame effilée dans le ventre ; un coup-de-poing américain ; une batte de baseball ; une gorge tranchée ; du sang sur le bois beige de la véranda ; la douleur fulgurante… Comme toujours, généreux, il me laissa l'embarras du choix concernant la validation.

Je finis par me secouer, au sens propre et figuré, puis grimaçai en rejetant toutes les théories dégueulasses que mon cerveau rationnel m'offrait, quitte à le froisser. Il s'en remettrait. D'autant plus que c'était absurde. Un malfaiteur, quel qu'il soit, ne taperait pas trois coups sonores à ma porte deux fois d'affilée, au risque d'attirer l'attention. Mais surtout, Layna qui s'était rendue à l'encontre de la vérité ne m'aurait jamais abandonné aux prises d'une fin aussi sordide. Ce n'était pas encore ma seconde de trépas, en conséquence, j'ouvris le battant d'un mouvement abrupt. La personne que je découvris tressaillit.

– Bonsoir Sam. Je te dérange ? lâcha une voix douce, intimidée.

Pas de balle. Pas de coup de couteau. Pas de mort. Surpris, je me retrouvai face à la belle Susan Prescott. Son maquillage léger, mais précis, mettait en valeur sa bouche fine et ses yeux bruns en amande. Vêtue d'une robe fluide et chic, ses cheveux soyeux relevés exposant de longs pendants qui frôlaient son cou gracile, elle semblait apprêtée pour un rendez-vous.

– Susan ?

Je fronçai les sourcils en la rejoignant sur la véranda.

– Je suis désolée de venir à l'improviste, ce n'est pas du tout mon genre, mais ce matin, tu as dit que tu repartais déjà demain. Dan m'a indiqué où te trouver. Il m'a aussi confié que tu étais arrivé seul…

– Oui…

Mon cerveau s'affola dans son incapacité à comprendre ce que la vie me réservait. Elle me balançait sans préavis un évènement inattendu, qui me laissa les mains moites, le souffle court, comme si je m'apprêtais à découvrir le sujet inscrit sur une copie en vue de quelque examen dont j'aurais bâclé la révision. Ma fragilité palpable du moment sembla enhardir Susan et elle se lança dans le propos qui l'amenait :

– Je me demandais si tu accepterais de m'accompagner à une soirée organisée par Steve Roberts. Il inaugure son nouveau bar en ville. Tu te souviens de lui ? Il fréquentait la même école que nous.

Toujours troublé par la visite inopinée de Susan, j'acquiesçai docilement malgré ma mémoire en défaut qui butait à l'évocation de ce nom. Je me trouvai inapte à la contredire.

Au lieu de quoi, fébrile, je cherchai Layna des yeux. Mon cœur battait à tout rompre, je sentis mon corps trembler sous la pression de son absence. Je la repérai finalement près du rosier qui longeait le côté de la maison. Soulagé et avide de la retrouver, je rassemblai déjà une armée de prétextes destinés à éloigner Susan lorsque je la vis. Une pierre d'un centimètre de diamètre. Elle attira mon attention au moment où Susan réajustait la bretelle de sa robe qui avait glissé le long de son épaule. Posée avec délicatesse au niveau de la base de son cou lisse, elle scintillait. Vert émeraude, taillée en forme d'étoile, soutenue par un fil de nylon transparent, elle donnait l'illusion de flotter. La lune s'amusait à la révéler dans la nuit sans nuages que le vent fort chassait. Mon corps entier se contracta un instant sous la surprise. Je restai hébété à fixer le bijou. Il se mouvait au rythme de la respiration de Susan qui s'intensifiait.

– Je l'ai ramené d'un voyage dans le sud de la France. C'est une pièce unique conçue par un artisan bijoutier local. Elle a parcouru un bout de chemin pour arriver jusqu'ici.

La voix sucrée de Susan me fit sursauter comme si elle me tirait d'un sommeil lourd. Je m'arrimai au présent. Son beau visage exprimait la bienveillance.

Soudain, une peur aveugle me saisit les entrailles, je pressentis un danger imminent que ma conscience confuse n'avait pas encore eu le temps d'appréhender. Un sentiment animal, mû par un instinct sauvage, me criait que la situation m'échappait, qu'une erreur se glissait dans le programme.

Layna ne se trouvait plus près du rosier. Je l'aperçus bientôt à la lisière du petit bois qui s'étendait face à la maison. La tête me tourna subitement quand elle m'offrit un sourire. Doux. Que je détestai d'emblée. Un sourire de renoncement, d'adieu. Elle leva un bras en l'air. Je ne distinguai guère que sa silhouette fine depuis le seuil où je me tenais. *Layna… non.* Ma pensée fusa, mais mes mots restèrent encore à la traîne, engourdis par les circonstances. Sa main s'ouvrit, légère comme une fleur, puis se referma avant qu'elle ne tourne les talons pour disparaître dans la seconde qui suivit.

– Layna… non ! Attends !

Cette fois-ci, je m'exprimai, mais déjà trop tard.

– Sam…, lâcha Susan, confuse.

– Je ne peux pas t'expliquer. Je suis désolé. Je ne suis pas seul.

Je sautai par-dessus le balustre de la véranda. Le cœur mis à mal, je me ruai vers le point où je l'avais vue s'effacer, sur l'autre bord de la chaussée. Sous le couvert végétal de la forêt, je hurlai à nouveau son nom. Mais j'avais beau me démener dans tous les sens, une unique réalité se profila : elle était partie pour de bon.

Après avoir couru au hasard, entre de grands arbres et buissons touffus durant ce qui me sembla une éternité, je regagnai ma voiture dans l'allée. Sur la véranda, Susan avait elle aussi disparu. Si j'avais disposé de temps, je n'aurais pas manqué de lui présenter mille excuses pour mon comportement douteux. Mais je m'apprêtai à mourir. Et surtout une seule idée m'obsédait : retrouver Layna. Récupérer mon amour perdu et rester auprès d'elle jusqu'à ce que la mort nous sépare. Je pliai lorsque la phrase s'insinua, railleuse, perverse, parmi le flot de mes pensées folles. Je pouvais désormais en appréhender tout le sens parce qu'elle appartenait à ma présente réalité tordue.

En roulant au pas, je longeai ensuite toutes les rues que nous avions arpentées ensemble depuis notre arrivée. Sur le volant mes doigts tremblaient, s'entrechoquaient avec maladresse quand je le tournais. Les minutes s'égrenèrent comme autant d'heures. La nuit claire et agitée projetait des ombres mouvantes autour de moi et je crus l'avoir retrouvée à de nombreuses reprises. À chaque nouvelle désillusion que j'essuyais, je criais ma rage dans l'habitacle :

– Venez me chercher maintenant ! Qu'est-ce que vous attendez ?

Je sentis mon impuissance pulser dans mes tempes, ma poitrine, mon ventre. J'allais sans doute clamser en cet instant de douleur crue de n'avoir même pas pu lui dire au revoir. À l'instar de ma mère quinze ans plus tôt, le scénario se répétait. Pourquoi m'avait-elle ainsi abandonné de plein gré ? Pourquoi persistait-elle à se considérer comme une entrave à ma survie alors qu'elle avait ouvert mon cœur à l'existence ? Elle m'avait rendu vivant pour me tuer d'un seul coup. Elle me jetait dans les bras d'une autre sans mon consentement. Cette pierre ne valait rien pour moi ni celle qui la portait. Peu importait qu'elle possédât un pouvoir hypothétique à me sauver. Si je ne la choisissais pas, elle ne pouvait rien pour moi.

J'arrivai à ma dernière destination : Agate Beach. Je me garai sur le parking désert à cette heure avancée de la soirée, sautai de mon siège et grimpai en courant le petit sentier, cerné par le vacarme des vagues qui se brisaient au loin sur le rivage. Vacarme puissant, rehaussé par les assauts du vent.

Lorsque je parvins au point culminant qui dominait la baie, tout près de mon arbre, je tombai à genoux. Elle n'était pas là. Mon dernier espoir s'envola à cet instant. Ma quête s'arrêtait ici. Je ne détenais plus assez de force pour aller plus loin. Cet endroit constituerait mon ultime demeure sur cette terre.

Je rejoignis la plage et le rondin de bois sur lequel nous étions assis, encore complices, seulement quelques heures plus tôt à admirer les couleurs du crépuscule. Tout avait déjà basculé, rien ne durait décidément jamais.

Je retirai mes chaussures, ma veste et les jetai face à moi, puis m'allongeai sur le sable froid et humide. Les yeux fermés, tandis que toute forme de lutte me désertait, j'entendis dans ma tête la tendre mélodie qu'elle fredonnait inlassablement. Le morceau dans son intégralité, qu'elle avait réussi à assembler depuis le tréfonds de son être par le biais de quelque canal mystérieux. En pensée, je passai en revue sa beauté, sa grâce, sa douceur exquise, son espièglerie, ses yeux passionnés et son rire enfantin. Je me perdis dans le souvenir de chaque moment que nous avions vécu ensemble et me laissai pleinement envahir par les sentiments d'amour que j'avais si longtemps repoussés pour les avoir jugés absurdes. Je lui avais parlé trop tard. Je n'avais pas disposé du délai nécessaire pour la convaincre qu'elle faisait partie intégrante de mon existence et voilà que j'allais terminer mon chemin seul et misérable. Comme le crétin que j'avais incarné durant la majorité de mes jours impartis sur terre. On meurt comme on a vécu, au fond tout n'était que justice.

Dans mon esprit, la musique recommença. Mêlée aux vagues, elle semblait vouloir m'attirer vers cet autre rivage.

Elle persista alors que je n'y pensais presque plus. Soudain, elle me parut trop proche, trop réelle pour émaner de ma seule imagination.

J'ouvris brusquement les yeux. Agenouillée près de moi, je découvris Layna qui chantait d'une voix atténuée. Elle me sourit tendrement et avec une extrême lenteur, je m'assis, halluciné.

– Depuis le début, tu n'en fais vraiment qu'à ta tête. Ça ne devrait même plus m'étonner ou me tourmenter, finit-elle par murmurer.

Je frottai mon visage avec frénésie pour me convaincre tout à fait de sa présence.

– Où étais-tu ?

Ma gorge me brûla d'avoir trop crié dans les bois.

– Tout près. Toujours. Même si tu ne pouvais pas me voir.

– Pourquoi es-tu partie si vite ?

Mes traits se contractèrent de douleur. Je me levai, le corps tendu.

– J'ai cru bien faire. Cette jeune femme, Susan, portait une pierre particulière. Tu l'as bien remarquée toi aussi. J'espérais… J'espérais que tu finirais par coopérer et saisir ce que la vie te proposait. Je ne voulais pas encore risquer de compromettre ton choix, je ne constitue pas une bonne issue pour toi. Alors je suis partie. Mais ça n'a manifestement pas suffi pour te convaincre d'essayer.

– Tu oublies un point essentiel. Cette pierre est supposée avoir de la valeur pour moi. Elle doit refléter l'évidence. Tu te rappelles ton discours édifiant à ce sujet ? Ce n'était pas du tout le cas. Ici et maintenant, tu es mon unique certitude Layna. Je te choisis. Toi seule… Je t'en prie, n'essaie plus de fuir ma décision. Je ne souhaite pas retrouver cette pierre si c'est pour m'éloigner de toi de cette façon. Et puis il est trop tard de toute manière. À présent, je tiens juste à rester là. Sur cette plage, jusqu'à la fin, à tes côtés. S'il te plaît.

En guise de consentement, elle n'usa pas du moindre mot, mais approcha son visage au plus près du mien. Les lèvres entrouvertes, ses pupilles rivées sur les miennes, elle plaça sa paume au-dessus de mon âme illuminée. Les couleurs s'intensifièrent tout autour de moi, mais je les ignorai, trop absorbé par les qualités uniques de ses traits qui s'offraient à moi. Eux demeuraient inchangés. Depuis le commencement, j'observais sa présence sublime avec les yeux du cœur.

En ce riche instant, elle bougea imperceptiblement et dévoila du même coup derrière elle un éclat mauve en lévitation qui m'interpella comme un phare dans la nuit. Il se situait à proximité de ma veste, que je balançais à mon arrivée près du rivage. Stupéfait, je ne tardai pas à reconnaître sa nature. Layna suivit la pointe de mon doigt tremblant et d'un seul mouvement, nous consentîmes à nous séparer pour nous diriger vers la lueur.

Une pierre familière, scellée sur la tête d'un pic à chignon planté dans le sable, s'élevait à dix centimètres au-dessus du sol. Le bijou, échappé de la poche intérieure de mon blouson, se déposait sur mon chemin, à mes pieds, sans aucun effort et contre toute attente.

Je tombai à genoux et cueillis le joyau entre mes doigts comme une fleur délicate. Nos éclats de rire combinés fusèrent dans la nuit. Depuis le début, je portais l'antidote sur moi. Il se révéla au moment où j'étais disposé à le reconnaître, le cœur entièrement dédié à l'amour de la vie et de Layna.

– Tu avais raison, notre lien se trouve justifié, l'univers nous le prouve. Prononce ton vœu sans plus tarder.

Je maintins le pic à chignon face à moi en présentant la pierre à la lueur de la lune.

Tout à coup, je me retrouvai face à un mur infranchissable. À cet instant, j'accueillis la vérité : en restant ou en mourant, je la perdais. Ou plus justement, elle ne m'avait jamais appartenu, comme absolument rien sur cette terre. Dans une poignée de secondes, nous allions parvenir à une intersection qui nous éloignerait l'un de l'autre. Misérable, je m'accrochai au temps.

– Que va-t-il se passer ?

– Comment ça ? Tu vas vivre !

Elle me regarda avec gravité. Son visage généreux se recouvrit d'un voile inquiet.

– Est-ce que je vais continuer à percevoir ta présence ?

– Je l'ignore, mais maintenant que tu as atteint ton but, il n'y aurait plus d'intérêt.

– Cela en a beaucoup pour moi.

– Pour moi aussi, mais tu avoueras que c'est un peu compliqué d'envisager le moindre « nous »…

– Que va-t-il advenir de toi ?

– Ce n'est pas le problème. Notre mission consistait à prolonger ta vie sur cette terre. Et nous avons réussi !

– Tu ne réponds pas à ma question.

Les sourcils froncés, elle poursuivit :

– Je vais attendre. Un jour, lorsque j'aurai résolu ce qui me retient, je partirai. Les portes du ciel s'ouvriront pour moi. L'être de lumière me l'a confirmé. Tout évolue. La vie reflète un perpétuel changement, tout devrait s'arranger assez rapidement pour moi. Et puis n'oublie pas, grâce à ce franc succès, je vais alléger mon karma.

Un silence s'installa qui ne la rassura pas. Un pli se forma entre ses yeux soucieux.

Alors, je sus. Ce même silence qui nous entourait éclaira ma propre voie. La limpidité de ce que je devais accomplir s'ancra en moi. Une ultime évidence, venue par quelque fulgurant et indéfinissable courant, se mit à circuler dans mes veines. Confiant, je repris :

– Tu m'as dit que tout était merveilleux là-haut, que je n'aurai aucune hésitation à les suivre. Tu m'as affirmé que l'amour me happerait si fort que je serai irrésistiblement attiré, que je demeurerai en paix et heureux. Et quand bien même je resterai à errer ici, cela ne change rien.

– Je ne comprends pas. Je ne vois pas le rapport. Qu'est-ce qu'il te prend ? Tu es gracié ! Formule ton vœu ! Qu'attends-tu ?

Elle ressentit ma souffrance à manier le clap de fin, aussi elle m'encouragea dans un murmure :

– Chacun de nous doit poursuivre sa route. Je ne t'oublierai jamais Sam Whorley. Un jour peut-être, on se retrouvera. Nos âmes se reconnaîtront à travers nos yeux infaillibles.

Son visage m'offrit un arc-en-ciel d'émotions confondues dans lesquelles je puisai la joie, la gratitude, la tristesse et surtout l'attachement sans limites qu'elle me portait. Puis elle scruta intensément le firmament et son mystère qui ne laissaient filtrer aucune certitude, si ce n'est que l'amour transcendait les frontières à travers le cœur. Il était grand temps.

Je la regardai comme je n'avais jamais regardé, absorbant chaque détail de son être évanescent. Les paupières fixes, je me brûlai les yeux. Je désirais figer ce moment. Le dernier auprès d'elle. Mon altruisme se réveilla alors si puissant que je me sentis empressé à réaliser le miracle. Elle avait révélé le meilleur en moi. Elle m'avait sauvé et je m'apprêtai enfin à prendre le relais. Il ne pouvait pas en être autrement. L'injustice de son sort me déchirait et ma peur réduite à néant, son bonheur prévalait sur tout le reste.

J'avançai de quelques pas vers l'océan et présentai la pierre à l'invisible, la paume de la main grande ouverte, le pic en métal froid glissé entre mes doigts. Décidée, ma voix grave résonna sur la plage déserte, se fraya un chemin entre le bruit des vagues et du vent qui fouettait les arbres.

– Je souhaite que Layna soit sauvée. Qui ou quoi que vous soyez, je vous demande de lui ouvrir la porte. Elle ne peut être vouée à l'errance, il s'agit d'une monumentale erreur. J'échange ma vie terrestre contre son passage vers le plan qu'elle mérite.

Je relâchai mon bras et me tournai vers elle. Cette fois, c'est mon sourire qui l'atteignit en premier. En état de choc, elle parvint à articuler :

– Qu'as-tu donc fait ?

Malgré les quelques mètres qui nous séparaient dans la nuit, je discernai la brillance propre à une profonde reconnaissance à la surface de ses iris gris. Je restai parfaitement immobile, le cœur battant, à l'affût du moindre phénomène irréel. Il ne tarda pas à se manifester.

– Je l'entends. La musique..., souffla-t-elle.

Elle porta une main sur sa tempe et son regard se tourna vers le ciel. Un ailleurs que je ne voyais pas s'offrait à elle. Sans son intention, je n'étais pas en mesure de le percevoir. Et cela prévalait mieux ainsi. Je refusais d'être le témoin impuissant de passeurs, aussi lumineux soient-ils, qui me la ravissaient en cet instant.

Je reculai encore de quelques pas jusqu'à sentir l'eau encercler mes chevilles. Son corps immatériel commença à s'effacer progressivement sous mes yeux. Elle me regarda et lança :

– Je me souviens enfin. C'est incroyable Sam, je…

Son image disparut tout à fait avant qu'elle n'ait pu me décrire l'autre monde. Je témoignai seulement d'un étonnement qui s'était dessiné sur son visage, uni à son bref et familier éclat de vie. Une surprise, aussi légère qu'une blague superficielle, de celles qu'on lit parfois sur les emballages de bonbons, l'avait animée. J'avançai vers l'endroit précis où elle s'était évanouie. Je pivotai lentement sur moi-même et éprouvai ma subite solitude avant de m'immobiliser tout à fait au milieu de la plage déserte.

C'était mon tour.

22

RÉVEIL

Une lueur agressive en appui sur mes paupières closes me tira de l'inconscience. S'ensuivirent cinq secondes avant l'apparition de mon dernier souvenir. Il me revint en mémoire avec la délicatesse d'une météorite : j'avais reculé, effrayé par le claquement d'une vague qui s'abattait avec trop de force. J'avais alors basculé de toute ma hauteur, ma tête heurtait brutalement une pierre et je sombrais. Point final, le rideau était tombé, abrupt, sur le film de mon existence terrestre. Je n'avais pas eu le temps de souffrir, une véritable aubaine en soi, en revanche je déplorai la stupidité de mon départ. J'imaginai déjà les rumeurs :

« Il a fait une mauvaise chute… »

« Ah, bon ? C'est arrivé comment ? Un ravin ? »

« Non, du haut de son 1 m 92. Il a trébuché le pauvre. Sûrement un lacet défait… » « C'est idiot. »

« Oui, c'est vraiment absurde. »

Layna s'immisça alors dans mes pensées et fit table rase de tout. La tristesse s'engouffra et, abasourdi, je considérai ces foutues émotions restées intactes. En cet instant, brutes. Douloureuses. Bien que je me retrouve dépourvu de corps, elles continuaient leur travail et m'informaient que je souffrais atrocement.

Je contractai ma mâchoire et broyai une substance granuleuse. Un fulgurant mal de crâne m'assaillit et je grimaçai. Plus fort encore que mon honneur et mon chagrin, une question essentielle finit par s'imposer : *Où suis-je ?*

Malgré mon appréhension à découvrir mon nouvel environnement, je me résolus enfin à ouvrir les yeux. La lumière les brûla puis des images commencèrent à s'assembler. Un oiseau, des nuages, le ciel. Je tournai la tête en laissant échapper un cri de douleur et la plage d'Agate Beach se déroula comme un tapis multicolore. Un rondin de bois m'apparut sur lequel mes mollets reposaient. Le fameux obstacle qui avait causé ma mort.

Avec peine, je me hissai sur mes deux pieds, chancelant. En dessous et autour de moi, je ne constatai nulle présence de mon ancien corps physique inerte, devenu obsolète. De toute évidence, les secours, alertés de mon accident par un riverain, avaient déjà éliminé sa trace. Non sans stupeur, je remarquai ma veste et mes chaussures à une dizaine de mètres devant moi. Plus près gisait le pic à chignon que j'avais laissé choir avant de m'écrouler. Dans leur hâte à emporter ma dépouille, ils avaient oublié mes affaires !

À moins que…

Aucun comité d'accueil de l'au-delà n'était venu me chercher, il avait du retard. Ou plus probable, je me retrouvais en errance à mon tour, coincé comme un con entre deux mondes pour avoir subi ma propre vie plutôt que de la vivre. Pas vraiment étonnant au fond. Qu'est-ce que douze jours de rédemption contre des années de médiocrité ? Je ne figurais finalement pas sur la liste des admis à un paradis qu'avait atteint Layna. Ses sentiments pour moi avaient de toute évidence altéré son jugement.

– Hey ! Est-ce que quelqu'un m'entend ?

Seules les vagues répondirent à mon appel, tantôt calmes ou puissantes, mais éternelles.

J'engageai quelques pas en direction de l'océan. Mon nouveau corps ne fonctionnait pas correctement. Rien de comparable avec la célérité et l'habileté de Layna. L'écume vint lécher mes pieds nus et bleuis par le froid de la nuit. Je fronçai les sourcils. Dans la mort, rien n'avait changé.

À moins que…

Des voix au loin m'arrachèrent à ma torpeur. Un petit groupe de surfeurs s'apprêtait à emprunter le sentier qui descendait sur la plage. Une poignée de minutes s'écoula avant qu'ils ne s'élancent à contre-courant des rouleaux sauvages, le corps plaqué contre leur planche. Seuls leurs bras solides s'animaient avec vigueur. Quatre types de mon âge. Avec difficulté, j'évoluai sur le rivage dans leur direction. Arrivé face au spot qu'ils investissaient, je les observai un instant défier l'océan. J'avais été l'un d'entre eux. Tout était passé si vite.

À deux mètres de moi, une jeune fille qui les accompagnait les regardait, elle aussi. Une minerve entravait son cou. Une probable surfeuse mise momentanément sur le banc de touche dû à un accident. Elle portait les cheveux courts et de multiples taches de rousseur s'étalaient sur son visage. Malgré notre proximité, elle ignora ma présence. Normal, j'étais mort. Mes pieds me faisaient de plus en plus souffrir et je tentai de remuer mes orteils engourdis. Pouvait-on à ce point ressentir la douleur de l'autre côté ?

Layna m'avait bien signifié que les errants conservaient une partie de leur état émotionnel et physique propre à leur ancienne vie, mais cela m'apparut déconcertant de similarité avec mon humanité passée.

À moins que…

Lorsque je relevai la tête, je sentis les yeux de la jeune fille qui m'examinaient. Je me tournai tout à fait vers elle et rencontrai deux billes bleu clair. Une probable médium. Maintenant que je croyais en leur existence, je croisais leur route à la pelle.

À moins que…

– Vous avez oublié vos affaires.

Elle pointa du doigt ma veste et mes chaussures laissées à l'abandon sur la plage. Je me figeai aussitôt et la fixai avec intensité, mes prunelles noisette chargées de questions. Nerveuse, elle resserra son sac contre elle. Ses pommettes rondes et son front blêmirent légèrement. Elle détourna le regard et s'éloigna de deux pas discrets.

– Je pensais ne plus en avoir besoin, lâchai-je finalement d'une voix éteinte.

La curiosité sembla l'emporter sur la notable appréhension que j'avais suscitée chez elle en la dévisageant avec une insistance accrue.

– Vraiment ? Tout de même, on n'abandonne pas ses affaires comme ça. Vous allez bien ?

Les sourcils froncés, elle me considéra avec une attention neuve. Mon attitude lui paraissait maintenant plus étrange que dangereuse.

– Je pensais… Je pensais que je suis… que j'étais…

Un court silence s'immisça puis je poursuivis :

– C'est bien réel, n'est-ce pas ? Je suis toujours en vie. Sur cette terre… dans ce monde.

Je soupirai. J'avais survécu. Pour une raison inconnue, mon âme était restée en place, disposée à reconduire son expérience humaine. Je portai une main sur mon cœur et perçus ses battements lents et réguliers. J'aurais dû sauter de joie, crier, exulter. J'aurais dû seulement, au lieu de quoi je m'enfermai dans un profond mutisme motivé par l'absence de Layna qui prenait tout l'espace. Au fond, peu importait la nature de ce que j'étais, la tristesse qui m'enveloppait me rendait indifférent aux autres circonstances.

– Je ne sais pas ce qui a pu vous arriver, mais vous êtes bien vivant. Uniquement blessé, vous avez saigné, dit-elle en indiquant mon front, juste à proximité de ma tempe droite. Vous permettez ?

Elle désigna le dos de ma main et alors que j'acquiesçai, elle me pinça délicatement la peau. Son geste innocent m'incita à relâcher un sourire chétif. Je pouvais presque entendre Layna tenter de me convaincre de sa propre présence à travers cette jeune fille. Mais je refusais des miettes d'elle. Je ne voulais pas me contenter d'un signe, d'un visage, du vent, d'une fleur, d'une odeur, ou encore de la couleur mauve pour la retrouver. Je désirais la garder entière, intacte, à moi, pour toujours.

– Vous sentez ?

J'opinai d'un simple mouvement de tête.

– Merci.

– Trisch ! Ça va ?

Une voix rauque plana, soucieuse, depuis l'océan. Dans les airs, la jeune fille adressa un cercle formé par la jonction de son pouce et son index, pour signifier à son compagnon de ne pas s'inquiéter. Un second témoin de ma présence, une nouvelle preuve de ma matérialité.

Déprimé, je saluai Trisch et, parce que je ne savais pas quoi faire d'autre, je partis récupérer mes affaires avant de regagner ma voiture.

Assis dans l'habitacle étroit, je demeurai interdit. J'étais vivant, mais pétrifié. Mon but et mon désir premier de survivre coûte que coûte avaient fondu aussi sûrement qu'un centimètre de neige au soleil. En tombant amoureux de Layna et l'impossible qu'elle représentait, je me retrouvais perdu au milieu d'une nouvelle partie de vie que j'avais le sentiment de subir si c'était sans elle. Mes priorités avaient changé de cap. Je ne savais plus où aller, ni qui j'étais. Après ce qui me sembla de longues heures, je parvins à me poser une seule question qui me poussa à mettre le moteur en marche :

– Que veux-tu faire maintenant ?

Je la formulai tout haut comme une incitation au mouvement, car rien ni personne ne volerait à mon secours tant que mon intention resterait au point mort.

– Prendre une douche brûlante.

C'était tout. C'était peu. Mais cela représentait un début, l'unique indication que mon mental me concédait. Mon corps, quant à lui, m'attendait. Il avait déjà récupéré de sa vivacité, rythmé par les pas qui me guidaient vers ma voiture. Je démarrai avec diligence et me dirigeai vers la demeure de mon enfance.

Je coupai le jet d'eau surchauffé de la douche. Le miroir au-dessus du lavabo me renvoya le reflet rouge écrevisse de mes épaules. Je me frictionnai les cheveux avec une force abusive, comme si j'espérais remettre un peu d'ordre dans le chaos de mes pensées et de mes émotions, enfilai des vêtements attrapés au hasard et regagnai le rez-de-chaussée.

Par la fenêtre, je regardai un court instant le crépuscule s'annoncer, avant de tomber à la renverse dans le canapé, les yeux grands ouverts pour retrouver la léthargie qui m'attendait. Elle s'avérait aussi agaçante que du sable fin logé entre deux orteils humides, pourtant je la laissais faire ce qu'elle voulait de moi.

Trois jours entiers étaient passés depuis le départ de Layna pour un autre monde et mon réveil sur la plage. Autant de temps que je dilapidais à rester enfermé, isolé. Je prenais des douches, près de quatre à cinq par vingt-quatre heures. Cette activité résumait ma seule ambition, l'unique parvenant à me soustraire du divan et des images télévisées qui m'abrutissaient. Peut-être le devais-je au bénéfice de l'eau. J'avais toujours entretenu un rapport particulier avec l'eau. Elle exerçait un pouvoir sur moi. En dehors de son bienfait, je ne voulais voir personne et refusais de suivre le fameux chemin de ce qui pouvait me rendre heureux. Je me montrais hermétique à toutes les issues optimistes, comme un adolescent rebelle contre le système et la vie, aussi, je boycottais l'océan, le surf, le restaurant, les clients, la cuisine et même Dan. J'arrêtais mon attention sur la seule réalité que je choisissais de percevoir : elle s'était volatilisée loin de moi et je restais vivant sans elle.

Afin d'exclure toutes visites intempestives, j'avais appelé Dan, sitôt rentré en survivant inattendu à la maison de mon enfance, pour lui signifier que j'avais dû retourner précipitamment à Seattle. Pour cela, j'avais prétexté une tentative de cambriolage avortée dans mon appartement grâce à ma fouineuse de voisine, Mme Jenkins. J'avais bien insisté sur l'inutilité de faire entretenir le pavillon en mon absence, en stipulant que je reviendrai au plus vite. À l'autre bout du fil, Dan m'avait simplement confié son soulagement de m'entendre, il essayait de me joindre depuis plus d'une heure et m'en exposait la raison :

– Susan Prescott est venue me voir au restaurant ce matin. Elle m'a dit que tu t'étais enfui comme une furie hier soir, que ton comportement frôlait vraiment l'irrationnel et que tu souffrais très probablement d'un burn-out. Elle a rajouté que les mecs à problèmes, elle les connaissait bien pour avoir déjà trop donné. Que se passe-t-il Sam ?

Je l'avais rassuré et j'avais même ri, authentiquement ri l'espace de trois secondes avant de me refermer comme une huître, car je refusais d'éprouver un quelconque sentiment réconfortant qui me laissait l'impression d'accepter ma brusque séparation avec Layna. Je me révoltais contre une fatalité qui m'arrachait systématiquement aux personnes que je me risquais à aimer.

Enfin, pour terminer de tromper mon monde, notamment le couple Dunghan, j'avais garé ma voiture dans une rue parallèle pour attester de mon départ.

Mon téléphone sonna et me ramena au présent. Je regardai l'écran d'un œil torve et, avec surprise, reconnus le numéro d'un des bureaux affiliés à Hart's Design. Je me rappelai non sans consternation que seulement quinze jours plus tôt, je travaillais encore comme consultant prometteur pour une société réputée de Seattle. J'évoluais dans un monde matérialiste. Je ne connaissais pas Layna. J'étais doté d'un esprit cartésien et avançais en m'épuisant, à contre-courant de mes besoins profonds et de la vie. Je ratais ma bonne fortune, malgré la liberté dont j'avais toujours bénéficié. Sur ce dernier point, il me semblait regagner l'origine de mon mal au vu de mon apathie de ces trois récents jours, en réponse à la lutte sous-jacente qui m'animait.

Je considérai mon téléphone, incapable de me résoudre à décrocher. Lorsqu'il cessa de sonner, un bip signala qu'un message était enregistré. Depuis mon renvoi provisoire, aucun de mes clients n'avait tenté de me joindre. Minguez avait dû faire main basse sur mon agenda et mes contacts. Avec stupéfaction, je réalisai que je n'avais pas pensé une seconde à ce travail pour lequel j'avais consacré toute mon énergie durant trois années consécutives. Tous ces efforts, mus par la quête sans fond de satisfactions éphémères et l'orgueil de quelque supposé prestige, se retrouvèrent engloutis dans l'oubli, en seulement deux semaines. L'importance que cet emploi revêtait s'était apparentée à une pure illusion, tout comme l'existence qui y était associée. Illusion interrompue par une mise à pied pour avoir tenté de doubler un supérieur hiérarchique dans la course aux gros contrats. Ou plus justement, mon âme, solidaire à la vie, avait conspiré à me dépouiller pour me contraindre à me connaître.

Je me déterminai à appuyer sur la touche du répondeur pour écouter le message. Un disque annonça la date et l'heure de l'enregistrement, puis j'entendis avec surprise le P-DG Robert Hart s'introduire en personne. Son ton dégageait son charisme inné. Contrairement à ce que j'aurais pu imaginer, il se voulait calme. Je pouvais même percevoir quelques notes d'humeur satisfaites à travers l'inflexion de sa voix. Je me demandai ce qu'il avait bien pu se passer lors de son voyage en Chine pour le mettre dans cet état inhabituel. À moins que les bonnes nouvelles ne fussent survenues à son retour, par l'intermédiaire d'un Tony Minguez victorieux, brandissant le contrat juteux de l'*Imperial House*. Avec une courtoisie déconcertante, il m'enjoignait de le rappeler de toute urgence sur sa ligne directe. Avec Hart, il n'existait pas d'autres tempos possibles. Il n'aimait que la valse à quatre temps.

J'hésitai un instant, puis me décidai à en terminer avec cette histoire de licenciement de manière définitive. J'avais assez de ma peine pour m'encombrer d'éventuelles poursuites pour faute grave. La sonnerie retentit seulement deux fois avant que mon interlocuteur ne décroche. Il me cueillit sans préambule, avec cette fois un excès d'autorité qui me hérissa les poils des avant-bras.

– Monsieur Whorley. Je vous attends immédiatement dans mon bureau.

– Je crains de ne pouvoir honorer votre exigence au vu de la distance à laquelle je me trouve.

Je ressentis une vague jubilatoire à user de la même irrévérence que lui, il n'était plus mon patron et ne possédait plus d'ascendant sur moi. À l'autre bout de la ligne, le silence se posa. Seul son souffle m'indiqua qu'il se trouvait toujours à l'écoute. Après cinq secondes, il ne me menaça pas, mais s'exprima d'une voix plus calme qui laissait entrevoir qu'il avait encore quelque chose à me soutirer :

– Où êtes-vous ?

– Californie du Nord.

– Bien. Si vous partez sans tarder, vous pouvez être de retour dès demain matin. Je vous convoque à neuf heures précises pour finaliser une affaire de toute urgence. Vous m'entendez ? De toute urgence. Ne vous méprenez pas monsieur Whorley, à ce jour, vous êtes toujours l'employé légal de nos bureaux.

Il raccrocha sans attendre ma réponse. Son ton catégorique n'offrait aucune place à la négociation. M. Hart était un homme de pouvoir, il lui fallait obtenir le dernier mot.

J'exécrais la façon dont il se permettait de disposer de son petit monde. L'index tremblant au-dessus de l'onglet vert, je m'apprêtai à le rappeler pour l'envoyer valser, lui et son maudit rendez-vous. Nous n'aurions qu'à officialiser mon renvoi par courrier interposé.

Mais le visage de Layna m'apparut à cet instant. Je pouvais entendre sa voix musicale me murmurer qu'il ne servait à rien de régler des différends sous le coup d'une émotion trop vive. En réagissant avec acrimonie, je risquais d'aggraver mon cas. Après tout, je détenais toujours du matériel qui ne m'appartenait pas, comme le téléphone dernier cri sur lequel il me joignait. Je laissai tomber ce dernier sur la table basse et parce que mes nerfs me démangeaient, j'attrapai le premier objet à ma portée, une bouteille de bière vide, et la balançai contre le mur. Le bruit de verre brisé me stupéfia. Immédiatement, je me sentis réinvestir mon corps. Je me hâtai de sortir pour ne pas ravager le reste de la maison et la porte claqua derrière moi, faisant trembler le chambranle. Je me mis à courir comme un sauvage aux hasards des rues, mes poings défiant les airs. Ils se confrontèrent à un Minguez, un Hart, à l'injustice qui me séparait de Layna.

Au bout d'une heure, je rentrai et, exténué, m'écroulai sur le sol, le souffle court. Un étrange demi-sourire s'afficha sur mon visage, mélange d'extase et de lâcher-prise qui induisait la paix. Le calme après la tempête. À travers cet évènement, je sentis que la sève de la vie regagnait du terrain. La vie. Elle s'accrochait, persistait, comme une tique sur la peau d'un chien. J'avais beau lui hurler dessus, la négliger ou l'ignorer, elle revenait. Inlassablement.

J'avais conscience que Hart n'avait été qu'un prétexte à faire s'épancher ma colère, un simple petit émissaire à son service, destiné à me fournir l'élan nécessaire pour poursuivre ma route. Mon âme et elle me connaissaient, elles savaient toutes deux ce à quoi je ne pourrais résister. De plus, l'exigence émanant de ce coup de fil inattendu avait le mérite de me donner une perspective pour les prochaines vingt-quatre heures. La réjouissance d'une confrontation finale avec cet abruti de Minguez et le despotique Robert Hart mobilisa définitivement toute mon énergie et mon ambition. Et puis, il me fallait bien rentrer chez moi pour prendre des décisions qui s'imposaient, et que je n'avais pas encore considérées depuis mon extraordinaire survie, entre autres dénoncer le bail de mon appartement avant que les dettes ne m'ensevelissent.

J'inspirai profondément et me levai, tandis que le soleil disparaissait déjà à l'horizon. Si je voulais arriver à temps à Seattle, je devais partir sur-le-champ. En trois enjambées, je gravis les marches de l'escalier, attrapai mon sac dans la chambre, passai dans la salle de bains, et saisis en vrac mes produits de première nécessité. Je me regardai un court instant dans la glace et avisai mes cheveux emmêlés, mes yeux fatigués malgré mon inaction de ces trois derniers jours, ma barbe naissante. Un portrait d'ensemble en apparence négligé, mais j'étais là. Debout, solide, vivant. Je ne pouvais pas encore sentir de joie sans Layna à mes côtés, mais je savais qu'elle existait encore en moi, tout près, et que ma décision de me remettre en mouvement me permettrait de la faire émerger à nouveau. Le fameux moment venu.

Je me demandai ce que ma merveilleuse partenaire pouvait bien faire en cet instant. Je l'imaginai parlant, chantant, riant auprès des êtres de lumière qui la fascinaient. Parmi eux, peut-être des membres de sa famille, des amis. Je vis mes lèvres s'étirer dans un sourire.

Penser à son bonheur me prêtait un regain de force, presque d'optimisme. Je lui avais offert mon vœu. La pierre avait fait le reste et la sauvait. Elle avait pu quitter cet entre-deux-mondes, non conforme avec son éclat. Depuis notre rencontre, j'avais fini par lui ouvrir la seule porte qui importait vraiment.

Puisque je ne formulais aucun souhait pour moi-même, comment et pourquoi avais-je donc survécu ?

La question se faufilait, amère, obsédante dans mon crâne durant ma conduite méditative jusqu'à Seattle, comme si je cherchais des noises à la vie, encore trop révolté que j'étais par notre éloignement forcé pour apprécier le miracle dont je bénéficiais. J'eus beau exiger une réponse, aucune des longues heures qui me séparaient de ma destination n'avait daigné la dévoiler.

J'empruntai la rampe menant au garage de ma résidence avant le lever du jour. Dans l'ascenseur, j'appuyai d'instinct sur le -2 et me hâtai de gagner la cave, pour mettre au défi mon âme. Pour la deuxième fois, j'éteignis la lumière face au miroir de la vieille armoire.

Au sein de la pénombre opaque, serein, j'ôtai mon sweat-shirt et portai une main sur l'emplacement de mon cœur. Puis lentement, j'en libérai l'accès pour constater que les petites sphères luisantes, que j'avais aperçues quelques jours plus tôt, avaient totalement disparu. Je restai immobile quelques minutes pour m'en persuader, jusqu'à ce que la certitude que j'étais bel et bien guéri s'infiltre dans toutes les parcelles de mon être. J'allais vivre. Ma quête initiale s'auréolait de succès. Exactement comme ce fut le cas pour Cristina Ramirez. Cristina Ramirez. Elle avait influencé la dernière étape de notre voyage, qui m'avait mis sur la piste de la pierre miraculeuse. L'un comme l'autre, nous l'avions trouvée sur notre chemin. La différence notoire entre nous résidait dans le fait que je n'avais formulé aucun vœu pour moi-même. Je devais ma vie sauve à un facteur mystérieux.

Se pouvait-il que Cristina Ramirez détienne la réponse à la lancinante question qui me taraudait depuis que j'avais quitté la Californie ? Par conséquent, plus urgent que ma procédure de licenciement, je ressentis l'impérieux besoin de revoir cette femme. Par-dessus tout, je voulais parler à l'unique être qui puisse comprendre un traître mot de mon histoire. C'était sans doute aussi une ultime façon d'évoquer Layna, de prolonger sa présence et notre aventure, en les narrant au seul public averti de ma connaissance. Mais surtout, j'aspirais à un soutien immédiat pour alléger ma peine et ressusciter mon désir de continuer mon chemin terrestre.

J'allumai l'interrupteur et regardai l'heure. Il était encore tôt, je disposai d'un peu plus de deux heures devant moi avant mon rendez-vous avec Robert Hart.

Je me précipitai à mon appartement pour me changer et déposer mon sac de voyage. À l'intérieur régnait une ambiance froide, presque sinistre, extension de mon être sous la gouverne de ma part d'ombre. Elle avait prédominé durant des années, jusqu'à ce qu'une femme l'apaise en l'accueillant pour ce qu'elle était, sans la juger, car au fond elle ne résultait que d'une simple tristesse et colère non reconnue.

J'optai pour une tenue sportwear, et même si je ne pris pas la peine de me raser, je consentis à passer un peigne dans mes cheveux indisciplinés. Cinq minutes suffirent pour me préparer, puis j'attrapai ma sacoche en cuir noir. J'y fourrai toutes les affaires constituant la propriété de Hart's Design qui comprenait tous les ouvrages fastidieux que j'avais dû étudier concernant la législation en vigueur des normes en matière de rénovation, un badge d'accès au parking du bâtiment, le téléphone – un iPhone dernier cri – et les clés d'une voiture de fonction. Ces dernières devaient figurer en tête de liste des raisons pour lesquelles Hart m'avait convoqué « de toute urgence ». Un véhicule au sol équivalait à un vendeur de moins sur le territoire.

Je m'empressai ensuite de rejoindre le garage. Lors de notre rencontre, j'avais omis de prendre les coordonnées de Cristina Ramirez, mais une idée très claire de la manière d'entrer en contact avec elle se forma dans mon esprit. Au volant de ma Ford Mustang GT, la vitre ouverte malgré le froid mordant, je m'élançai dans les rues calmes du jour naissant, avec la même fougue que je ressentais quand ma survie se trouvait en jeu. Cette fois, je me surpassais pour retrouver Layna à travers mon histoire, que je m'apprêtais à relater. Pour tenter de comprendre. Pour essayer de guérir. Avancer. Un pas. Le reste demeure l'affaire de la vie.

23

VOIE

Trente minutes plus tard, je me plantai devant la boutique d'antiquités toujours fermée pour congé annuel. Mes mains en porte-voix, je m'écriai :

– Cristina Ramirez ! Ici Sam Whorley ! J'ai besoin de vous parler, c'est très important !

À l'étage, des stores que l'on contorsionnait. Parfait. Je répétai ma phrase, elle résonna avec puissance contre les murs de l'étroite impasse. Une fois, deux fois. Je m'interrompis à la troisième récidive lorsqu'un visage de femme usé et anxieux apparut à la fenêtre, un téléphone scotché à l'oreille.

– Mme Ramirez n'est pas là, elle me charge de vous donner son adresse personnelle. Elle habite à deux pas d'ici… Elle… elle vous attend.

Je notai mentalement le numéro suivi de la rue que la voisine me dicta, la saluai d'un geste puis partis en courant dans la direction indiquée.

Rendu au pied d'un petit édifice de brique rouge cerné de plantes en pot, je repérai le nom convoité sur l'interphone et appuyai sur le bouton correspondant, le cœur battant. Un déclic libéra le verrou. Je grimpai en hâte les marches d'un escalier ancien jusqu'au premier palier. Cristina Ramirez m'y attendait, figée devant une porte pourvue d'un écriteau représentant un chat sur lequel je lus « *Welcome* ». Ses yeux brillaient d'une excitation extrême, comme si la joie avait envahi chaque parcelle de son être.

– Vous avez réussi !

Elle porta une main à sa bouche à la vue du rescapé que j'incarnais. Je haussai les épaules d'un air indifférent. Son entrain s'atténua lorsqu'elle prit le pouls de mon apparente désinvolture et les sourcils froncés, elle se déroba pour m'inviter à entrer.

L'appartement ressemblait à une extension de la boutique qu'elle tenait. Meubles antiques, grand miroir au cadre sculpté, tableaux, canapé brun profond aux larges assises moelleuses, bibliothèque couverte de livres anciens et actuels habillaient la pièce. Sur un tapis oriental, quelques coussins colorés disséminés autour d'une table basse incitaient à la nonchalance. Après m'avoir proposé une tasse de café que je refusai, elle m'indiqua un fauteuil dans lequel je me laissai choir, mes bras étalés sur les accoudoirs capitonnés.

Elle s'assit à son tour sur le divan face à moi et énonça la question qui la taraudait :

– Rassurez-moi tout de suite Sam, vous êtes bien tiré d'affaire, n'est-ce pas ?

Je lui adressai un sourire faible puis hochai la tête à l'affirmative pour rompre l'affligeant suspense qui lui barrait le front d'une marque soucieuse.

– Je vous écoute, dit-elle simplement pour m'encourager à lui exposer les raisons de ma visite.

– Après avoir découvert la pierre, j'ai émis le vœu que les passeurs viennent chercher Layna. Je lui ai offert mon souhait, grâce auquel elle a pu enfin atteindre le plan dont elle rêvait. Il reste cependant une énigme, car j'ai quand même survécu. Pourquoi ? J'avais dans l'idée que vous pourriez m'aider à répondre à cette question.

Elle me jaugea un instant avec stupéfaction.

– Attendez… je n'ai pas saisi… Qu'avez-vous trouvé ?

– Comment ça ? La pierre miraculeuse. Celle que vous m'aviez dit de chercher. L'unique capable de me sauver. Vous vous souvenez de votre histoire tout de même ?

Une courte pause s'immisça durant laquelle elle but une gorgée d'un thé odorant à la menthe.

– Ainsi donc, vous affirmez l'avoir réellement découverte ? C'est absolument extraordinaire…

Elle secoua la tête, le regard filant en direction du plafond, visiblement perdue dans quelque rêve.

– Comme vous. Pourquoi êtes-vous aussi étonnée ?

Hésitante, elle se mordit les lèvres. Une irritation sous-jacente commença à s'emparer de moi, signe que sa révélation à venir ne présageait rien de bon.

– Parce que… parce que je n'ai jamais trouvé la moindre pierre. Voilà pourquoi.

– Pardon ?

Je me levai abruptement, mais non sans peine, du confortable fauteuil. Elle m'imita et posa une main alerte sur mon épaule. La tête me tourna, je perdais pied.

– Écoutez-moi Sam, je vous en prie. Je suis désolée si je vous ai menti. En même temps, puisque vous êtes là, laissez-moi au moins vous expliquer !

Elle inspira profondément en fermant les yeux et sembla chercher les mots justes.

– Tout d'abord, sachez que j'ai sincèrement agi dans le but de vous aider. De toutes mes forces. Tellement en fait que… j'ai un peu truqué la réalité toute simple. Je vous avais parlé de ma passion pour les contes… Eh bien, je les ai mis à profit avec vous. C'est vrai, je reconnais avoir inventé une deuxième histoire plus fantaisiste à un moment donné.

– Où se situe donc la vérité dans toute cette mascarade ?

Elle secoua la tête, confuse.

– Je n'en sais rien. Je ne connais que la mienne.

– Comment ça, vous ne savez pas ? Vous avez bien conscience de la frontière entre votre mensonge et les faits tout de même !

– J'ai créé cette histoire de pierre miraculeuse sur le moment. Je m'en suis servie comme d'un placebo. Un petit subterfuge pour vous motiver. Pour vous inciter à croire en l'infini des possibles et surtout pour vous mettre sur la voie des désirs initiés par votre âme, en portant votre attention sur ce qui pouvait vous rendre heureux. Vous êtes l'auteur même de votre guérison. Vous avez été sauvé parce que votre cœur s'est ouvert à la vie. À l'amour, à la joie, à une profonde gratitude, que sais-je… Vous seul connaissez ce qui s'est passé en vous. Durant votre périple, vous vous êtes tourné vers votre véritable nature et votre âme a changé d'avis. Elle est rentrée dans sa coquille en quelque sorte. Ce sont les nobles sentiments que vous avez éprouvés le long de votre chemin qui ont accompli le travail. Uniquement vos sentiments. Ils sont à l'origine de votre transformation et de votre guérison.

Je sentis mon crâne chauffer pour avoir cru à de telles inepties, mais surtout je fulminai contre Cristina Ramirez. Elle m'avait manipulé et s'était amusée à mes dépens.

– Mais enfin, pourquoi m'avoir trompé de la sorte ?

– Vous ne m'écoutiez pas ! Au départ, souvenez-vous, je vous racontais mon expérience de façon très élémentaire, mais vous refusiez d'entendre que les choses puissent être aussi simples. J'ai survécu, car j'ai assumé le choix de quitter mon mari, de rendre visite à mon amie en Floride et de marcher vers mes envies et mes rêves. J'ai cédé à l'appel de mon cœur après tant d'années et j'ai agi. C'est l'unique raison pour laquelle je m'en suis sortie.

J'accusai le coup. Je devais bien reconnaître que sa première version des faits ne gagnait pas mes faveurs. Je soupirai et l'observai avec gravité. La colère qui m'avait animé contre elle s'étiola avec mes torts.

– Très bien, je comprends votre motivation et j'adhère à votre explication concernant ma guérison. Cela a bien du sens pour moi maintenant. Mais il reste tout de même un mystère… La pierre, je l'ai bel et bien trouvée ! Layna a disparu sitôt mon vœu énoncé pour que les passeurs daignent venir la chercher. Elle s'est envolée à ce moment précis, cela ne peut pas s'apparenter à un hasard !

Je misai tout sur la sagesse de Cristina Ramirez pour interpréter cette énigme. Elle regarda un instant la surface irrégulière de la table basse en bois ancien sur laquelle se dressait un bougeoir antique et le fameux manuscrit de contes pour enfants, raturé par endroits, qu'elle rédigeait. Ses traits, légèrement contractés, indiquèrent une intense réflexion tandis qu'elle énumérait les faits à haute voix :

– Vous avez trouvé une pierre sur votre chemin qui vous a inspiré et incité à formuler le vœu. Vous avez sollicité de l'aide pour votre amie et vous avez été exaucé…

Avec impatience, j'attendis son verdict. Elle finit par avancer :

– Soit elle croyait dur comme fer au pouvoir de la pierre, soit votre dévotion à son égard l'a émue au point de provoquer une hausse de son énergie vibratoire lui valant d'accéder au plan supérieur, soit…

– Soit ? demandai-je, un peu confus par ses spéculations.

Ses sourcils se rapprochèrent, elle chercha un instant l'idée juste puis releva précipitamment la tête, les yeux détendus et emplis d'une lumière familière dont jouissaient les personnes heureuses.

– … Soit, et beaucoup plus vraisemblablement, sa mission de vous accompagner jusqu'à votre survie touchait à sa fin.

Elle inspira profondément puis développa sa théorie :

– Avec votre sacrifice, vous avez éprouvé un amour absolu. Votre âme ne pouvait tout simplement plus décider d'interrompre votre parcours pour égarement après un acte aussi altruiste. En fait, elle vous en savait capable. Elle a attendu le dernier moment pour que vous puissiez comprendre à quel point votre être est immense et doué de grandeur. Une chose est sûre, vous lui avez prouvé votre aptitude à poursuivre votre chemin initial. Elle s'est ainsi à nouveau fondue, discrète, à l'abri de votre cœur en même temps que sa lueur disparaissait. Layna a dû en témoigner et sa propre âme a alors reconnu qu'il était temps pour elle de continuer sa route. Comme pour vous et nous tous par ailleurs, elle seule est responsable de son évolution. Non les êtres de lumière, ni votre vœu, encore moins la pierre. Une fois de plus, cette dernière ne représentait rien d'autre qu'un but artificiel destiné à vous orienter sur la voie du bonheur, vers toutes les petites actions qui vous ont rendu vivant par le biais de vos émotions. Sitôt que Layna a eu la certitude que vous étiez guéri, elle s'est résolue à avancer elle aussi. Vos histoires de vie s'imbriquaient depuis votre rencontre.

Cristina Ramirez s'interrompit enfin. Dans ses yeux transparaissait un franc ravissement. Elle ne cherchait pas à me convaincre, mais ses mots transportés me contaminèrent en m'offrant une réponse cohérente à la question cuisante qui m'avait mené jusqu'ici.

– Selon vous, c'est donc la force de nos sentiments respectifs qui nous a sauvés tous deux. Autrement dit, s'il n'y avait pas eu Layna…

Elle me coupa d'emblée :

– Mais elle était là, ça ne se discute pas. Comme chaque évènement et chaque obstacle, chaque individu rencontré et destiné à nous faire évoluer. Layna a symbolisé l'instrument qui a permis à votre cœur de s'ouvrir. Votre âme, de connivence avec la vie, savait tout ce qui se jouait, en la mettant sur votre route. Même si vous restez l'acteur principal avec vos choix de chaque instant.

Intrigué, je m'enquis :

– Et pourquoi avoir opté pour une pierre ?

– Parce que c'est classique, ce qui rendait toute recherche impossible. Il y en a partout, j'aurais pu aussi bien dire « une plume » ou « une fleur ». Je misais sur le fait que vous finiriez par oublier cette quête insensée une fois que vous seriez occupé à vivre vos priorités. Pour tout vous dire, j'ai vu un pic à chignon remarquable serti d'une jolie pierre mauve dépasser de votre veste. L'idée m'a traversée et je l'ai suivie. Et regardez où vous vous trouvez en cet instant. C'est bien cela le véritable miracle, non ?

– C'est précisément celle que j'ai retrouvée et élue.

Ses lèvres s'entrouvrirent de stupeur comme si elle calculait les probabilités dans sa tête.

– Vraiment ?

– Oui. Le pic à chignon appartenait à Layna.

– J'avais reconnu votre attirance pour elle, mais j'ignorais tout concernant le bijou. L'intuition confère un pouvoir des plus extraordinaires.

Pensif, je pris soudainement conscience de ma bonne étoile. Je me remémorai la folle aventure que j'avais essuyée durant ces derniers jours et une énième énigme, mais non la moindre s'imposa :

– À quoi ça rime tout ça ? Pourquoi nos âmes ont-elles fait le choix de rester en fin de compte ? Après tout, nous aurions pu aussi bien mourir… c'est vrai, prenez pour exemple le jeune homme dont je vous ai parlé lors de notre précédente rencontre. Pourquoi est-il parti à l'aube de sa vie ? Nous avons bien bénéficié d'une seconde chance tous les deux…

Cristina répondit du tac au tac. Pour elle, la raison apparaissait aussi limpide qu'elle se révélait compliquée pour moi.

– Son âme a choisi de quitter notre monde en toute sérénité parce que c'était son heure, voilà tout. Et la nôtre, finalement de rester. Ce qui importe dorénavant, c'est la façon dont nous aimerons, en faisant de notre mieux. Voilà l'unique vérité que je comprends. La seule à retenir pour la suite de votre aventure.

Comme je parvenais au terme de mes questionnements, seul subsistait le deuil.

– Elle est partie.

J'appuyai sur ces trois mots avec force et gravité. Elle cessa de sourire et je poursuivis :

– Elle a disparu sous mes yeux. À jamais.

– Je suis navrée, Sam. Je comprends maintenant la provenance de votre mal.

Le découragement me saisit qu'elle observa s'épanouir sans le déranger.

– Je n'ai plus goût à rien. J'ai peut-être sauvé ma peau, mais en fin de compte, je retrouve l'aridité liée à mon ancienne vie, avec en prime une sensation de vide extrême que je n'avais pas avant de la connaître.

– Admettre sa peine, la regarder avec courage est un excellent début pour tout recommencer. Vous êtes resté pour une raison. Votre âme le sait. Continuez à suivre la voie de ce qui… Non… Ce n'est peut-être pas approprié dans l'immédiat. Mais bientôt, vous irez mieux. Lorsque ce sera le cas, accrochez-vous aux prises disponibles pour remonter la pente. Une fois au sommet, vous comprendrez pourquoi les évènements se sont déroulés de cette façon. On ne peut pas éviter la souffrance si elle se présente à nous. Elle fait partie de la vie, nous n'y pouvons rien. C'est notre capacité à l'accueillir qui détermine notre guérison. On peut ultérieurement considérer les épreuves comme des expériences destinées à nous faire grandir en amour, en confiance et en intelligence. Très souvent, cela nécessite du temps. Des semaines, des mois, parfois des années. Mais il existe une certitude : on peut toujours recommencer. Même si l'on ne peut oublier ce qui nous a un jour anéantis. Derrière les ruines apparentes, nous pouvons apprendre à reconstruire quelque chose d'authentiquement beau. L'être humain est un créateur. Qu'aurions-nous de mieux à faire par ailleurs ? Il est de notre nature profonde de ne pas nous laisser terrasser par la fatalité. Elle n'est qu'un leurre.

Un silence prolongé s'ensuivit pour me permettre d'assimiler les affirmations qu'elle me prodiguait, tel un onguent sur une plaie vive. Puis elle s'engouffra dans la brèche du quotidien et me servit une question tout à fait anodine :

– N'avez-vous pas envie d'un bon cappuccino bien chaud ? Je peux vous en préparer un dont j'ai le secret.

Je regardai l'heure sur l'horloge murale du salon et déclinai l'offre.

– J'ai rendez-vous, je dois partir.

Pourtant, mes gestes refusaient d'accompagner mes mots et je restai prostré dans le fauteuil en velours pourpre strié de beige. J'hésitai à prendre congé, comme si je n'avais pas suffisamment approfondi le sujet. Elle remarqua mon indécision et me tendit une nouvelle fois la main en empruntant un autre chemin.

– C'est ce que vous vouliez pour elle, n'est-ce pas ? Qu'elle s'élève vers un plan supérieur où elle serait enfin prise en charge et entourée d'amour ?

Je confirmai. Même si je ne détenais aucune preuve sur ce point, je me rappelais la dernière expression de son visage, rieur et émerveillé tandis qu'elle partait. Le ciel auquel elle avait tant aspiré l'avait surprise, lui avait donné un cadeau surenchéri, de ceux qu'elle n'avait ni commandés ni anticipés. Elle avait disparu indéniablement heureuse.

– Un jour, le bonheur reviendra taper à votre porte, reprit-elle. Avec un autre paysage à apprécier, une autre cause à défendre, un autre être à aimer, une autre passion à découvrir. C'est un fait, car tout en ce monde se meut, en perpétuel changement. Rien ne dure jamais. Layna a été une étoile filante dans votre vie pour vous aider. Et vous avez fait de même en retour pour elle. À partir de maintenant, vivez votre peine et quand vous serez prêt, continuez à tendre vers les petites choses qui vous font du bien. C'est ce que cette expérience de douze jours vous a enseigné, assez durement je l'avoue, mais à la hauteur de votre courage.

Attentionnée, elle réitéra sa proposition :

– N'avez-vous pas envie d'un bon cappuccino bien chaud ? Je peux vous en préparer un dont j'ai le secret.

Je souris. J'acceptai cette fois son offre de réconfort éphémère. Elle faisait partie des prises sur lesquelles m'accrocher, car une vérité s'imposait : Layna ne se trouvait nulle part dans l'endroit désolé où je m'entêtais à rester depuis mon réveil sur la plage.

Tout avait été dit. Cristina Ramirez, bien qu'elle sache disposer du cran nécessaire pour suivre les élans de son cœur en retirant de cela une sagesse certaine, n'avait pas plus que moi le pouvoir de changer les évènements. La réalité est toujours ce qu'elle est. Il ne servait à rien de lutter.

Une fois mon cappuccino savouré, je quittai son appartement après qu'elle m'eut simplement signifié qu'elle restait disponible pour moi en oreille attentive. Son regard brun brillait d'une confiance sereine que rien ne semblait pouvoir compromettre. J'en étais aux prémices d'acquérir la mienne, j'étais novice, mais désormais je connaissais le chemin pour l'avoir déjà parcouru en douze jours. Marcher, en gardant un œil sur mon essentiel pour ne plus le perdre.

J'arrivai avec seulement six minutes d'avance devant l'imposant building de la 4th Avenue, qui abritait les luxueux bureaux de Hart's Design, tant la circulation s'était montrée dense. Au vu de mon humeur étriquée, l'entretien avec Robert Hart risquait d'être très court, voire abrupt.

Je n'ambitionnais rien, ce qui me laissait libre. Libre d'être moi-même, à l'état sauvage de ce que je ressentais. En cet instant, ni plus ni moins qu'une sourde révolte.

J'apposai mon badge d'accès sur la borne, m'engageai sur la rampe qui menait au sous-sol puis m'introduisis dans un ascenseur bondé où plusieurs employés attendaient, avec un regard sur le qui-vive, que la cabine s'élance vers les hauteurs. Nerveux, certains consultaient leur montre, d'autres leur portable. Personne ne parlait. Les seuls sons provenaient des respirations courtes, des vestes qui s'effleuraient, des talons qui trépignaient ou encore de la voix robotique qui annonçait les étages à chaque fois que les portes s'ouvraient pour relâcher les travailleurs vers une multitude d'entreprises florissantes. En l'espace de quelques minutes, il ne resta plus qu'un ancien collaborateur que je reconnus et moi-même. Il balaya des yeux ma tenue sportwear, inadaptée avec le cadre où régnaient en maître les tailleurs et les costumes trois-pièces, croisa mon regard, hocha la tête d'un air inquiet en guise de salut minable et retourna à la contemplation du plafond. Lorsque les portes s'ouvrirent, il se rua vers l'extérieur, comme si ma débâcle notable avait le pouvoir de le contaminer.

Ma sacoche à la main, je déambulai ensuite dans les couloirs en direction du grand bureau qu'investissait Robert Hart. Sa secrétaire personnelle m'accueillit avec son habituelle rigueur quasi militaire. Elle décrocha son téléphone, attendit deux secondes, les traits concentrés. Puis d'une voix linéaire et cérémonieuse, formatée aux exigences d'une charte qui ne tolérait aucune fantaisie, elle m'annonça à son interlocuteur avant de m'inviter à passer.

Je glissai mes doigts dans mes cheveux indisciplinés, sentant au passage ma barbe de trois jours, puis gagnai la porte en bois massif sur laquelle une plaque dorée mentionnait : « Robert Hart – P-DG ». Je frappai un coup et entrai.

Un café fumant à la main, dont l'arôme subtil se dispersait dans la pièce, le grand patron se tenait debout près de l'immense paroi transparente qui dominait la ville. Dos à moi, il ne daigna pas se retourner pour m'accueillir, mais continua de contempler le paysage urbain grandiose à ses pieds.

– Vous voilà enfin, monsieur Whorley.

Il consulta sa montre puis inspira.

– Tony Minguez va se joindre à nous dans un instant.

– Je ne crois pas que ce soit nécessaire.

Je déposai la sacoche en cuir sur l'imposant bureau en bois brun.

– J'ai ramené tout ce qui appartient à la société. M. Minguez a déjà récupéré mon ordinateur portable ainsi que les plans du bâtiment servant au projet de l'*Imperial House*. J'aime autant en terminer rapidement. Quels documents dois-je signer pour finaliser la procédure de licenciement ?

Il se retourna abruptement et m'examina sans ciller de ses yeux bleu acier.

– Mauvaise interprétation, monsieur Whorley.

– Comment ça ?

Le bip strident du téléphone sonna sur le prétentieux bureau. Hart décrocha tout en me détaillant de la tête aux pieds avec sévérité.

– Faites-le donc entrer.

Sa voix métallique gela l'air ambiant. Layna aurait ri à pleines dents devant tant de solennité, comme si pouvoir rimait avec grande stupidité. Je m'égayai à cette pensée et me laissai un instant transporter avec délice vers elle avant de poursuivre :

– Je sais que j'ai enfreint les règles en gérant un dossier d'une telle envergure en solo. J'ai pris un risque considérable au vu de mon manque d'expérience. Je plaide coupable, c'est inutile de vouloir essayer de me confondre. Vous vous donnez bien trop de mal.

Le regard à nouveau tourné vers la ville, il persista à m'ignorer et attendit. J'allais hausser le ton pour lui intimer de me faire face lorsqu'un coup bref m'interrompit. Minguez investit la pièce à son tour. J'aurais juré l'avoir surpris à tressaillir en m'apercevant. Au lieu de son arrogance habituelle, je pouvais lire une forte tension sur son visage. Pour une raison qui m'échappait encore, il avait peur. Son appréhension, palpable, se matérialisait dans les minuscules perles recouvrant son front, qu'il essuya d'un geste vif.

– Bien. Tout le monde est là, nous pouvons commencer sans tarder.

Robert Hart se retourna face à nous. Ses yeux carnassiers nous fixèrent un instant tour à tour, puis il lâcha tel un juge rendant son verdict :

– Monsieur Minguez, j'ai besoin d'un remplaçant sur le terrain pour notre succursale de Baltimore.

– Mais monsieur Hart, nous en avons déjà parlé. Je reg…

– Une fois mes décisions arrêtées, il n'y a plus de place pour la négociation. Vous le savez mieux que quiconque. Aussi, avant que je ne change d'avis sur mon admirable proposition, je vous suggère de prendre vos dispositions sur-le-champ.

L'étonnement me secoua. Je comprenais désormais le stress que j'avais détecté sur le visage de mon adversaire. Ses traits se crispèrent davantage. Il ouvrit la bouche dans une intention manifeste de surenchérir, mais se ravisa et ne pipa mot. « Tony le haut » ou plus justement pour moi « un connard de première », l'invulnérable Anthony Minguez était brisé. Il m'adressa le regard vide d'un homme qui avait perdu son identité. Finalement, il fit brusquement demi-tour et sortit de la pièce. Il subissait un échec cuisant. Nous savions tous deux que Hart le mettait au placard. La succursale de Baltimore, sans envergure, s'implantait avec difficulté. À plusieurs reprises, l'antenne avait failli fermer. Que s'était-il passé en mon absence ?

La stupéfiante réponse fusa séance tenante à mes oreilles :

– Il a récupéré votre dossier et tenté la présentation du projet sans vous alors qu'il ne le connaissait pas. Conclusion, il a foiré la signature du contrat avec l'*Imperial House* sans même daigner m'en parler. Or, il s'avère que j'ai des relations, j'ai eu vent de son fiasco. Et j'ai surtout très vite appris que vous déteniez les faveurs du gérant, M. Monroe, qui appréciait vos échanges et votre implication. M. Minguez a complètement outrepassé sa fonction en vous renvoyant.

Il dévoila sa rangée de dents prothétiques immaculées, alignées comme les touches d'un piano qui juraient avec sa peau ridée et ses cheveux poivre et sel. Son sourire exceptionnel annonçait une bonne nouvelle qui, en tombant, me médusa.

– Hier, j'ai pu rattraper le coup de justesse en interceptant moi-même le maillon fort en la personne de M. Evans, le grand directeur et financier de l'hôtel que vous étiez supposé rencontrer le jour de votre déconvenue. Il avait fort heureusement différé son départ pour Londres. Par chance, la fin du délai de rétraction établi sur le contrat qu'il a signé avec nos concurrents directs n'a pas encore atteint sa date limite. J'ai donc pu obtenir un rendez-vous dès demain matin à huit heures précises pour une autre présentation. Avec vous aux commandes naturellement. L'affaire se trouve pour ainsi dire conclue. Bien joué, monsieur Whorley. J'ai compris que pour son expansion, la société nécessite des recrues telles que vous, jeunes, téméraires, ambitieuses, volontaires. Il va de soi que vous récupérez le poste de M. Minguez, avantages et salaire inclus. Vous savez où se situe votre nouveau bureau.

Il fouilla dans la poche de sa veste et me tendit une clé. Celle de l'antre de mon ennemi défait. Sonné, je restai hébété. Quinze jours auparavant, je me serais roulé par terre de jubilation. Mais, en cet instant, ma main moite serrait le sésame qu'il m'avait placé au creux de la paume, comme si je détenais une bombe dégoupillée. Les mots me manquaient, mes idées s'entrechoquaient, confuses, analogues à deux bandes rivales.

Une voix m'avertissait qu'une menace invisible fondait sur moi alors que je visualisai chaque courbe de l'avenir que l'on me présentait sur un plateau, depuis la luxueuse voiture au loft de 200 m² que j'allais pouvoir m'offrir, aux restaurants chics, aux voyages d'affaires aux quatre coins du monde. N'était-ce pas cette quête matérialiste qui m'avait conduit aux portes de la mort ? N'était-ce pas une pure folie que de perpétrer la même erreur ?

Une pensée opposée couvrit ensuite la première et me hurla que je détenais une chance unique tandis que je me figurais une fois de plus les précieux avantages qui miroitaient à ma portée. N'était-ce pas ce pour quoi je me démenais des années durant par un travail acharné ? N'étais-je pas ni plus ni moins justement récompensé pour mes efforts ?

Deux personnalités se déchiraient pour gagner mon attention. L'une exigeait de tirer les leçons d'un âpre enseignement, l'autre m'intimait de céder au cadeau inespéré que l'existence me servait pour un départ neuf. Je me sentis fragile et indécis, un piètre auteur de ma vie. Pétrifié à l'idée d'échouer à un examen déterminant soumis par l'univers, je cherchai alors le visage de Layna avec avidité dans la pièce, mais n'interceptai que la voix dure de Robert Hart :

– Retrouvez-moi chez *Arnie's* à treize heures pour déjeuner. Nous discuterons des modalités propres à vos nouvelles fonctions. À partir de maintenant, aucune dissimulation ne sera nécessaire. Donc tolérée.

Je m'apprêtai à sortir, une main sur la poignée, lorsqu'il rajouta :

– À propos, je ne veux plus jamais vous voir dans cet état lamentable, Whorley. Désormais, tout ce que vous ferez ou exprimerez sera directement lié à la réputation de l'entreprise. Vous avez sans doute pu constater à quel point la chute peut être remarquable !

À peine m'avait-il promu qu'il me menaçait déjà, prenant un ascendant sur moi comme un roi sur ses sujets à l'époque féodale. Avec l'humiliation qu'il avait fait subir à Minguez en le renvoyant devant moi, il me lançait un avertissement sous-jacent. Il me ferrait, il me suggérait que personne, pas même son directeur commercial depuis près de vingt ans, ne se révélait irremplaçable.

La sonnerie du téléphone portable que je venais de poser sur le bureau m'assaillit à cet instant précis : un bruit de vagues déferlantes que j'avais enregistrées depuis la plage en contrebas du restaurant. De loin, je déchiffrai le numéro de Dan qui venait aux nouvelles. Je fermai les paupières pour me nourrir de toutes les sensations de pure joie toujours fraîches dans mon esprit. L'ivresse de ces derniers jours reflua, presque palpable, le temps n'avait pas encore eu l'occasion de les ternir.

Bercé par mes récents souvenirs, les yeux gris de Layna approchant les miens, mon cœur se calma et se gonfla de confiance. Alors seulement, je fus en état de comprendre. La vie ne me soumettait à aucune évaluation sadique pour tester mon apprentissage. Pour la simple et bonne raison qu'il n'existe pas de réponse juste. Généreuse, elle m'offrait tout bonnement une énième liberté de choix, de celle qu'elle m'octroyait indéfiniment, sans jamais porter de jugements. Les deux parts de moi-même qui doutaient la minute d'avant étaient perverties par le revers d'une même médaille : la peur. Je pouvais me tromper, car je pouvais aussi toujours rectifier ma direction à chaque instant.

Quelle que soit ma décision, je savais que mon âme m'accompagnerait, tant que je continuerai à ne plus perdre de vue sa voix, audible au travers les petites choses qui me rendent heureux. Où que je sois. Peu importe avec qui. Quoi que je fasse.

– Whorley ! Qu'est-ce que vous foutez ?

J'étais resté trop longtemps inactif, la main sur la poignée. Agressif, Robert Hart démantelait ma subite passivité. Il considérait chaque seconde comme des dollars qu'il pourrait attraper au vol et je l'en empêchais. Je souris. Pour la première fois, j'appréhendai la règle intégrale du jeu dans lequel Layna s'était tellement impliquée en me montrant l'exemple. Je me retournai et avançai d'une case vers un choix auréolé par une nouvelle évidence.

24

NOUVEAU DÉPART

Lorsque je sortis de l'imposant building, un soleil froid me mordit et je me hâtai de fermer mon blouson de sport, bien trop décontracté pour les bureaux chics que je venais de quitter. Les derniers mots de Hart résonnaient encore à mes oreilles, hargneux, conséquemment à la perte de contrôle qu'il essuyait : « Vous le regretterez le restant de votre vie ! Une opportunité pareille, ça n'arrive qu'une seule fois ! Vous m'entendez ? Vous êtes fini, je vais tordre votre réputation, j'ai le bras long sur Seattle ! »

J'avais refusé son offre avec fermeté et actais ainsi ma démission. J'avais choisi d'agir contre la logique accumulée sous le poids des années, contre les idées préconçues qui m'avaient tant limité. Ce nouveau moi, effrontément authentique, que je laissais s'épanouir, avait vibré à l'unisson du pouls invisible qui traversait toute chose et me procurait un arrière-goût d'ivresse, avec la sensation exaltante que j'étais libre et puissant.

Bien sûr, ce n'était qu'un début. Il me faudrait encore du temps pour œuvrer systématiquement en symbiose avec cette voix intuitive, qui n'était autre que la version la plus aboutie de moi-même, exempte de peurs et de jugements sur le bien ou le mal, attachée à ce qu'elle considère juste dans un instant donné.

Cependant que je marchai d'un pas exalté vers ma voiture, fier de la décision courageuse illustrant mon nouveau départ, un homme me héla. Son timbre trahissait la fêlure qui l'habitait et sans surprise, je me retournai pour découvrir l'auteur de l'appel en Tony Minguez. Calme, j'observai ses yeux fatigués et cernés alors qu'il se rapprochait de moi. Son visage affichait tout un tas d'expressions nerveuses que je ne lui connaissais pas.

Avec une certaine ironie, je songeai que lui aussi avait laissé surgir une autre version de sa personne. Une version vulnérable, apeurée, disloquée d'avoir perdu tout ce qu'il avait bâti, entraînant du même coup son identité, qu'il ne pouvait encore se résoudre à abandonner. Une sorte de moi, quinze jours plus tôt. Je constatai que cela le rendait plus humain et j'éprouvai même une vague forme d'empathie, un sentiment tout à fait nouveau que Layna en ôtant mes chaînes avait dévoilé, telle une facette ternie à qui l'on aurait redonné tout son éclat. En l'espace d'une semaine, elle avait ainsi révélé des parts de moi qui s'étaient toujours trouvées à ma portée, mais avaient tardé à s'animer.

Malgré tout, cet espace altruiste ne s'éternisa pas, il s'agissait de Minguez. Minguez restait Minguez. Je me méfiai.

– Qu'est-ce qui se passe ? lançai-je en attendant sa plaidoirie.

– Je viens d'avoir Hart en ligne à l'instant et il semble être revenu sur sa décision de m'envoyer à Baltimore. Il m'a sommé de rejoindre son bureau de toute urgence. Explique-moi. Qu'est-ce que tu as réussi à négocier ? Mon départ définitif, c'est ça ? Tu as voulu te venger ? Me savoir loin d'ici ne te suffisait pas ?

Son front transpirait toujours abondamment. Enfiévré, il me scrutait. Je ne pus m'interdire de prolonger le silence pour que son imagination le balade encore un peu. Peut-être que pour la première fois de sa vie, il perdait sa confiance, mais avec elle la formule abjecte qu'il lui avait associée, un mélange insipide d'arrogance et de suprématie.

Tandis que je savourais une douce revanche, je sentis soudainement le regard de Layna peser sur moi. Elle aurait voulu que je libère mon ennemi et le laisse partir. Capitulant, je relâchai un soupir en jetant un œil furtif vers le bas plafond du parking souterrain, par réflexe, comme si elle gravitait juste au-dessus de moi.

– Tout ne tourne pas autour de toi, tu sais.

Une courte pause plana et je repris pour abréger ses souffrances :

– J'ai refusé le poste. J'ai démissionné. Il te rappelle sûrement pour te rendre ta place.

Il resta un instant de marbre. Pour lui, les quelques mots que je proférai s'apparentaient à ceux d'une langue étrangère. Dans un sens, je le comprenais. Ces mêmes paroles m'eurent paru démentes pas plus tard qu'une quinzaine de jours auparavant. Il fronça les sourcils et ses yeux fébriles semblèrent se ranimer peu à peu, comme si sa crânerie momentanément obscurcie, le laissant en miettes, regagnait déjà du terrain.

– Tu es en train de me signifier que tu as pu obtenir ailleurs un poste plus juteux que le mien ?

Il attrapa son paquet de cigarettes, en saisit une de ses lèvres sèches et l'alluma dans la foulée avant de lancer, l'air narquois :

– Permets-moi d'en douter. Je possède une des places les plus convoitées de cette ville.

– Que tu récupères grâce à ma démission. Souviens-toi bien de cela. Juste au cas où je changerais d'avis un de ces jours.

Il relâcha un rire bref et grave. Un rire de « connard de première ».

– Hart sait que je suis le meilleur. Il n'a jamais été question que tu me remplaces. Toute cette histoire était un simple test pour toi, pour cerner si tu avais le cran d'un poste à responsabilité comme le mien pour un nouveau secteur et tu t'es dégonflé.

Il inspira une grande bouffée empoisonnée en me toisant d'un œil mauvais, puis me frôla pour atteindre le bouton de l'ascenseur en vue de regagner les étages. Ça y est, le venin émanant de sa personnalité avait totalement repris ses droits. Il s'était réapproprié une place dans ce monde, un statut, sa suffisance en un tour de main. Je regrettai de ne pas l'avoir laissé aux affres de la défaite un peu plus longtemps. Il n'aurait décidément pas l'occasion de faire émerger toutes les qualités inhérentes à chaque être dans cette vie. Ses propres parts de lumière demeuraient si enfouies qu'il lui faudrait plusieurs décennies pour les voir éclore. Un jour, il mourra comme l'abruti qu'il avait toujours choisi de jouer et partira avec des bagages lourds comme du plomb dans la vaste plaine désolée de l'errance.

Mes mains se mirent à trembler et imposèrent que j'arrête son procès pour me recentrer sur moi. Cet homme me rendait fou. Encore quelques secondes de plus et j'allais être aspiré dans la spirale dévastatrice de mon propre ego, qui exigerait de moi que je retourne dans le bureau de Hart pour accepter la place. Sans doute après lui avoir asséné une beigne. Rien que pour le voir à nouveau misérable.

Encore une fois, Layna accourut à mon secours. Une seule pensée d'elle et je me détournai aussitôt de mon méprisant ennemi pour avancer à grands pas vers mon véhicule, en ignorant de mon mieux les intolérables ricanements qui me suivaient. Rongé par la colère, je décidai de lui laisser l'illusion de la victoire. Je compris que jamais je ne pourrai gagner contre cet individu. Notre duel représentait une histoire sans fin jusqu'à ce que l'un de nous deux décide d'y renoncer. En démissionnant, j'avais délibéré en conscience de quitter l'environnement ravagé au sein duquel j'avais failli mourir une première fois. Je devais laisser une chance à cet autre moi que j'avais connu, infiniment vivant, qui se préoccupait avant tout de l'essentiel.

– Ça y est, tu viens de piger ? Tu fais bien de te tailler. Tu n'as pas le cran nécessaire. Et au fait… je ne veux plus jamais te revoir par ici, dit-il en écrasant au sol sa cigarette tout juste entamée tandis que les portes de l'ascenseur se refermaient.

Il eut juste le temps d'apercevoir un dernier sourire radieux et sincère dont je le gratifiai. Car alors que je parvenais à la hauteur de son Porsche Cayenne noir étincelant qui faisait sa fierté, un fulgurant élan créatif avait ravivé mon enthousiasme.

Sur le chemin du retour vers mon appartement, je montai le volume de la radio et chantai à tue-tête les paroles d'une chanson que je connaissais mal, ivre de joie d'avoir dédié toute mon énergie à la customisation du coûteux engin, depuis la carrosserie rutilante que j'assouplissais, aux vitres teintées que je supprimais parce qu'elles privaient mon adversaire d'admirer les couleurs éclatantes que le monde avait à lui offrir.

Layna, la vie et mon cœur m'avaient laissé faire. Ce n'était que du matériel, et puis j'avais le droit à quelques petits dérapages. Tant que je suivais ma vérité. Non ? Peut-être que je me berçais d'illusions pour me racheter une bonne conscience, mais à l'exaltation que j'avais ressentie, je me demandai si mon âme n'y avait quand même pas trouvé un peu son compte.

Je dédiai ensuite toute ma journée à couper le lien qui me reliait encore à Seattle. Aussi, alors que la fin de l'après-midi se profilait, je finissais de réunir le peu d'affaires qui me restait dans quelques cartons et sacs.

Je m'étirai et avisai la pièce dépouillée augurant le changement. Une association caritative appelée par mes soins quelques heures plus tôt avait récupéré tous mes meubles devenus obsolètes. Une solution efficace pour vider mon domicile en un rien de temps, car je ne voulais plus le gaspiller, sans compter que je devais rendre les clés à l'agence dans les plus brefs délais pour ne pas avoir à payer un loyer supplémentaire. Et puis là où j'allais, je n'avais besoin de rien.

Plus important, j'avais clôturé mon compte en banque et disposais désormais des fonds nécessaires pour suivre l'idée qui m'était apparue dans le bureau de Hart le matin même, en écoutant le ressac des vagues qui affluaient hors du portable. Sitôt de retour à l'appartement, j'avais rappelé Dan qui avait ri et pleuré à l'annonce de ma proposition. Il confirmait mon intuition. Son enthousiasme avait déferlé si fort que j'avais dû éloigner le combiné de mon téléphone fixe pour ne pas perdre l'usage de mon oreille droite.

Je m'emparai d'un dernier carton vide, y notai « salon divers » au marqueur noir et me dirigeai vers le bar qui séparait le salon de l'espace cuisine, sur lequel j'avais déposé de la paperasse en cours, quelques livres, et autres DVD que je désirais conserver. Sur le tas de la pile désordonnée se trouvait l'enveloppe contenant la facture que Layna avait glissée sous la porte de Mme Jenkins. Je n'aurais jamais pu imaginer qu'une dette puisse me faire sourire un jour.

Je l'attrapai et la soupesai un instant pour m'imprégner de cet instant espiègle comme j'aurais introduit une diapositive dans un projecteur. Du même coup, je dévoilai la petite carte de visite illustrant le *Heaven's Coffee*, qui se cachait juste au-dessous. Je l'avais saisie sur le comptoir quand j'étais retourné sur les lieux, après la découverte de mon âme illuminée, dans ma quête désespérée à retrouver Layna auprès du jeune serveur.

D'autres souvenirs affluèrent : notre première rencontre, ses yeux gris, ma gêne et ma colère occasionnées par son audace, la minuscule tache brune sur ma manche. Notre deuxième confrontation, sa silhouette dans la pénombre du café, son apparition soudaine, mon gigantesque sursaut. Je souris à nouveau de plus belle. Plus je ressentais sa présence sans me battre contre les circonstances liées à son départ, plus je me sentais vivant, fort et prêt à poursuivre ma route.

Tandis que la petite carte slalomait entre mes doigts, je réalisai que la faim me tenaillait l'estomac. Je regardai ma montre, j'avais le temps de m'y rendre pour manger un morceau et rester un dernier instant auprès d'elle, avant de tourner une page en douceur sur un passé révolu. Entre nous, tout avait débuté en cet endroit, il m'apparut tout à coup symbolique d'aller y puiser toutes les ressources nécessaires pour mon départ.

Saisi d'une impulsion qui devenait de plus en plus naturelle, j'attrapai ma veste, mes clés de voiture et descendis au sous-sol. Une fois de plus, je croisai M. Carter penché sur mon capot, sa large main pourvue de son énorme chevalière.

– Je vous l'échange contre votre pick-up, lançai-je.

Je me troublai à l'annonce de ma propre offre. Décidément, des idées extraordinaires me traversaient comme si je me transformais en un créateur frénétique. Elles m'apparaissaient spontanément, comme autant de petites fleurs sauvages disséminées dans un vaste champ. Elles poussaient pour me servir dans mes projets et je les cueillais.

Il fronça les sourcils et regarda son engin qui valait trois fois moins que le mien.

– Si seulement… Depuis que j'ai perdu mon entreprise, je n'ai plus les mêmes moyens.

– Je suis sérieux. Et surtout très pressé. Il me tarde de commencer ma nouvelle vie et j'ai besoin d'un véhicule pour déménager. Votre pick-up fera très bien l'affaire. En fait, il me sera même indispensable.

Je visualisais déjà la place que mon matériel de glisse occuperait dans la benne, dès que j'aurais du temps libre pour investir les meilleurs spots, en dehors de mon travail à l'école de surf que j'envisageais d'ouvrir, contiguë à une petite boutique associée, au sein de la grande remise inexploitée en contrebas du restaurant. Avec ce troc de véhicules, j'allais perdre de l'argent, mais en cet instant, je m'en moquais. En fait, je fus bien au contraire touché de voir les yeux écarquillés de M. Carter briller comme ceux d'un enfant devant un cadeau le jour de Noël. Un sourire vif gonfla ses joues rebondies. Son regard enflammé coula le long des sièges et sa main lissa les courbes à sa portée. Je me demandai s'il montrait autant d'égard envers sa propre femme.

– Alors ? Marché conclu ? m'enquis-je.

Il hocha la tête et chercha son trousseau dans sa poche. À mon tour, j'observai le pick-up gris un peu ancien, mais à la carrosserie pimpante imputable à un entretien quotidien.

Nous échangeâmes solennellement nos clés. Ses doigts tremblaient de nervosité lorsqu'il attrapa la mienne.

– Vous êtes fou.

– J'ai seulement compris que rien en ce monde ne nous appartient jamais. J'ai eu une nouvelle chance, mais qui sait pour combien de temps désormais ? Au moins, j'aurais fait un heureux et je me serais rendu service sur l'instant, car je n'ai plus un moment à perdre. Allez… c'est parfait. Nous verrons pour les papiers à mon retour, une urgence m'attend.

Il acquiesça. Non pas pour approuver mon singulier discours dont il ne pouvait comprendre un traître mot, mais parce qu'il se sentait juste euphorique.

D'un mouvement vif et maladroit, il m'étreignit, ce qui me coupa le souffle et m'écœura tout à la fois. Puis avec une délicatesse insoupçonnée, il actionna le bip d'ouverture des portes et se cala derrière le volant de sa toute nouvelle Ford Mustang GT. Son visage irradiait et je me dis qu'en dépit de mon acte généreux, j'allais peut-être provoquer un prochain divorce.

De mon côté, je me hissai dans le pick-up et mis le contact. Le moteur grogna, comme si je le dérangeais à une heure qu'il jugeait indécente, mais je sortis dans la rue sans encombre. Dans le jour qui déclinait, une multitude de feux rouges arrière envahirent les routes, ralentissant la circulation.

J'allumai le poste radio, réglé sur une station de musique country, le volume monté à plein régime. Avec un amusement certain, je visualisai M. Carter se trémoussant sur le siège conducteur un peu tassé, en chantant de sa grosse voix un tube de Keith Urban.

Je laissai les notes entraînantes m'accompagner vers ma destination et alors que j'arrivais dans la rue perpendiculaire au *Heaven's Coffee*, je pris d'assaut une place qui venait de se libérer le long du trottoir. J'attrapai ma veste, sautai de l'habitacle et marchai d'un pas soutenu pour rejoindre le lieu où je mourais à mon ancienne vie. Il s'était passé tellement de choses depuis, des années semblaient s'être écoulées tant de riches émotions marquaient ce petit espace-temps.

Mon cœur se mit à battre aussi vite que si j'avais rendez-vous, même si en réalité, rien ni personne ne m'attendait hormis un endroit symbolique, pour atteindre Layna au plus près. Comme si le café représentait un canal pour me permettre de ressentir sa présence et m'aider à recouvrer la confiance, le courage et la force qui s'éclipsaient avec elle.

Au coin de la rue, je distinguai enfin au loin l'enseigne colorée et lumineuse du petit établissement. À l'intérieur, j'entraperçus derrière la large vitre la vie qui ne s'était jamais arrêtée. Je me figeai, pour m'imprégner de cet instant solennel, comme on observerait un tableau rare. Un couple pressé en sortit, et d'un pas alerte traversa la chaussée pour rejoindre la protection d'un taxi qui passait. Quelques secondes plus tard, la silhouette d'une femme en émergea à son tour. Emmitouflée dans une cape bleu marine, une ample capuche relevée sur sa tête, elle s'élança dans la nuit, une housse rectangulaire enserrée contre son torse en guise de bouclier contre les intempéries.

Je réalisai alors mon propre engourdissement et imitai l'inconnue en fermant mon blouson jusqu'au col, puis me mis en mouvement pour franchir les mètres qui me séparaient de la devanture du café.

Sur le seuil, j'inspirai profondément et entrai. Je repérai la place que Layna avait occupée deux semaines plus tôt. Comme elle était libre, je m'y dirigeai sans tarder à grands pas rapides, tel un accro au shopping le premier jour des soldes. Je dégageai la chaise avec une infinie précaution et m'installai derrière la table qui n'avait pas encore été débarrassée.

Une seule tasse, une cuillère, une théière contre laquelle reposait une petite étiquette. Je ressentis une décharge émotionnelle lorsque je lus l'inscription « Jasmin ». La personne qui était assise à cette place avait bu la même infusion que Layna le matin où je l'avais rencontrée. Je songeai au miraculeux clin d'œil qui venait de m'être adressé et j'émis une moue dubitative. Était-ce un de ces fameux signes qu'il m'était encore difficile d'admettre et qu'elle m'envoyait à travers l'espace et le temps ?

À nouveau, le découragement s'invita. J'avais été témoin de l'invisible. J'avais partagé un pan de mon existence avec une défunte dont j'étais tombé éperdument amoureux et pourtant je doutais toujours qu'une quelconque communication ne soit possible avec l'au-delà. Bien que j'aie fait l'expérience d'une autre réalité, de ses mystères, de son immensité, je ne sentais pas le lien qui m'aurait convaincu de sa présence. Depuis mon retour à la vie, j'étais à nouveau cerné par l'effroyable tangible.

– Est-ce que tu me vois ? murmurai-je. Est-ce que c'est toi ? Layna…

Je sursautai quand une femme d'une cinquantaine d'années m'arracha à mon rêve en me saluant avec chaleur. Dynamique, elle chargea la vaisselle sur son grand plateau, nettoya la table que j'occupais de sa main libre et prit ma commande avant de s'éloigner.

En attendant mon cappuccino et ma tarte crumble aux pommes, je ne résistai pas à guetter un nouveau signe qui serait venu confirmer le premier dans chaque recoin du café. Cependant, hormis la boisson chaude au jasmin, rien ni personne ne me la rappela, de près ou de loin.

Derrière moi, une voix masculine discrète s'éleva :

– Excusez-moi…

Le ton m'effleura à peine, aussi je mis un temps avant de me retourner, convaincu que les mots ne s'adressaient pas à moi. Le serveur que j'avais rudoyé, puis auditionné deux semaines plus tôt, réapprovisionnait une desserte à proximité de napperons et serviettes en papier en me regardant.

– Il me semblait bien vous avoir reconnu. C'est amusant. Je parlais de vous il y a quelques minutes à peine, reprit-il.

Je ne répondis pas, mais haussai les sourcils en signe d'incompréhension. Il adopta une attitude gênée et se hâta de se justifier :

– Avec la jeune femme que vous cherchiez l'autre jour… Je lui ai remis votre carte comme vous me l'aviez demandé.

J'accusai le coup en silence tandis que mon mental tentait désespérément de donner un sens aux informations que le garçon me délivrait, timide. Je fermai les yeux et passai un doigt sur mes paupières fatiguées.

– Non… Non, c'est impossible. Vous faites erreur, articulai-je finalement.

À son tour, il hésita puis insista :

– C'est pourtant vrai, je lui ai remis il y a moins d'un quart d'heure. Elle était d'ailleurs installée à votre place. Elle va peut-être tenter de vous joindre bientôt.

L'infusion au jasmin. Coïncidence troublante. Je tressaillis.

– Vous vous méprenez. Je recherchais la jeune femme blonde assise juste en face de moi l'autre jour.

– Oui. Nous parlons bien de la même personne. La jeune femme… Layna.

Je flanchai. Entendre son prénom comme si elle était encore vivante me laissa un trou béant dans la poitrine. Je ne pus réprimer un regard furieux à l'intention de mon interlocuteur bien que je sache qu'il n'était en rien responsable de sa disparition. Il commettait seulement une insignifiante erreur de perception que je n'aurais pas relevée dans d'autres circonstances. La tristesse s'abattit sur moi comme une pluie épaisse et collante. Loin de trouver un quelconque réconfort depuis que je déboulais dans ce café, j'éprouvais au contraire la sensation de retomber dans un puits sinistre.

Je me levai et jetai un billet sur la table pour payer les consommations que j'avais commandées avant même qu'on ne me les ait servies.

– Vous partez ? Et votre cappuccino ? Votre tarte ?

– Aucune importance.

– C'est à cause de ce que je vous ai dit ?

– Oui, en très grande partie. Mais vous n'y pouvez rien. Rassurez-vous.

– Elle va vous appeler. Du moins, je pense sincèrement qu'elle le fera.

Je m'immobilisai pour lui faire face.

– Écoutez… Nous ne parlons pas de la même personne. La jeune femme pour qui j'avais laissé ma carte, assise juste en face de moi il y a quinze jours de cela, est… Elle est morte.

L'expression de mon interlocuteur se chargea d'un étonnement vif que j'ignorai en lui tournant le dos pour me diriger vers la sortie. Ses pas me suivirent et il affirma :

– Non, elle est bel et bien vivante. Menue, cheveux blond miel jusqu'à la taille, des yeux gris, quelques taches de rousseur, un teint très clair…

Je m'arrêtai aussitôt, une main sur la poignée de la porte que j'atteignais. Les battements de mon cœur logés dans mes tempes me rendirent sourd quelques instants. Grâce à la description du garçon, son visage s'était formé dans mon esprit, net, espiègle, infiniment vivant. Il ne s'agissait plus de subtils signes, mais d'informations qui me dépassaient.

Hagard, je me tournai à nouveau vers lui et il poursuivit :

– Vous avez dû la croiser de peu.

Mes membres tremblaient, j'avais la bouche sèche. Je me retrouvai incapable d'articuler un seul mot, comme si mon corps ne m'appartenait subitement plus.

– Vous allez bien ?

Le jeune serveur se campa face à moi, soucieux. Ses lèvres se tordirent avec nervosité comme s'il ne savait pas quelle décision prendre. Je hochai simplement la tête en cherchant ma respiration. Je parvins finalement à lâcher :

– Comment… ?

Comme s'il possédait une étrange faculté à traduire l'inaudible, il avança :

– Elle a été victime d'un grave accident, elle est restée dans le coma durant douze jours. Son jeune frère l'a ramenée grâce à la musique. Elle est violoniste. Étant lui-même initié à l'instrument, il lui a joué la dernière composition sur laquelle elle travaillait pour tenter de la réveiller. Quotidiennement. Et elle a fini par l'entendre. Elle n'est pas morte.

À ces mots, les pièces d'un puzzle s'assemblèrent dans mon esprit : le petit garçon de l'hôpital que j'avais croisé à la cafétéria, celui que j'avais aperçu par la fenêtre du deuxième étage, la joue collée contre un violon, les yeux fermés. Les notes de musique qu'il libérait alors et qui m'atteignaient. Le fameux air que fredonnait sans cesse Layna sans que je puisse être en mesure de créer le lien.

À cet instant, comment aurais-je pu seulement y penser ? L'univers m'apportait enfin la réponse à l'énigme qui n'avait cessé de me tarauder depuis que je la connaissais : personne n'était venu la chercher depuis l'au-delà, pour la simple raison qu'elle faisait toujours partie de ce monde. Elle n'avait jamais été vouée à l'errance. Je me remémorai son étonnement tandis qu'elle percevait ce qui l'attendait derrière la porte. Sa surprise de constater sa méprise. Cristina Ramirez avait vu juste, nous nous étions sauvés mutuellement. Elle avait choisi de céder à l'appel des notes quand elle m'avait su sauf.

Elle était vivante. Son cœur battait quelque part, vibrant, tout près, sur un plan commun au mien. De mon côté de la barrière. Sous l'emprise de la stupéfiante réalité, je dus m'agripper à la poignée de la porte pour ne pas chanceler.

Lorsque je recouvris un brin de contrôle sur mes émotions, je fus capable d'entendre les questions qui se pressaient dans mon esprit, avides.

– Où est-elle partie ?

Je scrutai la rue sombre.

– Elle a simplement évoqué qu'elle devait rentrer chez elle.

– Où ça ?

– Je n'en ai aucune idée. Elle ne m'a rien dit à ce sujet, mais elle avait un avion à prendre. Ce ne doit pas être tout près.

J'ouvris la porte, la clochette s'anima avec force. Le froid s'engouffra, mais je ne l'éprouvai pas. Un sentiment d'allégresse et d'urgence me protégeait. Je remerciai chaleureusement le jeune serveur et m'apprêtai à me ruer vers l'extérieur lorsqu'une pensée redoutable traversa le ciel azur de mon état euphorique, pour venir l'anéantir en une fraction de seconde. Je me pétrifiai sur le seuil.

– Elle est sortie du coma il y a exactement quatre jours…, murmurai-je.

La phrase avait fusé dans l'air sans destinataire. Un simple constat affligeant. Mon visage me sembla blanchir jusqu'à se vider de son sang. Le garçon se rapprocha comme s'il voulait s'assurer que je respirais encore et posa une main sur mon épaule en refermant la porte avec délicatesse. Je le regardai agir sans le discerner, pris à partie dans une bulle de disgrâce.

– Il y a un problème ?

Layna se portait bien et rentrait chez elle. La femme que j'aimais, dont j'avais recherché les signes à chaque instant depuis son départ, se gardait de me prévenir qu'elle était vivante. Elle m'évinçait.

– Elle s'en va. Sans même avoir essayé de me revoir. Je... Je ne comprends pas.

La vérité que je percevais me broya, lourde de sens.

– Je viens tout juste de lui donner votre carte.

– Cela s'avère inutile. Elle connaît tout de moi. Ma vie entière...

Je déglutis péniblement et déclarai :

– Elle sait parfaitement où me trouver. Quatre jours suffisaient amplement pour cela.

Le jeune serveur resta un instant perplexe.

– Je suis désolé. Je n'avais pas saisi qu'il existait un lien entre vous, vu que la dernière fois vous la recherchiez comme si c'était une étrangère. Elle était alors dans le coma...

Ses traits se chiffonnèrent sous le problème insoluble que je lui présentais, mais il reprit néanmoins :

– Si ça peut vous aider, elle était en quête de réponses, ce qui a d'ailleurs motivé sa venue au café. Elle souffre d'amnésie partielle. Tous les évènements proches de son accident se sont effacés de sa mémoire. Il se peut qu'elle ignore tout simplement devoir vous contacter. Du moins si cela relevait d'un accord entre vous ce matin-là.

Il esquissa un petit sourire gêné en désignant du menton le coin où nous étions attablés deux semaines plus tôt. Elle m'avait donc oublié, pas évincé. Un instant, je m'étais laissé attirer par le gouffre d'une croyance erronée selon laquelle elle me tenait éloigné consciemment. J'avais plongé la tête la première dans le scénario du pire, au sein duquel j'avais perdu son amitié, son intérêt, son amour. Aussi, la nouvelle que le garçon venait de me servir, franchement pessimiste, m'apparut comme une option douce. Car quelque part sous la chape de l'amnésie demeurait l'espoir que ses souvenirs et ses sentiments à mon égard restaient intacts. Il m'appartenait de la retrouver et de les révéler.

Alors que je sentais la vie affluer à nouveau dans mes veines, je m'empressai de sortir dans la nuit.

25

AMNÉSIE

Layna sortit du *Heaven's Coffee* peu après un couple de touristes français qu'elle aperçut s'éloigner dans un taxi. Surprise par la froideur qui contrastait avec l'ambiance chaleureuse qu'elle venait de quitter, elle serra l'étui contenant son violon contre son buste pour la protéger. Elle entreprit quelques pas sur le trottoir, avant de s'arrêter pour observer la trajectoire d'un Boeing, dont les feux de navigation clignotaient à intervalles réguliers dans le ciel noir. Jamie et sa mère se trouvaient dans l'un d'entre eux en ce moment, et devaient déjà approcher New York. Layna avait promis à son petit frère de le rejoindre au plus vite, bien à temps pour son anniversaire qui avait lieu le surlendemain.

Aussi, pour ne prendre aucun risque, elle avait simplement échangé son billet du matin contre un vol tardif le même jour. Alors que l'après-midi touchait déjà à sa fin, il lui restait à peine quatre heures avant son enregistrement. Toutefois, c'était beaucoup plus de temps qu'il n'en fallait, car elle était pratiquement arrivée au bout du chemin. Ne subsistait qu'un endroit à découvrir, le dernier avant qu'elle ne quitte Seattle pour le New Jersey.

Machinalement, elle adressa un signe discret de la main à l'avion, comme si Jamie pouvait le voir, même s'il se trouvait présent sur un autre vol, à des milliers de kilomètres. Alors qu'elle pensait à lui, Layna sourit et éprouva un déferlement d'amour. Si elle oubliait tout du matin tragique qui précédait les douze jours d'un coma opaque, son réveil en revanche resterait gravé à jamais dans sa mémoire.

Ce sont les quelques notes de musique qu'elle avait perçues en premier. Beaucoup de fausses parmi quelques justes, mais Jamie jouait du violon depuis seulement trois ans. À l'aide de ses minces moyens, armé de courage, il s'appliquait à interpréter du mieux qu'il pouvait la mélodie de la dernière partition qu'elle avait composée avant l'accident et qui l'avait accaparée des mois durant. Une création en provenance de son âme, qu'elle n'était néanmoins pas parvenue à terminer malgré l'énergie et le temps qu'elle lui avait consacrés.

Du moins jusqu'à son extraordinaire réveil. Elle avait ouvert les yeux lentement. De prime abord, tout lui avait paru flou puis les fins contours du profil s'apparentant à Jamie s'étaient précisés. Ses longues boucles blondes et soyeuses, son nez retroussé, ses lèvres lisses. Les sourcils froncés, concentré, il s'adonnait à déchiffrer les notes qui défilaient sur la portée face à lui.

Layna avait essayé de parler, mais les mots étaient restés bloqués dans sa gorge comme si ses cordes vocales se retrouvaient gelées. Ses doigts, en revanche, avaient fini par répondre et effleuraient le drap. Un bruit cependant trop léger pour recouvrir le son du violon. Lorsque la musique s'était tue, elle avait réitéré son geste. Jamie s'était retourné mécaniquement vers sa main, avant de sonder à nouveau le ciel gris et son mystère d'un air absent. Trois secondes plus tard cependant, il réalisait. Comme dans une scène de film fantastique dans laquelle il aurait témoigné d'une apparition surnaturelle à ses côtés, il avait fait volte-face avec fougue, avant de se précipiter vers elle. Layna n'oublierait jamais l'expression de son regard, la façon dont les traits de son tout petit visage s'étaient contractés comme s'il contenait l'espoir de tout un monde. Un appel à l'aide poignant avait franchi ses lèvres :

– Quelqu'un ! Au secours !

Sa voix enfantine avait résonné dans la pièce et faisait rouler une larme sur la joue de Layna, tant la vibration l'avait saisie, intense. Après leurs retrouvailles, il avait refusé de la quitter un seul instant. Le personnel hospitalier avait consenti à lui installer un lit d'appoint tandis que leur mère poursuivait son séjour à l'hôtel situé face à l'établissement de santé.

La première nuit, il n'avait pu se résoudre à dormir, tantôt euphorique, tantôt effrayé à l'idée que sa sœur sombre à nouveau. Il redoutait une nouvelle séparation, pourtant inévitable, sous une forme ou une autre. Mais il finirait par reprendre confiance. Accepter de la laisser derrière lui en ce jour démontrait déjà son penchant à vouloir surmonter le choc qu'il avait enduré. Le salut complet restait une affaire de temps.

En soupirant pour chasser ses propres tourments, Layna se détourna de la trajectoire lumineuse édifiée par l'avion dans le ciel pour se recentrer sur ses préoccupations. Si elle avait choisi de différer son départ, c'était dans le but de reconquérir une part d'elle-même restée dans l'ombre. Désormais, elle devait se rendre à l'évidence : sa tentative à se souvenir des évènements précédant son coma s'étiolait au fil des pistes qui s'amoindrissaient. Au moins, elle n'essuierait aucun regret, elle avait tout essayé. Depuis toute petite, elle préférait expérimenter et se tromper plutôt que d'ignorer. Pour cela, elle prenait des risques, et disposait ainsi du luxe d'observer ce qui se passait. Parfois, cela payait, d'autres pas, mais cela lui valait systématiquement de délaisser les doutes. Elle aimait par-dessus tout céder à ces impulsions mystiques que suscitait la vie à travers ses ressentis, qui donnaient du mordant à son existence et la faisaient voyager chaque jour sur quelques rivages mystérieux où l'attendaient d'enrichissantes surprises.

En conséquence, dans le froid pénétrant de la nuit naissante qui la poussait à s'activer, elle ne pouvait pas se résoudre tout à fait à atteindre la prochaine étape, le lieu de l'accident, à seulement cent mètres de distance, qui marquerait le point de renoncement définitif à sa quête. À cette pensée, elle s'immobilisa carrément, car son cœur s'en mêla, obstiné.

Comme s'il cherchait encore à gagner du temps malgré les évidences d'une impasse, il la ramena vers le souvenir de la vive intuition qui l'avait saisie le matin même, alors qu'elle s'apprêtait à quitter la chambre d'hôpital avec Jamie pour l'aéroport. Un élan invisible indescriptible, qu'elle connaissait pour le suivre envers et contre tout, associé au signe indiscutable d'un oubli inenvisageable, l'avait poussée à décaler son billet de quelques heures pour mener l'enquête.

Un furtif sourire en coin, Layna s'adossa contre la devanture d'une librairie fermée adjacente au *Heaven's Coffee* et céda à l'appel de son proche passé.

– Ça y est, t'es prête ? Maman nous attend en bas pour guetter le taxi. Il arrive. Et j'ai eu papa au téléphone, il a trop hâte de tous nous retrouver.

Sur le pas de la porte, Jamie sautillait tel un chaton jouant avec une boule de papier. Layna lui adressa un simple hochement de tête. Depuis le lever, elle n'avait pour ainsi dire pas dit un mot. Elle se hissa du lit sur lequel elle végétait pour tenter de calmer ses pensées dissipées, attrapa son sac, et se dirigea vers son jeune frère lorsqu'il s'écria :

– Layna ! Tu allais oublier ton violon ! Ton violon ! Layna !

Elle se retourna et aperçut son étui rectangulaire sur le sol dans un coin sombre de la chambre. Il contenait son instrument de prédilection. Son violon avait une place inestimable dans sa vie, un peu comme s'il était un être vivant.

Elle était tombée pour lui, à l'âge de huit ans, le jour où sa mère et elle avaient emménagé chez Harry. Beau-père exemplaire et aimant, il l'avait toujours considérée comme sa propre fille. Depuis une fenêtre ouverte de la maison contiguë, les notes prodigieuses de l'adagio d'Albinoni l'avaient imprégnée pour la vie. Mme Elizabeth Rollens, professeure de musique, sa voisine, lui avait tout appris de son art. Après le divorce éprouvant de ses parents qui la laissait meurtrie, cette période de son existence avait marqué le début de sa guérison grâce à un enchantement constant, sublimé par la naissance de Jamie cinq ans plus tard. En dépit de son jeune âge, cette époque éveillait aussi en elle un élan à célébrer et remercier pour tous les moments qu'elle vivait et qui tranchaient avec ses premières années dans ce monde. Cette habitude s'était ancrée avec le temps, et elle abordait la vie avec un respect et une confiance systématique, même lorsque les obstacles apparaissaient. Si comme tout un chacun elle ne pouvait pas les éviter, cette attitude lui permettait d'agir et de les surmonter plus facilement.

Layna plaqua ses mains contre ses joues, et prit un air effaré.

– Qu'est-ce que je ferais sans toi ?

Ses yeux s'emplirent de larmes tandis qu'elle dévisageait son petit frère, puis elle se rassit sur le lit et dissimula son visage entre ses bras. À la vue de sa fragilité, Jamie se précipita et l'enlaça de douceur.

– Pourquoi tu es triste ? C'est à cause de moi ?

À ces mots, elle se redressa aussitôt face à lui.

– Bien sûr que non ! C'est juste que… j'aimerais tellement me souvenir.

– Je sais, tu me l'as déjà dit, mais je trouve que c'est mieux comme ça.

Il haussa les épaules.

– Pourquoi tu voudrais te rappeler cette matinée ? Moi, je la déteste. En tout cas, ce qui est sûr, c'est que si je croise celui qui t'a renversée, je lui casse la gueule !

– Jamie… même si tu as tout à fait le droit d'être en colère, je ne pense pas que ce soit LA solution. C'est arrivé, c'est tout. Et surtout ce qu'il faut retenir, c'est que toute cette histoire s'est bien terminée. Après, tu as sans doute raison, il vaudrait mieux que je ne m'entête pas à fouiller le passé. Mais d'où sortez-vous autant de sagesse, monsieur Sullivan ? Vous êtes pourtant haut comme trois pommes.

Il attrapa un coussin et l'écrasa contre le visage de sa demi-sœur, qui s'affaissa sur le lit en s'avouant vaincue. Puis elle saisit sur ses genoux l'étui contenant son violon qu'il avait posé à côté d'elle et le caressa d'un air absent.

– J'ai la sensation d'avoir oublié quelque chose d'important. C'est tout. Tu sais… Un peu comme si tu partais à l'école sans ton cartable le matin.

– Ah… C'est pas si important alors !

Layna s'esclaffa en lui chatouillant la nuque.

– OK, je recommence. C'est comme si tu t'en allais à l'autre bout du monde et une fois dans l'avion, tu te rends compte que tu as négligé d'emporter tes cartes Pokémon favorites. Ou bien pire encore…

Elle marqua une pause avant de rajouter d'une voix grave :

– Peter !

Jamie ouvrit de grands yeux emplis d'effroi. Lentement, il sortit de sa poche un doudou dont il ne se séparait jamais bien qu'il soit sur le point de fêter ses neuf ans. Un petit ours de chiffon usé, confectionné à la manière d'un patchwork, qu'il avait trouvé dans un caniveau à l'âge de quatre ans. Leur mère l'avait nettoyé, réparé, et il en avait fait son protégé imaginaire. Il aimait à dire qu'il l'avait adopté et extrait de la rue. Une étiquette mentionnant son nom, adresse et numéro de téléphone y était brodée en cas de perte tragique. C'était arrivé à deux reprises, mais à chaque fois Peter avait pu rentrer sain et sauf à son domicile.

– C'est pas pareil. Peter est mon porte-bonheur. J'en ai besoin.

– Le jour où tu réaliseras à quel point tu es un garçon solide et courageux, tu n'auras plus autant besoin de lui. Tout est en toi. La force de l'univers tout entier. Ce n'est pas rien !

Il le regarda et poussa un profond soupir avant de le remettre bien à l'abri dans son blouson. Puis, il ancra ses yeux bleus dans ceux de sa sœur.

– T'as gagné. Je retire ce que j'ai dit. C'est vraiment important alors !

Layna enlaça Jamie dans ses bras et chantonna l'air de sa composition contre son oreille. Elle tressaillit tandis que les notes en provenance de son être investissaient la pièce. Elle eut immédiatement une impression fugace de « déjà-vu » et fouilla dans sa mémoire chancelante l'origine de la sensation bouleversante. Une fois de plus sans succès. Cela lui donnait l'illusion d'avoir aimé à travers la vibration de cette mélodie qu'elle avait créée avant sa mésaventure. Sans compter un fait des plus étranges : le lendemain de son réveil tandis qu'elle avait joué du violon, assise sur son lit, les dernières mesures manquantes de sa composition s'étaient imposées à elle, sans effort, par enchantement comme si elle les connaissait au préalable. Limpides, justes, gracieuses, vivantes. Nées du mystère, par le biais d'une connexion invisible, les harmonies qu'elle avait cherchées en vain, des mois durant avant son coma, avaient glissé de son esprit à l'instrument. Il lui semblait avoir voyagé dans son long sommeil pour trouver quelques sources d'inspiration lointaine.

Outre la provenance de sa créativité renouvelée, elle avait la certitude qu'en se remémorant les instants enfouis de sa vie, elle pourrait également comprendre et mettre un terme à la tristesse qui l'affligeait depuis son réveil. Une tristesse lancinante, alors même qu'elle avait survécu, qu'elle ne conservait aucune séquelle. Les médecins eux-mêmes étaient stupéfaits d'admettre que son cerveau demeurait intact. Jusqu'à son corps, étrangement épargné, qui ne présentait que quelques égratignures superficielles. Après trois jours d'examens approfondis, ils avaient conclu qu'elle pouvait rentrer chez elle. Elle était une miraculée, mais la joie de s'en être tirée à si bon compte ne parvenait pas à s'immiscer dans sa conscience, d'ordinaire, si ouverte à la beauté et aux merveilles de la vie.

– Qu’est-ce que tu peux faire pour y arriver ?

À la question de son petit frère, Layna se leva et prit la décision découlant de l’idée juste qui se proposa. Comme à son habitude, confiante, elle l’avait saisie au vol.

– Je vais rester sur Seattle un peu plus longtemps. Je vous rejoindrai maman et toi par le dernier vol. Je vais tout tenter pour retrouver mon « Peter ».

Jamie sourit, amusé par la remarque de sa sœur et il attrapa à nouveau son compagnon pour le serrer contre lui.

– Et si tu ne trouves rien ?

Layna inspira profondément, ses lèvres se plissèrent dans une moue puis elle expira d’un trait l’air qu’elle avait contenu le temps d’intercepter la réponse appropriée.

– Ça voudra dire qu’il valait mieux pour mon bien que j’oublie. Ce qui compte c’est d’explorer la piste. Je vais me donner la journée pour cela.

Elle regarda l’heure sur son téléphone portable qui affichait « 8 h 52 » et Jamie l’imita, en se référant à sa montre dotée d’un bracelet en caoutchouc bleu avec un bateau pirate en relief.

– Au-delà de ce temps imparti, je n’insisterai plus, reprit-elle. Je n’irai pas à contre-courant de ce que la vie me murmure et de ce qui est. Et surtout, il est hors de question que je sois en retard à ton anniversaire. Le jour le plus important de l’année. Tu es allé me chercher Dieu seul sait où pour que j’y assiste, il est absolument impensable que je ne sois pas près de toi.

Jamie approuva avec force. Après un ultime regard vers la chambre dont les murs connaissaient probablement son secret, Layna referma la porte sur eux.

Au-dehors, le taxi était arrivé. Après quelques courtes explications concernant ses projets à l'attention de leur mère plus une dernière étreinte pour leur souhaiter bon voyage, une légère brise vint un instant balayer ses longs cheveux indisciplinés. Elle les noua à la va-vite et chercha une pince dans son sac pour les maintenir en place.

– Mon pic à chignon… Maintenant que j'y pense, je ne l'ai pas retrouvé parmi toutes les affaires que la police vous a remises.

Jamie fronça les sourcils. Elle insista :

– Tu sais celui que j'avais ramené de Bali. En métal sculpté avec une améthyste magnifique. Celui que je portais tout le temps.

Il s'amusa à hocher la tête à l'affirmative et à agiter son index à la manière d'un essuie-glace pour répondre aux deux questions simultanément : oui, il comprenait de quel objet elle parlait et non, il ne l'avait pas vu.

À peine le taxi éloigné, méthodiquement, un petit carnet enfoui dans sa cape bleue, Layna parcourut un à un les endroits où elle s'était rendue depuis que le bateau de croisière, sur lequel elle travaillait pour mettre à profit son talent de musicienne, avait accosté le jour précédant son accident. Elle se souvenait parfaitement des loisirs qui l'avaient accaparée la veille, et espérait que le fait de revivre chaque évènement contribuerait à éclairer un lendemain demeuré enseveli.

Elle commença par se promener sur le port pour atteindre la grande roue, puis acheta un billet pour prendre place dans une des nacelles. Pour la deuxième fois, elle oscilla entre le vertige et l'admiration, confrontée au spectacle de la ville de Seattle qui s'étendait à ses pieds. De retour au sol, elle mangea une gaufre à la crème de marrons, flâna devant les boutiques, s'arrêta chez un disquaire, consulta des partitions de Rachmaninov, les huma en fermant les yeux puis dîna dans le même restaurant indien. Elle calqua chacun de ses pas sur l'ombre exacte de ses derniers faits et gestes.

Finalement, elle héla un taxi qui la conduisit à l'hôtel qu'elle avait fréquenté. Jusque-là sa mémoire se montrait fidèle. Le trou noir s'était manifesté dans les quelques heures avoisinant la collision, soit à compter de son réveil dans l'établissement.

La réceptionniste consentit gentiment à lui faire visiter la chambre qu'elle avait occupée, mais aucun détail du matin oublié n'émergea. Il ne lui restait plus qu'un lieu inconnu à revoir avant qu'elle ne se résolve à regagner l'aéroport : le point précis où elle avait été percutée. L'hôpital lui avait fourni le renseignement durant sa convalescence.

Alors qu'elle s'apprêtait à quitter l'hôtel, abattue par la chute de son entreprise, mais sereine d'être allée jusqu'au bout de ses convictions, une employée, qui venait de prendre son service, relança le jeu d'une chasse aux souvenirs avec un nouvel indice, de loin le plus prometteur et le plus excitant. Encore une fois apparaissait une piste tout à fait imprévue, comme si la vie avait besoin d'une forme d'abandon, de lâcher-prise pour déposer une solution, un présent, une clé à un problème donné. Cela relevait d'une certaine logique, car pouvait-on garer un véhicule sur une place déjà occupée ? Il s'agissait de savoir ou de se mettre en marge quand nécessaire.

Aussi, très tôt le matin de son accident, le restaurant de l'hôtel étant encore fermé, Layna avait demandé à l'employée de lui conseiller un endroit tranquille pour prendre un petit déjeuner malgré l'heure précoce. La réceptionniste l'avait alors orientée vers un établissement qu'elle affectionnait particulièrement dans les environs, ouvert dès six heures. Le *Heaven's Coffee*, à trois blocs d'ici.

En prenant connaissance de l'adresse, Layna frémit. Il se trouvait dans la rue perpendiculaire à James Street, à une distance dérisoire du passage piéton sur lequel elle se faisait renverser.

Dix minutes plus tard, elle s'installa derrière la table d'un chaleureux café. La patronne des lieux, une femme d'une cinquantaine d'années, dont les cheveux courts soulignaient un dynamisme palpable, l'aborda avec un entrain caractérisé d'une franche sympathie, propre aux excellents commerçants ou d'une manière générale à tous ceux qui se dévouent corps et âme à leur métier.

– Bon appétit, mademoiselle ! Le muffin est fait maison comme tout le reste, vous m'en direz des nouvelles !

Elle déposa face à Layna le thé au jasmin et la gourmandise aux myrtilles qu'elle avait commandés.

– Je n'y manquerai pas. Autrement, à tout hasard, vous souvenez-vous de moi ? Je suis venue dans votre café il y a environ deux semaines de cela.

La femme sourit et plissa légèrement les yeux. Elle hésita avant de s'exprimer, comme s'il y avait une bonne et une mauvaise réponse.

– Je suis désolée. Il y a beaucoup de passage, surtout en ce moment. J'aimerais être capable d'identifier tous mes clients et surtout de ne pas retenir seulement les pires, qui ont la fâcheuse tendance à attirer l'attention.

– Naturellement. Je comprends. Ce n'est pas grave.

– Moi… je me souviens parfaitement de vous.

Layna tourna aussitôt la tête en direction de la voix masculine réservée. Un garçon aux traits juvéniles essuyait une table qui s'était libérée sur sa gauche. Ses joues et son front rosirent légèrement sous son regard gris appuyé. Il se racla la gorge pour masquer son malaise et se hâta de poursuivre :

– J'étais de service.

Elle perçut à nouveau les frissons, qui remontèrent le long de sa colonne vertébrale, propre à une exaltation soudaine.

– Pouvez-vous me relater tout ce que vous savez ? C'est important.

Il resta muet quelques secondes, afficha une figure gênée puis avança, l'air intrigué :

– Comment ça ? Que voulez-vous apprendre exactement ?

– Évidemment... pardon. Une récente épreuve m'a rendue partiellement amnésique. J'ai complètement oublié ce que je faisais, avec qui j'étais les quelques heures précédant un choc dont j'ai été victime. Et c'est juste... totalement frustrant, lâcha-t-elle pour résumer ce qu'elle ressentait faute de mieux.

– C'est incroyable. Que vous est-il arrivé ? intervint la femme.

– Un accident de la circulation. J'ai été renversée par une voiture alors que je traversais la chaussée. À seulement cent mètres d'ici. Sur James Street. C'était à mon tour de passer, j'écoutais de la musique dans mon MP3. Je m'étais égarée dans quelques pensées si bien que je ne l'ai pas vue ni entendue surgir.

Elle leur raconta ensuite le coma dans lequel elle restait plongée durant douze jours et la façon exemplaire dont son petit frère l'avait ramenée du tréfonds dans lequel elle demeurait enlisée.

– Bonté divine ! Vous l'avez échappé belle, on dirait.

– En effet. Une vraie rescapée.

Layna recentra son attention vers le garçon.

– Pouvez-vous me rapporter ce que vous vous rappelez ? N'importe quel infime détail peut m'aider à recouvrer la mémoire selon les dires des médecins.

– Bien sûr. Pour commencer, vous étiez assi…

– Est-ce que la personne qui vous a percutée était en état d'ivresse ?

– Maman…, laissa échapper le jeune homme, mettant en lumière leur lien de parenté.

Il regarda sa mère dans les yeux lui suggérant de la délicatesse.

– Apparemment madame. Malgré les dommages qu'il a causés par son acte, je suis heureuse de m'en être sortie, rien que pour alléger sa peine. Il devrait s'en tirer avec du sursis. Cela n'enlève rien à sa responsabilité, mais il a seulement dix-huit ans, vous comprenez. Un étudiant qui avait trop bu, peut-être un peu fumé et qui possédait son permis depuis peu. Après… rien n'arrive jamais par hasard. Si ça se trouve, de cette expérience qui s'est somme toute bien terminée, il va créer un blog à l'attention d'autres jeunes sur la prévention routière !

Layna relâcha un rire perlé et innocent découlant de sa propension à imaginer une issue positive dans n'importe quelle situation.

– Vous disposez vraiment d'une bonne nature pour penser ainsi.

Elle s'adressa alors à son fils, sensiblement du même âge.

– Tu ne bois pas Kevin ? Tu as vu ? Ça n'arrive pas que dans les films ce genre d'histoires.

Éberlué par sa remarque, le garçon se contenta de la regarder, les yeux ronds pour lui signifier qu'elle dépassait les bornes. À cet instant, comme pour lui prêter main-forte, une cliente entra perchée sur de hauts talons qui résonnèrent sur le parquet blond.

– Excusez-moi. Je dois vous laisser...

Vive, elle se dirigea vers le comptoir et Kevin s'abandonna dans un long soupir. Il semblait avoir retenu sa respiration durant d'interminables minutes.

– Elle peut se montrer un peu familière parfois et très curieuse. C'est très gênant.

– Ça ne m'a pas dérangée. Sinon je n'aurais tout simplement pas répondu.

Soulagé, il sourit et tapota le coin de la table.

– Je disais donc que vous étiez assise ici même, c'est amusant. Vous êtes restée environ une heure. Vous avez choisi un thé au jasmin comme aujourd'hui accompagné de tartines beurrées avec de la confiture de fraise.

– Vous avez très bonne mémoire.

À nouveau, ses pommettes rosirent légèrement et il baissa le regard.

– Vous étiez très aimable et littéralement absorbée par un livre pour développer votre potentiel créatif. Je l'ai remarqué lorsque j'ai pris votre commande. Vous reportiez des notes sur un carnet. Ce n'est pas très courant d'observer ce genre d'activités chez nos clients.

Layna hocha la tête.

– Je vois à quel ouvrage vous faites référence. Je l'avais acheté, car j'étais en mal d'idées. Je cherchais absolument à terminer la composition d'une partition sur laquelle je bloquais et j'ai usé de tous les outils possibles mis à disposition sur le marché dans ce but. Les exercices d'écriture proposés par ce livre faisaient partie du lot.

Elle se perdit dans une brève contemplation de la salle, en évaluant les quelques personnes présentes qui discutaient, riaient ou encore consultaient leur écran de smartphone avec avidité avant de conclure :

– Toujours aucun souvenir. J'aurais tenté…

Outrepassant son insuccès, Layna prit le temps de savourer sa commande. À cette issue, elle se résolut à s'en aller. Elle se dirigea directement vers le comptoir pour payer ses consommations à Kevin.

– Avez-vous une idée de l'heure vers laquelle je suis partie ce matin-là ?

Le jeune homme fit aussitôt courir ses doigts sur un clavier.

– Une infusion au jasmin et deux tartines à la confiture de fraise. Vous avez réglé votre note ici même à sept heures vingt-trois. Vous avez donc franchi la porte à sept heures vingt-cinq au plus tard.

Il relâcha un sourire, fier d'avoir fait preuve d'autant de précision.

– Soit près de vingt minutes avant l'accident. Je crois avoir fait le tour de tout ce que je pouvais découvrir. Je peux prendre mon avion de retour. Merci Kevin. Vous m'avez été d'une aide très précieuse.

Il regarda derrière le comptoir et ses yeux se plissèrent à la vue d'un fait ou objet mystérieux. Marquant une brève hésitation, il brandit finalement une carte de visite qu'il secoua comme si elle lui brûlait les doigts.

– Ah oui… j'allais oublier un détail.

Layna fixa le petit rectangle rigide et attendit patiemment les explications du jeune homme. À nouveau, la curiosité la piqua.

– Il y avait cet homme, franchement pas très agréable la première fois. Il a laissé ses coordonnées à votre attention. Apparemment cela avait l'air plutôt important. Si ça peut vous aider…

Il lui tendit la carte sur laquelle était inscrite : « SAM WHORLEY – Consultant expert en rénovation – HART'S DESIGN ». Un e-mail et un numéro de téléphone s'ensuivaient.

Elle secoua la tête. Le nom ne lui évoquait rien.

– Il était assis derrière vous ce matin-là et vous avez conversé avec lui.

– Vous avez une idée de ce dont il s'agissait ?

– Non, mais c'était juste après mon geste maladroit. J'ai renversé son café sur la table et sa manche s'est retrouvée malencontreusement tachée. Il était vraiment furieux contre moi.

– Ah… c'était ça, je vois. J'ai sans doute simplement essayé de le tempérer. J'ai parfois tendance à vouloir désarmer ce genre de comportements. Une mauvaise habitude.

Elle fronça les sourcils en sondant en vain chaque recoin de sa mémoire, mais cette piste se révélait de toute façon peu engageante. Le portrait de l'individu cassant dépeint par Kevin ne détenait aucune promesse.

– Pourquoi ne m'a-t-il pas donné ses coordonnées en personne puisqu'il se trouvait près de moi ?

– En fait, il m'a transmis sa carte le lendemain. Il vous cherchait. En tout cas, il a vraiment insisté pour que je vous la remette si vous reveniez.

Il se tut pour inspirer goulûment comme s'il avait couru une trop longue distance. Il n'avait peut-être pas l'habitude de se montrer aussi loquace.

– Et vous voilà. Donc..., rajouta-t-il en lui tendant le bristol qu'elle saisit avant de le remercier. Puis elle sortit dans la nuit.

Layna se décolla de la devanture contre laquelle elle était adossée, pour s'extraire des souvenirs et indices relatifs à sa quête. Il ne servait plus à rien de s'abîmer. Le moment venu, il était nécessaire d'aller de l'avant. Elle contempla une dernière fois la vitrine du *Heaven's Coffee* pour se recentrer sur le fameux instant présent.

Elle le savait : lui seul prévalait. À l'intérieur, les murs de couleur jaune, le mobilier en bois miel et les tasses en porcelaine crème attiraient de nouveaux passants. Le son de la clochette non loin d'elle en attestait. Son regard s'attarda sur les viennoiseries alléchantes, exposées sur le comptoir protégé d'une crédence, puis sur le sourire aimable de la patronne, qui se dirigeait d'un pas alerte vers la table qu'elle venait de quitter. Un homme s'y était installé. Il présentait un dos large, robuste et des cheveux châtains qui s'entremêlaient, rebelles.

En silence, elle remercia finalement l'univers pour ce bout d'aventure exaltant qui l'avait animée la journée durant et fila.

Rendue à l'angle de la rue, elle plongea sa main dans la poche arrière de son jean. Bien qu'elle n'ait rien à escompter d'un prospecteur irritable pour créer chez elle le moindre éveil, elle en retira la carte de visite que le jeune serveur lui avait tendue. Une nouvelle fois, elle lut le nom inscrit sur le recto, tout en se dirigeant, alerte, en direction du lieu fatidique. Alors qu'elle atteignait le passage piéton sur lequel un pan de sa vie se dérobait, elle prononça cette fois l'identité de l'homme à voix haute dans la nuit : Sam Whorley.

Au son des notes qu'elle délivra, son cœur s'emballa si fort qu'elle dut s'arrêter pour reprendre contenance. Elle le répéta ainsi à plusieurs reprises, à l'affût, comme s'il détenait un pouvoir. C'était une certitude, elle effleurait enfin les contours d'un souvenir. Plus que cela, cet homme lui apparut familier. Avec empressement, elle s'empara de son téléphone portable et composa son numéro. Lorsqu'elle l'eut entièrement saisi, elle inspira profondément et sélectionna la touche d'appel. Trois sonneries retentirent avant qu'un individu à la voix grave ne réponde.

– Bonsoir, mon nom est Layna. Layna Greene. Nous nous sommes croisés au *Heaven's Coffee* il y a une quinzaine de jours. Vous avez essayé de me joindre…

26

INTERSECTION

Layna raccrocha avec Sam Whorley. Son pressentiment soudain l'avait trompée. Le son du nom prononcé à haute voix qui l'avait bouleversée se révélait être une imposture, un piège tendu par son ego pour satisfaire son désir acharné à se rappeler un pan de sa vie.

Le ton condescendant et fort de l'individu exigeait, comme s'il voulait asseoir une supériorité fictive connue de lui seul. Il ne lui avait rien évoqué d'autre qu'un vendeur sans scrupule, au monologue rodé visant à lui extorquer des informations à but lucratif :

« Je reprends votre dossier, où en est votre perspective de rénovation ? [...] Vous n'avez aucun projet de la sorte en cours. Ah. Je ne saisis pas très bien dans ce cas, appelez-vous pour une tierce personne ? [...] Votre patron peut-être, où travaillez-vous ? [...] Ce n'est pas le sujet ? Bon, écoutez, je suis tenu par le temps. Quand vous aurez plus d'informations à me communiquer, vous pourrez me joindre chez Hart's Design. Pour cela, il vous suffit de prendre rendez-vous avec la secrétaire. Au fait, je me dois tout de même de vous préciser : Sam... »

Affligée, elle lui avait raccroché au nez. Un lourd sentiment d'incompréhension traversa son corps de s'être fourvoyée de la sorte. Elle savait pourtant que l'attente en elle-même n'apportait généralement rien, hormis peut-être une chute des plus décevantes.

Ses yeux restèrent rivés un instant sur la carte de visite, avant qu'elle ne la déchire en morceaux et ne l'enfouisse dans une poubelle à vue. Elle ne concevait pas pourquoi cet individu au comportement abject avait tenu à lui laisser ses coordonnées. Même amnésique, elle s'imaginait mal lui soutirer le moindre renseignement sur ses compétences, sans compter le fait qu'elle n'envisageait pas d'entreprendre quelques travaux que ce fussent, dans le petit appartement qu'elle louait, à l'autre bout du pays, entre deux voyages transatlantiques. Un surplus de mystère qu'il ne servait toutefois à rien d'élucider, l'homme n'en faisait vraiment pas l'affaire.

Le feu pour piétons vira au vert. Layna franchit le passage clouté sur lequel elle avait valsé, comme le pont de l'acceptation vers un nouveau départ. La vie lui avait accordé une chance neuve, il était désormais temps de la saisir pleinement et de se tourner dans la bonne direction. Celle de l'ici et maintenant avec un joli but en perspective.

Une fois la traversée accomplie, un large sourire se dessina sur ses lèvres et elle héla un taxi qui s'en venait vers elle.

Des gouttes de transpiration se formèrent sur mon front, que j'essuyai d'un geste vif. Je n'avais plus de téléphone portable. Je l'avais rendu à Robert Hart quelques heures auparavant. Même si Layna avait l'intention de me joindre, elle allait tomber sur mon répondeur ou pire, sur Minguez. Il ne manquerait alors pas de m'attribuer un rôle peu engageant : terroriste, *serial killer*, voleur, que sais-je… Au mieux, il laisserait mon honneur sauf en se contentant de me faire passer pour mort. La nausée m'envahit.

Si je connaissais tout ce qui touchait à l'essence de Layna, en revanche, je ne détenais que d'infimes bouts de son identité : son prénom, un violon, un petit frère et un avion en partance vers une destination obscure. Point final. Son « moi profond », les qualités et défauts qui constituaient sa personnalité unique, ne m'étaient d'aucun recours pour retrouver sa trace dans ce monde où tout était étiqueté, répertorié, rangé, classé. J'ignorais absolument tout de sa vie, son histoire, ses racines qui auraient pu me mettre sur sa piste. Je n'avais connu que la magnifique fleur épanouie qu'elle était devenue grâce à ses choix.

Son jeune frère s'était trouvé juste à côté de moi. Je tempêtai à cette pensée. Pourquoi avais-je négligé ce lien qui m'était offert ? J'avais entendu l'air qu'elle fredonnait sans cesse, par la fenêtre ouverte de la chambre d'hôpital. J'avais compris que le petit garçon veillait un être cher. Tout ce temps, elle reposait si près… Pour autant, quel avenir nous aurait cueillis si j'avais débarqué à côté d'elle ? Aurais-je pu contribuer à son réveil anticipé ? Aurait-elle été en mesure de me reconnaître ? Et surtout aurais-je tout de même survécu sans ce voyage que nous avions entrepris à deux ?

Lorsque je pris conscience que je m'égarais, j'inspirai à fond pour calmer le flot incessant de questions parasites qui prolongeaient mon mal-être et me ralentissaient dans mes intentions. Je ramenai toute mon attention vers le moment présent. Elle me l'avait appris. Il était absolument vain de se retourner vers un passé immuable et irrévocable. Mon pouvoir d'agir résidait dans l'immédiat.

Une poussée d'adrénaline m'incita à actionner le démarreur et à m'engager rapidement sur la chaussée. Un élan de confiance s'en venait et avec lui, l'efficacité. Je devais tenter le tout pour le tout et me rendre sans tarder à l'aéroport. Un tas de films se servaient de son décor pour y planter un dénouement heureux. Je les avais toujours trouvés franchement ridicules, d'ailleurs j'en voulais un peu à l'univers de me proposer ce scénario naïf, mais en cet instant je m'accrochai au seul script qu'il daignait me révéler. Aussi, j'appuyai plus fort sur l'accélérateur et le moteur gronda.

Soudain, une sirène hurlante retentit. Un bref regard dans le rétroviseur et je frappai le volant lorsque j'aperçus une voiture de police qui arrivait sur mon flanc gauche, m'intimant de me garer. Il semblait que j'héritais de tous les clichés.

Comme je tardais à prendre une décision, l'agent commença à s'impatienter et vociféra à travers la portée d'un mégaphone :

– Veuillez vous ranger sur le bas-côté !

Face à moi, la circulation s'intensifiait à quelques centaines de mètres. Une tentative désespérée de le semer s'avérerait vaine. En jurant, je me garai, abaissai ma vitre puis calai mes mains bien en évidence sur le volant.

– Permis !

Le policier corpulent arriva à ma hauteur et brandit une torche sur moi. À l'aide de son faisceau inquisiteur, il fouilla l'intérieur de l'habitacle pendant que je cherchais mon permis de conduire. Je le lui remis de mauvaise grâce.

– Êtes-vous sous l'emprise de stupéfiants ?

– Non, écoutez…

– Savez-vous pourquoi je vous arrête, monsieur ?

– Oui. Sûrement un léger excès de vitesse. Vraiment, je suis désolé…

Il me coupa la parole tout en consultant mon identité.

– Papiers du véhicule !

À force de formuler toujours les mêmes requêtes, il rognait ses phrases sans vergogne, ignorant avec superbe ma tentative de plaidoirie.

– Je ne les ai pas, ce pick-up appartient à mon voisin. J'étais justement en train de l'essayer en vue d'un échange. S'il vous plaît, je…

– Monsieur, je vais vous demander de sortir de votre véhicule et de poser vos mains bien à plat sur la portière, le temps que j'effectue un contrôle.

L'agent procéda à ma fouille rapide, puis regagna sa voiture en baragouinant quelques mots dans un talkie-walkie, pour vérifier si je ne possédais pas un casier judiciaire long comme le bras. Je savais que je disposais de cinq secondes, pas une de plus avant qu'il ne darde à nouveau son regard sur moi. Oppressé, je reculai de trois pas silencieux puis me mis à courir sans me retourner. J'empruntai la première petite ruelle à ma portée. J'avais conscience que j'encourais des ennuis, mais j'aurais tout le temps de les régler plus tard. Ma priorité restait de retrouver Layna en me rendant à ce fichu aéroport, et espérer y apercevoir une cascade de cheveux blonds parmi la foule.

Après cinq minutes de course intensive, je débouchai enfin sur une voie fréquentée où j'aurais plus de chance d'attraper un taxi. Je levai les yeux et lus James Street. J'étais parvenu au bout de la rue où elle avait été percutée deux semaines auparavant.

Au loin, je distinguai, soulagé, une des notoires automobiles jaunes, qui venait dans ma direction. Je bondis au bord de la chaussée et la hélai.

Layna monta dans le taxi, salua cordialement le chauffeur puis lui indiqua de se rendre à l'aéroport. Le véhicule se faufilait prudemment sur la voie lorsque son regard accrocha un détail, de prime abord discret, même insignifiant, mais qui la secoua, sous l'assaut d'un flash. Le premier depuis son réveil.

Sur le trottoir opposé qu'elle venait de quitter, à vingt mètres du passage piéton fatidique, se trouvait l'enseigne défraîchie d'une école de musique plongée dans le noir, figurant une clé de sol, suivie d'instruments qui s'entremêlaient. Une ruelle en desservait l'accès. Elle connaissait cet endroit pour l'avoir vu défiler dans sa tête. Cette fois, il ne subsistait aucun doute qu'un souvenir germait, d'autant plus que personne ne l'aiguillait vers ce site. En soi, cela ne l'étonna pas, tout ce qui touchait au quatrième art avait de tout temps gagné son âme.

– Excusez-moi, j'ai changé d'avis. Je dois redescendre, lança-t-elle au chauffeur.

À peine engagé, il se gara en maugréant sur le bas-côté, mais sourit lorsqu'il intercepta le généreux billet que Layna lui céda pour le désagrément.

D'un pas soutenu, l'étui contenant son violon serré contre elle, elle traversa à nouveau la chaussée et se dirigea vers la ruelle. Rendue à l'entrée de l'étroit corridor urbain, elle avisa les notes taguées qui couraient le long du mur, suivit chacune d'elles et se retrouva face à la reproduction d'un saxophoniste à taille réelle. Une splendide œuvre *street art* qui l'arrêta net dans sa progression. Dans la pénombre, elle se rapprocha de quelques pas jusqu'à effleurer le dessin des doigts et l'aperçut. L'inscription. Bouleversée, le souffle court, elle tenta en vain d'attribuer un sens à ce qu'elle lisait :

18.11.2018 – 16 h 11
LAYNA EST ICI. VIVANTE. ÉTERNELLE.

Le 18 novembre 2018 à seize heures onze, elle était plongée dans le coma. Dans la chambre d'un hôpital. Aucun de ces mots n'avait de sens, si ce n'est qu'ils exprimaient la certitude qu'un être mystérieux était au fait de son aventure et traçait ces lignes, comme pour la maintenir en vie. Une pluie fine et glaciale commença à tomber et Layna grimpa la marche du perron qui menait à l'école de musique en vue de s'abriter, l'esprit enfiévré à force de pourquoi.

Un avis placardé sur la porte informait les gens d'une nouvelle adresse. Elle eut beau solliciter son mental, il refusa de lui révéler le moindre indice sur la main inconnue qui avait rédigé le message. Elle attendit, aux aguets. Une conviction s'empara alors d'elle : la vie, pour l'avoir conduite en cet endroit, l'encourageait à poursuivre son enquête.

Aussitôt, une idée excentrique la traversa. Elle irait chercher la réponse au cœur du silence, où le monde et ses illusions disparaissaient. Un univers qui reflétait son expression propre, au sein duquel elle s'oubliait, dans les pires tempêtes de son existence et même les plus doux moments.

Elle déposa son étui au sol, l'ouvrit et ses doigts délicats saisirent son violon, brandirent son archer. Dans la nuit, elle ferma les yeux, inspira et relâcha les notes de sa composition qui se disséminèrent dans le ciel, légères, aériennes, gracieuses comme un envol d'oiseaux fabuleux.

Alors que je m'apprêtai à sauter dans le taxi, je m'immobilisai au son lointain d'un instrument. Le chauffeur repartit sans moi mécontent et je suivis l'appel envoûtant. À peine audible, il se frayait un chemin entre le raffut des voitures sur la chaussée, le claquement des talons sur le trottoir, les coups de klaxon intempestifs associés aux quelques grognements d'automobilistes pressés. Il s'était tracé une voie entre les bavardages de deux passants et le jappement d'un chien, qui me côtoya de près au moment où je le rasai à grandes enjambées. Mon centre d'attention n'avait d'égard que pour ce son. Il m'attirait comme un mystère grandissant à mesure que je m'en approchai.

Je remontai sa piste le long de la rue en me retournant de temps à autre pour m'assurer que le policier zélé ne me pourchassait pas. Mais il n'y avait que moi. Moi et l'air qui m'invitait.

Bientôt, j'identifiai la vibration d'un instrument à cordes et je me mis à courir en évitant les quelques parapluies déployés. Je n'avais pas pris conscience de la pluie glacée sur mon front brûlant jusqu'à cet instant.

Soudain, je reconnus la mélodie. Il ne subsistait plus aucun doute malgré le rejet auquel ma raison me contraignait. Ma gorge se noua. Mon corps trembla.

Ce ne peut pas être elle. N'y songe même pas. Que ferait-elle au beau milieu d'une rue à jouer du violon ? me souffla une première pensée.

Ce n'est pas n'importe quelle rue, dit une seconde voix.

Je refusai de les écouter l'une et l'autre, chassai le pessimisme et l'espoir qui n'étaient que le reflet de mon imagination. Je n'avais nul besoin d'eux. Seul l'instinct silencieux dont je suivais la piste comptait. Seules les notes qui parvenaient à mes oreilles dispensaient la vérité.

J'accélérai encore ma course, soutenu par mes longues jambes pour les rejoindre. J'aperçus alors l'entrée d'une ruelle familière, flanquée entre un pressing et une ancienne école de musique au premier étage d'un bâtiment aux murs gris. Je restai un instant immobile et fermai les paupières, touché par la beauté de ce que j'entendais. Un pas suffisait pour authentifier la source dissimulée, au sein d'un lieu où toutes mes croyances, et l'identité qui s'y raccrochait, avaient un jour volé en éclats.

Les yeux toujours clos, j'attrapai l'angle râpeux et me propulsai dans l'ombre. Lorsque je les rouvris, j'aperçus une cape bleu marine qui s'agitait à une dizaine de mètres. La même cape qui enveloppait une femme devant le *Heaven's Coffee* trente minutes plus tôt.

Abritée sous l'auvent, à proximité duquel j'avais une fois perdu la raison, elle jouait du violon. Seuls ses lèvres et le bout de son nez dépassaient de la capuche qui la protégeait du froid. Layna. Depuis le commencement, elle se trouvait près de moi.

Je m'abstins de crier son nom à la nuit. Elle m'avait oublié, je risquais de l'effrayer. Elle pouvait s'enfuir avec ma chance de confronter son regard. Je ne possédais nulle autre option, aucune preuve tangible de notre lien à lui présenter. Toute notre histoire résidait dans le miroir de nos âmes. Mes yeux sauraient lui parler. Du moins, je l'espérais, un tambour dans les tempes. À pas feutrés, je m'avançai vers elle.

Le violon calé contre sa joue, Layna demeurait absente au monde qui l'entourait. Il n'existait plus de temps, ni même d'espace. Immergée au sein de sa perfection, elle n'avait que vaguement conscience du mouvement perpétuel inhérent à la vie qui continuait près d'elle, de la pluie aux passants pressés. Elle ne se préoccupait plus de ses souvenirs, ils viendraient ou s'éloigneraient d'elle à leur gré, comme la marée dont elle avait admiré le phénomène sur la côte nord-ouest française lors d'une croisière transatlantique sur laquelle elle avait performé. La musique avait le don de faire taire toutes ses pensées. Son mental, son cœur et son corps à l'unisson tendaient vers le violon et les harmonies qu'il produisait.

Un bruit proche sur sa gauche, intrus parmi la mélodie, parvint à ses oreilles attentives. Elle tressaillit et sa main droite qui tenait l'archet se suspendit. La dernière note mourut dans un petit écho. Sa capuche glissa quand elle se retourna.

Je marchai, hypnotisé par la longue chevelure blonde qui s'échappa de la coiffe au moment où elle perçut ma présence. Elle m'exposa son visage encore flou. Je voulais émettre un son pour la rassurer, mais ma bouche était sèche, ma langue paralysée. Je sentais mes muscles tendus, mes jambes aussi raides que du bois.

J'arrêtai ma progression à une poignée de mètres d'elle. Je tremblai, tant je redoutais que son apparition ne s'évapore. Mes pensées rejetaient toujours la croyance que ce fut elle, même si la silhouette lui correspondait et que tout mon être vibrait. Mes doigts partirent à la recherche des battements fous émanant de mon torse pour l'apaiser et le pic à chignon effleura ma main, à travers la poche interne de ma veste. Je m'en emparai sur-le-champ, comme une amulette précieuse qui allait me porter chance.

Layna sursauta à la vue de l'homme à la haute stature qui lui faisait face. Elle observa l'appréhension qui la saisit : pourquoi avait-elle cédé à cette drôle d'idée, jouer du violon dans une ruelle déserte, un soir, par temps de pluie ? Le lieu était trop sombre pour qu'elle puisse discerner les traits de son visage qui restaient sous un couvert d'anonymat.

Il s'arrêta à quelques mètres d'elle, hésitant. Il glissa sa main à l'intérieur de sa veste puis attrapa finalement un objet qu'il tendit dans sa direction.

– Ceci vous appartient…

Les notes de sa voix étaient graves avec quelques nuances écorchées. Elle en apprécia immédiatement la mélodie. Mieux, elle la connaissait de façon indéniable. En conséquence de quoi, la frayeur se mua en vive curiosité.

– Qui êtes-vous ?

Elle se trouvait trop éloignée pour identifier l'objet qu'il lui présentait, aussi elle rangea son violon dans son étui, sortit de l'abri concédé par la pergola et avança dans sa direction à pas précautionneux. Il resta de son côté parfaitement immobile et silencieux.

Alors qu'elle parvenait près de lui, elle reconnut son pic à chignon. Son attention convergea instantanément vers l'homme. Dans un premier temps, elle jaugea sa carrure puis détailla le contour de son visage à la mâchoire ferme, au menton en pointe. Ses lèvres fines aux lignes précises. Enfin, elle aperçut ses grands yeux noisette surmontés de paupières courtes. Une lueur déterminée les animait.

Lorsqu'elle fut si près que ses prunelles attrapèrent les siennes, les flashs déferlèrent à une vitesse folle dans son esprit jusqu'à ressusciter non pas une matinée, mais douze jours de souvenirs enfouis.

Ses pupilles se dilatèrent.

Une île noire dans l'océan gris de ses iris que je percevais avec clarté malgré l'obscurité. Elle resta de marbre un instant puis son expression s'attendrit d'un seul coup. Son regard était devenu celui d'une amie, d'une partenaire, d'une amante. Elle me reconnaissait, nos âmes s'étaient parlé. Je n'osais pas prononcer de mots ni la toucher, comme si elle m'apparaissait à travers un songe. Peut-être avais-je tant rêvé d'elle que mon esprit délirait.

Raide, ma paume soutenait toujours le pic à chignon. Elle tendit une main légère qu'elle ouvrit comme une fleur et j'y laissai tomber le bijou pour la deuxième fois.

Avec délicatesse, ses doigts s'enroulèrent autour de la pierre.

ÉPILOGUE

Assis sur ma planche de surf, je me laisse bercer par l'océan. Au loin, j'aperçois mon unique employé qui ferme la boutique, avant de s'éloigner avec mon dernier élève de la journée vers le restaurant. L'après-midi touche à sa fin. Un ciel menaçant provenant du large prend son aise et ôte les rayons du soleil sur ma peau. Avec délice, j'inspire la beauté et le calme abondants, offerts après les efforts d'un travail soutenu, mais réjouissant.

Un an auparavant, la vie me donnait douze jours. Pas un de plus pour m'apprendre à être. Un privilège de taille, car j'avais alors bénéficié d'une certitude sans vraiment le réaliser, plus jamais ce luxe ne me serait proposé.

Bercé par les vagues, j'entame peut-être ma dernière heure. J'expire, les yeux fermés.

Chaque matin, alors que je m'éveille au monde, je me plais à affronter cette vérité en considérant ma chance de sentir encore mon souffle dans ma poitrine forte, mais éphémère.

Pour mon plus grand bonheur, un mois de novembre, je m'étais heurté à l'existence erronée que j'avais construite des années durant. J'avais eu beau lutter, m'accrocher à mon mensonge orchestré, avec l'aide de mon cœur allié, j'avais fini par m'unir à la vie. Je m'abandonnais à son courant mouvementé et incertain, car il apparaissait qu'en dépit des doutes, et même des douleurs, elle avait toujours les meilleurs projets pour moi.

Je glissais et en chemin, je trouvais mon expression authentique. Celle d'une réalité simple et imparfaite, mais heureuse, parce qu'en lien avec mon essence.

Une goutte de pluie s'écrase sur mon front, bientôt suivie d'autres. L'océan me cajole et je l'apprécie à sa juste valeur. Je pense un instant à ma mère et la voilà, tout près de moi. J'ignore les signes, je n'en ai plus besoin, car je la ressens désormais. L'amour se situe au-delà des exigences. Pour l'atteindre parfois, dans mes bons jours, je le sais omniprésent.

Je bascule à plat ventre et mes bras se remettent en mouvement malgré la fatigue.

Soudain, au loin, j'identifie un son bien connu émanant d'un violon. Je tressaille et souris. Elle se laisse deviner puis désirer au-delà des notes qui voyagent jusqu'à moi.

Manifestation vive de l'univers en éternel essor, elle me surprend une fois de plus. Je n'attendais pas son retour avant deux semaines supplémentaires. La tournée promotionnelle de son premier album a ses exigences. Un nouveau miracle que je prends soin de célébrer dans mon esprit avant de rejoindre le rivage.

Je prends de l'élan et attrape la première vague en sautant sur ma planche. Elle m'emporte et l'ivresse me gagne. Je ne m'en lasse pas.

Debout sur le sable, j'offre un dernier regard complice à l'océan puis me détourne de lui pour suivre le chemin que je choisis. J'avance, rapide et libre, vers les cheveux blonds que j'entraperçois virevolter au côté de mon père, plus haut, sur la terrasse. Je suis ma voie, pas à pas. Ici et maintenant, retrouver ma compagne désormais tangible qui me manque. C'est si simple que je ne m'encombre presque plus de plans. J'apprends à entendre et à me laisser guider par les seuls murmures de mon âme.

Par confiance, par amour. Parce qu'un jour, je consentis à vivre.

Le nouveau roman de l'autrice à succès Heidi Swain !
Une histoire d'amour drôle et attachante à la campagne

Disponible en librairie et en version e-book

Prix *Femme Actuelle* 2021

COUP DE CŒUR
DE FRANÇOISE BOURDIN

La robe du Lutetia

Laure Boutault

« Une fascinante quête des secrets du passé »

À la mort de leur grand-mère, Lisette, dans les Cévennes, deux sœurs découvrent une robe qu'elles ne connaissent pas et que leur grand-mère gardait sous clé. Intriguées, elles vont mener une enquête, remonter ainsi le temps jusqu'à la fin de la seconde guerre mondiale et découvrir des secrets inavoués. Ces vérités mises au jour vont bouleverser tout un village car derrière l'histoire officielle, tout est nuances de gris…

Grand Prix
***Femme Actuelle* 2021**

COUP DE CŒUR DES LECTRICES

Françoise BOURDIN, présidente du jury

« Vieillir avec humour et indépendance, quel défi ! »

Troisième jeunesse

Laurent Lagarde

« La nostalgie de la vieillesse ne peut pas gâcher une âme restée jeune ! »

À 79 ans, Alexandre déprime dans une luxueuse maison de retraite, entre les sosies de chanteurs morts, les quizz du soir et les tournois de tennis virtuels. Trois rencontres inattendues vont bouleverser sa vie. Soudain, les voyages deviennent quotidiens, le Petit Prince fait des dessins, les surprises se succèdent et des secrets se dévoilent. Pour la première fois, Alexandre va éprouver un frisson délicieux: l'urgence de vivre. Il prend alors une décision qui changera la fin annoncée de son histoire.